dtv

D1829518

Als Lin Berwanger, Erbin der traditionsreichen Pariser Teedynastie *Thés-des-Anges*, am Krankenbett ihrer Mutter Émilie von einem lange zurückliegenden Verbrechen erfährt, ändert sich ihr geordnetes Leben mit einem Mal. Ihre Familie hat sich größte Mühe gegeben, sie zu einer sorgenfreien jungen Frau heranwachsen zu lassen, ihre Großmutter Adèle hat sie geradezu in Watte gepackt. Und doch hatte sie immer gespürt, dass es da etwas gab, etwas Dunkles, Ungeheuerliches, das über allem schwebte. Jetzt, da sie die Wahrheit kennt, ergibt plötzlich alles einen Sinn. Der Hass. Die Vergeltung. Fest entschlossen, zu Ende zu bringen, was ihre Mutter begonnen hat, verlässt Lin das Krankenhaus. Kurze Zeit später ist sie unauffindbar. Und auch Émilie verschwindet spurlos, nur mit einem Nachthemd bekleidet ... Der Teemeister Monsieur Cho macht sich auf die Suche nach den beiden Frauen, denn eine schicksalhafte Begegnung vor vielen Jahren verbindet ihn mit ihnen.

Anja Jonuleit wurde in Bonn geboren, lebte einige Jahre im Ausland und studierte Italienisch und Englisch. Sie arbeitete als Übersetzerin und Dolmetscherin, bis sie anfing, Romane und Geschichten zu schreiben. Sie lebt mit ihrer Familie in der Nähe von Friedrichshafen.

Anja Jonuleit

Die fremde Tochter

Roman

Deutscher Taschenbuch Verlag

Von Anja Jonuleit
sind im Deutschen Taschenbuch Verlag erschienen:
Novemberasche (21246)
Neunerlei (21326)
Herbstvergessene (21540)
Der Apfelsammler (26017)

**Ausführliche Informationen über
unsere Autoren und Bücher
finden Sie auf unserer Website
www.dtv.de**

MIX
Papier aus verantwortungsvollen Quellen
FSC® C019821

Ungekürzte Ausgabe 2015
© 2013 Deutscher Taschenbuch Verlag GmbH & Co. KG,
München
Umschlagkonzept: Balk & Brumshagen
Umschlaggestaltung: Wildes Blut, Atelier
für Gestaltung, Stephanie Weischer unter
Verwendung eines Fotos von Arcangel Images/Elisabeth Ansley
Satz: Greiner & Reichel, Köln
Druck und Bindung: Druckerei C.H.Beck, Nördlingen
Gedruckt auf säurefreiem, chlorfrei gebleichtem Papier
Printed in Germany · ISBN 978-3-423-21580-0

Für Anita
In alter Freundschaft

Geeignete Augenblicke zum Teetrinken

Wenn Herz und Hände untätig sind.
Wenn man müde ist nach dem Lesen von Gedichten.
Wenn man in seinen Gedanken gestört ist.
Wenn man Liedern und Melodien lauscht.
Wenn ein Lied zu Ende gesungen ist.
Wenn man an einem Feiertag allein im Haus weilt.
Wenn man die Ch'in spielt und Gemälde betrachtet.
Mitten in der Nacht, in ein Gespräch vertieft.
Vor einem klaren Fenster und einem sauberen Schreibplatz.
Wenn der Tag klar und die Brise mild ist.
An einem Tag mit leichtem Regen.
In einem bemalten Boot nahe einer kleinen Holzbrücke.
Wenn die Kinder in der Schule sind.
Wenn man in einem kleinen Arbeitszimmer Weihrauch entzündet hat.

(Hsü Ts'eshu, aus dem 16. Jahrhundert)

Prolog

L'hôpital des Sœurs Grises, Château Thierry, Frankreich,
15. Februar 2012

Vergeblich versuchte sie das Ungeheuerliche zu begreifen. Sie hatte es gespürt, all die Jahre, dass es da etwas Schlimmes gab, das man ihr verheimlicht hatte.

Sie drückte den Zettel mit den Namen an sich, umschloss ihn fest in der schwitzigen Faust. Ihr Blick wanderte im Zimmer umher. Alles hier war weiß: die Wände, das Bett, die offenen Handflächen der Frau, die darin lag. Das lächelnde Gesicht. Es war das erste Mal seit Jahren, dass sie sie lächeln sah. *Rein bin ich nun*, hatte sie gemurmelt. *Nie zuvor habe ich mich so rein gefühlt.*

Mit wachsendem Unglauben hatte sie in das bleiche Gesicht geblickt, hatte den geflüsterten Worten gelauscht. Auf Unglauben folgten Bestürzung und Fassungslosigkeit, dann Wut. Und schließlich etwas anderes, Wuchtigeres – etwas, das sie noch nie im Leben gespürt hatte.

Hass.

Sie stand auf und ging zur Garderobe, schlüpfte in den Mantel und zog die Handschuhe aus der Tasche. Dann hielt sie einen Moment inne, den Blick auf den Zettel in ihrer Hand gerichtet. Drei Namen, dachte sie. Und dass die Zeit nun gekommen war. Sie würde die vergeudeten Jahre herausschneiden wie das böse Ende einer Geschichte und sie ersetzen durch ein anderes Ende, ein gutes Ende. Nun, da sie Bescheid wusste, würde sie alles tun, um Gerechtigkeit zu schaffen.

Sie steckte den Zettel in die Manteltasche. Ein letztes Mal

beugte sie sich zu der Schlafenden hinunter und legte ihr Gesicht an deren Wange. Einen Moment lang drohte der Schmerz sie zu überwältigen. Ihr Hals war wie zugeschnürt, sie glaubte zu ersticken an dieser überwältigenden Wut.

Dann löste sie sich und verließ ohne einen Blick zurück den Raum. Das Licht im Korridor war gleißend und ihre Schritte quietschten auf dem Linoleumboden. An der Pforte wäre sie fast gegen die Glastür gerannt, die sich nicht schnell genug öffnete. Die Last lag nun auf ihren Schultern. Und auch die Qualen.

Mit schnellen Schritten überquerte sie den Parkplatz, der im Nebel vor ihr lag. Die orangeroten Lichter der Laternen leuchteten wie einsame Monde, jeder mit einem Hof. Erst jetzt, in der feuchten Kälte draußen, bemerkte sie die Tränen, die über ihr Gesicht rannen, unangenehm in der Kälte des Abends. Ungeduldig strich sie mit dem Ärmel darüber, spürte den kratzigen Wollstoff des Mantels auf ihren Wangen. Das Ungeheuerliche. Die Wahrheit, die all die Jahre verborgen gewesen war, von der sie noch nicht einmal etwas geahnt hatte. Die Qualen, die ihr die ganze Zeit über verschwiegen worden waren. Man hatte sie in Watte gepackt. Doch das war nun vorüber. Sie steckte die Hände in die Manteltaschen und tastete nach dem Zettel. Nun wusste sie Bescheid.

Sie verlangsamte ihre Schritte und mit einem Mal sah sie alles vor sich. Die Wahrheit. Die Vergangenheit, die Gegenwart, die Zukunft. Und den Weg, den sie jetzt gehen würde.

I

Wenn der Tag klar
und die Brise mild ist

Die Sonne lag wie ein warmes Tuch auf seinem Gesicht, durch die geschlossenen Lider sah er Rot und Orange. Er blinzelte, ließ die Augen aber geschlossen.

Die Stille im Raum war mit den Händen greifbar.

Er schnupperte. Ein Hauch von Pfirsich und Mirabelle und etwas ... Er hob die Schale näher an sein Gesicht. Warmer Dampf ringelte sich nach oben, kitzelte seine Nase. Ingwer!, dachte er und entspannte sich.

Er stülpte die Lippen leicht vor. Schlürfte. Ja. Ingwer und Pfirsich und Mirabelle und ein Hauch von Orchidee. Alles war so, wie es sein sollte. Das lange Warten hatte sich gelohnt.

Er nahm einen zweiten und dritten Schluck, ließ die Augen immer noch geschlossen und kostete das Licht, das wie Musik in seinen Schädel floss. Dieser Tee sang ein Lied.

Die Tasse war fast leer, als er hörte, wie jemand den Raum betrat. Unter halb geschlossenen Lidern sah er seinen Assistenten auf sich zukommen. »Yuen!«

Wie war es möglich, dass Yuen ihn in *diesem* Moment störte!

»Da ist eine Dame am Telefon.«

Cho runzelte die Stirn. »Es gibt viele Damen«, sagte er, »aber nur einen Namenlosen Tee. Die Damen kann man in der Regel zurückrufen.«

Yuen beugte leicht den Kopf. »Diese hier nicht. Sie sagt, sie müsse noch diese Woche einen Termin bei Ihnen bekommen.«

Cho war versucht, seinen Mitarbeiter wieder hinauszuschicken, aber etwas an dessen Blick ließ ihn die Hand nach dem Telefon ausstrecken.

»Ja?«

Die Antwort war ein Atmen, dann ein zögerndes, beinahe ungläubiges: »Monsieur … Cho?«

»Ja.« Cho stellte die Teeschale, die er noch immer in der Hand hielt, auf das Teebrett.

»Ich … muss einen Termin für eine Gongfu Cha bei Ihnen haben. Noch diese Woche.« Die Stimme war jung, fast die eines Mädchens.

»Das mag sein. Aber ich habe diese Woche keine Termine mehr.«

»Es ist sehr wichtig. *Bitte.*« Der Tonfall der jungen Frau wurde eindringlicher.

»Sie können einen Termin bei meinem Mitarbeiter haben. Er macht sehr gute Teezeremonien.«

Ein paar Sekunden vergingen, ehe sie reagierte. Leise sagte sie nun: »Ich will aber zu *Ihnen*.«

Cho richtete sich auf. Die junge Frau klang, als würde ihr Leben davon abhängen. Sanft fragte er: »Warum muss es denn unbedingt bei mir sein?«

Wieder dieses Atmen, das mehr ein Luftschnappen war. Dann ein Räuspern und schließlich die Antwort: »Ich schreibe einen … Artikel über das Thema. Und ich habe gehört, dass Sie hier in Paris die erste Adresse in Sachen Tee sind.«

In ihrer Stimme lag etwas, das nicht ganz aufrichtig klang. Beiläufig fragte Cho: »Für wen schreiben Sie denn?«

»Oh … für *Elle à table*«, antwortete die junge Frau rasch. Ein wenig zu rasch. Und plötzlich war er sich sicher, dass es einen anderen Grund geben musste, warum sie ihn unbedingt treffen wollte.

»Na, was für ein Zufall! Grüßen Sie bitte Madame Moreau von mir. Ich nehme an, sie ist dort noch immer die Chefredakteurin?«

»Ja, ja …« Die junge Frau lachte nun, aber es klang unsicher und heiser.

Cho dachte kurz nach. Auch wenn er wirklich keine Zeit hatte – er musste wissen, warum diese Frau log.

»Dann erwarte ich Sie morgen früh um sieben bei mir im Teehaus. Sie wissen, wo ich bin?«

Ohne zu zögern antwortete sie: »Rue des Martyrs, 89.«

Eine seltsame Unruhe ergriff Cho. Er bestätigte die Adresse und wollte gerade auflegen, als ihm einfiel, dass er nicht nach dem Namen der Anruferin gefragt hatte. Schnell schob er nach: »Und wie heißen Sie?«

Erst kam nichts, dann war ein Seufzer zu hören und die Frau antwortete mit rauer, fast anklagender Stimme: »Lin. Ich heiße Lin.«

Schon als die Frau, die sich Lin nannte, das Teehaus betrat, spürte er die Intensität, die von ihr ausging.

In ihrem Blick lag eine stumme Frage. Ohne die Augen von ihm zu nehmen, streckte sie die Hand aus, mit einer eckigen und ungelenken Bewegung.

»Monsieur Cho.«

Sie sprach seinen Namen aus wie die Bestätigung einer Annahme. Ihre Stimme war sanft und sehr jung, so wie am Telefon, aber nun, da sie ihm gegenüberstand, erkannte er, dass sie älter sein musste, als sie klang – Ende zwanzig, Anfang dreißig, schätzte er.

»Mademoiselle Lin.«

Mit einem Mal fühlte Cho sich unbehaglich, und während er seine Hand aus der ihren löste, hätte er am liebsten nach Yuen gerufen und ihn gebeten, diese eigenartige Kundin für ihn zu übernehmen, damit er eine Weile allein sein konnte, um darüber nachzugrübeln, ob und wo er sie schon einmal gesehen hatte. Da war etwas wie eine rückwärts gerichtete Ahnung, ein Wiedererkennen von etwas, das einmal vertraut gewesen und durch die Kluft der Zeit fremd geworden war.

Während er sie zum Tisch der Teezeremonie führte, musterte

er sie verstohlen. Das in der Mitte gescheitelte und zu einem Knoten im Nacken geschlungene Haar, der forschende Ausdruck in ihren Augen.

»Möchten Sie ablegen?«

Sie nickte, blickte sich suchend um und stellte die Handtasche auf den Mahagonitresen. Fast zuckte sie zusammen, als Cho die Hand ausstreckte und ihr den Mantel abnahm. Warum war sie gekommen?

»Bitte setzen Sie sich.«

Ehe sie Platz nahm, warf sie einen weiteren langen Blick in die Runde. Auf die altmodische Waage, die auf der Theke stand; auf die Lampen aus chinesischem Papier; auf den niedrigen Teetisch mit den beiden Sesseln; auf das raumhohe Teeregal mit seinen tausend Dosen Tee.

Cho setzte sich ihr gegenüber auf die andere Seite des Teebretts. Er neigte kurz den Kopf zum Zeichen, dass die Zeremonie nun beginnen würde, befüllte den Kocher mit Wasser, schaltete ihn ein.

Nach einer Weile, in der er bemüht war, trotz seiner Irritation einen möglichst unverfänglichen Eindruck zu machen, zog die Frau, die Lin hieß, einen Stift und ein Heft aus ihrer Tasche und begann zu schreiben.

Das Wasser brodelte, und während Cho die Yixing Hu, die kleine Teekanne, mit kochendem Wasser befüllte, dieses dann in die an ein Milchkännchen erinnernde Cha Hai goss, um es in die Tässchen zu schütten und diese zu reinigen, musterte er sie unauffällig. Den leicht geneigten Kopf. Die Augen. Wo hatte er diese Augen schon einmal gesehen? In dem Bemühen, sich wieder zu konzentrieren, sagte er: »Gongfu Cha, das ist die Schule des duftenden Blattes.«

Es war sehr still im Raum, auch von außen drang kein Geräusch herein. Da war nur das gelegentliche Kratzen des Stiftes auf dem Papier; das Gluckern des Wassers, das aus der Kanne floss; das Rascheln der Teeblätter, die in die weiße Kanne fielen;

ein erneutes Gluckern und ein zartes Knistern, als Cho die Teeblätter spülte.

»Warum schütten Sie den Tee weg?«, fragte Lin auf einmal und fixierte ihn. Einen Moment lang hatte er das Gefühl, sie wolle ihn prüfen.

»Ich wasche die Blätter, um sie zu öffnen.«

Wieder senkte sie den Stift, kritzelte aber nur ein paar undeutliche Zeichen aufs Papier. Ihre Finger zitterten. Verwirrt wandte er den Blick von ihren Händen ab und richtete seine Aufmerksamkeit wieder auf den Tee.

Das Klappern des kleinen Tellers auf der Cha Hai; das erneute Spülen der Becher; das Klackern der Zange, mit der Cho die Becher von der Größe einer Aprikose nahm und ausgoss. Dann wieder das Bebrühen der Teeblätter, wobei er den Kessel so weit anhob, dass das Wasser in einem langen Strahl wie aus einem Wasserspeier auf die Teeblätter prasselte. Und mit einem Mal blitzte ein Bild in ihm auf, aus einer fernen Vergangenheit. Ein kleiner Raum, Männer um einen Tisch.

»Warum halten Sie die Kanne so hoch?« Wieder dieser Tonfall. Als wisse sie die Antwort bereits.

»So schenkt das Wasser dem Tee mehr Sauerstoff.«

Auf einmal fühlte er sich in seiner Ruhe gestört. Er hatte das Gefühl, etwas Fremdes ergreife von ihm Besitz. Dennoch blieben seine Bewegungen ruhig, als er den Tee in die Cha Hai und von dort in die Riechtassen schüttete. Mit gedämpftem Klackern setzte er die Trinktassen umgekehrt darauf. Blitzschnell goss er den Tee von den zylindrischen Riechtassen in die Trinktassen und sagte mit einer einladenden Geste: »Yum Cha – bitte trinken Sie!«

Ihre Augen ruhten nun ganz offen auf ihm.

Er neigte sich leicht nach vorne, hob die Riechtasse an und sog den Duft des Tees in die Nase. Es waren diese Augen. Mit einem Mal war er sich ganz sicher, sie schon einmal gesehen zu haben.

Er nahm die Tasse zwischen beide Handflächen, rollte sie und schnupperte erneut daran. Dann erst griff er nach der Trinktasse, schlürfte den Tee, behielt ihn im Mund und schluckte, als sich das volle Aroma entfaltet hatte.

In ihm tobte ein geräuschloser Sturm.

Nach der Zeremonie ging sie ohne zu zögern zum Tresen. Sie holte ihre Brieftasche heraus, legte zwei Scheine auf das kleine Tablett und wartete, dass Cho ihr den Mantel bringen würde. Ihre Bewegungen hatten alle Unsicherheit verloren. Elegant schlüpfte sie in den Mantel, den Cho ihr hinhielt. Sie schulterte ihre Tasche und ging zur Tür. Dort blieb sie stehen. Das Licht des frühen Morgens verfing sich in ihrem Haar und ihre Augen wirkten bernsteinfarben.

Sie streckte ihm ihre Hand entgegen, er nahm sie und einen Augenblick lang blieben sie so stehen, Hand in Hand. Dann lächelte sie, zum ersten Mal überhaupt. Und plötzlich wusste er es. Die Erkenntnis traf ihn mit einer solchen Wucht, dass er glaubte, der Boden würde sich unter ihm auftun. Und im gleichen Moment hörte er sie sagen: »Ich danke Ihnen. Vater.«

Cho hatte das Gefühl, in einen tiefen, dunklen Schlund zu stürzen. Er fiel und fiel, während er reglos zusah, wie die Frau, die ihn Vater genannt hatte, die Tür öffnete und auf den Bürgersteig trat, eine schmale, hochgewachsene Gestalt im dunklen Mantel. Durch die Schaufensterscheibe beobachtete er, wie sie stehen blieb und suchend nach links und rechts blickte.

Das war der Moment, in dem sich seine Erstarrung löste. Er riss die Tür auf, die Glöckchen läuteten schrill wie ein Alarm. Er lief in ihre Richtung, doch genau in dem Moment setzte sie sich in Bewegung, schlängelte sich zwischen den parkenden Autos hindurch, überquerte die Straße.

Da erst bemerkte Cho den Wagen, der dort in zweiter Reihe hielt – ein klappriger gelber R4, der aus der Steinzeit zu kommen schien. Hinter dem Steuer saß eine Frau mit rotem Haar, das ihr kaskadenartig über die Schultern fiel. Cho wollte ebenfalls die Straße überqueren, musste aber stehen bleiben, weil ein Roller vorüberknatterte. Er sah, wie Lin die Beifahrertür aufriss und einstieg, während die Rote krachend den ersten Gang einlegte. Gerade als sie anfuhr, rollte ein neuer Ampelschub von Autos heran. Cho spürte, wie Panik in ihm aufstieg. Er lief ein Stück nach vorne, konzentrierte sich auf das Kennzeichen und musste dann ohnmächtig mit ansehen, wie der gelbe R4 mit quietschenden Reifen davonfuhr. Die ersten Ziffern des Kennzeichens hatte er allerdings erkannt.

Als Yuen eintraf, fand er Cho im Hinterzimmer am Fenster stehend vor.

»Guten Morgen, Maître!«

Cho antwortete nicht.

»Monsieur Cho? Fühlen Sie sich nicht wohl?«

Langsam drehte Cho sich um. Seine Augen hefteten sich auf Yuen und er bemerkte das Erstaunen in dessen Blick, gepaart mit einem Anflug von Besorgnis.

»Es ist ... nichts.«

»Aber Sie sind weiß wie ein Laken.«

»Möglicherweise habe ich mir den ... Magen verdorben.«

»Wir haben heute noch zwei Gongfu Chas. Ich kann beide übernehmen.«

Cho betrachtete Yuen, ohne ihn wirklich zu sehen. Stattdessen blickte er in eine ferne Vergangenheit, betrachtete längst verblasste Bilder in seinem Innern. Bilder, die er in einer tiefen und dunklen Höhle versteckt hatte, mit einem Felsbrocken vor dem Eingang. Die Erinnerung an diese Zeit hatte nie wieder ans Tageslicht kommen sollen.

茶

Émilie, Juni 1978

Unten klopfte es.

Sie saß auf dem Boden gegen die Wand gelehnt, den Block auf dem Schoß, und betrachtete das Licht, das durch die Fensterfront floss.

Den Augenblick fangen, in seinem Netz aus Gold.

Sie ignorierte das Klopfen an der Werkstatttür und hob stattdessen den Stift, skizzierte die Fensterquadrate, es waren zweiundvierzig Stück, und griff schließlich nach der Kreide. Dieses Gelb brachte alles zum Leuchten. Sie liebte Gelb.

Das Klopfen wurde lauter, fordernder. Natürlich wusste sie, wer da war. Es gab nur diese eine Möglichkeit.

Sie nahm das dunklere Gelb, setzte gezielt ein paar Akzente und verrieb die beiden Töne ineinander.

»Émilie, bist du da? Mach die Tür auf!«

Sie waren gekommen, um ihr etwas zu sagen. Etwas, das sie nicht hören wollte. Sollten sie an ihren verdammten Worten ersticken!

Sie nahm die graue Kreide und arbeitete die Konturen der Rahmen deutlicher heraus. Noch einmal ließ sie ihren Blick über die Fenster gleiten, über den Abendsonnenschein, die Bäume dahinter, die zu flirren schienen. Da waren ja auch noch blaue Einsprengsel!

Am Rande ihres Bewusstseins registrierte sie, dass das Rufen und das Klopfen aufgehört hatten. Sie ließ die Kreide sinken und lauschte.

Auf einmal glaubte sie Schritte auf der Treppe zu hören. Und dann ging auch schon die Tür auf. Sie starrte auf ihre Mutter, die dort im Türrahmen stand, die Hand noch auf der Klinke. Dahinter erschien ihr Vater.

»Warum machst du nicht auf?« Die Miene ihrer Mutter war beherrscht wie immer. Ihr Vater dagegen wirkte traurig.

»Weil ich allein sein will.«

»Du bist unsere Tochter. Wenn wir mit dir sprechen möchten, erwarten wir, dass du diesem Wunsch nachkommst.«

»Was gibt es denn?« Émilie hob den Block wie einen Schutzschild vor sich.

»Wir wollen, dass du nach Hause kommst.«

»Ich bin aber lieber hier.«

Ihr Vater machte ein paar Schritte in den Raum hinein, ging hinüber zum Fenster und sagte leise: »Wir machen uns Sorgen um dich.«

Émilie schluckte. Sie wollte dieses Gespräch nicht. Warum gingen die beiden nicht einfach?

»Du bist minderjährig.« Ihre Mutter trat neben ihren Vater. Dort standen die beiden, Silhouetten vor einer Wand aus Licht.

»Nicht mehr lange.« Émilies Blick glitt nach unten.

»Madame Perrault hat mich heute Mittag angerufen.«

Émilie reagierte nicht.

»Cathérine ist tot.«

Der Satz ihrer Mutter war wie ein Messer. Ungläubig sah Émilie sie an. Was erzählte sie da mit ihrer stählernen Stimme? Als sie weitersprach, hatte Émilie Mühe, die Worte zu ordnen und ihnen einen Sinn zu geben.

»... nach einer Party bei Adrien ... haben sie gefunden ... die Beerdigung ...« Die Worte umwehten sie wie ein eisiger Hauch. Und plötzlich: »Sie sagt, dass du da mit drinsteckst. Dass du auch Drogen nimmst.«

Émilies Kopf fuhr hoch. Wie eine Blinde versuchte sie die Blicke ihrer Eltern aufzufangen, konnte die Gesichter im Gegenlicht aber nicht erkennen.

Eine Weile lang sprach keiner von ihnen ein Wort. Das Schweigen im Raum war mit den Händen greifbar. Endlich sagte ihr Vater: »Bitte pack deine Sachen und komm mit uns.«

»Ihr könnt mich nicht zwingen.«

Ihr Vater trat zu ihr, kniete sich hin und nahm ihre Hände. »Bitte, Emmi, du musst da raus. Dieses Umfeld tut dir nicht gut. Wir haben mit Jacques gesprochen. Du kannst jederzeit in der Firma anfangen.«

Émilie riss sich los und sprang auf.

»Was fällt euch ein! Versteht ihr nicht, worum es für mich geht? Wenn ich Künstlerin sein will, muss ich weiter auf die Kunstakademie!«

»Das ist doch alles Unsinn!« Die Stimme ihrer Mutter war eine Ohrfeige.

Émilie ballte die Hände und zischte: »Ich habe einen Preis gewonnen!«

»Du wirst niemals davon leben können.«

Auf einmal merkte Émilie, wie sich eine eisige Ruhe in ihr ausbreitete. Sie stand auf und ging zur Tür. Dort blieb sie stehen und drehte sich um. Betrachtete ihren Vater und sah seinen bedauernden Blick. Betrachtete ihre Mutter, die ihr vorkam wie aus Stahl, aus gehärtetem und geschliffenem Stahl.

Ruhig sagte sie: »Ich hab alles im Griff.«

Die Stählerne bohrte ihren Blick in sie. »Ich glaube nicht, dass man eine Drogensucht im Griff haben kann.« Und nach einer Pause verkündete sie: »Du kommst jetzt mit.«

Bedächtig schüttelte Émilie den Kopf. »In einem halben Jahr gehört dieses Haus mir. Und auch das Geld von Grandpère. Dann bin ich frei.«

茶

An diesem Abend schloss Cho das Teehaus später als sonst. Das Metall unter seinen Fingern fühlte sich klamm und kalt an, als er das Gitter vor dem Schaufenster herunterzog. Die Geräusche des Schlüssels im Schloss klangen überlaut in der Stille der Nacht.

Ihr Name war Lin und sie behauptete, seine Tochter zu sein. Wenn das stimmte, gab es nur eine Erklärung dafür. Doch die wollte er nicht hören, nicht nach all den Jahren.

Er überquerte die belebte Straße, ohne etwas von seiner Umgebung wahrzunehmen. Eigentlich hätte er es schon in dem Moment wissen müssen, als sie zur Tür hereinkam. Der helle Teint, die hohen Wangenknochen, das glatte schwarze Haar, die hellbraunen Augen. Und dann die Hand, die den Stift hielt. Mit einem Mal sah er jene andere weiße Hand vor sich, die auch einen Stift gehalten hatte. Doch diese Hand hatte nicht geschrieben, sondern gezeichnet. Mit federleichten Bewegungen war sie übers Papier geglitten und am Ende hatte ihn vom Skizzenblock sein eigenes Gesicht angeblickt.

Ein paar Minuten später stand er vor dem Haus, in dem er wohnte. Er hielt den Chip vor das Lesegerät und drückte die Tür auf, doch dann ließ er sie wieder ins Schloss fallen. Er würde ohnehin keine Ruhe finden.

Mit großen Schritten überquerte er die Place des Abbesses, wo die Platanen in den Himmel wuchsen, und lief die schmale Treppe zwischen den Häusern hoch. Seit er heute Morgen dem Rücken der jungen Frau hinterhergestarrt hatte, war ihm, als seien seine Gedanken die eines anderen. Wirre Bilder, die Gesichter der Chans, die Hütte am Bach. Der Duft von Räucherstäbchen, betörend. All die Jahre über hatte er Ruhe gehabt. Und nun war alles wieder da, war sie wieder da. Mit einem einzigen Wort.

Außer Atem kam er oben an und bog um die Ecke. Weiß und fast überirdisch entrückt wuchs vor ihm die Kirche in den Nachthimmel: Sacré-Cœur. Er blieb stehen und blickte von oben über die Lichter und Häuser, die Fenster und Straßen, die sich wie Furchen durch die Stadt zogen. Derselbe Anblick wie damals, als er neu in Paris war, vor über dreißig Jahren.

Irgendwann am frühen Nachmittag hatte er zu rechnen begonnen. Wie ein Besessener hatte er sich auf die Jahreszahlen gestürzt, sich an ihnen festgeklammert. Sie waren das Einzige, was er sicher wusste.

Frühling 1979. Diese eine Liebe. Noch einmal zählte er im Geiste die Jahre, sah *ihr* Gesicht und das von Lin, und kam zu dem Schluss, dass es so gewesen sein musste: Ihre gemeinsame Tochter musste Anfang 1980 geboren worden sein.

Trotzdem verstand er nicht, woher die junge Frau, die sich Lin nannte, so plötzlich gekommen war, an diesem 6. März, den er mit Sicherheit nie mehr vergessen würde. Noch viel weniger verstand er, warum sie gleich wieder gegangen war. Und wie sie ihn überhaupt gefunden hatte. Wo er Jahre damit zugebracht hatte, vergeblich nach ihrer Mutter zu suchen!

Dass Lin in seinem Teehaus aufgetaucht war, konnte nur eines bedeuten: *Sie* musste wissen, dass er hier in Paris war.

Dieser Gedanke schmerzte Cho mehr als alles andere, denn das hieß auch: Er hatte seine Zeit damit vergeudet, nach einer Frau zu suchen, die nicht von ihm gefunden werden wollte. Einer Frau, die ihm allem Anschein nach sogar willentlich aus dem Weg ging.

Trotzdem war nun, nach all den Jahren, diese fremde Tochter bei ihm aufgetaucht. Was wollte sie von ihm? Hatte *sie* Lin zu ihm geschickt? Aber warum? Und wieso war Lin gleich wieder verschwunden?

Als junger Mann – vor ihrer Begegnung – hatte er Gewissheiten gehabt. Oder zumindest ein Ziel. Er hatte gewusst, dass er die Teegärten sehen wollte. Neugierig und abenteuerlustig hatte er seine große Reise angetreten, war von Sikkim nach Assam gereist und von dort aus zu den Gärten von Shizuoka: Er hatte alles lernen wollen vom Tee. Bis zu jenem Frühjahr vor über dreißig Jahren, als er in den Bergen Yunnans aus einem klapprigen Wagen stieg.

Cho überquerte den Platz, umrundete Sacré-Cœur und bog in eine kleine Seitenstraße ein. Als er an einem Liebespaar vorüberging, das in inniger Umarmung verschmolz, wandte er rasch den Blick ab. Die Nacht ist voller seltsamer Düfte, dachte er und atmete vorsichtig, als täte er etwas Verbotenes. Da war der Hauch eines Parfüms, der Duft von Holzfeuer. Plötzlich spürte er ein überwältigendes, fast körperliches Gefühl von Verlust.

Vater. Tochter. Und nun war sie wieder weg, diese Frau, die sich Lin nannte und die seine einzige Spur zu derjenigen war, die er sein halbes Leben lang gesucht hatte.

Während er die Stufen wieder hinunterstieg, sprach er die Worte laut aus, erst einmal, dann noch einmal, und lauschte ihrem Klang. Wieder sah er Lins Gesicht vor sich, diese eigentümlichen Züge, den leicht asiatischen Einschlag, die Augen. Nein, es gab keinen Zweifel. Lin war *ihre gemeinsame Tochter*.

茶

Émilie, September 1978

Sie hatte die Matratze dicht an die Fensterfront geschoben. So konnte sie in die Bäume sehen, ohne sich den Hals zu verrenken. Lächelnd schaute sie hinaus in die Schatten.

Das Haus und sie bildeten eine Symbiose.

Sie kümmerte sich um sein Inneres, lüftete und putzte. Dafür ließ das Haus sie hier wohnen. Eine perfekte Gemeinschaft.

Manchmal sprach sie auch mit ihm. Es war ein stummes Gespräch, eines, das nur mit Gesten und Gedanken funktionierte. Zum Beispiel fragte sie das Haus um Rat. Alle ihre Fragen ließen sich mit Ja oder Nein beantworten. Wenn das Haus mit einem Ächzen des Gebälks antwortete, war es ein Ja. Wenn zuerst ein Zweig gegen die Scheibe tickte, ein Nein. Und immer wenn sie fragte, ob sie sich bei ihren Eltern melden sollte, war da der Zweig. Das Haus wollte ihr Bestes. Genau wie Grandpère. *In diesem Haus hat einmal ein Künstler gelebt, ein Bildhauer mit seiner Frau. Deswegen möchte ich, dass du es bekommst.*

Sie fror hier im Atelier. Jetzt im September war es auf einmal überraschend kalt geworden. Das wäre das Erste, was sie sich anschaffen würde, wenn sie das Geld hatte, einen Ofen. Damit sie es im Winter schön warm hätte.

Sie griff neben sich und zog den dicken Pullover über, die Wollsocken. Dann stand sie auf, nahm die Wärmflasche und ging zum Herd, entzündete das Gas und stellte den Wasserkessel auf die Flamme.

Noch immer lagen ihre Eltern ihr in den Ohren, sie solle die Kunstakademie aufgeben und in der Firma arbeiten. Was stellten sie sich eigentlich vor? Dass sie so werden wollte wie sie?

Montag bis Samstag in diesem Räderwerk. Und am Sonntag zu Hause am Schreibtisch, begraben unter einem Berg von Papieren!

Seit sie denken konnte, hatte die Firma sich über sie und ihr Leben gewölbt wie ein zweiter Himmel. Ging es der Firma gut, war er wolkenlos. Gingen die Bestellungen zurück, war die Ernte schlecht oder eine Lieferung beim Transport verdorben, liefen ihre Eltern herum wie im Dauerregen: mit eingezogenen Schultern und verschnupften Gesichtern.

Ab dem Tag, an dem sie auf der Kunstakademie angenommen worden war, hatte sich ein anderer Himmel über sie gespannt. Ein unendlich weiter, unendlich hoher Himmel.

Das Wasser begann zu brodeln und Émilie goss die Wärmflasche auf. Sie legte sich zurück auf die Matratze, kuschelte sich in die Decke und schloss die Augen.

Manchmal hörte sie Cathérines Stimme – geräuschlose Laute, die aus dem Innern ihres Schädels kamen. *Im Sommer fahren wir nach Afrika.*

Émilie drehte sich auf die Seite. Das Gute war, dass sie selbst das Zeug unter Kontrolle hatte. Sie war da ganz anders als Cathérine, anders als alle aus der Clique, das wusste sie schon lange. Sie zog nur hin und wieder eine Line, meist dann, wenn sie an etwas arbeitete, das sie besonders inspirierte. Und natürlich wäre sie auch niemals so dumm, auf Heroin umzusteigen, wie Cathérine es getan hatte. Ausgerechnet jetzt, wo ohnehin bald alles gut, ach was, fantastisch wäre! Bald würde sie ihr eigener Herr sein. Dann konnte ihr niemand mehr vorschreiben, was sie zu tun hätte.

Und in der Zwischenzeit würde sie sich auf das konzentrieren, was war. Auf jeden Fall brauchte sie eine wärmere Decke. Und zwar nicht erst, wenn sie an ihr Geld kam. Vielleicht sollte sie ein paar Sachen aus ihrem Zimmer zu Hause holen, ihr Bettzeug zum Beispiel und Decken. Sie müsste nur einen Moment abpassen, wenn ihre Eltern arbeiteten. Allerdings war sie sich nicht sicher, wie Marthe reagieren würde, wenn sie anfinge, Gegenstände aus dem Haus zu räumen. Wahrscheinlich wäre es klüger, es an einem Freitag zu tun, wenn Marthe beim Einkaufen wäre. Sie würde Adrien fragen, ob er sich das Auto seines Bruders ausleihen könnte.

Ja, dachte sie. Sie würde Adrien um Hilfe bitten.

Ein paar Tage später stand sie in strömendem Regen an der Ecke Avenue de Stalingrad/Rue de France. Ein kalter Wind fuhr ihr unter den Kragen und drückte ihr den Schirm zur Seite. Wo blieb Adrien? Er hatte schon vor einer halben Stunde da sein wollen. Typisch.

Normalerweise hätte Émilie nichts dagegen gehabt, hier zu stehen. Sie mochte diese Ecke, das ganze Viertel. Früher war sie nach der Schule manchmal hierhergekommen, ein paarmal auch mit Cathérine. Sie waren herumspaziert und hatten die Menschen beobachtet. Hier war man mitten in Paris und doch in Afrika.

Doch jetzt hatte sie keinen Blick für die bizarren Tongefäße, das fremdartige Gemüse oder die Wühltische, wo es Hosen für ein paar Francs gab. Sie würde zu spät kommen und womöglich Marthe begegnen. Verdammter Adrien.

»Salut. Steig ein.«

Ihr Kopf fuhr herum, als sie seine Stimme hörte. Ein Blick in sein Gesicht genügte, um zu sehen, warum er sich verspätet hatte. Hoffentlich kamen sie nicht in eine Polizeikontrolle. Die würden doch gleich merken, dass Adrien komplett zugedröhnt war.

Sie stieg in den alten Citroën und die beiden fuhren los. Wegen eines Staus kamen sie schließlich noch später in Marais an als gedacht. Sie würde sich beeilen müssen.

Adrien bremste vor dem Haus und nickte anerkennend. »Wow! Da würde ich doch lieber einziehen als ausziehen.«

Émilie reagierte nicht. Ihr Blick glitt über den imposanten Zaun, das schmiedeeiserne Tor und die Buchen dahinter, deren Blätter im Regen glänzten. Durch das Laub versuchte sie zu erkennen, ob hinter einem der Fenster Licht brannte. Sie öffnete die Wagentür, die Schlüssel für Pforte und Haustür in der Faust. Das Metall fühlte sich warm an. Warm und ein bisschen feucht.

»Bin gleich wieder da.«

Kalter Regen fiel auf ihr Haar, während sie das Tor aufschloss. Um kein Geräusch zu machen, mied sie den Kiesweg und lief stattdessen auf dem nassen Rasen. Sacht öffnete sie die schwere Haustür, einen Spalt nur, und lauschte in die Empfangshalle. Doch da war nichts außer dem steten Rauschen des Regens. Sie zog die Schuhe aus und huschte nach oben.

In ihrem Zimmer begann sie Schubladen aufzuziehen, holte Wäsche heraus, kramte im Kleiderschrank und stopfte alles wahllos in ihre Reisetasche. Sie rollte das Bettzeug und ein paar Decken zu einem Bündel zusammen und band einen Gürtel darum. Mit der freien Hand griff sie nach ihrer Nachttischlampe und warf einen letzten Blick in die Runde. Ja, sie hatte alles, was sie brauchte. Dann öffnete sie die Tür und lauschte.

Als nichts zu hören war, schulterte sie die Reisetasche und ging. An der Treppe kam ihr ein Gedanke. Sollte sie nicht auch ihr Sparbuch mitnehmen? Aber dazu müsste sie ins Arbeitszimmer ihrer Eltern.

Sie stellte das Gepäck ab und ging in den Westflügel. Der Korridor schien endlos und Émilie spürte die Kälte des Marmorbodens durch die dünnen Strümpfe. Vor der letzten Tür machte sie Halt und legte das Ohr daran, mit angehaltenem Atem. Nichts war zu hören außer ein paar vereinzelten Tropfen, die irgendwo auf ein Blech trafen. Sie wollte gerade die Klinke herunterdrücken, als sie ein Geräusch aus dem Raum hörte.

Das Rascheln von Papier?

Waren ihre Eltern nicht in der Firma?

Eine Sekunde lang war sie wie erstarrt. Dann lief sie los. Prallte gegen einen hohen Ständer mit Blumen, der daraufhin scheppernd umkippte. Stolperte. Rappelte sich auf.

Und rannte.

Hinter ihr ging eine Tür auf, sie hörte Adèles Stimme, die »Émilie!« rief, und gleich darauf schnelle Schritte. Blind griff sie nach Bettzeug und Tasche, umfasste die Lampe, aber ihre Mutter hatte sie schon eingeholt und packte sie am Arm. »Was machst du da?«, herrschte Adèle sie an. Émilie versuchte loszukommen, ohne den Griff um Tasche und Bettzeug zu lockern. Stumm rang sie gegen ihre Mutter an und es gelang ihr, ein paar Stufen hinabzusteigen, ohne das Gleichgewicht zu verlieren.

Doch Adèle ließ nicht locker.

In dem Moment schwang die Haustür auf und Marthe betrat die Halle, mit Einkaufstüten bepackt. Als Adèle rief: »Marthe, kommen Sie schnell!«, spürte Émilie, wie der Griff sich lockerte. Mit einem Ruck befreite sie sich, aber da langte ihre Mutter schon wieder nach ihr. Émilie fuhr herum und sah Adèle vor sich: keuchend und mit rotem, zu einer Grimasse verzerrtem Gesicht. Plötzlich fühlte Émilie eine unbändige Wut in sich aufsteigen. Wie von selbst schnellten ihre Hände vor und stießen zu. Sie bemerkte die Überraschung im Gesicht ihrer Mutter und für den Bruchteil einer Sekunde stand die Zeit still: Da waren Adèles Augen, die sich weiteten, ihre erhobenen Arme, die in einer grotesken Momentaufnahme in der Luft Halt suchten. Und wie von weit her hörte sie Marthe aufschreien.

Und dann rannte sie. Die Treppe hinunter, durch die Halle, in Strümpfen über das nasse Gras. Sie wagte nicht, sich umzudrehen.

茶

Zu Hause angekommen setzte sich Cho, ohne Licht zu machen, in seinen Sessel ans Fenster und sah hinaus in das laublose Gerippe des Baumes, das im Licht der Hoflaterne seltsam verzerrt wirkte.

Er überlegte, ob er sich noch einen leichten Abendtee zubereiten sollte, blieb dann aber sitzen. Die Gefühle, die aus dem Nichts wieder aufgetaucht waren, hatten ihn erschöpft. Nach der Begegnung in Yunnan hatte er Jahre gebraucht, um sein inneres Leben in jene Bahnen zu lenken, in denen es nun verlief. Nach seinem Abschied vom Garten der tausend Träume war er monatelang umhergezogen und schließlich doch nach Paris gereist, in der irrwitzigen Hoffnung, *sie* dort zu finden.

Er hatte nicht viel gewusst, nur dass sie aus dieser Stadt kam und Studentin war. Das zumindest hatten die Chans ihm erzählt. Sie selbst hatte nicht viel von sich gesprochen.

In den ersten Wochen nach seiner Ankunft in Paris hatte er sich ständig in der Nähe der Sorbonne herumgetrieben und in die Cafés und Bars gespäht, obwohl er nicht einmal genau wusste, was sie studierte. Während er sich, einer bloßen Annahme folgend, bis zur Abteilung für chinesische Sprache und Kultur durchfragte, begann er zu zweifeln, ob sie überhaupt irgendetwas studierte. Jetzt erinnerte er sich daran, wie er in dieser ersten Zeit oft geglaubt hatte, sie in einem Vorlesungssaal sitzen zu sehen oder in einem Bus, am Ende eines Métrobahnsteigs, das glatte dunkle Haar auf den Schultern.

Aber immer war es eine Fremde gewesen.

Irgendwann war sein Geld dann aufgebraucht gewesen und er musste sich Gedanken über seine Zukunft machen. Er hatte in einem Teegeschäft im Quartier Latin zu arbeiten begonnen, denn das war das Einzige, womit er sich auskannte: mit Tee. Zunächst ein Jahr, dann zwei, drei Jahre. In diesen Jahren war die absurde Hoffnung, sie zu finden, in sich zusammengesackt, aber nie ganz versiegt.

Erst nachdem er sich mit einem eigenen Laden in Montmartre niedergelassen hatte, verblasste die Erinnerung an sie allmählich, wie eine Tuschezeichnung, die zu lange dem Licht ausgesetzt ist. Doch wie eine solche Zeichnung weiter an einer Wand hängen bleibt, auch wenn sie aus lauter Gewohnheit niemand mehr wahrnimmt, war die Erinnerung doch immer da gewesen. Bis heute.

Nach all den Jahren hatte er die Ähnlichkeit nicht gleich zuordnen können. Natürlich auch deshalb, weil Lin größer war und auch Züge von ihm, ihrem Vater, trug. Und doch war da diese grundlegende Übereinstimmung in den Gesten, in der Mimik, in den Augen.

Ein Licht ging an im Haus gegenüber. Cho sah eine schemenhafte Gestalt hinter einem Fenster und einen roten Vorhang, der zugezogen wurde. Ja, dachte er plötzlich. Genau so war es damals gewesen: Der Vorhang war völlig unerwartet zugezogen worden, das Stück war vorbei gewesen. Er hatte Jahre gebraucht, um dieses plötzliche Ende zu verkraften.

Abrupt stand er auf und ging ins Bad, nahm die Zahnbürste in die Hand und betrachtete sich einen Moment lang im Spiegel über dem Waschbecken. Erstaunt registrierte er, dass er aussah wie immer. Sein Gesicht glatt und gleichmütig, fast entspannt. Dabei tobten in seinem Kopf wieder die gleichen quälenden Fragen wie vor dreißig Jahren. Wo war sie? Warum hatte sie ihr Versprechen gebrochen? Wieso war sie nie zu ihm zurückgekehrt?

Er wandte den Blick ab und putzte die Zähne, zog sich mit mechanischen Bewegungen aus und stieg unter die Dusche. Während der heiße Strahl auf seine Schultern prasselte, stürzten weitere Fragen auf ihn ein. Wenn sie gewusst hatte, wo er war, warum hatte sie ihn dann niemals besucht? Was hatte sie bewogen, ihm zu verheimlichen, dass er ein Kind hatte? Und warum um alles in der Welt hatte sie dieses Kind alleine großgezogen?

Aber vielleicht war das ja gar nicht der Fall. Vielleicht war ein anderer Mann an seine Stelle getreten. Plötzlich fühlte sich Cho eingesperrt in seinem eigenen Kopf. Er stellte das Wasser ab und blieb reglos stehen. Vielleicht gab es ja einen besonderen Grund, dass diese junge Frau ... seine Tochter ... ihn erst jetzt aufgesucht hatte. Wahrscheinlich war irgendetwas geschehen, das sie dazu gebracht hatte, ihrer Tochter gerade jetzt die Wahrheit zu sagen. Verdammt noch mal, hatte er nicht ein Recht zu erfahren, was passiert war?

Er trat aus der Dusche und begann sich mit immer energischeren Bewegungen trocken zu rubbeln. Er hatte jetzt zwei Möglichkeiten: Alles so zu lassen, wie es war. Oder sich noch einmal auf die Suche zu machen. Nach dieser Tochter. Nach *ihr*. Nach der Wahrheit.

茶

2

In einem bemalten Boot

nahe einer kleinen Holzbrücke

Émilie, Mitte Oktober 1978

Seit dem Besuch zu Hause schlief sie nicht mehr. Das Muster war immer dasselbe. Vor lauter Erschöpfung sank sie zwar gegen acht meist in einen unruhigen Schlaf, doch schon bald darauf schreckte sie wieder hoch und fand danach keine Ruhe mehr.

Auch in dieser Nacht lag sie mit offenen Augen da und beobachtete die weißen Wolkenfetzen, die vor einem hellen, runden Mond über den Nachthimmel fegten. Und dazu jagten sich in ihrem Kopf wirre, gespenstische Bilder: Der Bildhauer, dem dieses Haus früher gehört hatte und den sie nur aus den Erzählungen ihres Großvaters kannte. Cathérine, eine afrikanische Yamswurzel in der Hand. Ihre Mutter auf der Treppe, mit verrenkten Gliedern.

Das ist doch nicht deine Schuld, Herrgott noch mal.

Adriens Stimme, ungeduldig.

Natürlich hatte er recht. Sie hatte nur geholt, was ihr gehörte. Adèle hätte sich ihr nicht in den Weg stellen dürfen.

An jenem Freitagabend war sie noch einmal nach Marais zurückgekehrt, war die Straße auf und ab geschlichen und hatte vom Gehsteig gegenüber das Haus ihrer Eltern beäugt. Immer wieder hatte sie die stumme Haustür angestarrt und sie beschworen, sich zu öffnen. Hatte sich sehnlichst gewünscht, Adèle möge in der Tür erscheinen. Aber die Tür war zu geblieben, die Fenster dunkel. Und schließlich war sie gegangen.

Mit einem Ruck setzte Émilie sich auf und strampelte die Decke ab. Vornübergebeugt blieb sie sitzen, die Hände um den Kopf gekrampft.

Später hatte sie angerufen. Nur ein Lebenszeichen, ein Mal

das ungeduldige »Hallo!« ihrer Mutter am Telefon hören. Dann wäre alles wieder gut gewesen. Aber immer war es nur Marthe, die den Hörer abgenommen hatte. Und Émilie hatte geschwiegen.

Fröstelnd knipste sie die kleine Nachttischlampe an, die neben der Matratze auf dem Boden stand. Im Lichtkegel lag das Tütchen mit dem braunen Zeug, das Adrien ihr mitgebracht hatte. Zum Probieren.

Damit du mal wieder runterkommst, hey!

Als ob es so einfach wäre.

Sie griff nach ihrem Pullover und zog ihn über. Lange würde sie diese Ungewissheit nicht mehr ertragen. Aber natürlich lebt Adèle noch, sagte sie laut in den halbdunklen Raum und ihre Stimme hallte von den leeren Wänden. Wenn sie tot wäre, hätte man sie doch längst verständigt! Dann wäre ihr Vater – oder die Polizei – gekommen. Bestimmt ging es ihr gut. So wie es ihr immer gut gegangen war. Sie war doch nie krank. Na ja, vielleicht hatte sie eine Beule am Kopf.

Vielleicht aber auch mehr.

Diese verhassten Stimmen. Sie wollte sie nicht länger hören. Émilies Finger glitten durch ihr Haar, krallten sich fest. Wenn sie sich diese Gedanken doch nur aus dem Kopf rupfen könnte! Endlich wieder schlafen. Ihr Blick glitt zurück zu Adriens Tütchen. *Eine kurze Pause von allem.* Das könnte sie wirklich gebrauchen.

Und dann griff sie danach.

茶

»Maître!«

Cho blickte auf. »Ja?«

In der Tür stand Yuen, ein Päckchen in der Hand.

»Der Bai Hao Yin Zhen ist da!«

»Ah … schön.« Cho nickte knapp und wandte seinen Blick wieder dem Bildschirm zu. Die Seiten, die Google ihm als Erstes vorgeschlagen hatte, brachten ihn nicht weiter – *LIN (Local Interconnect Network)* und ähnlich aufschlussreiche Dinge. Noch einmal gab er den Namen ein, diesmal mit Ypsilon, Doppel-N und ein paar zusätzlichen Suchbegriffen.

Ein Räuspern von der Tür. Warum stand Yuen denn immer noch da?

»Ist sonst noch etwas?«

Mit unbewegter Miene schüttelte Yuen den Kopf und schloss leise die Tür. Cho starrte wieder auf den Monitor. Eine Stunde später hatte er sich Fotos der verschiedensten Lins, Lynns und Linns angeschaut, hatte ihr ungefähres Geburtsdatum rekonstruiert und versucht, sie in diversen sozialen Netzwerken ausfindig zu machen. Erst spät war er darauf gekommen, die Nummer auf dem Display seines Telefons zu suchen. Aber der Anruf – vorgestern um 14.07 Uhr, das musste sie gewesen sein – war unterdrückt erfolgt. Blieb also nur noch das Autokennzeichen. Und da hieß es warten.

Gleich als Erstes an diesem Morgen hatte er Jean-Luc Bassot angerufen, einen Kunden seines Teehauses, den er seit vielen Jahren kannte und der bei der Zulassungsstelle arbeitete. Er hatte ihn gebeten, die Halterin des gelben R4 für ihn zu finden.

Chos Augen brannten. Er klappte den Laptop zu, trat ans Fenster und sah hinaus in den grauen Märzvormittag.

Nachts hatte er wenig geschlafen. Gegen drei Uhr war er das erste Mal aufgewacht, und als er die Augen geöffnet hatte, war *sie* da gewesen – ganz kurz nur, aber in einer Klarheit, die ihn erschreckte. Er hatte sie deutlich vor sich gesehen, an einem Tag vor über dreißig Jahren auf dem Marktplatz jener Stadt in Yunnan: die schlanke Gestalt im dunkelroten, bis zum Hals geschlossenen Samtkleid mit der rosa Blüte, das Haar in der Mitte gescheitelt und zu einem Knoten im Nacken geschlungen. Und auch die anderen hatte er vor sich gesehen, die ganze Reihe der Mädchen, alle im gleichen roten Samt, mit der gleichen Blüte, wie sie mit identischen Bewegungen Tee zubereiteten.

Cho wandte den Blick von den Fahrrädern im Hinterhof. Er ging zum Wasserkocher und öffnete das Päckchen, das Yuen daneben gelegt hatte. Normalerweise war dies einer der kostbarsten Augenblicke im ganzen Teejahr: die neue Ernte, der allererste Bai Hao Yin Zhen!

Doch dieses Mal war alles anders.

Geistesabwesend riss er das braune Papier auf, öffnete den Karton und holte die silberne Packung heraus, schnitt sie auf und schnupperte.

Dabei hatte er sich so sorgfältig eingerichtet in diesem neuen Leben. Viele Jahre waren vergangen, seit er den Garten der tausend Träume hinter sich gelassen hatte – Jahre, in denen sich seine Gewohnheiten immer mehr verfestigt hatten. Im früheren Leben war Cho ein Wanderer gewesen. Nun war er sesshaft und eine Reihe von festen Ritualen prägte seinen Alltag. So stand er jeden Tag vor dem Morgengrauen auf, machte einen Spaziergang über den Hügel und anschließend seine Übungen, öffnete das Teehaus, überprüfte die Bestände mit Yuen, polierte das Mahagoniregal, in dem die tausend Tees in ihren grünlichen Büchsen standen, kümmerte sich um seine Geschäfte, nahm mittags bei Madame Tibault ein leichtes Mahl zu sich – meist auf Gemüse- und Getreidebasis und so zubereitet, dass es seine Geschmacksnerven nicht durcheinanderbrachte. Mehrmals in der Woche führte er am Nachmittag Teeverköstigungen durch und die Abendstunden verbrachte er für gewöhnlich mit seinen Studien, bis er meist kurz vor Mitternacht erneut zu seinem Spaziergang aufbrach, der ihn über die Place des Abbesses und die Treppen hinauf zu Sacré-Cœur führte. Um kurz nach halb eins ging er zu Bett, um dennoch bereits vor Morgengrauen den neuen Tag zu beginnen.

So hatte er seine Tage und Nächte verbracht, bis gestern früh. Doch dann war aus dem Nichts diese junge Frau aufgetaucht und hatte sein wohlgeordnetes Leben mit einem einzigen Wort in die Luft gejagt.

Er atmete tief ein. Der Tee duftete so, wie er duften sollte. Und bald käme Yuen, um ihn nach dem Aroma zu fragen. Cho nahm einen Löffel zur Hand und füllte Teeblätter in die Probierkanne. Doch mitten in der Bewegung hielt er inne. Nein, dachte er. Er konnte hier jetzt nicht stehen und Tee trinken. Die Zeit des Wartens war vorbei.

Er riss die Tür auf, durchquerte mit großen Schritten den Verkaufsraum und zog seinen Mantel von der Garderobe. Er musste Bassot klarmachen, dass es dringend war. Dass er die Adresse der Frau *sofort* brauchte. Das Letzte, was er sah, als er mit Schwung die Tür zur Straße aufzog, war Yuens entgeisterter Blick.

茶

Adèle, Ende Oktober 1978

Im diffusen Licht, das durch die Glaswand fiel, betrachtete Adèle ihre schlafende Tochter. Das Gesicht auf dem Kissen war schmal und voller Schatten, das Haar strähnig, die Haut über den Wangenknochen viel zu straff. Wo war sie hin, ihre Émilie, ihr kleines Mädchen?

Es kostete sie Mühe, anzuerkennen, dass die junge Frau, die dort im Krankenhausbett lag, tatsächlich *ihre* Tochter war. Die letzten Monate waren ein einziger Albtraum gewesen: Erst der Tod Cathérines und die Nachricht von Émilies Sucht. Dann Émilie allein in diesem Geisterhaus. Ihr verzweifeltes Gesicht auf der Treppe. Und schließlich der Stoß, der Sturz.

Wie hatte es nur so weit kommen können? Natürlich wusste Adèle, dass Émilie ihr niemals hatte schaden wollen. Das Mädchen war krank und konnte nicht anders. Außerdem war das Ereignis auf der Treppe inzwischen unwichtig geworden. Schließlich war es vergleichsweise gut ausgegangen, Adèle war mit einer schweren Gehirnerschütterung und einem gebrochenen Handgelenk davongekommen. Jetzt zählte nur, dass Émilie lebte.

Adèle legte die gesunde Hand auf ihre Augen.

Sie wollte den Anblick nicht mehr sehen, der auf ewig in ihr eingebrannt war, seit sie und Pierre sich mit Gewalt Einlass in das ihr so verhasste Haus verschafft hatten: Der große leere Raum. Die Matratze am Fenster. Der leblose Körper ihrer Tochter. Noch jetzt klang ihr Pierres Aufschrei in den Ohren, der Schmerz, der seine Stimme so fremd gemacht hatte. Diese alles erstickende Angst.

Draußen auf dem Gang, hinter der Glaswand der Intensivstation, lief eine Schwester vorbei. Adèle wischte sich mit dem Ärmel über die Augen. Kleine Émilie, ich habe dich allein gelassen, dachte sie. Ich hätte dich nie, niemals auf diese Schule lassen sollen, ich hätte es wissen müssen. Schon als Kind hast du dich in deiner Traumwelt vergraben, einer Welt aus schönen Kleidern und Prinzessinnen. Warum habe ich nur nachgegeben?

Schon seit Langem machte sich Adèle Vorwürfe, dass sie nicht darauf bestanden hatte, Émilie in die überschaubare Welt des Familienunternehmens aufzunehmen. Mit Güte und Beharrlichkeit hätte sie es vielleicht geschafft. Doch bei diesem Gedanken schüttelte Adèle den Kopf. Sie hatte es ja versucht, mit allem Nachdruck hatte sie es versucht. Doch Émilie, die sich sonst nur entzog, wenn sie etwas nicht wollte, hatte zum ersten Mal offenen Widerstand geleistet, dazu auch noch über einen unendlich langen Zeitraum. Und sie war ja auch aufgeblüht auf der Kunstakademie, unter all diesen seltsamen jungen Leuten mit ihren seltsamen Ideen, hatte mit einer ihrer Arbeiten sogar einen renommierten Preis gewonnen. Pierre und sie waren verblüfft gewesen – und stolz. Zum ersten Mal waren sie ihrer zarten, in sich gekehrten Tochter auf Augenhöhe begegnet. Mehr noch: Sie hatten sie bewundert und über ihre eigenartige Fantasie gestaunt, die in einer Skulptur aus Draht und Pappmaschee zum Ausdruck kam.

Reglos und mit aufgestütztem Kopf saß Adèle im Halbdunkel da und lauschte auf die Stille, die nur gelegentlich vom leisen Summen eines Apparats unterbrochen wurde. Durch die offene Tür hörte sie Schritte näher kommen, bald darauf erschienen weiße Gesundheitsschuhe in ihrem Gesichtskreis. Sie richtete sich auf und sah in die freundlichen braunen Augen einer Schwester.

»Bonsoir, Madame.«

»Bonsoir.« Adèle lächelte matt.

Die Schwester trat an Émilies Bett und kontrollierte die vielen Sensoren und Schläuche, an die Émilie angeschlossen war. Adèle erhob sich, trat zum Fenster und sah in den Abend hinaus.

Die kleine Privatklinik lag nur wenige Gehminuten von ihrem Heim entfernt; Adèle war oft hier vorübergegangen, ohne zu ahnen, was das für ein Haus war. Nun blickte sie nach draußen in die Dunkelheit. Es hatte zu regnen begonnen und der Wind bauschte das Laub, zerrte ungeduldig an den Ästen.

Hinter sich hörte sie die Schwester hantieren und beobachtete im Spiegelbild der Scheibe, wie die Frau sich über Émilie beugte und ihr kurz über die Arme strich – mit einer sehr zarten Geste, fand Adèle. Sie drehte sich um und beobachtete die Schwester nun direkt dabei, wie sie irgendetwas an Émilies Handgelenk kontrollierte. Doch die mageren Arme und die blauen Flecken, die sich um die Einstichstellen gebildet hatten, ließen sie die Augen schnell wieder abwenden.

Émilie war schon immer ein Sorgenkind gewesen. Aber nicht wegen dem, was sie getan hatte – Anlass zur Sorge gab eher all das, was sie *nicht* getan hatte. Sie war ein blasses, fügsames, verträumtes und – ja – wunderschönes Kind gewesen, das sich lieber in seinem Zimmer vergrub, das stundenlang malte und Anziehpuppen bastelte und diese mit einem Meer an Kleidern ausstattete, statt mit Freundinnen zu spielen. Alle Versuche, andere Mädchen zum Spielen einzuladen, waren an der einzelgängerischen Art ihrer Tochter gescheitert. Irgendwann hatte Adèle aufgegeben und Émilie in ihrer Welt gelassen, dieser zweidimensionalen Papierpuppenwelt.

Die Schwester nickte ihr zu und Adèle antwortete mit einem zerstreuten Lächeln. »Möchten Sie nicht einen Moment rausgehen, vielleicht einen Kaffee trinken?«

Adèle schüttelte den Kopf. Und fasste in diesem Moment einen unumstößlichen Entschluss: Wenn Émilie das hier überlebte, würde sie, Adèle, alles tun, um ihre Tochter zu beschützen. Vor diesen Drogenfreunden und vor sich selbst.

茶

Cho fuhr selten mit der Métro, die Enge dort unten war ihm zuwider; wann immer es möglich war, ging er zu Fuß. Aber jetzt fehlte ihm dafür die Zeit.

Bassot hatte ihm gestern Abend mitgeteilt, dass die Halterin des gelben R4 Claire Laurent hieß und auf einem Hausboot in der Nähe der Pont d'Austerlitz wohnte.

Als die Métro heranraste und ihm die dunklen, dichten Haare ins Gesicht fegte, trat er einen Schritt zurück und blinzelte. Ein seltsam warmer Wind strich ihm über die Wangen und reflexhaft fragte sich Cho, wonach es hier eigentlich roch – nach Kohle? Er bestieg den hintersten Wagen, der noch relativ leer war, und mit einem Mal kam es ihm vor, als säße er in einem Zug, der ihn in ein völlig anderes Leben führen sollte. Er schloss die Augen und spürte dem Gefühl nach. Da war plötzlich wieder diese allumfassende Sehnsucht. Er hatte geglaubt, sie hinter sich gelassen zu haben, aber das war ein Irrtum. Sie war nur begraben gewesen unter dem Gewicht der Jahre.

Als Cho wieder ans Tageslicht gelangte, umtoste ihn der Verkehr. Er überquerte die Pont d'Austerlitz und stieg auf der anderen Seite der Seine die Treppe zum Quai hinunter. Langsam wurde der Verkehrslärm zu einem Hintergrundrauschen und Cho atmete auf.

Unten angekommen schritt er die Boote ab, die dort vertäut waren, und versuchte sich zu vergegenwärtigen, wie die Frau am Steuer des gelben Renault ausgesehen hatte. Sie musste etwa im gleichen Alter sein wie er selbst, doch sonst erinnerte er sich nur an ihr üppiges rotes Haar.

Forschend betrachtete er die acht Boote am Ufer und überlegte, welches wohl Claire Laurent gehören mochte. Ein Hauch von Frühling lag in der Luft: Die Wellen plätscherten gegen die Bootsrümpfe und ein sanfter Wind wehte durch sein Haar.

Im Garten der tausend Träume blühten nun die Teebäume.

Da hörte er ein blechernes Poltern von einem der Boote. Er hob den Blick und sah einen alten Mann, der einen Eimer in der Hand hielt. Rasch ging er auf das Boot zu und rief: »Ich suche Madame Laurent. Wissen Sie, welches Boot ihr gehört?«

Der Mann musterte ihn und brummte unwillig: »Glaub nicht, dass die da ist. Hab sie schon ein paar Tage nicht gesehen. Was wollen Sie denn von ihr?«

Cho, der nichts so gut beherrschte wie das Schweigen, antwortete nicht, sondern fragte noch einmal nach Claires Boot. Schließlich deutete der Alte schulterzuckend nach rechts: »Das schwarzweiße da hinten. Aber Sie werden kein Glück haben.«

Der Steg wippte unter seinen Schritten und das Geländer, das aus einer Kette bestand, rasselte leicht. Auf dem Deck angekommen, blieb er stehen und sah sich um. Das Boot machte einen vernachlässigten Eindruck. Da war ein Tisch, auf dem Regen und Wind die Spuren der Jahre hinterlassen hatten, und an der Eingangstür zur Kajüte standen zwei Pflanzkübel mit blattlosen, struppigen Bäumchen, die offenbar schon Jahre nicht mehr gegossen worden waren.

Eine Klingel schien es nicht zu geben. Langsam ging er um die Kajüte herum und überlegte, ob er einfach klopfen sollte. Da hörte er hinter sich ein leises, böses Knurren. Vorsichtig drehte er sich um und stand einem Schäferhund gegenüber. Das Tier ließ den Blick nicht eine Sekunde von ihm und fletschte die Zähne. Ohne den Kopf zu drehen, sah Cho sich nach jemandem um, der den Hund hätte zurückrufen können, aber da war niemand. Also tauchte er seinen Blick still in den des Hundes, und so standen sie beide da, er und der Hund, die Augen ineinander verhakt wie die zweier Liebender.

Kurz darauf hörte man ein dünnes Fiepen, dann ein Winseln. Der Hund wandte sich ab, den Schwanz zwischen die Beine geklemmt, und trottete um die Ecke. In diesem Moment ging die Tür auf und eine Frau stand vor Cho. Er schätzte sie auf Ende vierzig. Sie hatte langes, wirres rotes Haar. Mit der rechten Hand, an der ein Ring mit einem riesigen grünen Stein steckte, hielt sie einen ebenfalls grünen Morgenmantel zu. Um das eine Knie trug sie einen Verband. Sie rief nach dem Hund, und als der kurz darauf um die Ecke trottete, sagte sie mit rauer Stimme: »Du bist ja ein toller Wachhund.« Dann, an Cho gewandt: »Was haben Sie mit ihm gemacht? Ihn verhext?« Sie warf ihm ein kokettes Lächeln zu.

Räuspernd verbeugte er sich. »Mein Name ist Cho und ich suche Mademoiselle Lin.«

Augenblicklich änderte sich ihr Gesichtsausdruck. »Hier wohnt niemand, der so heißt.«

Dann humpelte sie rückwärts in die Kajüte hinein und wollte die Tür hinter sich schließen.

»Ich habe Sie zusammen gesehen, vor meinem Teehaus.«

Die Frau holte Luft, wie um etwas zu sagen, überlegte es sich dann aber anders und warf die Tür ins Schloss.

Zur Tür sagte Cho: »Warum lügen Sie?«

Eine halbe Minute verging, ehe die Frau wieder erschien und antwortete: »Ich lüge nicht. Sie wohnt hier nicht.«

Die Frau humpelte zurück in die Kajüte, was Cho als Einladung nahm, ihr zu folgen. Auf der Schwelle blieb er stehen. Er sah, wie die Frau sich auf eine Couch sinken ließ. Der Hund setzte sich in Habachtstellung vor sie und hielt den Blick unverwandt auf Cho gerichtet. Schließlich warf sie ihr Haar in den Nacken und sagte: »Machen Sie doch die Tür zu, es ist kalt!«

Cho trat ein. Eine Weile lang fixierte die Frau ihn schweigend.

»Wenn Lin gewollt hätte, dass Sie Kontakt zu ihr aufnehmen, hätte sie Ihnen ihre Adresse gegeben.«

Jetzt erst bemerkte Cho den Geruch. Eine Mischung aus kaltem Rauch und Terpentin und – ja – diesen grauenhaften gelben Duftbäumen, die manchmal am Rückspiegel von Taxis baumelten. Er atmete flacher.

»Ich muss mit Lin sprechen.«

»Und da kommen Sie zu mir?«

Cho räusperte sich. »Sie sind die einzige Spur, die ich habe.«

»Wollen Sie mir nicht etwas mehr verraten?«

Cho ließ den Blick durch den Raum schweifen, verweilte bei einem überdimensionalen Tapeziertisch, auf dem jede Menge Einmachgläser mit Farbtuben und Pinseln standen. Auf einem kleinen Schränkchen direkt neben ihm stand ein Foto, auf dem eine jüngere Claire Laurent zu sehen war – auf dem Bild trug sie eine komplizierte Frisur aus unzähligen hoch aufgetürmten kleinen Zöpfen. Er wandte den Blick ab und sagte: »Mademoiselle Lin hat mich vorgestern zu einer Teezeremonie aufgesucht und mir danach etwas sehr Wichtiges mitgeteilt. Darüber muss ich unbedingt mit ihr sprechen.«

Claire Laurent beugte sich vor und fuhr dem Hund durchs Fell, der immer noch mit gespitzten Ohren vor ihr saß. Mit ihrer rauchigen Stimme antwortete sie: »Lin hat mich gebeten, sie nach Montmartre zu fahren. Sie sagte, sie müsse ein ... schwieriges Gespräch führen.«

Cho bemerkte das gewisse Funkeln in ihrem Blick, mit dem Frauen ihn manchmal ansahen. Er war sich plötzlich sicher, dass Claire Laurent bereit war, näher mit ihm zu reden. Aber was, wenn sie wirklich nicht Bescheid wusste? Wenn Lin ihr den wahren Grund ihres Besuchs verschwiegen hatte? Er rief sich noch einmal das Bild vor Augen: die junge Frau, die eilig den Wagen bestieg, und die etwas ältere Rothaarige, die in zweiter Reihe gewartet hatte und augenblicklich losgebraust war. Nein, dachte er. Das hatte für ihn nicht nach Unwissenheit ausgesehen. Mit wild klopfendem Herzen hörte er sich selbst sagen: »Sie hat mich *Vater* genannt.«

Wie gebannt fixierte er Claire Laurent. Hatte da nicht etwas gezuckt in ihrem Gesicht? Warum sagte sie ihm nicht, wo er Lin finden konnte? Mit einem Mal war er davon überzeugt, dass sie *alles* wusste.

Doch statt zu antworten, erhob sie sich nur mühsam und humpelte hinüber zum Tisch, wo sie nach einer Packung Gauloises griff und sich eine Zigarette herausklopfte. Ungeduldig beobachtete er, wie sie zur Couch zurückhumpelte und sich vorsichtig herunterließ. Als sie saß, war ihr Bademantel verrutscht und ließ ihren bloßen Oberschenkel sehen. Sie schien es nicht zu merken.

»Wenn es stimmt, was Lin zu mir gesagt hat, dann bin ich ihr Vater!«

Sie warf ihm einen langen Blick zu, zündete sich die Zigarette an, nahm einen tiefen Zug und blies den Rauch durch die Nase aus. Unvermittelt beugte sie sich vor und sagte mit heiserer Stimme: »Hören Sie! Sie bringen mich in eine schwierige Lage. Wenn Lin weiteren Kontakt zu Ihnen gewünscht hätte ... Warum hat sie Ihnen dann nicht ihre Nummer hinterlassen?«

»Genau das frage ich mich auch! Diese junge Frau, diese Lin, kommt zu mir, behauptet, meine Tochter zu sein, und dann verschwindet sie einfach. Was soll das Ganze? Ich habe sie schließlich nicht gebeten, mich zu besuchen.« Abrupt brach er ab. Es war lange her, seit er zum letzten Mal die Stimme erhoben hatte. Er atmete tief durch und fuhr dann etwas gefasster fort: »Jedenfalls bin ich der Meinung, dass ich das Recht habe, mehr zu erfahren. Würden Sie sie jetzt bitte kurz anrufen und das klären?«

Claire Laurent blies den Rauch aus. »Lin ist jetzt bei der Arbeit, und bei *Thés-des-Anges* rufe ich garantiert nicht an! Lassen Sie Ihre Nummer da. Ich melde mich bei Ihnen, wenn ich mit Lin gesprochen habe.«

Cho stand da, völlig erstarrt. »Was sagten Sie gerade?«

Claire Laurent warf ihm einen amüsierten Blick zu. »Dass ich sie nicht bei der Arbeit stören will.«

Kurz glaubte Cho ein Klingeln im Ohr wahrzunehmen. Er schnappte nach Luft. Lin arbeitete bei *Thés-des-Anges*, ausgerechnet dort? Er fragte sich, ob das alles real sein konnte: Zuerst tauchte aus dem Nichts heraus eine Tochter auf und jetzt sollte sie auch noch etwas mit *Thés-des-Anges* zu tun haben? Mit dem Teeimperium, das ihn unbedingt als Mitarbeiter gewinnen wollte und schon seit Jahren mit allem Nachdruck um ihn warb!

Als er Claire Laurents Blick auf sich spürte, straffte er die Schultern und fragte: »Was genau tut Lin dort?«

Claire Laurent schien abzuwägen, ob sie ihm diese Information geben durfte oder nicht. Schließlich strich sie sich mit einer aufreizend langsamen Geste das Haar aus dem Gesicht und sagte: »Zurzeit bereitet sie den Tee.«

»Im Salon?«

»Genau.« Sie drückte die Zigarette in einem steinernen Aschenbecher aus. »Sie ist der Maître de Thé dort.« Dann lehnte sie sich zurück und bedachte ihn mit einem sphinxhaften Lächeln.

茶

Émilie, Anfang Dezember 1978

Sie hatte überlebt. Das Kokain, das Heroin, Cathérines Tod.

Ihren eigenen Tod.

Und dann hatte Adèle ihr einen Platz in dieser Klinik besorgt, zum Entzug, ein halbes Jahr. Doch länger als drei Wochen hatte sie es nicht ausgehalten. Nachdem die sogenannte Entgiftung vorbei war, hatte Émilie ihre Tasche gepackt und war mit dem Überlandbus nach Hause gefahren.

Sie wollte das alles nicht, ertrug es nicht.

Diese sinnlosen Gespräche, bei denen Leute, all diese Junkies, zu denen sie ja nun wirklich nicht gehörte, im Kreis herumsaßen und von ihrer Drogensucht erzählten. Davon, wie sie sich gefühlt hatten, sich fühlten, sich gerne fühlen würden.

Von ihren Eltern war allerdings auch nicht viel Gutes zu erwarten. Das war Émilie durch Adèles Gesichtsausdruck klar geworden, als die vorhin die Haustür geöffnet und ihre Tochter erblickt hatte. Émilie hatte nicht nach Hause gewollt, aber wohin hätte sie sonst gehen können? Die Schlüssel zu ihrem Haus hatten sie ihr abgenommen, da konnte sie erst mal nicht wieder hin.

»Ich weiß nicht, ob du schon so weit bist …«, sagte Adèle jetzt. »Du solltest dir noch etwas Zeit gönnen. In der Klinik, meine ich.«

Émilie wandte den Blick ab. Sie sah auf ihre Schuhspitzen und von dort wieder hoch, durchs Fenster des Salons in die winterkahlen Bäume. Nur ein Baum, es war eine Buche, leuchtete noch in rostroter, üppiger Pracht. Ein schmerzhaft schöner Anblick, der Émilie wehmütig machte. Das Leben verging, überall und immer, nur an ihr blieb es kleben wie schwarzes Pech.

»Kind.«

Adèle streckte eine Hand aus, wollte ihr übers Haar streichen. Sie wich zurück.

»Sei doch vernünftig. Geh zurück in die Klinik, mach die Kur. Dann wird man sehen.«

Émilie löste ihren Blick von der rostroten Buche und heftete ihn auf ihre Mutter.

»Was wird man sehen? Und wer soll das überhaupt sein – *man?*«

»Du. Es geht um dich. Und was du machen möchtest. Danach.« Die sonst so glasklare, ja kühle Stimme ihrer Mutter klang ungewöhnlich sanft. Émilie lauschte den Worten noch eine Weile nach, während ihr Blick sich erneut im Gewirr der Zweige und Blätter draußen verfing.

»Ich will wieder auf die Kunstakademie. Weitermachen.«

Adèles Miene verschloss sich. Als habe jemand eine Tür geschlossen, dachte Émilie, geschlossen und verriegelt. Trotzig erwiderte sie den Blick ihrer Mutter und wappnete sich gegen das, was käme. Und es kam.

»Das wirst du nicht tun.«

Émilie betrachtete ihre Mutter fassungslos und schwieg. Erst nach einer Weile sagte sie: »Du kannst mich nicht daran hindern.«

»Ich werde dir die Akademie nicht mehr finanzieren. Dieses Umfeld tut dir nicht gut.«

»In einem Monat bin ich volljährig. Und du vergisst wohl, dass ich dann selbst Geld habe.«

Die beiden maßen sich mit stummen Blicken, bis Adèle seufzend die Stille durchbrach.

»Das wirst du haben. Aber … im Moment …« Adèle stand auf und ging im Zimmer umher. In einiger Entfernung blieb sie stehen.

»Papa und ich sind der Meinung, dass du Hilfe brauchst. Und deshalb haben wir uns an Robert … Dr. Martinez gewandt. Du kennst ihn ja.«

Émilie steckte die Hände in die Taschen.

»Wir haben ihn gebeten, uns zu bescheinigen, dass … dass du in einer Klinik besser aufgehoben bist.« Adèle räusperte sich und fuhr dann mit fester Stimme fort: »Dr. Martinez wird bestätigen, dass eine akute Fremdgefährdung vorliegt.«

Émilie ballte die Hände. »Was soll denn das heißen?«

»Ich habe ihm gesagt, dass du mich die Treppe heruntergestoßen hast. Marthe wird meine Aussage notfalls bei der Polizei bezeugen.«

Émilies Blick streifte Adèles noch immer eingebundene Hand. Wie von weit her hörte sie die Stimme ihrer Mutter: »Du hast also die Wahl. Entweder du gehst freiwillig in die Klinik zurück. Oder wir lassen dich einweisen.«

Émilie sprang auf, der Stuhl scharrte über den Boden und kippte krachend um. Sie schrie: »Ihr wollt mich wegsperren. Damit ihr wieder eure Ruhe habt. Aber das lasse ich nicht mit mir machen!«

Blind vor Wut und Tränen stolperte Émilie aus dem Raum.

Das Letzte, was sie hörte, als sie den Korridor entlangrannte, war Adèles Stimme, die irgendwie schrill klang.

Aber wir wollen doch nur dein Bestes.

茶

Auf dem Nachhauseweg wäre Cho um ein Haar in die falsche Métro eingestiegen, so sehr irritierte ihn das, was er eben erfahren hatte: Die junge Frau, die ihn Vater genannt hatte, arbeitete bei *Thés-des-Anges*!

Der Zug fuhr an und hinterließ einen fast leeren Bahnsteig. Ein Mann mit drei prall gefüllten Plastiktüten ging an ihm vorüber, sinnlose Worte vor sich hin brabbelnd. Cho wich aus und setzte sich auf einen der Metallsitze.

Es war fünf oder sechs Jahre her, dass ein Abgesandter von *Thés-des-Anges* ihn das erste Mal besucht hatte. Er erinnerte sich genau an den Mann, einen schmalen, eleganten Herrn mit feinen Manieren. Der Mann hatte ihm einen Posten als Blender angeboten. Das älteste Traditionsunternehmen von ganz Frankreich hatte ihn anwerben wollen! Doch Cho hatte abgelehnt.

Er hatte Jahre gebraucht, um sich hier in Frankreich als Teemeister zu etablieren. Angefangen hatte er in einem Hinterhof in Montparnasse mit einem Versandhandel. Noch heute erinnerte er sich daran, wie er die Cafés im ganzen Viertel abgeklappert hatte, um ihnen seine Spezialmischungen schmackhaft zu machen. In diesem Lager in Montparnasse hatte er seine ersten Teebeutel gepackt. Erlesene Tees, die mit der Dust- und Fannings-Qualität von Industrieteebeuteln nichts zu tun hatten.

Und diese Idee hatte Erfolg gehabt. Seine kleinen, von Hand befüllten Teebeutelchen hatten sich bald in ganz Paris durchgesetzt und heute gab es sie in allen Metropolen. Das Geheimnis lag in der Frische.

Danach war es rasch aufwärtsgegangen. Von überall her kamen Teeliebhaber, um seine Gongfu Chas zu erleben und sich den Pai Mu Tan und den Oolong erklären zu lassen. Die Leute bezahlten ihn nicht nur für den Tee selbst, sondern vor allem dafür, dass er ihnen dessen Geist näherbrachte.

Im Laufe der letzten Jahre hatte *Thés-des-Anges* immer wieder versucht, ihn ins Boot zu holen. Sie wollten seinen Gaumen für ihre Tees. Und er hatte jedes Mal aufs Neue höflich, aber bestimmt abgelehnt. Er war gern sein eigener Herr und wollte sich nirgends einfügen müssen. Außerdem hatte das Unternehmen für seinen Geschmack zu viele künstliche Mischungen im Sortiment. *Thés-des-Anges* war ein Traditionsunternehmen, das ja, aber die Mode der von Cho verachteten parfümierten Tees hatte auch vor diesem Haus nicht haltgemacht.

Und nun war eine Mitarbeiterin der Firma bei ihm im Teehaus aufgetaucht und hatte behauptet, seine Tochter zu sein! Hatte etwa Adèle Berwanger etwas damit zu schaffen? Hatte sie versucht, ihm eine Art Streich zu spielen? Doch er konnte nicht erkennen, was für einen Sinn eine solche Aktion haben sollte. Eine eigenartige Form von Rache vielleicht? Aber das wäre ja völlig lächerlich. Also war es ein Zufall, dass Lin dort arbeitete? Je länger er darüber nachdachte, desto mehr verhedderte er sich.

Ein Windstoß erfasste ihn und kurz darauf heulte der nächste Zug heran. Cho sah auf die Anzeigetafel und stellte fest, dass es diesmal der richtige war. Er stieg ein und wartete gedankenverloren darauf, dass die Türen zugingen. Vielleicht handelte es sich ja doch um einen Scherz. Vielleicht hatte ihm diese junge Frau nur einen Schrecken einjagen wollen, aus einem Grund, den er nicht kannte.

Doch dagegen sprach die Ähnlichkeit, die er nicht wegleugnen konnte, und all die Erinnerungen, die seit der Begegnung mit Lin in ihm aufgestiegen waren. Als er an der Place des Abbesses aus der Métro kam, grübelte er immer noch. Kurz vor der Rolltreppe, die aus dem Untergrund nach oben führte, blieb er stehen und sah in den schmalen Spiegel des Passbildautomaten. Er trat einen Schritt näher, schob eine schwere, kaum angegraute Strähne aus der Stirn und betrachtete die Narbe, die sich von seiner rechten Augenbraue bis hin zur Schläfe zog. Die hatte er sich bei einem Sturz zugezogen, kurz bevor sie für immer aus seinem Leben verschwunden war. So lange hatte er die Narbe nicht mehr angeschaut, über die Jahre hatte er sie fast vergessen.

Abrupt wandte er sich ab. Doch während er auf der Rolltreppe stand, stiegen Bilder in ihm hoch. Die schroffen Steinwälder Yunnans tauchten auf, Wasserbüffel, die ein Reisfeld pflügten. Und plötzlich sah er sich dort fahren, durch diese Landschaft der Gegensätze. Vorbei an den Reisfeldern, am Zuckerrohr, am Tabak. Irgendwo hatte er einmal gehört, dass in Yunnan die meisten Pflanzenarten wuchsen, es galt als der botanische Garten Chinas. Und dort, in den höheren Regionen, war auch die Wiege des Tees.

Oben auf dem Platz wehte ihm ein kalter Wind entgegen. Er blieb kurz stehen, um die Platanen zu betrachten, an deren noch kahlen Ästen die Früchte baumelten wie vergessene Weihnachtskugeln.

Das alles war zu absurd. Am liebsten würde er die ganze Angelegenheit einfach vergessen. Nie wieder daran denken. In Ruhe und Gelassenheit weiterleben. Doch er wusste, dass das unmöglich war.

茶

Adèle, Anfang Dezember 1978

Adèle öffnete die Augen und starrte in die Dunkelheit, die nun schon nicht mehr ganz so dicht war. Sie drehte den Kopf und warf einen Blick auf die Leuchtziffern ihres Weckers. Halb sieben. Zeit aufzustehen, ins Kontor zu fahren. Irgendwann in der Nacht, als absehbar wurde, dass sie keinen Schlaf mehr finden würde, hatte sie den Wecker ausgestellt.

Pierre schlief noch und sie beschloss, ihn nicht zu wecken. Vorsichtig stand sie auf, öffnete das Fenster, klappte die Läden zurück und blickte nach draußen in den wolkigen Himmel. Wieder einer dieser tristen Tage, an denen die Sonne es nicht schaffen würde. Sie unterdrückte die aufkommenden Tränen. Würde Émilie es schaffen, nach allem, was passiert war?

Robert hatte ihnen gesagt, dass es schwierig werden könnte, eine Einweisung zu erwirken. Die Drogensucht allein reichte auf keinen Fall. Und der Vorfall auf der Treppe ... Adèle sollte sich mit dem Gedanken anfreunden, Anzeige zu erstatten. Um Émilies willen hatte sie wohl keine andere Wahl.

Pierre regte sich im Bett, seine Decke raschelte. Er schien zu spüren, dass sie nicht neben ihm lag. Mit einem raschen Blick auf ihren Mann erhob sich Adèle und schlüpfte in ihren Morgenmantel.

In der Küche stand schon eine Kanne mit frisch aufgebrühtem English Breakfast Tea für sie bereit. Sie schenkte sich eine Tasse ein, ging damit in den Salon und nahm den ersten Schluck. Heiß, nicht zu stark, nicht zu schwach, perfekt. Wie gut, dass sie Marthe hatte, dachte sie in einem Anfall von Dankbarkeit. Sie bereitete nicht nur perfekten Tee, sie würde heute auch hier die

Stellung halten, während Adèle und Pierre in die Firma fuhren. Denn das Leben ging weiter, Entscheidungen mussten getroffen werden. Aber auch Marthes Kräfte waren begrenzt. Und sie konnten ihr nicht zumuten, auf Dauer den Aufpasser für eine fast erwachsene Frau zu spielen. Wie lange würde es ihnen unter diesen Umständen gelingen, Émilie von ihren Drogenfreunden fernzuhalten?

Im Hintergrund hörte sie, wie Marthe den Staubsauger einschaltete. Adèle trank aus und brachte die Tasse in die Küche. Wenn sie nur an dieses fürchterliche Haus in Montmartre dachte. Was hatte ihr Vater sich bloß dabei gedacht, es Émilie zu hinterlassen?

In einigen Tagen würde Adèle nach China reisen müssen, in die Teeanbaugebiete. Sie bezweifelte, dass Pierre in der Lage wäre, so auf Émilie aufzupassen, wie es erforderlich war. Mit einem Mal spürte Adèle eine Übelkeit erregende Furcht in sich aufsteigen, die ihr die Kehle eng machte und den Magen zusammenkrampfte. Sie musste zur Polizei gehen und Anzeige erstatten. Gleich heute. Damit Robert alles in die Wege leiten konnte.

»Guten Morgen, Madame.«

Adèle zuckte zusammen und wandte sich um. Sie hatte Marthe gar nicht kommen hören.

»Hallo, Marthe.«

Marthe nickte Adèle lächelnd zu und fragte: »Noch etwas Tee?«

Als Adèle zerstreut nickte, nahm Marthe ihr die Tasse aus der Hand und schenkte nach. »Sie sehen besorgt aus. War etwas … mit Émilie?«

Adèle schüttelte den Kopf. »Ich glaube, sie hatte eine ganz gute Nacht. Ich war ein paarmal bei ihr drin. Und jedes Mal hat sie ruhig geschlafen.«

»Sie werden sehen, es wird sich alles finden.«

Adèle sah in Marthes Gesicht, dann nahm sie die Tasse und

starrte einen Moment lang vor sich hin. »Wenn ich das nur glauben könnte.«

Marthe lächelte traurig. »Man kann sie ja schlecht in ihrem Zimmer einsperren. Oder ans andere Ende der Welt verfrachten.«

Adèle zuckte hilflos die Achseln. »Man muss sie von den falschen Leuten fernhalten.« Dann führte sie die Tasse an ihre Lippen, nahm einen Schluck und plötzlich war da ein Gedanke. Aber natürlich, warum war sie nicht selbst darauf gekommen! Das wäre die Lösung.

Das andere Ende der Welt.

茶

3

Wenn man Liedern und Melodien lauscht

Émilie, Dezember 1978

Das Dröhnen der Turbinen lullte sie ein und trug sie hinüber in einen merkwürdigen Dämmer, in dem Traum und Wirklichkeit verschmolzen. Nur zu gerne wäre sie ganz abgetaucht in einen tiefen Schlaf, der sie vergessen ließ, wie unaushaltbar ihr diese aufgezwungene Reise schien, doch das gelang ihr nicht.

Beim Einchecken hatte sie sich geweigert, neben Adèle zu sitzen, ein letztes kindisches Aufbäumen gegen eine Entscheidung, die wirkte wie in Beton gegossen. Von den eigenen Eltern abgeschoben zu werden war ungeheuerlich, und natürlich hatte Émilie überlegt davonzulaufen. Aber es war bei dem Gedanken geblieben, denn jeder Fluchtplan endete an einem imaginären Absperrbalken, auf dem *Geld* stand. Wo sollte sie hin und wie weit käme sie mit leeren Taschen? Außerdem fühlte sie sich müde und kraftlos wie nie. Und so hatte sie sich schließlich in einem Flugzeug wiedergefunden, auf dem Weg nach Nirgendwo, und lauschte nun irgendwelchen Liedern mit dusseligen Texten. *Everyone's a winner, baby, that's the truth.* Wenn es ihr nicht so furchtbar schlecht gegangen wäre, hätte sie laut losgelacht.

Die Maschine war unterwegs nach Shanghai und daher voller Chinesen. Was käme, wenn sie erst in diesem ihr völlig fremden Land angekommen war, wollte sich Émilie gar nicht erst vorstellen. Ein Leben in der tiefsten chinesischen Provinz, bei Teebauern mitten im grünen Nichts. Wie sollte sie sich dort überhaupt verständlich machen? Panik stieg ihr in die Kehle, nicht zum ersten Mal. Dabei ängstigte sie die Enge, die sie erwartete, weit mehr als die Frage der Verständigung oder die ungewohnte Arbeit, die Adèle ihr angekündigt hatte: Tee pflücken und »der

Familie im Haushalt zur Hand gehen«. Sie bekam kaum Luft bei der Vorstellung, immer irgendwelche fremden Leute um sich zu haben, Tag und Nacht. Aber vielleicht bekäme sie immerhin ein eigenes Zimmer. Ja, bestimmt, wenigstens dafür würde ihre Mutter doch gesorgt haben. Sie wusste genau, dass Émilie es nicht ertrug, ständig unter Menschen zu sein.

Sie umklammerte die Armlehnen ihres Sitzes und spürte, wie Tränen in ihre Augen traten. Unauffällig blinzelte sie und strich sich über die Wange. Ihre Eltern hatten ihr alles weggenommen, was ihr wichtig war. Erst die Schlüssel zu ihrem wunderbaren Haus. Dann ihre Freunde. Und jetzt auch noch die Kunstakademie. Sie zwangen sie auf Kurs, machten ihr Leben kaputt. Und sie hatte keine Chance, sich zu wehren. Sie würde sich auflösen, irgendwo an einem gottverdammten, namenlosen Fleck in China.

Bei ihrer Ankunft war Émilies schlimmster Albtraum wahr geworden: Man hatte sie in einen kargen Raum geführt, den sie mit einem anderen Mädchen teilen sollte. Langsam ließ sie sich jetzt auf ihr »Bett« sinken und strich vorsichtig mit der Hand über die graue Decke. Das Gewebe fühlte sich grob an, grob und pieksig. So blieb sie eine Ewigkeit sitzen, mit hochgezogenen Schultern. Am liebsten hätte sie sich nie wieder bewegt, wäre zu Stein geworden wie der Junge in dem Märchen, das sie vor langer Zeit einmal gelesen hatte.

Nach einer Weile wanderten ihre Augen vom Fußboden zur Wand gegenüber, dorthin, wo die andere Pritsche stand. Jemand würde hier mit ihr im gleichen Raum schlafen, ein Mädchen, das Tseng hieß oder so ähnlich und das ihr vom ersten Augenblick an unsympathisch gewesen war. Mit einem dünnen Nagel, dessen Kopf abgeknickt war, hatte Tseng ein Papierbild über ihrer Pritsche befestigt. Es zeigte ein Boot, das vielleicht einmal rot gewesen war. Jetzt waren die Farben des Bildes müde geworden. So müde, wie Émilie sich fühlte.

Draußen, außerhalb der Kammer, war es noch viel schlimmer: überall diese fremden Menschen, diese unbekannte Familie mit wer weiß wie vielen Personen, mit Tanten und Onkeln, Cousinen und Cousins, Brüdern und Schwestern. Am verstörendsten fand Émilie die zahnlose Alte, die sie ständig anlächelte. Überhaupt hatten bei ihrer Ankunft alle dauernd nur gelächelt, auf eine Art, die sie nicht begriff. Eine halbwegs normale Verständigung war nur mit Tseng möglich, die immerhin ein erträgliches Englisch sprach.

Beim Gedanken an die letzten beiden Tage – die Reise von Shanghai bis in diesen gottvergessenen Winkel hatte allen Ernstes zwei Tage gedauert! – wurde ihre Hoffnungslosigkeit zu einem einzigen schwarzen Klumpen. Ihre Erinnerung an Shanghai verblasste bereits. Die Stadt war schon am frühen Morgen voller Menschen gewesen, die schweigend in den Parks und Grünanlagen standen und seltsame Bewegungen machten. Schattenboxen sei das, hatte Adèle erklärt, man praktiziere hier in China diesen meditativen Sport, um Körper, Geist und Seele in Einklang zu halten. Nach Shanghai dann die Dörfer, erst die Hitze, schließlich diese Berge hier und das grüne Nichts. Bei der Vorstellung, für immer hier festzustecken, überrollte Émilie eine Welle von Übelkeit.

Der Abschied von Adèle war knapp ausgefallen. Émilie hatte nur kurz mit der Schulter gezuckt und gleichgültig getan. Doch in Wirklichkeit hatte sie dieses Schulterzucken alles an Selbstbeherrschung gekostet, was sie aufbieten konnte. Sie hätte schreien und toben mögen, hätte sich am liebsten an ihrer Mutter festgekrallt, damit sie sie nicht allein ließe an diesem grauenhaften Ort. Aber das Chinesenlächeln um sie herum hatte sie davon abgehalten – sie wollte auf keinen Fall die entfesselte Irre aus Europa geben, nur um am Ende dann doch hierbleiben zu müssen.

Das zittrige Lächeln ihrer Mutter, die glänzenden Augen, die flatternden Lidschläge hatte Émilie bemerkt. Den raschen Druck von Adèles Umarmung hatte sie trotzdem nicht erwidert. Und dann war Adèle auch schon in die klapprige Karre gestiegen, hatte sich neben den Alten mit der Mao-Kappe gesetzt und der Wagen war den Weg hinuntergerumpelt. Und sie, Émilie, hatte nur dagestanden und dem Gefährt hinterhergesehen. Vor der letzten Biegung war aus dem Beifahrerfenster ein Arm erschienen – Adèle, die einen Abschiedsgruß winkte. Bis zum Schluss hatte Émilie damit gerechnet, dass ihre Mutter doch noch einknicken würde, dass sie es nicht über sich brächte, die Tochter, das einzige Kind, ganz allein zurückzulassen.

Aber sie hatte sich geirrt.

茶

Mit klopfendem Herzen betrat Cho um kurz nach drei den Teesalon. Verstohlen sah er sich um, in der Erwartung, jeden Moment die dunkelhaarige junge Frau – seine Tochter Lin – um die Ecke biegen zu sehen. Flüchtig registrierte er die miteinander im Wettstreit liegenden Düfte, und während er an den Regalreihen voller schwarzer Teebüchsen mit dem Konterfei der beiden Engel entlangging, bemerkte er den Mann, der Wu Long sein musste – der Chefeinkäufer des Unternehmens. Cho drehte das Gesicht in die andere Richtung, durchquerte das Teekontor und reihte sich in die Schlange der Wartenden am Tea Room ein. Vor ihm stand ein amerikanisches Ehepaar, die beiden davor mussten Italiener oder Spanier sein. Cho linste zwischen ihnen hindurch in den voll besetzten Saal. Der penetrante Duft der unzähligen Tees, das Parfüm der Amerikanerin, das Summen der vielen Stimmen waren ihm ein Gräuel.

Nach einer Viertelstunde des Wartens begleitete ihn ein Kellner wie gewünscht an einen Tisch im hinteren Bereich des Salons, wo der Tee zubereitet wurde. Cho spürte ein nervöses Kribbeln, als er den jungen Mann im weißen Hemd erblickte, der hinter der Teetheke mit Tassen und Kannen hantierte. Etwas links hinter ihm war eine Schwingtür, die offensichtlich in die Küche führte. Seine Augen wanderten aufmerksam durch den Raum und kehrten dann zu dem jungen Mann zurück, der sich gerade zu einem Regal mit Hunderten von Teesorten umdrehte, eine Büchse herausnahm und Teeblätter in eine Kanne löffelte.

Cho fragte sich, wo Lin sein mochte, und sein Blick schweifte immer wieder zwischen Theke und Schwingtür hin und her. Da trat ein anderer, weiß befrackter Kellner an seinen Tisch, sagte »Voilà, Monsieur!« und legte eine große, schwarz glänzende Karte und eine kleinere weiße vor ihm hin. Auch auf den Karten prangte das elegante Logo von *Thés-des-Anges*, die beiden turtelnden Engel. Cho öffnete die kleinere der beiden Karten, die lauter süße Naschereien und salzige Snacks enthielt, selbstverständlich von der erlesensten Art. Immer wieder sah er hinüber zur Theke und immer wieder schwang die Tür auf, doch nie war es Lin, die heraustrat. Den ganzen Weg hierher hatte er sich ihre Reaktion vorgestellt, wenn sie erkannte, wer dort den Teesalon betrat. Vielleicht hatte Claire Laurent sie vorgewarnt. War sie deshalb nicht da?

Cho griff nach der schwarzen Karte. Seitenweise Tee. Weiße, grüne, braune, schwarze, rote Tees und – er blätterte um – wie erwartet auch eine Fülle von parfümierten Sorten. Er verspürte ein reflexartiges Zucken im Gesicht.

Als er sich zehn Minuten später zu einer Entscheidung durchgerungen hatte – der Kellner war bereits zweimal an seinen Tisch getreten, doch er hatte ihn wieder weggeschickt –, fragte Cho: »Vor einigen Wochen habe ich hier einen herausragenden Silver Needles getrunken. Er wurde von einer Dame zubereitet.«

Der Kellner stutzte einen Moment lang. Dann folgte er Chos Blick, der auf den Teemeister hinter dem Tresen gerichtet war, räusperte sich und erwiderte: »Ich kann Ihnen versichern, dass auch Monsieur Niki Ihre Erwartungen erfüllen wird und den Yin Zhen so zubereitet, wie es die Teeschule erfordert.«

Cho lächelte freundlich. »Das stelle ich nicht in Abrede. Es ist nur so, dass der Yin Zhen leidet, wenn man ihn länger als sechs Sekunden ziehen lässt. Und da ich nun extra deshalb gekommen bin und weil die Dame den Tee so köstlich zubereitet hatte, erlauben Sie mir die Frage, wann sie wieder anwesend sein wird.«

Der Kellner blickte ihn ein wenig befremdet an und antwortete: »Monsieur Niki wird Ihnen jeden Wunsch in Sachen Tee erfüllen. Er hat trotz seiner Jugend bereits einige Jahre in den besten Teehäusern verkostet und wir schätzen uns glücklich« – er beugte sich zu Cho herunter und senkte die Stimme –, »dass wir ihn von ... sagen wir mal ... für uns gewinnen konnten.«

Cho befand, dass es Zeit für eine kleine Provokation war. Lächelnd raunte er dem Kellner zu: »Muss ich etwa annehmen, dass die Dame dorthin gegangen ist, wo Monsieur Niki gerade herkommt?« Die Bemerkung des Kellners musste ja wohl so zu verstehen sein, dass dieser Junge bis vor Kurzem noch Teemeister bei *Mariage Frères* gewesen war, dem großen Konkurrenten von *Thés-des-Anges*.

Doch der Kellner hatte sich nun aufgerichtet und signalisierte mit einer steifen Körperhaltung, was er von dieser seltsamen Unterhaltung hielt. Distanziert sagte er: »Wenn Monsieur mir nun seinen endgültigen Wunsch in Sachen Tee mitteilen möchte.«

Cho sah noch einmal zu dem jungen Teemeister hinüber, der pausenlos mit weißen Porzellankannen und temperaturgeregeltem Wasser herumwerkelte. Schließlich antwortete er: »Ich nehme den Silver Needles. Ich bitte aber höflichst darum, auf eine Ziehzeit von sechs Sekunden zu achten.«

Der Silver Needles wurde gebracht, Cho kostete und lächelte daraufhin den jungen Teemeister an, der ihn seit seiner Bestellung nicht aus den Augen gelassen hatte. Dann blieb er eine halbe Stunde sitzen und betrachtete das Kommen und Gehen der Gäste, sah Monsieur Niki zu und behielt weiter die Schwingtür im Blick. Irgendwann bemerkte er, dass er noch von einem zweiten Augenpaar beobachtet wurde. Blitzschnell drehte er sich um und sah in das Gesicht von Wu Long, der ihn mit undurchdringlicher Miene musterte. Cho wandte den Blick ab und schaute sich möglichst unverbindlich im Raum um.

Als er zehn Minuten später aufbrach und dem Teemeister zum Abschied stumm und anerkennend zunickte, breitete sich auf Nikis Gesicht ein Leuchten aus. Cho ging vom Salon ins Teekontor und steuerte auf den Ausgang zu. Da hörte er eine Stimme von der Seite: »Ich hoffe, der Tee war zu Ihrer Zufriedenheit?«

Cho wandte sich um und sah sich dem Chinesen gegenüber. Er nickte langsam. »Ja.«

»Wenige Sekunden entscheiden darüber, ob ein Aufguss verdorben ist – oder ein Himmelsgenuss.«

Cho betrachtete den Mann. Seinen schwarzen Anzug aus feinstem Zwirn, die Krawattennadel aus Weißgold, die hellblaue Seidenkrawatte.

»Ich danke für Ihre Gastfreundschaft. Ihr Teemeister versteht seine Kunst.« Cho zögerte nur einen Augenblick, bevor er die Frage hinzusetzte: »Darf ich dennoch fragen, wann Mademoiselle Lin wieder hier sein wird?«

Das Lächeln des Chinesen blieb unverändert. Er öffnete die Tür und hielt sie Cho mit einer angedeuteten Verbeugung auf. Dann sagte er: »Mademoiselle Lin hat auch noch andere Aufgaben im Unternehmen.«

»So? Ich dachte, ein guter Teemeister konzentriert sich auf das Zubereiten von Tee.«

Das Lächeln des Chinesen wirkte nun wie festgefroren. »Das ist in der Regel auch so. In diesem Fall aber ... Als Enkelin von Adèle Berwanger hat man eben noch andere Pflichten.«

Cho hatte Mühe, das Gehörte zu verarbeiten: »Als Enkelin?«

»Aber ja«, sagte der Chinese. »Und deshalb bereist Mademoiselle Lin derzeit die Teeanbaugebiete in Asien. Um dort die neue Ernte zu verkosten. Sie wird erst in einigen Wochen zurückerwartet.«

Cho machte einen Schritt Richtung Ausgang. Was erzählte dieser Mann da? Benommen wandte er sich noch einmal um und sah den Mund des anderen Worte formen, die wie aus weiter Ferne zu ihm herüberdrangen.

»Beehren Sie uns bald wieder, Monsieur Cho.«

Der verwunderte Blick des Chinesen zog an ihm vorbei, während er sich wortlos umdrehte und davonging. Ein leichter Schwindel ließ ihn einen Augenblick schwanken, er musste sich an einem Laternenpfahl abstützen.

Als das wattige Gefühl nachließ, setzte er sich wieder in Bewegung. Ein paar Häuser weiter umkreiste er noch immer dieselben Worte. Adèle Berwangers Enkelin.

Also musste Émilie ihre Tochter sein.

Cho ging durch die Straßen, ohne irgendetwas wahrzunehmen. Einmal wäre er fast in einen Roller hineingelaufen und kam nur dank der Geistesgegenwart eines anderen Fußgängers unverletzt davon. Immer wieder kehrten seine Gedanken zu demselben Punkt zurück: Wenn Émilie tatsächlich Lins Mutter war und Lin Adèle Berwangers Enkelin, dann war Émilie eine reiche Frau. Vom Hörensagen wusste er, dass das Teeimperium der Berwangers weltweit über 1500 Mitarbeiter umfasste und dass die Grande Dame von *Thés-des-Anges* in Marais in einem feudalen Stadtpalais residierte.

Es hatte zu regnen begonnen und er schritt rasch aus. Eigentlich hatte er zurück zu seinem Teehaus gewollt, fand sich jedoch plötzlich an der Place de la Bastille wieder, wo er einen desorientierten Augenblick lang auf das raumschiffartige Gebäude der neuen Oper starrte. Er war die ganze Zeit in die falsche Richtung gerannt. Was für ein Sinnbild für sein Leben! Er lachte auf, ein hartes, bitteres Lachen, und bemerkte flüchtig den Blick zweier junger Mädchen, die sich daraufhin ansahen und zu kichern begannen. Die Welt um mich herum verändert sich in rasendem Tempo, dachte er. Ich bin jetzt fünfundfünfzig Jahre alt und ein Teil von mir lebt immer noch in der Vergangenheit, ohne dass ich es je bemerkt hätte.

Doch jetzt, nach all diesen Jahren, verstand er endlich, was Émilie gemacht haben musste im Garten der tausend Träume. In ihrer Eigenschaft als »Erbin« hatte sie dort gearbeitet, um alles von der Pieke auf zu lernen. Kein Wunder also, dass er sie in und um die Sorbonne nie gefunden hatte! Im Nachhinein erinnerte er sich auch nicht, dass sie selbst behauptet hatte zu studieren. Das hatten die Chans verbreitet und er selbst hatte sich daraufhin irgendetwas mit einem Sinologiestudium zusammengereimt. Dabei hatte Émilie im Grunde keinerlei Interesse am Chinesischen gezeigt und nie den Eindruck gemacht, besonders erpicht auf Tsengs Sprachunterricht zu sein. Andererseits war sie damals auch nicht übermäßig an Tee interessiert gewesen, oder?

Jede Frage, die Cho sich stellte, brachte nur neue Fragen zutage, ein ganzes Geflecht. Warum hatte Lin ihn gerade jetzt aufgesucht? Wieso war sie nicht früher gekommen? Das musste doch einen Grund haben.

Und natürlich drängte sich ihm nun auch noch eine ganz andere Frage auf: Hatte Émilie gewusst, dass ihre Mutter ihn als Blender für das Unternehmen hatte gewinnen wollen? Hatte sie vielleicht sogar ihre Hände im Spiel gehabt? Wenn ja, warum hatte sie sich ihm dann nie gezeigt?

Als er eine Viertelstunde später den stillen Canal Saint-Martin erreichte, blieb er stehen, trat an die Mauer und sah hinunter auf das dahinfließende Wasser und die Regentropfen, die unablässig hineinfielen.

Also war die Frau, die er so lange gesucht und die ihn nie ganz losgelassen hatte, nicht mehr als ein reiches Mädchen, das mit ihm gespielt hatte? Eine, für die er letztlich nicht fein oder nicht erfolgreich oder nicht reich genug gewesen war?

Wie hatte sie ihn dermaßen täuschen können? Wie hatte *er* sich in *ihr* dermaßen täuschen können?

Entengeschnatter riss ihn aus seinen Betrachtungen. Er fragte sich, warum die Vögel nicht Schutz vor dem Regen suchten, und merkte nun erst, wie sehr er selbst fror. Das Haar klebte ihm am Kopf, eisige Regentropfen rannen ihm in den Kragen. Auch ich ergebe mich in mein Schicksal, dachte er. Stehe hier im Regen herum und lasse alles einfach geschehen.

Er überlegte kurz, drehte sich um und lief entschlossen zurück Richtung Seine. Wegen ihres Knies wäre Claire Laurent sicherlich zu Hause. Sie würde ihm ein paar Fragen beantworten müssen.

Wellen plätscherten um den Rumpf des Hausbootes, als Cho um kurz vor sieben sein Ziel erreichte. Einen Augenblick stand er an der Kaimauer und betrachtete die Boote, die im diffusen Licht der Laternen wie längliche Perlen auf einer Schnur aufgereiht dalagen. Von weiter links drangen gedämpfte Stimmen an sein Ohr, ausgelassene und lärmende Stimmen. Offenbar war auf einem der anderen Boote ein Fest im Gange.

Als Cho die Brücke betrat, schlug drinnen in der Kajüte der Hund an und gleich darauf stand Claire Laurent bereits in der geöffneten Tür, den Hund am Halsband haltend.

»Sie wussten, dass Lin gar nicht da ist, nicht wahr?«, sagte er statt einer Begrüßung.

Ihr Gesicht lag im Dunkeln. Vielleicht war er deshalb überrascht, als sie zu sprechen begann und ihre Stimme so anders klang als beim letzten Mal.

»Ach, Sie schon wieder«, sagte sie träge. Er hatte den Eindruck, dass sie nach Alkohol roch, war sich aber nicht sicher.

»Darf ich reinkommen?«

»Aber immer doch.«

Ihrem Knie schien es besser zu gehen, sie humpelte nur noch schwach. Sie trat an den großen Tapeziertisch, an dem sie offenbar gerade etwas gearbeitet hatte, und griff nach einem halb leeren Glas mit einer hellbraunen Flüssigkeit.

»Möchten Sie auch einen Whiskey?« Sie lachte rau. »Tee habe ich leider keinen!«

Er schüttelte den Kopf. Sie sank aufs Sofa, langte nach hinten und drehte die Musik etwas leiser, eine avantgardistische Tonfolge, die keinerlei Melodie erkennen ließ. Dann griff sie nach der Zigarettenpackung, die auf dem kleinen Tischchen lag. Der Hund ließ Cho nicht aus den Augen.

»Warum haben Sie mir nicht gesagt, dass Lin in Asien ist?«

»Wie bitte?«

»Lin ist in Asien. Das wussten Sie doch! Und haben mich trotzdem zu *Thés-des-Anges* geschickt.«

»Was weiß denn ich, wo Sie hingehen!« Sie nahm einen Schluck von ihrem Whiskey, klopfte sich eine Zigarette aus der Packung und sah ihn mit einem herausfordernden Blick an. »Und was soll das heißen: Lin ist in Asien?«

Cho betrachtete sie eingehender. Er wusste nicht, was er von ihr halten sollte. Sie schien tatsächlich überrascht zu sein. Er beugte sich vor und zündete ihr die Zigarette an.

»Warum haben Sie mir nicht gesagt, dass Lin die Enkelin von Adèle Berwanger ist? Haben Sie geglaubt, ich finde das nicht heraus?«

Einen Moment lang schien ihr Blick sich zu verschleiern. Sie lächelte irgendwie nachsichtig – oder herausfordernd?

»Monsieur Cho. Ich bin kein Auskunftsbüro.« Sie stieß den Rauch aus und betrachtete ihn.

Plötzlich konnte Cho nicht mehr an sich halten und platzte heraus: »Sagen Sie mir, was mit Émilie ist. Ich muss sie finden.«

Wie in einer Filmsequenz sah er, dass ihre Augen sich weiteten. Sie schien den Atem anzuhalten.

Schließlich löste sich ihre Erstarrung, sie führte die Zigarette wieder zum Mund und sagte: »Ich denke, das sollten Sie besser Lin fragen.« Dann klemmte sie sich die Zigarette zwischen die Lippen, griff nach einem Stift und kritzelte Zahlen auf ein Stück Zeitungspapier.

Die nächsten Tage verbrachte Cho mit Telefonieren beziehungsweise damit, unentwegt Lins Handynummer zu wählen, nur um dann der automatischen Ansage zu lauschen, der Teilnehmer sei im Moment nicht erreichbar.

Ansonsten musste er sich endlich wieder um sein Teehaus kümmern. Das Fest der drei Kostbarkeiten stand bevor und wie jedes Jahr würde er einen kleinen Kreis von Teeliebhabern dazu einladen, den Beginn des neuen Teejahres zu feiern und die erste Ernte zu verkosten. All dies waren Dinge, die er nicht Yuen überlassen konnte.

Als Cho früh an diesem Morgen die Utensilien sortierte, die für die Durchführung dieser ganz besonderen Gongfu Cha notwendig waren, zeigten die Silberglöckchen an der Eingangstür das Eintreten eines ersten Besuchers an.

Es war Claire Laurent, und mit ihr kam der Duft von Regen und Asphalt hereingeweht. Ihr Knie schien sich weitgehend erholt zu haben. Sie trug wieder Grün, diesmal ein eng anliegendes Kostüm, das Cho für diese Jahreszeit zu leicht erschien.

»Bonjour, Monsieur Cho.«

»Bonjour, Madame.« Er spürte, wie sein Herz unwillkürlich zu hämmern begann. Warum war sie gekommen? Brachte sie Neuigkeiten von Lin? Vielleicht sogar eine Botschaft von Émilie?

Zögernd trat sie ein, ihr zusammengeklappter Schirm hinterließ eine Tropfenspur auf dem Holzboden. Hilflos hielt sie den Schirm in die Höhe und steckte ihn schließlich in den Ständer neben der Tür.

Cho beobachtete sie schweigend, er hatte genug damit zu tun, sich seine Anspannung nicht anmerken zu lassen. Wo war seine Gelassenheit geblieben, die er all die Jahre gepflegt und genossen hatte?

»Ich bin gekommen«, begann Claire Laurent, »weil ich ...« Sie brach ab und Cho sah, wie aufgewühlt sie war. Die Koketterie, die sie bisher an den Tag gelegt hatte, war wie weggewischt.

»Nach Ihrem letzten Besuch wollte ich Lin anrufen und sie vorwarnen.«

Cho erwiderte ihren Blick stumm und wartete darauf, dass sie fortfuhr. Als sie das nicht tat, fragte er höflich: »Darf ich Ihnen eine Tasse Tee anbieten?«

Claire Laurent seufzte auf. »Furchtbar gern. Und wenn ich mich auch noch setzen dürfte.« Dabei verzog sie das Gesicht und berührte ihr Knie. Cho führte sie in den hinteren Teil des Ladens, zu einer Sitzecke, die von einem Paravent aus Reispapier abgeschirmt war, und hieß sie Platz nehmen.

Ein paar Minuten später kehrte er mit einem Tablett zurück.

Er stellte eine Tasse vor Claire Laurent, hielt ein Kännchen in die Höhe und schenkte rotgoldenen Tee aus: »Eine Tasse Assam. Der wird Sie erfrischen.«

Claire Laurent reagierte nicht, sie hielt den Blick gesenkt und erst im zweiten Moment erkannte Cho, dass sie Tränen in den Augen hatte. Auf einmal brach es aus ihr heraus: »Ich mache mir Sorgen um Lin. Ich habe so ein schlechtes Gefühl. Und letzte Nacht habe ich geträumt, sie wäre tot.«

Cho stellte die Kanne ab, etwas zu abrupt. Mühsam beherrscht antwortete er: »Aber Sie wissen doch, dass solche Träume etwas völlig anderes bedeuten. Tod im Traum heißt Erneuerung.« Er reichte ihr die Tasse, aber statt zu trinken, hielt sie sie auf ihrem Schoß.

»Ist das so?« Claire Laurent sah ihn durch einen Tränenschleier hindurch an. »Hören Sie, Monsieur Cho. Aus verschiedenen Gründen sollte ich eigentlich gar nicht mit Ihnen sprechen. Bitte stellen Sie mir also keine Fragen, auf die ich nicht antworten darf. Aber eines sage ich Ihnen jetzt: Lin ist nie und nimmer nach China gereist! Auch nicht nach Indien oder Sri Lanka geflogen.«

Cho spürte, wie sich das flaue Gefühl in seinem Magen verstärkte. »Woher wissen Sie das?«

Claire Laurent schniefte. »Nachdem Sie mir gesagt hatten, Lin sei nach Asien gereist, habe ich tagelang versucht, sie zu erreichen. Aber ihr Handy ist immer ausgeschaltet und auch auf meine E-Mails hat sie nicht reagiert. Und da habe ich begonnen, mir Sorgen zu machen, verstehen Sie? Weil sie mir gegenüber diese Reise mit keinem Wort erwähnt hatte.«

Jetzt führte Claire Laurent die Tasse zum Mund, mit zitternder Hand. Einen kurzen Moment lang war Cho versucht, ihr den Tee wegzunehmen und sie anzuherrschen, dass sie endlich offen mit ihm sprechen solle. Doch da fuhr sie schon fort: »Ich habe daraufhin Henri angerufen, das ist ein Freund von mir. Er hat ein Reisebüro in der Avenue de Wagram und bucht alle Reisen für *Thés-des-Anges*. Er sagt, er habe keinen Flug für Lin bestellt.«

Starr erwiderte Cho nun Claires Blick, in dem ein panisches Leuchten lag. Sie wirkte nicht wie eine Frau, die sich vorschnell Sorgen machte.

Äußerlich ruhig sagte er: »Dann hat Mademoiselle Lin in diesem Fall vielleicht auf Monsieur Henris Dienste als Reisevermittler verzichtet.«

In Claires Augen flackerte etwas auf, das Cho nicht deuten konnte. Erst als sie weitersprach, wurde ihm klar, dass es bitterer Triumph war. Sie beugte sich vor und sprach die Worte überdeutlich aus, als hätte sie es mit einem Hörgeschädigten zu tun: »Lins Name ist auf keiner Passagierliste verzeichnet.«

Cho hob eine Augenbraue. »Tatsächlich?«

Claire Laurent schüttelte den Kopf. Dann sagte sie: »Henri hat über ein paar Kontakte alle Passagierlisten der letzten beiden Wochen überprüft. Lin ist nie aus Paris abgeflogen. Ich habe große Angst, dass ihr etwas passiert ist.«

»Aber wieso sollten die Kollegen bei *Thés-des-Anges* dann behaupten, dass sie in China ist?«

Claire zuckte die Achseln und sackte in sich zusammen.

»Ich weiß es nicht«, sagte sie tonlos.

In Chos Innerem tobte ein Sturm, der von Tag zu Tag heftiger zu werden schien. Seit dem Moment, an dem Lin sein Teehaus betreten hatte, schienen sich die Ereignisse zu einem immer dickeren Knäuel zu verheddern. Abrupt beugte er sich zu Claire vor und fragte: »Warum erzählen Sie mir nicht einfach alles?«

Eine Weile lang schien sie mit sich zu ringen. Sie fuhr sich über die Stirn, als wolle sie etwas fortwischen und so mehr Klarheit erlangen. Dann straffte sie die Schultern und sah ihn mit einem gequälten Ausdruck an.

»Ich kann nicht«, flüsterte sie. »Ich habe Lin mein Wort gegeben.«

茶

4

Wenn man die Ch'in spielt
und Gemälde betrachtet

Die Chinesin flüsterte. Es war ein unheimliches Geräusch, wie das Wispern trockener Blätter oder – so stellte Émilie sich das vor in der Schwärze der Nacht – wie das Herausschälen einer Schlange aus ihrer Haut. Überhaupt hatte sie gleich bei ihrer Ankunft an Schlangen gedacht und sich gefragt, ob es hier in diesem Teil der Erde nicht welche geben müsste. Heimtückische Geschöpfe, die nur darauf warteten, aus einem Spalt hervorzukriechen und ihre Giftzähne in Émilies bloße Füße zu schlagen.

Und so lag sie fast die ganze Nacht wach, mit angezogenen Beinen wie ein Embryo, und lauschte auf das Flüstern der Chinesin, dieses knisternde, heimliche Geräusch, das sich anhörte, als würde das Mädchen der Nacht ihre Geheimnisse anvertrauen.

Der nächste Morgen glich dann einer in Blei gegossenen Last, die sie zu tragen hatte. Erst gegen halb fünf war sie in einen erschöpften Schlaf gesunken, ohne zu ahnen, dass die Nacht schon kurze Zeit später zu Ende wäre. Als jemand sie an der Schulter berührte, reagierte sie zunächst nicht, weil sie glaubte, von ihrer eigenen Müdigkeit erdrückt zu werden.

Mühsam schälte sie sich aus ihrer Decke und blieb mit schwerem Kopf und schweren Gliedern auf dem Bettrand sitzen. Im ersten Moment war sie versucht, sich gleich wieder hinzulegen und ihrem Traum nachzuspüren, den sie so abrupt hatte verlassen müssen. Einfach liegen zu bleiben und nichts zu tun. Ihren Aufenthalt hier im Schlaf an sich vorüberziehen zu lassen. Doch ein ihr selbst unsympathisches Bedürfnis nach Anpassung oder vielleicht auch die Achtung ihren Gastgebern gegenüber hielt sie davon ab.

An ihrem ersten Morgen hatte Frau Chan ihr dann mit Tsengs Hilfe verschiedene Arbeiten zugewiesen. Eine davon war das Füttern der Hühner. Zuerst hatte sie sich davor gegraust, jeden Morgen in aller Herrgottsfrühe in den verschissenen Hühnerstall zu gehen, und ganz am Anfang hatte sie sogar Angst gehabt, die Hühner würden sie attackieren wie diese blonde Frau in Hitchcocks *Die Vögel*. Doch nach und nach hatte sie ihre Angst verloren und fühlte sogar etwas wie Trost bei diesen gackernden Hennen, die so arglos schienen. Und da war ja auch dieses schwarze Huhn, das ihr besonders gefiel und das sie aus einer Laune heraus *Zorro* taufte. Irgendwie erschien ihr dieses Huhn so verständig, und immer wenn sie im Hühnerstall auftauchte, kam Zorro als Erstes angerannt und strich um ihre Beine, wie um sie zu trösten.

Ein schwacher Lichtschein fiel durch den Türspalt, als Émilie eines Morgens die Augen aufschlug. Tsengs Gesicht schwebte direkt über ihrem: Mit unbewegter Miene und halb geschlossenen Augen sah das Mädchen unverwandt auf sie herab. Nie würde Émilie sagen können, was Tseng dachte.

»Get up«, flüsterte die Chinesin und richtete sich auf.

Émilie griff nach ihrem Handtuch, einem fadenscheinigen Fetzen, der keine Farbe mehr besaß, und folgte Tseng auf den Hof. Sie fror, wie jeden Morgen, spürte die Steine unter den papierdünnen Sohlen ihrer Pantoffeln und blieb einen Moment lang vor der Pumpe stehen. Sie starrte auf die Risse im Beton, auf die groben Steine, die darin eingegossen waren, und fragte sich einen Moment lang, wie oft sie dieses morgendliche Waschen in eisiger Kälte noch würde ertragen müssen.

»Water«, hörte sie da Tseng sagen und Émilie griff nach dem rostigen Schwengel und begann zu pumpen.

Dann war sie an der Reihe. Wie immer zögerte sie einen Moment, bevor sie das Nachthemd abstreifte. Und wie immer wäre sie vor Tsengs Blick am liebsten unsichtbar geworden. Wäre als Dampf oder Rauch kräuselnd zum Himmel emporgestiegen oder hätte sich in Schaum aufgelöst wie die Meerjungfrau in diesem Märchen, das sie als Kind so geliebt hatte.

Sie krallte die Zehen zusammen, als wäre sie ein Vogel, der sich an einem Ast festklammert, beugte sich ganz weit nach vorne, die Hände zu einer Schaufel geformt, und wartete auf den Schwall, der gleich aus der Pumpe schießen würde. Und wie immer hörte sie Tsengs Kichern. Doch war da nicht noch etwas anderes? Eine zweite Stimme, die von woanders herkam und etwas ihr völlig Unverständliches sagte?

Émilie fuhr herum. Und tatsächlich sah sie zwei der Chan-Jungen, die sie aus dem nächstgelegenen Fenster anstarrten und lachten.

In atemloser Hast riss sie das Handtuch an sich und bedeckte ihre Brüste. Aber da hatten die beiden schon die Köpfe eingezogen. Émilie krümmte sich und ging in die Hocke, schlüpfte ohne sich zu waschen in ihr Nachthemd und rannte ins Haus.

Es dauerte eine ganze Weile, bis Tseng ihr folgte. Als sie schließlich zur Tür hereinkam und ihr Handtuch an einen Haken hing, drehte sie sich zu Émilie um und sagte: »These boys will be punished.«

Émilie, die gerade dabei war, die graue Decke auf dem Bett glatt zu streichen, blickte überrascht auf. Sie hatte nicht erwartet, dass irgendwer außer ihr diesen Vorfall ernst nehmen würde. Mit einer Bestrafung hatte sie schon gar nicht gerechnet.

»Punished?«, fragte sie zurück.

Doch Tseng antwortete nicht und Émilie hatte auf einmal das Gefühl, als läge ein stummer Vorwurf in Tsengs Blick.

Als sie nach dem Hühnerfüttern in die Küche kam und die Familie bereits um den Tisch herum versammelt war, bemerkte Émilie, dass die Plätze der beiden Jungen leer waren. Sie hatte auch den Eindruck, dass das Frühstück an diesem Morgen stiller vonstatten ging, und irgendwie kam es ihr so vor, als wäre das *ihre* Schuld. Schweigend fischte Émilie das Gemüse aus ihrer Morgensuppe, trank Tee und wartete ständig darauf, dass die

Jungen auftauchten. Auf einmal erschienen ihr die Geräusche im Raum überlaut, das Klackern der Porzellanlöffel in den Schüsselchen, das Plätschern des Tees aus der Kanne. Selbst von den leeren Plätzen der beiden Jungen schien ein dumpfes Summen auszugehen.

Nach dem Frühstück nahm Émilie ihre Hacke und ging hinter Tseng nach draußen. Wie immer stoben die Hühner, die vormittags auf den Hof durften, vor Tsengs energischen Schritten auseinander und gackerten aufgeregt. Im Vorübergehen beugte Émilie sich zu Zorro hinunter und streute dem schwarzen Huhn gerade eine Extraportion Körner hin, als sie aus dem Schuppen ein herzzerreißendes Schreien hörte. Ein Schreien und – jetzt unverkennbar – das Geräusch von heftigen Hieben.

Émilie blieb erschrocken stehen und griff nach Tsengs Arm. Tseng aber sah sie nur an, mit diesem undurchdringlichen Blick, der alles bedeuten konnte, und sagte: »Punishment for curious boys.«

Als sie mittags vom Unkrautjäten zurückkehrten, begegneten sie den beiden Jungen, die etwas abseits des Dorfplatzes standen und ihren Blicken auswichen. Émilie war versucht, zu ihnen hinüberzugehen und etwas zu ihnen zu sagen. Ihnen zu erklären, dass sie das nicht gewollt hatte – wofür sie natürlich Tsengs Hilfe gebraucht hätte. Doch als sie näher kamen, rannten die beiden fort, ohne sich umzudrehen.

Émilie sah Herrn Chan neben ein paar anderen Männern um einen Alten herumstehen, der wie jeden Mittag auf dem Dorfplatz saß und auf einem eigenartigen Saiteninstrument herumzupfte, einen Becher mit Tee neben sich auf dem Boden. Auf einmal kam es ihr so vor, als sei das alles gar nicht real, sondern als betrachte sie ein fremdartiges Bild. Auch wenn hier alles bedeutend ärmlicher und auch sonst völlig anders war als auf den exotischen Szenen in der asiatischen Sammlung des Musée Cernuschi, kam ihr das Ganze wie ein Gemälde vor, still und fremd.

Aber nur scheinbar friedlich. Denn in Émilies Innerem erklangen noch immer die gellenden Schreie der Jungen.

Am Tag nach diesem Vorfall fühlte sich Émilie noch elender als sonst und hatte schon am Morgen das Gefühl, es nicht mehr zu schaffen. Die Prozedur des Waschens auf dem Hof, das Frösteln mit nacktem Oberkörper schien ihr unerträglich. Auch das unentwegte Schmatzen und Schlürfen bei Tisch fand sie an diesem Morgen noch unangenehmer als sonst. Am schlimmsten für Émilie waren aber die gesenkten Blicke der beiden Jungen.

Als sie später den Frauen den Berg hinauf in die Teeplantagen folgte, musste sie immer öfter anhalten und nach einer Weile war sie weit hinter die anderen Arbeiterinnen zurückgefallen. Endlich oben auf dem Hügel angekommen, kippte sie dann einfach um.

Eine Weile lang lag sie so da in dem Gefühl, dass die immergrünen Teesträucher sich um sie drehten und ihr langsam, aber sicher die Luft zum Atmen abschnürten. Irgendwann entdeckte man sie. Über ihr tauchten Gesichter auf, immer neue, bis der Himmel über den Teesträuchern ein einziger Gesichterhimmel war. Als Tseng und eine andere Frau versuchten, ihr hochzuhelfen, hatte sie das Gefühl, man habe ihr Bleigewichte auf die Schultern geschnallt.

Unten im Dorf – wie sie letztlich den Berg heruntergekommen war, wusste sie nicht mehr – verfrachtete man sie auf ihre Pritsche und wenig später tauchte eine Alte bei ihr auf, die immer wieder nickte und irgendetwas vor sich hin murmelte, das Tseng ihr schließlich als »mountain sickness« übersetzte. Ihre übergroße Ermattung liege an der Höhe.

Die nächsten Tage verbrachte Émilie liegend auf der Pritsche, betrachtete das wechselnde Licht auf dem blassen Rot des Bootes über Tsengs Bett und nahm willig die eigenartig schmeckenden Blätter entgegen, die die Alte ihr immer wieder brachte und auf denen sie herumkauen sollte. Auch das Frühlingsfest, das in diesen Tagen gefeiert wurde, zog an ihr vorüber und einzig das ohrenbetäubende Geknalle in der Neujahrsnacht und die auf- und abbrandenden Stimmen der ständig wechselnden Besucher im Haus erinnerten Émilie daran, dass das Leben da draußen einfach an ihr vorüberschnurrte.

Manchmal überlegte sie auch, ob ihre Schwierigkeiten mit dem eigenartigen Klima zu tun hatten. Mit der vormittäglichen Sonne, die an den Nachmittagen hinter einem Nebel verschwand, der alles mit einem großen Geheimnis umwebte.

In der unteren Plantage, so hatte Tseng ihr erklärt, wurden die Teebüsche auf einer Höhe von gut einem Meter gehalten, sodass die Pflückerinnen, wenn die Saison begann, die Blättchen problemlos ernten konnten. Weiter oben gab es Tseng zufolge jedoch uralte, riesige Teebäume, in einer Gegend, die sie den Garten der tausend Träume nannte. Die Teebäume dort waren zehn Meter hoch und mehr. An diese Bäume dachte Émilie nun und stellte sich vor, unter ihnen entlangzugehen, immer weiter, in einer endlosen Wanderung, die sie nach Nirgendwo führen würde.

Und manchmal, wenn sie ganz still dalag und von nebenan die schnatternden Stimmen hörte, fragte sie sich, ob ihr Kranksein nicht einen ganz anderen Grund hatte als das Klima oder die Bergluft, die auf 2200 Metern wohl kaum derart unverträglich sein konnte. Vielleicht, überlegte Émilie, wäre sie doch besser für eine Weile in der Entzugsklinik geblieben.

Ob dieses erstickende Gefühl, das sie in dieser ersten Zeit unter einer zentnerschweren Traurigkeit begrub, wirklich Heimweh war, hätte Émilie nicht zu sagen gewusst. Nach ihrer Mutter jedenfalls sehnte sie sich nicht. An manchen Abenden jedoch lag sie auf ihrer Pritsche und dachte an das traurige Lächeln ihres Vaters. Dann spürte sie einen dicken Kloß im Hals, weil sie so weit fort war. Dass sie die Ursache für seine Traurigkeit war, wusste sie nur zu gut.

Noch immer lag sie in den Nächten häufig wach und lauschte Tsengs unentwegtem Flüstern, ließ sich einlullen von diesem eigentümlichen Geräusch, an das sie sich trotz aller Abwehr gegen Tseng allmählich gewöhnte. Manchmal grübelte sie in diesen Nächten über Cathérine nach und fragte sich, ob es wohl ein Leben irgendwo im Jenseits gab oder ob mit einem kühlen schwarzen Grab alles zu Ende war. Und dann sehnte sie sich plötzlich nicht nur nach Cathérine, sondern nach den Farben, nach dem Geruch im Zeichensaal und dem Licht in ihrem Atelier in Montmartre. Und vor allem nach ihren eigenen explodierenden Gedanken und dem Gefühl von Verheißung, das sie in jenen Tagen so oft gespürt hatte. Damals hatte sie gedacht, ihr Leben würde aufregend, lebendig und berauschend werden. Was für ein schrecklicher Irrtum. An ihre Eltern dachte sie schließlich nur noch an den Tagen, an denen ein Brief von zu Hause sie erreichte. Sie schrieben ihr jede Woche, in einer Hartnäckigkeit, die Émilie in Wut versetzte. Wie konnten sie sich so fürsorglich geben, sie aber zugleich in dieser Einöde schmoren lassen? Trotzdem wusste sie in einem verborgenen Winkel ihres Bewusstseins, dass ihr diese Briefe einen gewissen Halt gaben, und bewunderte ihre Eltern insgeheim dafür, dass sie so beharrlich an dieser einseitigen Kommunikation festhielten. Denn Émilie selbst schrieb nie.

茶

Einen Augenblick lang fühlte sich Cho wie zweigeteilt: Da war seine Hand, die so ruhig wie immer übers Papier glitt und ein ums andere Mal seinen Namen schrieb. Und da war sein Kopf, angefüllt mit Worten und Sätzen, die wie Spruchbänder an ihm vorüberzogen und ihn in tiefe Unruhe versetzten.

Vor dem Unterschreiben der Einladungen hatte er zwei ganze Tage und halbe Nächte damit zugebracht, per Telefon all seine Kontaktleute von Dehra Dun bis Assam, von Travancore bis Kangra Valley, von Hokkaido bis Kagoshima abzuklappern. Nur um am Ende festzustellen, dass niemand sie gesehen hatte: Auf keiner der Plantagen, mit denen *Thés-des-Anges* seit Jahrzehnten in Geschäftsbeziehungen stand, war eine Frau namens Lin Berwanger aufgetaucht.

Stattdessen hatte er immer wieder das Gleiche zu hören bekommen: Man bedaure. Aber diesmal sei es ein junger Herr, der in den Probierräumen der Teemanufakturen die neue Ernte für *Thés-des-Anges* verkoste und im Namen der französischen Firma das Kontingent für das kommende Teejahr ordere.

Cho senkte den Füller und sah gedankenverloren zum Fenster, aus dem ihm jedoch nur sein eigenes Spiegelbild entgegenblickte. Also hat Wu Long wirklich die Unwahrheit gesagt, dachte er, ob er nun Bescheid weiß oder nicht. Aber warum? Was für einen Sinn machte es zu behaupten, dass Lin die Teegärten bereiste?

Ein rascher Blick zur Uhr zeigte Viertel vor acht. Ungeduldig griff er nach dem nächsten Stapel Einladungskarten, es waren die letzten, und fuhr fort, seine Unterschrift darunter zu setzen. In gut einer Woche fand wie jedes Jahr das Fest der drei Kostbarkeiten statt und bis dahin hatte er noch alle Hände voll zu tun. Dabei konnte er an nichts anderes mehr denken als an Émilie und an Lin. Etwas musste geschehen sein, daran zweifelte er nun nicht mehr.

Er steckte den Deckel auf den Füller, tat die restlichen Karten in die Umschläge und legte alles auf den Poststapel. Dann schlüpfte er in seinen Mantel, löschte das Licht und ging.

Der Abend war kalt, keine Spur mehr von der Frühlingsahnung, die am Vormittag in der Luft gelegen hatte. Die Leuchtreklame des kleinen Supermarché verbreitete ein bläuliches Licht, und als er die Stufen hochstieg, kam ihm eine Frau mit rotem Haar entgegen. Sofort dachte er wieder an Claire Laurent und an die Angst, die in ihrem Blick gelegen hatte.

Was verheimlichte sie ihm? Was hatte sie Lin versprochen, ihm auf keinen Fall zu verraten? Vor ein paar Stunden war sie noch einmal bei ihm im Teehaus gewesen, das Haar vom Wind zerzaust und mit regennassem Mantel. Nachdem er ihr vom Ergebnis seiner Telefonate berichtet hatte, war sie außer sich gewesen und hatte ihn geradezu angefleht, ihr sofort Bescheid zu geben, falls er etwas Neues erführe. Und da hatte er ihr von seinem Vorhaben erzählt. Von dieser Idee, die in kürzester Zeit zu einem konkreten Plan herangereift war.

Er nahm sich einen der Einkaufswagen neben der Tür und begann durch die Gänge zu fahren. Zuerst war ihm der Gedanke völlig absurd erschienen. Doch schon im nächsten Moment war ihm klar geworden, dass er gar keine Wahl hatte. Nur wenn er sich direkt in die Höhle des Löwen begab, hatte er eine reelle Chance, mehr über Émilie und Lin zu erfahren. Und so hatte er Claire Laurent mit der Botschaft überrascht, er werde eine Stelle als Blender bei *Thés-des-Anges* annehmen, sofern das Angebot noch immer galt.

»Ich bin wirklich sehr froh, dass Sie das tun wollen«, hatte Claire Laurent gesagt, ihm tief in die Augen geblickt und seine Hand gedrückt, die er rasch fortgezogen hatte. »Wo ich doch weiß ... ich meine, Lin hat mir erzählt, wie Sie zu *Thés-des-Anges* und ...«, sie hatte eine wegwerfende Geste gemacht, »... und zu den ganzen aromatisierten Tees stehen.«

Cho hatte sie angesehen und sich einen kurzen Moment lang gefragt, ob sie die Bedeutung, die die ganze Angelegenheit für ihn hatte, wirklich nicht erfasste. Er wäre bereit, fast alles zu tun, nur um Émilie noch einmal wiederzusehen. Um endlich eine Antwort auf die Frage zu bekommen, die ihn all die Jahre umgetrieben hatte. Doch er hatte Claire Laurent nur gleichmütig angesehen und so nonchalant wie möglich geantwortet: »Es ist ja vorübergehend. Und nur für kurze Zeit.«

Ein dicker Mann schob sich hinter ihm vorbei, sagte »Pardon« und holte ihn wieder in die Realität zurück. Er nahm ein Paket Reis aus dem Regal, stellte drei Flaschen Mineralwasser in seinen Wagen und ging zur Kasse. Jedenfalls würde er Adèle Berwanger gleich morgen früh aufsuchen. Sicher würde er dann schon mehr wissen. Und vielleicht würde er *sie* dort wiedersehen. Dieser Gedanke kam so unvermittelt, dass sein Herz mit einem Mal heftig zu schlagen begann. Während er der Kassiererin die Scheine reichte, versuchte er sich diese Begegnung vorzustellen, den Ausdruck ihrer Augen, wenn sie sich gegenüberstünden, das erste Mal. Wie ferngesteuert nahm er die Plastiktüte entgegen, verabschiedete sich mit einem zerstreuten Lächeln, grußlos. Und lauschte der Stimme, die sich mit Macht zu Wort meldete: Vielleicht hatte Émilie mit diesem Angebot eine Möglichkeit schaffen wollen, ihn wiederzusehen, und zwar schon vor Jahren. Vielleicht hatte sie versucht, auf diese Weise eine Begegnung einzufädeln, die wie zufällig aussah. Doch er hatte die Stelle als Blender bei *Thés-des-Anges* ein ums andere Mal ausgeschlagen. Was wäre gewesen, wenn er Adèle Berwangers Ruf schon vor Jahren gefolgt wäre?

茶

Es dauerte lange, bis sie wieder aufstehen konnte. Danach lief sie erst einmal nur im Haus herum und in den Stall, wo sie das schwarze Huhn streichelte. Sie begann wieder, einfache Hausarbeiten auszuführen, und an den Abenden brachte Tseng ihr nun Schriftzeichen bei. Doch Émilie hatte das Gefühl, dass Tseng sich in ihrem Beisein über sie und ihre zähen Fortschritte lustig machte. Und auch Émilie empfand sich als eine schwerfällige und untalentierte Schülerin, obwohl sie spürte, dass ihr die Beschäftigung mit den feingliedrigen, bildhaften Zeichen bei einer anderen, ihr angenehmeren Lehrerin durchaus hätte liegen können.

Inzwischen sprach sie auch ein wenig Chinesisch, selbst wenn es nicht mehr als ein paar einfache Sätze waren und ihr die subtilen Nuancen in der Aussprache große Mühe machten. Sie konnte grüßen, Bitte und Danke sagen und sich in einfachen Situationen zurechtfinden, aber alles in allem blieb die Sprache ihr fremd und sie hatte das Gefühl, sie würde diese Fremdheit nie wirklich überwinden können.

An einem milden Tag im Februar sah Émilie, wie die Dorfbewohner Laternen in die Bäume hängten, und Tseng berichtete ihr, das Laternenfest stünde vor der Tür. Am Abend des Festes blickte Émilie auf einmal staunend und selbstvergessen auf die rot leuchtenden Kugeln und dachte, dass sie etwas derart Schönes noch nie im Leben gesehen hatte. Später, als sie mit der Familie am Tisch saß und die für sie unaussprechlichen klebrigen Reisklöße aß, war sie für einen kurzen, flüchtigen Moment mit allem einverstanden und beinahe glücklich.

Das Wetter änderte sich nun, es wurde Frühling und für Émilie begann es leichter zu werden. An einem azurblauen Tag Ende März meinte sie eine unterschwellige Aufregung aus den Gesprächen ihrer Gastgeber herauszuhören – sie schnatterten noch etwas schneller als sonst und verwendeten Worte, die für Émilie vollkommen unverständlich waren. Die Blicke, die sie ihr zuwarfen, wurden flüchtiger, ihre Bewegungen eiliger. Sie fragte Tseng, ob etwas los sei, bekam aber keine Antwort. Und dann war eines Tages, als sie gerade beim Abendessen saßen, von weit her ein Motorengeräusch zu vernehmen.

Wie auf ein Kommando ließen alle die Stäbchen fallen, huschten aufgeregt plappernd hinaus und stellten sich vor der Haustür auf. Émilie folgte den anderen und sah, wie ein klappriger Wagen langsam den Weg hinaufkroch. Als er um die letzte Biegung fuhr, glaubte sie den alten Chinesen mit der Mao-Kappe zu erkennen, der sie hierhergebracht hatte, zusammen mit Adèle. Mit einem Mal krampfte sich ihr Magen zusammen. Kam da etwa ihre Mutter, um sie nach Hause zu holen? Sie wagte kaum, sich zu bewegen vor lauter Erregung, während sie beobachtete, wie die Karre zum Stehen kam, der Fahrer ausstieg und die hintere Tür öffnete. Émilies Anspannung wurde unerträglich. Abrupt wandte sie sich ab, hin- und hergerissen zwischen dem wilden Hass auf ihre Eltern, die sie gegen ihren Willen hierher verfrachtet hatten, und der verrückten Hoffnung, wieder nach Hause zu können. Und wenn sie es wirklich waren, wieso kamen sie ausgerechnet jetzt, wo sie sich langsam einzufinden begann? Bevor sie über die Schwelle treten wollte, blickte sie sich noch einmal um und hob die Hand vors Gesicht, um die Augen vor der schräg stehenden Sonne abzuschirmen.

Und sah, wie ein Fremder aus dem Wagen stieg.

茶

Nachdem das Taxi weggefahren war, blieb Cho einen Moment lang stehen und blinzelte in die Sonne. Auch damals war es Frühling gewesen. An jenem Tag im März vor über dreißig Jahren.

Angespannt sah er die breite, platanengesäumte Avenue hinunter, bemerkte das Schattenspiel der Bäume auf den Hauswänden und setzte sich entschlossen in Bewegung. Je höher die Hausnummern wurden, desto stärker klopfte sein Herz. Gleich würde er Émilies Elternhaus betreten.

Er würde in derselben Diele stehen und denselben Korridor entlanggehen wie sie, würde auf dieselben Bilder und Tapeten schauen, auf die sie geschaut hatte – und vielleicht immer noch schaute.

Hier war es, das Haus mit der Nummer 47. Sein Herz hämmerte nun und er kam sich lächerlich und schicksalshaft zugleich vor. Durch Gitterstäbe hindurch betrachtete er die Villa, ohne Frage das stattlichste Anwesen in dieser ohnehin prächtigen Straße. Das Haus war aus ockerfarbenem Sandstein und besaß ein säulenbestandenes Eingangsportal und unzählige Fenstertüren. War dieser Reichtum der Grund dafür gewesen, dass sie damals so plötzlich gegangen war? Hatte sie geglaubt, die Welt, aus der sie kam, könne letztlich niemals die seine werden? Der Gedanke schien ihm nicht zu der Frau zu passen, die er geliebt hatte, aber was wusste er schon von ihr?

Er atmete tief durch und wollte sich gerade nach einer Klingeltafel umsehen, als ganz von selbst der Türöffner summte. Er drückte die Pforte auf und trat auf den mit weißem Kies bestreuten Weg, der zum Haus führte. Das Tor fiel mit einem satten Klacken hinter ihm ins Schloss und Cho ging langsam auf die hohe schwarze Haustür zu.

Am liebsten hätte er das Dienstmädchen, das ihm die Tür öffnete, sofort nach Émilie gefragt. Doch damit würde er womöglich alles verderben – er musste zuerst mit Adèle Berwanger reden.

Das Haus zu betreten hatte etwas Magisches. Auf einmal meinte er, Émilies Gegenwart zu spüren. Nach all den Jahren war sie wieder da, plötzlich zurückgekehrt in seine Gedanken und in sein Leben. Und während die junge Frau im schwarzen Kleid ihn durch die Korridore führte, dachte er bei jedem Möbelstück, an dem er vorüberkam, dass dieses Möbel *zu ihr* gehörte. Dann klopfte das Dienstmädchen an einer Doppelflügeltür. Und plötzlich war ihm, als tauche er in eine andere Welt, eine Welt des Lichts. Geblendet blieb er stehen, um sich zu orientieren, und machte einen Schritt zur Seite in den Schatten zwischen zwei Erkerfenstern. Und da sah er sie: Adèle Berwanger, die mit dem Rücken zu ihm an einem Erkerfenster stand. Eine Ewigkeit schien zu vergehen, ehe sie sich zu ihm umdrehte und sagte: »Sie sind also gekommen.«

Er erwiderte nichts, war einen Moment lang wie gebannt. Seine Gedanken rasten wie wilde Pferde, er dachte an den Traum, an sein kurzes Glück und an den Verlust, der fast unmittelbar darauf gefolgt war. Und dann spürte er in sich eine überwältigende Ungeduld und den Drang, sie *sofort* nach Émilie zu fragen. Während er noch mit sich rang, sagte sie: »Ich möchte Sie bitten, eine Tasse Tee mit mir zu trinken.«

Seine Gedanken kamen für einen Moment zum Stillstand: »Wie könnte ich eine derartige Einladung ablehnen?«

»Oh, ich bin sicher, Sie könnten«, entgegnete Adèle Berwanger spitz und setzte sich ihm gegenüber an einen zum Tee gedeckten Tisch.

Wie auf ein Zeichen hin öffnete sich just in diesem Moment die Tür. Cho fuhr herum, aber es war nur die junge Frau von vorhin, die nun eine weiße Schürze umgebunden hatte und ein Silbertablett mit einer weißen Teekanne vor sich herbalancierte. Mit großem Geschick schenkte sie erst Cho, dann Adèle ein und verließ den Raum sofort wieder, ohne ein Wort gesprochen zu haben. Cho betrachtete das weiße Porzellan, die kleinen Törtchen unter einer Glashaube, den goldgelben Tee in seiner Tasse.

»Darf ich fragen, was Sie mir kredenzen?«, fragte Cho.

»Lieber Cho«, antwortete Adèle Berwanger mit einem Lachen, »das muss ich Ihnen doch nicht sagen.« In ihrem Tonfall lag eine Nuance, die ihn zur Vorsicht mahnte.

Behutsam nahm Cho seine Tasse in die Hand, führte sie zur Nase und schnupperte. In dem Moment wurde ihm das Unwirkliche an dieser Situation bewusst. Nach all den Jahren sitze ich ihrer Mutter gegenüber, schoss es ihm durch den Kopf. Und wieder war er versucht, ihr jetzt sofort alles zu erzählen, statt den Tee zu verkosten. Aber er konnte ja wohl kaum Knall auf Fall sagen: Übrigens bin ich Lins Vater.

Er versuchte den Gedanken abzuschütteln und sich wieder auf den Tee zu konzentrieren, als ihm urplötzlich eine ganz andere Frage durch den Sinn schoss: *Und wenn sie alles wusste?* Vielleicht war er ja der Einzige in dieser Geschichte, der im Dunkeln tappte? Vielleicht hatte Émilie ihrer Mutter längst erzählt, dass er Lins Vater war? Er warf Adèle Berwanger einen forschenden Blick zu, aber ihre Miene war unergründlich.

»Nun?«, verlangte sie. Er straffte die Schultern und schnupperte noch einmal. Im Moment ging es nur darum, in das Unternehmen zu kommen.

Mit einem leisen Schlürfen nahm er den ersten Schluck, schloss die Lider, bewegte den Tee in seinem Mund, öffnete die Augen wieder und sagte dann: »Mandel, Strandhafer, Butter, Orchidee und …« Er kostete noch einmal und ein leichtes Lächeln breitete sich auf seinem Gesicht aus. »Ein chinesisches Sprichwort sagt: Weißer Tee vereinigt alles, was elegant ist. Und die Silbernadeln sind sicher mit das Kostbarste aus Fujian.«

Adèle Berwanger sah ihn forschend an, als erwarte sie noch

eine Bemerkung. Als diese nicht kam, hob sie an, etwas zu sagen. Doch er sprach rasch weiter: »Allerdings enthält diese Kostprobe noch eine weitere Note, den Pfirsich. Und also handelt es sich wohl kaum um einen Silver Needle Yinzhen Bai Hao. Dieser weiße Tee ist nicht aus Fujian. Er ist, um es genauer zu sagen, nicht einmal aus China. Aber ich muss zugeben, es handelt sich um ein wahres Juwel. Erstaunlich, dass etwas Derartiges aus … Ceylon kommen kann.«

Adèle Berwanger starrte ihn an. Einen Moment lang schien sie gefangen von ihrer Verblüffung, dann jedoch atmete sie tief ein und sagte: »Sie halten nicht viel von Tees, die nicht aus China kommen?«

»Das würde ich mir nie anmaßen.«

»Er stammt in der Tat aus … Sri Lanka. Dieser Tee wächst in einem geheimen Garten, in dem die uralte Tradition der ›kaiserlichen Pflückung‹ übernommen wurde.«

Cho lächelte ihr zu. »Und wie heißt dieses Juwel?«

»Wir nennen ihn *den Unberührten.*«

»Das ist ein passender Name.« Cho lehnte sich zurück und beobachtete, wie die alte Dame ihre Tasse hob, einen winzigen Schluck nahm, die Tasse mit Nachdruck zurück auf den Unterteller stellte und unvermittelt sagte: »Kommen wir also zum eigentlichen Grund Ihres Besuches.«

Cho stockte für einen Moment der Atem. Also doch, dachte er. Sie weiß es. Er bemühte sich um ein ungerührtes Lächeln. Doch dann fragte sie nur: »Woher der Sinneswandel? Hat Ihr Besuch in unserem Teehaus Sie umgestimmt?«

Cho ließ die Luft aus der Nase strömen, im Unklaren darüber, ob er erleichtert war oder enttäuscht. »In der Tat wollte ich mir zunächst … ein komplettes Bild machen. Bevor ich mich entscheide.«

»Und wieso sind Sie so sicher, dass unser Angebot noch immer gilt?«

Cho schwieg und sah sie undurchdringlich an. Er konnte die

Gedanken nicht abstellen. Das war Émilies Mutter. Nach all diesen Jahren saß er ihr gegenüber, und statt offen mit ihr zu sprechen, unterhielt er sich mit ihr über Tee. Aber irgendetwas – ihr Blick, ihre Stimme? – hielt ihn zurück. Mit einem Mal verspürte er so etwas wie Unwillen, fast eine Art Abwehr gegen diese Frau. Und plötzlich war er überzeugt, dass sie Bescheid wusste.

»Warum habe ich das Gefühl, dass Sie mich anstarren?«

Cho schluckte. Jetzt wäre der perfekte Moment. Doch seine Intuition hielt ihn zurück, und gleich darauf fuhr Adèle Berwanger bereits fort: »Und gestatten Sie mir gleich noch eine Frage. Was wollen Sie in einer *Parfümerie*?«

Cho zwang sich, den Blick von ihr abzuwenden und auf den Tisch vor sich zu richten. Als betrachte er ein fremdes Bild, sah er Adèles rechte Hand, die mit der Handfläche nach oben auf dem Tisch lag wie ein verletzter Vogel. Nein, dachte er plötzlich erschöpft, nein. Ich täusche mich. Sie weiß es nicht.

Der Moment war vorüber. Der Sturm in ihm legte sich. Nur nichts überstürzen. Sein Blick glitt zu den winzigen runden Törtchen, dann streckte er die Hand aus und nahm sich ein braunes, mit Sternen verziertes.

Ruhig fragte er: »Braucht nicht gerade eine … Parfümerie eine besonders feine Nase?«

Während ihn dieselbe junge Frau, die den Tee serviert hatte, nach draußen führte, schienen die Gänge kein Ende zu nehmen und Cho fühlte sich seltsam desorientiert, wie in einem Labyrinth der tausend Mauern. Schließlich kamen sie wieder in die Eingangshalle und die junge Frau hielt ihm mit ernstem Gesicht die Tür auf. Einen Augenblick lang zögerte er. Das war seine letzte Chance, jemanden direkt nach Émilie zu fragen. Doch da hörte er, wie jemand »Marie« rief und sie sich umwandte und antwortete: »Ich komme sofort.« Also nickte er ihr nur kurz zu und sie drückte hinter ihm die Tür ins Schloss.

Er war so in Gedanken versunken, dass er das Kind erst im

allerletzten Moment bemerkte. Es stand zwischen zwei Eibenbüschen, ein Mädchen von höchstens acht Jahren, und betrachtete ihn aufmerksam.

»Bonjour«, sagte er und lächelte sie an. Das Mädchen antwortete nicht. Und doch war ihm, als warte sie auf etwas, ja, als habe sie auf *ihn* gewartet. Er blieb stehen und überlegte, was er sagen konnte.

»Wohnst du hier?«, fragte er schließlich.

Das Mädchen nickte. »Meine Mutter arbeitet hier.«

»Das ist ein schöner Ort zum Wohnen.«

Sie betrachtete ihn weiter forschend, aus großen braunen Augen. Dann sagte sie unvermittelt: »Deine Nase ist ja gar nicht golden.«

Reflexartig berührte er seine Nase und fragte verblüfft: »Warum sollte sie denn golden sein?«

»Weil *sie* mir das gesagt hat.«

Chos Herz schlug schneller. Mit mühsam unterdrückter Aufregung fragte er: »So, so, und wer ist *sie?*«

Das Mädchen verdrehte leicht die Augen: »Mademoiselle Lin.«

»Lin?« Auf einmal war er hellwach. Er räusperte sich, sah sich um und senkte unwillkürlich die Stimme. »Ist Lin denn heute auch da?«

Das Mädchen schüttelte den Kopf. Ermutigt durch ihren Blick, der fast etwas Treuherziges hatte, hörte er sich plötzlich fragen: »Und Madame Émilie? Ist *die* vielleicht da?«

Aber das Mädchen sah ihn nur verständnislos an und sagte: »Ich kenne keine Émilie.« Dann drehte sie sich um und verschwand zwischen den Büschen. Eine Weile lang stand er noch da und wartete. Als sie nicht zurückkam, drückte er den Türöffner neben der Pforte und trat hinaus auf den Bürgersteig.

茶

Émilie, April 1979

Warum Émilie den Mann bei sich *den Fremden* nannte, war ihr selbst nicht ganz klar. Er war Asiate, wie die anderen auch, und hatte irgendetwas mit Tee zu tun. Dennoch hatte Émilie den Eindruck, dass er sich von den anderen unterschied, durch einen anderen Tonfall beim Sprechen und auch äußerlich. Zwar war er genauso schlank und drahtig wie alle hier, dabei aber gut einen Kopf größer als die Chan-Männer. Und alle nannten ihn »Mister Cho«, auch untereinander, was Émilie belustigte und was sie nicht recht begriff.

Bei allem, was er tat, legte dieser Mr. Cho eine aufmerksame Ernsthaftigkeit an den Tag, die Émilie noch an keinem anderen Menschen erlebt hatte. Er ging ganz auf in seinem Tun, egal, was es war, und die übrige Welt schien in solchen Momenten keine Rolle zu spielen für ihn. Er legte überall mit Hand an, aber hauptsächlich schien er für das Rösten des Grüntees im Wok zuständig zu sein. Auch bemerkte Émilie, dass die Familie ihn fast mit Ehrfurcht behandelte, wie einen seltenen Gast, dessen Anwesenheit alle ehrte.

Émilie beobachtete immer wieder, wie die drei Chan-Männer schweigend um den Fremden herumstanden und aufmerksam jede seiner Bewegungen verfolgten. Und mit der Zeit begannen das leise Rascheln, wenn er mit den Fingern durch die Blätter fuhr, und der grasige Duft, der dann die Luft tränkte, eine immer stärkere Faszination auf sie auszuüben.

Jeden Morgen zog sie nun, nach einem kurzen Ausflug in den Hühnerstall, zusammen mit den anderen in einer langen Reihe den Berg hinauf. Für Émilie war das immer noch ein seltsamer

Anblick, und das erste Mal seit ihrer Ankunft im Dezember verspürte sie Lust, diese Prozession mit dem Zeichenstift festzuhalten: die Frauen mit ihren Hüten und Körben, alte wie junge Gesichter, die glatte, knospenzarte Haut der Mädchen, die wettergegerbten, ledrigen Gesichter der Alten.

Die Familie hatte sich verändert. Auch Tseng hatte sich verändert. Émilie wusste nicht, ob sie diese Veränderung mit der Ankunft des Fremden in Verbindung bringen sollte oder mit der Tatsache, dass die Frauen nun schon in aller Herrgottsfrühe auf den Berg zogen, um dort zu arbeiten. Auf jeden Fall wurde bei Tisch nun weniger gekichert, was Émilie sehr recht war, weil sie in der Vergangenheit immer wieder den Eindruck gehabt hatte, dass die anderen über *sie* gelacht hatten.

Auch Tseng wirkte nun ernster und schien an den Abenden mehr als zuvor bestrebt, ihr, der unkundigen Langnase, etwas beizubringen. Émilie jedoch stand der Sinn weniger denn je nach den Schriftzeichen. Sie hatte begonnen, sich an den Abenden mit dem Anfertigen von Skizzen zu beschäftigen. Sie saß in der Küche, direkt unter der Lampe, und begann aus dem Gedächtnis heraus zu zeichnen: den Alten mit der Ch'in, den Fremden am Teewok und Zorro, das Huhn. Manchmal malte sie auch die Kinder, die sich mit der Zeit zu streiten begannen, wer heute an der Reihe war, Modell zu sitzen.

Eines Abends schnatterten die Frauen aufgeregter als sonst, und während Émilie gebeugt über ihrem Zeichenblock saß, sagte Tseng plötzlich auf Englisch zu ihr: »In einem Monat ist Teeauktion in der Stadt. Die Frauen dieses Hauses werden zusammen mit einigen Nachbarsfrauen in diesem Jahr die Teezeremonie ausrichten.«

Émilie blickte auf, sagte aber nichts. Falls sie das beträfe, würde Tseng schon mit der Sprache herausrücken.

»Zu dieser Auktion kommen sie aus vielen Teilen Chinas, sogar ein paar Ausländer sind dabei.«

Sie blickte Émilie an und fast war ihr, als läge so etwas wie

Stolz in Tsengs Blick. Unwillkürlich betrachtete sie Tseng mit größerer Aufmerksamkeit.

»Ein langer langer Tisch wird aufgebaut. Dort bereiten die jungen Frauen den Tee zu und lassen die Gäste davon kosten.«

»Warum erzählst du mir das?« Émilie setzte den Stift wieder aufs Papier und begann die Schatten in Lans Gesicht zu schraffieren.

»Du gehörst jetzt zu diesem Haus.«

Émilie zuckte die Achseln. »Macht ihr das mal. Ich kann das sowieso nicht.«

Tseng sah sie einen Moment lang verblüfft an.

»Die Gongfu Cha bei der Auktion zu zelebrieren ist eine Ehre für jedes Haus. Und für chinesische Mädchen.«

Émilie blinzelte irritiert. »Aber … werden sie das denn wollen? Ich sehe … vollkommen anders aus.«

Tseng ging nicht darauf ein, presste aber leicht die Lippen aufeinander, was Émilie das Gefühl gab, sie wäre ganz ihrer Meinung und wolle sie nicht wirklich dabeihaben. Dennoch sagte Tseng mit ausdrucksloser Stimme: »Der große Teemeister wird uns einen Monat lang unterrichten.«

»Welcher Teemeister?« Émilie wandte sich wieder dem Blatt zu und setzte den Stift erneut an.

Tseng wirkte beinahe bestürzt, als sie nun antwortete: »Mr. Cho natürlich. Er wird uns beibringen, was wir können müssen. Damit wir gerüstet sind für den Tag und der Familie keine Schande machen.«

Das Erstaunlichste war die Stille. Und das leise Knistern, wenn der Mann, den alle Mr. Cho nannten, die Blätter begoss, um sie zu spülen. Émilies Augen ruhten auf seinen Händen, die schlank und geschmeidig waren.

Und währenddessen dachte sie an das, was Tseng ihr vorhin erst erzählt hatte: dass der Fremde ursprünglich aus Korea stammte, aber aus irgendeinem Grund in Amerika aufgewachsen und dort auch zur Schule gegangen sei. Und während Émilie darüber nachdachte, wie es ihn nur aus Amerika hierher verschlagen haben mochte, beobachtete sie Cho, der gerade das heiße Wasser in die Tässchen goss, offenbar um sie vorzuwärmen. Dann schloss sie für einen Augenblick die Augen und lauschte auf das Gluckern des Wassers, das Klackern der Tässchen und das erneute Sprudeln, wenn er nun den Tee aufbrühte. Und auf die kurze – absolute – Stille, die folgte.

Noch vor ein paar Tagen hätte Émilie nicht im Traum geglaubt, der Gongfu Cha, also der Zubereitung des Tees auf chinesische Art, irgendetwas abgewinnen zu können. Sie hatte sogar gezweifelt, ob es ihr wohl gelingen würde, genug Interesse vorzutäuschen, um die Stunde der Unterweisung einigermaßen würdig herumzubringen.

Und im Grunde war es auch nicht der Tee, der sie faszinierte, sondern die ruhigen und konzentrierten Bewegungen des Mannes. Und dass er es schaffte, in dieser Gemeinschaft schnatternder Gänse Ruhe einkehren zu lassen.

Sie waren zu fünft, zumindest in diesem Haus. Émilie, Tseng und drei jüngere Mädchen der Familie Chan. Wie viele Schülerinnen Cho in den anderen Häusern unterwies, wusste Émilie nicht. Zuerst hatte sie sich noch gefragt, wie dieser gemeinsame Unterricht ablaufen sollte, denn sie verstand nach wie vor wenig von dem, was die Familienmitglieder sagten, und Cho konnte auch nicht auf Englisch unterrichten, weil dann die jüngeren Mädchen nichts verstehen würden. Aber nach den ersten Handgriffen des Mannes hatte sie begriffen, dass alles ohne Worte vonstatten ging.

Das Anheizen des Kochers, das Aufsetzen des Wassers, das Vorbereiten der Kännchen zum Spülen der Blätter, die vielen kleinen Tässchen, von denen nicht alle zum Trinken gedacht waren. Da gab es winzige, die fast zylindrisch waren, die man mit Tee spülte und dann in den Fingern hin und her rollte und daran roch.

Émilies anfängliche Abwehr hatte in kürzester Zeit einem Gebanntsein Platz gemacht, und bald fiel sie während der Stunden fast in eine Art Trance. Ihre geschärften Sinne reagierten bereits auf die Vorahnung eines Dufts und auch auf die leisen, leichten Geräusche, die man nur wahrnahm, wenn man die Ohren spitzte. Auf das Gluckern, Knistern, Streichen, Klackern. Und auf das Aroma des Tees, das sich schon beim Riechen entfaltete. Und dann der erste Schluck, das Schlürfen und Schmecken. Ihre Geschmacksknospen entfalteten sich wie die Blüte einer Blume. Sie hielt das Tässchen mit beiden Händen, den Kopf leicht gesenkt, die Augen geschlossen. Sie nahm noch einen Schluck und noch einen und den letzten. Und als sie die Lider hob, spürte sie den unergründlichen Blick des Fremden auf sich ruhen.

Als die Mädchen die Zeremonie zum ersten Mal selbst durchführen sollten, wollte keine die Erste sein. Die Chinesenmädchen kicherten verlegen und Émilie fühlte auf einmal, wie ihr Herz heftig zu klopfen begann. Was war nur los mit ihr? Bis vor Kurzem war ihr doch alles hier egal gewesen, und plötzlich bekam sie vor lauter Aufregung feuchte Handflächen, und das, wo es ausgerechnet um Tee ging. So schlug auch sie rasch die Augen nieder und hoffte, eine der anderen möge vortreten und den Anfang machen. Nach ein paar unendlichen Sekunden meldete sich Tseng. Cho nickte und Tseng trat zu ihm hinter den Tisch – die Gongfu Cha begann.

Zu Émilies Überraschung waren Tsengs Handgriffe flüssig und sicher. Für sie als Ungeübte sah der Ablauf nahezu perfekt aus. Doch als Tseng die Zeremonie abschloss und mit dem rituellen »Yum Cha« zum Trinken aufforderte, sagte Cho kein Wort und bat sie schließlich, von vorn zu beginnen. Ein wenig verunsichert begann Tseng, jeden Handgriff im Zyklus zu wiederholen. Diesmal jedoch kommentierte Cho jeden Schritt: Das Waschen der Blätter – so viel verstand Émilie – müsse schneller gehen, das Abgießen sofort erfolgen. Beim ersten Aufguss der Teeblätter müsse sie die Kanne so halten, viel höher, das bringe Sauerstoff in den Tee. Und so ging es in einem fort.

Einem unaufmerksamen Beobachter wäre an Tseng nichts aufgefallen, er hätte nicht gemerkt, was sie davon hielt, bei jedem Handgriff kritisiert und verbessert zu werden. Aber Émilie kannte sie inzwischen gut genug, um zu erkennen, dass hinter Tsengs ebenmäßigen Zügen ein unwilliger Ausdruck lag. Es schien fast etwas wie Wut zu sein, ein verbissener, unterdrückter Zorn. Anders konnte Émilie sich das Funkeln in Tsengs Blick nicht erklären. Chos Erläuterungen und seine ruhigen Gesten schienen in Tseng ein unverhältnismäßig starkes Gefühl zu erzeugen. Émilie musste an die Lehrer ihrer Schulzeit denken, die viel zu oft gebrüllt und Kreide durchs Klassenzimmer geschleudert hatten. Und während sie sich zurückerinnerte, überlegte sie, dass es wirklich Schlimmeres gab, als von Cho in der Kunst der Gonfu Cha unterwiesen zu werden.

Die nächsten Abende verbrachte Émilie damit, die Bewegungen ihrer Mitschülerinnen bei der Gongfu Cha genau zu studieren. Was ihr zu Beginn einfach und wenig anspruchsvoll vorgekommen war, erschien ihr nun in einem ganz anderen Licht. Wie viele Fehler man bei etwas vermeintlich so Banalem wie der Zubereitung von Tee machen konnte! Dabei war die japanische Teezeremonie laut Cho noch viel komplizierter als die chinesische Gongfu Cha.

Und so war Émilie entsprechend unsicher, als schließlich die Reihe an ihr war. Die lampenfiebrige Aufregung allerdings, die sie am ersten Abend gespürt hatte, war verschwunden. Sie hatte gesehen, wie vollkommen gleichmütig und freundlich sich Mr. Cho auch der ungeschicktesten Schülerin gegenüber verhielt. Und selbst als die kleine Bao, die Émilie fast wie ein Kind vorkam, eines der Riechtässchen fallen ließ und dieses in Scherben ging, erschien nicht das geringste Anzeichen von Irritation oder Unwillen auf seinen Zügen.

Von Tag zu Tag betrachtete Émilie Cho mit größerem Interesse, nahm jede seiner Bewegungen mit fast analytischer Aufmerksamkeit wahr. Wie gebannt beobachtete sie seine gesenkten Lider, während er mit den Tässchen hantierte, sah den Schwung seiner Lippen – und eines Abends wurde ihr bewusst, dass seine Augen vollkommen schwarz waren. Wie schwarzer Samt, dachte sie mit einem Mal und wurde unvermittelt rot. Und plötzlich, als hätten ihre Gedanken die seinen aufgestört, sah er auf und blickte sie an. Émilie fühlte sich ertappt, sie war sich sicher, dass er in diesem Moment in ihrem Innersten las, und wäre am liebsten im Boden versunken. Sie spürte, wie eine heiße Röte ihren Hals hochkroch. Aber bevor sie irgendetwas tun konnte, was noch peinlicher für sie gewesen wäre, wandte er auch schon den Blick ab, mit gänzlich unbewegter Miene. Vielleicht hat er ja gar nichts bemerkt, dachte sie, und selbst in Gedanken kam sie sich hastig vor und verharrte so reglos, wie sie nur konnte, den Blick auf den Boden geheftet. Als sie schließlich wieder aufsah, waren da Tsengs Augen, die sie unverblümt musterten.

茶

»Dieser Pu-Erh hat eine Nuance zu viel … Holz?«, sagte der junge Mann und sah Cho erwartungsvoll an.

Cho lächelte und bemühte sich, einen entspannten Eindruck zu vermitteln.

Den ganzen Vormittag hatte er damit verbracht, diesem Monsieur Jacques, der die rechte Hand von Adèle Berwanger sein musste, alle möglichen indirekten Fragen unterzujubeln. Aber dabei kam nichts weiter heraus, nur dass die alte Dame vorhatte, die Firmenleitung in nicht allzu ferner Zukunft an ihre Enkelin abzutreten. Als sich Cho wie nebenbei erkundigte, was denn mit Lins Mutter sei, hatte der Mann nur die Lippen aufeinandergepresst und knapp geantwortet, die arbeite nicht hier.

Immerhin hat dieser Jacques überhaupt schon mal etwas von Émilie gehört, dachte Cho bitter. Im Gegensatz zu der kleinen Sarah aus Adèle Berwangers Villa, die mit dem Namen offenbar überhaupt nichts anzufangen wusste.

Der junge Mann – er hieß Niki und war der Teemeister, der Cho bei seinem ersten Besuch im Teesalon den Silver Needles zubereitet hatte – schien auf irgendetwas zu warten und so antwortete Cho rasch: »Zu viel Holz? Selten kann ein Pu-Erh zu viel davon haben.«

»Was ist es dann?«

»Am wahrscheinlichsten ist Erde. Hier sticht allerdings der Trüffel etwas zu sehr hervor.«

Niki nahm einen zweiten Teelöffel davon, schlürfte bedächtig und sagte plötzlich: »Ich möchte alles von Ihnen lernen.« Dann trat er an den Verköstigungstisch und begann das Degustationsgeschirr in einer langen Reihe aufzustellen: die Trinkschalen und die Deckelbecher mit dem gezackten Abgussrand.

Cho seufzte innerlich. Er hatte gerade alles andere im Sinn als Fragen zum Tee. Doch er gab sich einen Ruck und sagte: »Ich bringe Ihnen gerne bei, was ich weiß. Aber erwarten Sie nicht zu schnell zu viel. Ich selbst habe Jahre gebraucht, um zu verstehen.«

»Das sagt Lin auch immer zu mir. Dass es Zeit braucht, bis sich das Gefühl für den Tee entwickelt.«

Cho spürte ein Prickeln am Hinterkopf. »Ich hörte, Mademoiselle Lin ist derzeit auf Reisen?«

»Ja …«, sagte Niki gedehnt und rückte die in soldatischer Ordnung aufgereihten Deckelbecher noch etwas gerader.

Cho ließ ihn nicht aus den Augen. »Dann werde ich sie also erst in einigen Wochen … treffen.« Kennenlernen hätte er fast gesagt, aber er wollte nicht ohne Not lügen.

Auf einmal seufzte Niki. »Hoffen wir, dass es ihr dann wieder besser geht.«

»Sie ist doch nicht etwa krank aufgebrochen?«

Niki kratzte sich am Ohr. Dann machte er eine seltsam hilflose Geste, sah sich zur geöffneten Tür um und senkte die Stimme: »Seit der Sache mit ihrer Mutter hat sie sich … sehr verändert. Sicher hofft Madame Adèle, dass die Reise ihr helfen wird, sich wieder zu … sammeln.«

Cho richtete sich kerzengerade auf. Um seine Anspannung zu verbergen, wandte er sich dem Teegeschirr zu und fragte beiläufig: »Was ist denn passiert?«

Niki senkte die Stimme. »Lin Berwangers Mutter hatte eine schlimme Lungenentzündung. Daher lag sie im Krankenhaus. Es ging ihr wohl auch schon wieder besser … Aber dann ist sie einfach verschwunden. Und das auch noch am 19. Februar – genau an Lins Geburtstag!«

»Wie, verschwunden?« Cho starrte den jungen Mann an und musste sich zusammenreißen, um weiterhin gelassen zu wirken.

Angespannt beobachtete er Niki, der sich umdrehte und Cho einen Blick zuwarf, in dem die Ratlosigkeit seiner Antwort vorweggenommen wurde: »Das ist es ja: Sie war einfach weg. Die Polizei hat nach ihr gesucht. Aber keine Spur von ihr gefunden.«

Cho war außer sich. Was sollte das heißen? Émilie war aus einem *Krankenhaus* verschwunden? Auf einmal überkam ihn eine mächtige, alles erstickende Angst. Das Einzige, was er herausbrachte, war: »Aber ... warum?«

Niki zuckte mit den Achseln, begann Teeproben aus verschiedenen Büchsen zu entnehmen und in die Deckelbecher zu geben. Eine Weile lang arbeitete er schweigend und Cho starrte in das Gesicht des jungen Mannes, dem die Konzentration und das Bemühen, alles richtig zu machen, deutlich anzusehen waren. Am liebsten hätte er laut geschrien. Émilie war weg. Zum zweiten Mal verschwunden. Gerade wo er geglaubt hatte, sie in allernächster Zukunft wiederzusehen.

Er fühlte sich wie in einem Spiegelkabinett, wo ihn ihre Augen von allen Seiten her anblickten, doch wenn er die Hände ausstreckte und tastete, spürte er nichts als kühles, kaltes Glas.

Plötzlich hörte er Niki sagen: »Mademoiselle Lin ... sie ist hier die Einzige, die immer ... liebenswürdig zu mir ist.« Und mit einem Seufzer fügte er hinzu: »Mir tut das alles so leid für sie. Und wenn es nur *das* gewesen wäre.«

Unwillkürlich ballte Cho die Hände und wartete darauf, dass Niki weitersprach. Als der stattdessen die bereits verwendeten Tassen und Deckel in die Spüle zu räumen begann, fragte Cho mit rauer Stimme: »Was hat es denn sonst noch Schmerzvolles gegeben?«

Niki hielt in seiner Bewegung inne, ging zur Tür und zog sie vorsichtig zu. »Schuldgefühle. Mademoiselle Lin macht sich schlimme Vorwürfe, ihre Mutter allein gelassen zu haben. Glaube ich zumindest.«

»Aber dort im Krankenhaus ... da war sie doch bestimmt in guten Händen.«

»Schon«, hob Niki zögernd an. »Aber Sie sehen ja, was daraus geworden ist. Mademoiselle Lin denkt, wenn sie besser aufgepasst hätte auf ihre Mutter ... Denn wissen Sie ...« Niki räusperte sich und wirkte auf einmal verlegen. »Ihre Mutter hatte, wie soll ich sagen, psychische Probleme.«

Niki verstummte und Cho hoffte inbrünstig, er möge jetzt endlich mit der Sprache herausrücken. Als jedoch nichts weiter kam, sagte er das Erste, was ihm einfiel: »Das war sicher nicht leicht für Mademoiselle Lin.«

Der junge Mann wandte sich um. Cho kam der Gedanke, dass Nikis Gefühle Lin gegenüber womöglich stärker waren, als dies zwischen Angestellten und Arbeitgebern sonst der Fall ist. Wie alt mochte Niki sein, vielleicht Anfang zwanzig? Nein, er musste älter sein, wenn er bereits Teemeister und vorher schon bei der Konkurrenz gewesen war. Jedenfalls leuchtete aus den sanften braunen Augen des Jungen ein Gefühl, das eindeutig tiefer ging. Nun redete er weiter, sichtlich bewegt. »Die eigene Mutter in der Psychiatrie: rein in die Anstalt, raus, wieder rein – ein Albtraum.«

»In welcher Klinik war Madame Émilie denn?«

»In der Villa Blanche irgendwo außerhalb ... in so einem Kaff, wie hieß das noch, Château Thierry, glaube ich.« Er verstummte und richtete den Blick auf Cho. »Das Schlimmste war wohl, dass sie nicht gesprochen hat!«

Cho richtete sich unwillkürlich auf und fragte: »Wie meinen Sie das? Sie war doch nicht etwa ... stumm?«

»Das nicht. Aber vor vielen Jahren soll Madame Émilie einfach zu sprechen aufgehört haben. Es soll früher allerdings auch lange Phasen gegeben haben, in denen sie ziemlich normal gelebt hat in ihrem Haus an der Place Dalida.«

Cho konnte sich nicht rühren und war unfähig, irgendetwas halbwegs Passendes zu erwidern.

Sie hatte aufgehört zu reden. Seine Émilie. Eine Woge der Traurigkeit erfasste ihn und drohte ihn hinwegzureißen. Unauffällig drehte er sich zur Seite und schluckte schwer, dann lauschte er wieder den Worten des jungen Mannes.

»Nach Émilies Verschwinden hat Lin viel Zeit in diesem Haus verbracht. Vielleicht zu viel. Eigentlich wohnt sie ja im Stadtpalais der Berwangers. Und dann ist sie kaum noch zur Arbeit erschienen. Das war wohl auch Madame Adèles größte Sorge: dass … », er senkte erneut die Stimme, die nun leicht zitterte, »dass Lin die Labilität ihrer Mutter geerbt haben könnte.«

Was Niki über Émilie Berwanger zu berichten hatte, trug nicht dazu bei, Chos Anspannung zu lösen, ganz im Gegenteil. Sie war offenbar mitten im Winter, bei eisiger Kälte, trotz ihrer Lungenentzündung einfach aus dem Krankenhaus davongelaufen. Und nachdem man Émilie trotz aller Anstrengungen nirgends hatte finden können, hatte Adèle Berwanger Lin angeblich nach Asien geschickt, damit sie auf andere Gedanken käme. Lin jedoch war dort offenbar niemals angekommen.

Cho, der regungslos an den langen Tisch gelehnt Nikis Erzählungen gelauscht hatte, räusperte sich, brachte aber kein Wort heraus. Das Gesicht des jungen Mannes spiegelte seine eigene Traurigkeit wider. Und Cho begann alles vor sich zu sehen: Eine Winternacht mit Eis und Schnee. Ein lebloser Körper irgendwo in der Einöde, in einem Wald liegend, in einem Fluss treibend. Es musste so gewesen sein, es war besser, sich da nichts vorzumachen. Alles deutete darauf hin, dass Émilie tot war, ganz alleine gestorben – obwohl sie offenbar gewusst hatte, wo er war, und unmittelbar bevor er die Chance bekam, sie wiederzufinden. War Lin deshalb zu ihm gekommen? Weil Émilie verschwunden und womöglich tot war? Doch etwas in Cho sträubte sich gegen diesen Gedanken. Er spürte plötzlich den irren Drang, etwas Tröstliches zu sagen, irgendetwas, das die dumpfe Hoffnungslosigkeit in ihm beiseiteschob. Mit einer Zuversicht, zu der er sich zwingen musste, sagte er deshalb: »Vielleicht ist Lins Mutter ja irgendwo … untergekommen. Und weil niemand weiß, wer sie ist, dauert es einfach eine Weile, bis ihre Identität geklärt ist.«

Niki warf ihm einen schüchternen Blick zu. Leise sagte er: »Meinen Sie?«

Cho lächelte aufmunternd. »Aber ja.«

Doch das Bild, das er vor sich sah, war ein anderes: eine Gestalt in einem Nachthemd auf einem schneeverwehten Feld.

茶

5

Wenn man müde ist
nach dem Lesen von Gedichten

Émilie, April 1979

Die Pritsche quietschte, als Émilie sich zur Wand drehte. Unter der grauen Decke zog sie die Beine an und schob die kalten Füße unter das Nachthemd. Wie spät mochte es sein? Waren das nicht schon die ersten Vogelstimmen, die sie da hörte?

Sie wachte seit Kurzem jede Nacht weit vor dem Morgengrauen auf. Und immer war es dasselbe Bild, das sie in diesen frühen Stunden besuchen kam.

Schwarze Augen unter halb geschlossenen Lidern.

Die sanfte Bewegung einer Hand.

Ihre Finger, die seine berührten beim Überreichen der Tasse, kaum wahrnehmbar und flüchtig, wie das Zittern eines Schmetterlingsflügels. Und doch spürte sie danach ein Brennen auf der Haut.

Aber es gab auch noch etwas anderes, das sie in diesen Stunden umtrieb. Ein vages, ungreifbares Gefühl, das mit Tseng zu tun hatte. Tseng hatte sich verändert, sie schien nun noch abweisender gegenüber Émilie als zuvor. Und jeden Freitagmorgen fuhr sie ins Nachbardorf. Wenn Émilie mit den Frauen auf den Berg zog, stieg Tseng in das klapprige Vehikel des Alten mit der Mao-Kappe und kam erst Stunden später zurück. Émilie hätte dem nicht viel Beachtung geschenkt, doch als sie eines Tages gefragt hatte, was Tseng denn dort täte, hatte deren jüngere Schwester sie erschrocken angesehen und stumm den Kopf geschüttelt. Seither wurde sie das Gefühl nicht los, dass Tsengs Fahrten irgendwie mit ihr zu tun hatten, auch wenn sie keinen Zusammenhang sah.

Weiterhin übten die Mädchen die einzelnen Schritte der Teezeremonie. An einem lauen Nachmittag baute man draußen auf dem Hof der Familie Zhao eine lange Tafel aus Holzbrettern auf, die von nun an stehen bleiben würde. Hier würden sie die nächsten zwei Wochen jeden Tag die Durchführung der Gongfu Cha im Gleichklang üben.

Als alles an Ort und Stelle war, begannen die zwanzig Mädchen damit, ihre Bewegungen aufeinander abzustimmen. Gleich schnell, gleich hoch, in gleich weiten Bögen, es war wie die Probe für eine Ballettaufführung. Anmutig und grazil sollten sie sein beim Hineingeben der Teeblätter mit dem kleinen Bambuslöffel, beim Bebrühen, beim Einschenken des Tees und beim Kredenzen der Tässchen auf dem Tablett.

An diesem Tag war Émilie an der Reihe, Cho beim Abtragen und Abspülen des Teegeschirrs zu helfen. Sie wollte gerade die Tässchen auf ein Bambustablett stellen, als Tseng zu ihr trat und sagte: »Mrs. Chan needs your help. I'll do this here.«

Émilie sah überrascht auf. Sicher half auch Émilie im Haushalt, aber bisher hatte Frau Chan sie noch nie ausdrücklich herbeizitiert, damit sie etwas erledigte. Sie gab Tseng das Tablett und eilte durch die Gassen zum Hof der Chans. Sie ging gleich in die Küche, weil sie annahm, Frau Chan brauche Hilfe beim Gemüseschneiden. Aber die Küche lag verlassen da, nur der Kessel über der Feuerstelle dampfte.

»Mrs. Chan?«, rief Émilie verwundert und machte sich im Haus auf die Suche nach ihr. Als sie Frau Chan auch dort nirgends finden konnte, ging sie zum Stall. Und tatsächlich klang es so, als sei jemand bei den Hühnern. Vorsichtig schob Émilie die Lattentür auf. Und erstarrte.

Mitten im Stall, zwischen den pickenden und scharrenden Hühnern, stand Frau Chan, mit einem Beil in der rechten Hand. Vor ihr auf einem Hackklotz lag ein schwarzes Huhn, dessen Läufe sie mit der linken Hand festhielt. Und just in dem Moment ließ sie das Beil nach unten sausen, auf den Hals des Tieres, das nun zu zucken begann. Gebannt von diesem grausigen Spektakel beobachtete Émilie, wie der abgetrennte Kopf an einer Sehne baumelte und das Blut aus dem zuckenden Hühnerkörper zu schießen begann. Und in dem Moment bemerkte auch Frau Chan sie und ihr Gesicht öffnete sich zu einem erfreuten Lächeln.

Da erst löste sich Émilies Erstarrung, sie tat einen Schritt zurück, rannte quer über den Hof und erbrach sich in einer Ecke neben dem Schuppen. Als nichts mehr im Magen war, das sie hätte erbrechen können, ging sie zur Pumpe und hielt ihr Gesicht unter den Strahl, bis es vor Kälte wehtat. Sie überquerte den Hof, vorbei an Frau Chan, die ihr etwas zurief, zurück zu den Zhaos. Sie hatte nur einen Gedanken: Cho! Er würde verstehen, was sie fühlte.

Doch als sie auf dem Hof ankam, war niemand mehr zu sehen. Vielleicht war er noch am Spülbecken hinter dem Haus und reinigte das Teebesteck? Sie ging am Haus entlang, und noch bevor sie um die Ecke bog, hörte sie Tsengs Lachen. Ein gurrendes, dunkles Lachen, wie sie es noch nie von ihr gehört hatte. Vorsichtig näherte sie sich der Ecke und schob den Kopf ein Stück vor. Und tatsächlich, da stand Tseng, ganz dicht bei Cho, und sah zu ihm hoch. Plötzlich war sich Émilie sicher, dass das alles Absicht gewesen sein musste. Tseng hatte sie weggeschickt, damit sie Zorros Tod miterlebte – und sie hatte allein sein wollen mit Cho, das war deutlich zu sehen. Ein ungeahnter Hass stieg in Émilie auf, doch sie wusste nicht, was sie hätte tun können, darum lief sie leise über den Hof davon.

In dieser Nacht sah sie unentwegt Zorro vor sich. Sowie ihre müden Lider zuklappten und sie in einen sekundenlangen Schlaf sank, zuckte sie hoch, Zorros baumelnden Kopf vor Augen. Und das Blut, das in einem immer stärker werdenden Strahl aus dem Tier herausschoss.

Später sollte sie sich an diese Nacht erinnern als an die *eine* Nacht. Die Nacht, bevor der Brief kam. Im Nachhinein war sie überzeugt davon, dass das zuckende Huhn ein Zeichen gewesen war: das Zeichen herannahenden Unheils.

Schon als sie den Brief öffnete, spürte sie ein diffuses Gefühl von Bangigkeit. Vielleicht kam ihre Vorahnung daher, dass die Briefe von zu Hause für gewöhnlich am Freitag oder Samstag eintrafen. Dies aber war ein Mittwoch. Auf jeden Fall verstand sie die Bedeutung des Geschriebenen nicht gleich. Es war, als sähe sie den Wind hinter einem Fenster. Und doch stand es dort in blauer Tinte auf weißem Papier in der so stolzen Handschrift ihrer Mutter.

Vater. Vater war tot.

Sie las es noch einmal und noch einmal. Bauchspeicheldrüsenkrebs. Und dass es sehr schnell gegangen sei. Sie fühlte sich wie taub. Ihre Eltern hatten beschlossen, es ihr nicht zu sagen, sie hatten warten wollen, es hätte ja auch alles gut werden können. Émilie starrte auf die Buchstaben, die schwungvollen »f« und »g«.

Wir wollten dir das nicht zumuten.

Émilie blickte auf. Ihre Augen waren tränenlos.

Später erzählte ihr Tseng, sie habe den Brief sinken lassen, habe wie eine Schlafwandlerin gewirkt, konzentriert und entspannt zugleich, völlig abwesend.

Émilie stand auf. Wie von unsichtbaren Fäden gezogen erhob sie sich, der Brief flatterte ihr vom Schoß. Und dann ging sie. Fort vom Haus, fort von den neugierigen Chinesenaugen, den fremden Blicken der Mädchen. Jemand rief ihren Namen, sie hörte es wie aus weiter Ferne. Hinter den letzten Häusern, dort, wo der Weg sich in drei Richtungen verzweigte, hielt sie kurz inne und folgte dann dem Pfad, den die Chinesen den Zauberweg nannten und der hinauf in die alten Teegärten führte.

Weiter und weiter stieg sie und hielt erst an, als ihr vom schnellen Rhythmus ihrer Schritte die Luft knapp wurde. Unter einem uralten Teebaum sank sie ins Gras. Sie lehnte sich gegen den Stamm, der sich rau anfühlte, auch durch den Stoff ihres Baumwollhemds. Dort blieb sie sitzen. Sie erwachte davon, dass jemand sie sanft am Arm berührte. Émilie blinzelte. Wo um alles in der Welt war sie? Um sie herum war Dunkelheit. Da hörte sie plötzlich ihren Namen: »Émilie?«

Sie rappelte sich auf und versuchte zu sich zu kommen. Direkt vor ihr huschte ein Lichtkegel über das Gras, eine Taschenlampe? Das Licht stoppte und Émilie sah die Bäume wie stumme Riesen dastehen.

Und da kehrte auch die Erinnerung zurück. *Ihr Vater. Tot.*

Die Person, die sie eben berührt hatte, sagte mit deutlichem amerikanischem Akzent: »You must stand up. It's gettin' cold up here.«

Émilie fuhr herum. Neben ihr kniete Cho.

Sie erhob sich mühsam, stolperte und wäre beinahe hingefallen, wenn sie sich nicht am Stamm eines alten Teebaums abgestützt hätte.

»My father is dead«, sagte sie unvermittelt. Sie hatte sich so lange danach gesehnt, alleine mit ihm zu sprechen, und nun war dies der erste Satz.

Eine Weile lang standen sie sich stumm gegenüber. Im Licht der Taschenlampe sah sie Chos dunkle Augen auf sich gerichtet.

Irgendwann brach er das Schweigen und sagte: »I've read the letter.«

Sie nickte, stutzte dann aber, als ihr einfiel, dass der Brief auf Französisch verfasst war.

»You speak French?«

»Un petit peu.«

Sie lauschte dem Klang seiner Stimme und verstand erst im zweiten Moment die Bedeutung dieser Worte. Auf einmal überkam sie ein unbegreifliches Gefühl von Nähe zu dem Mann, der diese drei kleinen Worte gesagt hatte. Und dann brach es aus ihr heraus.

»Sie hat es mir nicht gesagt! Sie hat mir verheimlicht, dass er krank ist! Dass er sterben wird!«

»Wer hat das getan?«, fragte Cho sanft.

»Meine Mutter!« Émilie spie das Wort aus. »Jetzt werde ich

ihn nie mehr wiedersehen, nie! Wenn ich zurückkomme, ist da nur noch sein Grab!«

Mit weit geöffneten Augen starrte Émilie Cho an, der ihren Blick erwiderte, stumm und ernst. Émilie sah, wie der Lichtkegel der Taschenlampe übers Gras wanderte, und spürte plötzlich einen Arm, der sich um sie legte, schwer und warm.

茶

Die Landschaften wechselten wie Sequenzen in einem Film. Paris, die Straßen der Banlieus, Lagerhallen und Zäune, immer mehr Wiesen, schließlich Felder und Wälder, alles umwirbelt vom Tanz vereinzelter Flocken, auch die Forsythiensträucher, die bereits in leuchtendem Gelb blühten. Der Wind hatte den Schnee zurückgeholt.

Cho dachte daran, dass es eine Zeit in seinem Leben gegeben hatte, in der er ständig unterwegs gewesen war: Auf harten Holzbänken in einem Zug, dessen Fenster nicht richtig schlossen. In klapprigen Bussen, die schmale Sträßchen hinaufkrochen. Auf einem knatternden Moped. Und zu Fuß, auf endlosen Wegen.

Als der Zug in den Bahnhof von Château Thierry einfuhr, stieg er aus. Einen Augenblick lang stand er auf dem Bahnsteig herum und versuchte sich zu orientieren.

In der Nacht waren ihm massive Zweifel an seinem Vorhaben gekommen und er hatte sich gefragt, ob es nicht am einfachsten wäre, zu Adèle Berwanger zu gehen und das Kind beim Namen zu nennen. Doch wenn sie sich sperrte, gab es keinen Weg zurück. Dann konnte er nicht mehr weiter in aller Diskretion nach Émilie und Lin forschen.

Dazu kam die Frage, was Adèle wusste. Seit seinem Besuch bei ihr hatte er wieder und wieder darüber nachgedacht, welche Rolle sie in dieser undurchschaubaren Angelegenheit spielte. Ob sie wusste, dass Lin gar nicht in Asien war, und ihre Abwesenheit deckte? Aber warum würde sie das tun? Und wie verkraftete Adèle selbst die Sache mit Émilie? Bei Niki hatte es sich so angehört, als sei nur Lin völlig verstört vom Verschwinden ihrer

Mutter. Doch in keiner dieser Fragen kam Cho zu irgendeinem Schluss. Adèle Berwanger blieb für ihn undurchschaubar.

Auf dem Bahnhofsvorplatz stand eine Tafel mit einem Stadtplan von Château Thierry und er stellte fest, dass die Villa Blanche rund fünf Kilometer vom Bahnhof entfernt Richtung Südosten lag. Ein Taxi war nicht zu sehen, also machte er sich zu Fuß auf den Weg.

In den Außenbezirken von Château Thierry bog er in eine breite Landstraße ein. Während die Schneeflocken immer dichter wurden und sich auf seinem Mantel niederließen, während seine Haare feuchter wurden und seine Narbe zu pochen anfing, überlegte er, welchen Eindruck er in der Villa Blanche wohl machen würde – ein Fußgänger, halb nass, in durchweichten Schuhen. An einer Abzweigung stand ein verwittertes Schild, auf dem *Villa Blanche* stand. Am Ende einer Allee erkannte Cho ein Herrenhaus, das nicht weiß, sondern grau durch das Geäst der Eichen schimmerte. Weit und breit waren keine anderen Häuser zu sehen. Ein einsamer Ort für einsame Seelen, dachte Cho, während sich das Gebäude langsam aus dem Schneetreiben herauslöste.

Hier also hatte sie Teile ihres Lebens verbracht – die Frau, die er einmal geliebt hatte und mit der er ein Kind hatte. Alles war ganz anders gewesen, als er zunächst vermutet hatte. Er sah sie noch vor sich, ihr ruhiges Gesicht, die hellen Augen. Was ist geschehen, dass du eines Tages einfach aufgehört hast zu sprechen, Émilie?

Mit einem Mal ließ das Schneegestöber nach. Eine stahlgraue Sonne brach unvermittelt durch ein Wolkenloch und warf ein fahles Licht auf die Erker und Fenster, Türme und Kamine. Cho erschauerte. War das ein Ort, an dem man gesund werden konnte?

»Sie suchen also eine Klinik für Ihre Nichte?«

Der Mann, der Cho in dem bücherübersäten Büro gegenübersaß, war klein und rundlich und trug eine kreisrunde Brille auf der Nase.

Cho nickte und dachte bedauernd daran, dass er mit diesem Täuschungsmanöver seine ganze Lebensphilosophie verriet. Er räusperte sich und sprach die Lüge schließlich laut aus: »Ja. Ich bin dabei, mir einige Kliniken anzusehen. Diese hier wurde mir von Freunden in Paris empfohlen.«

Dr. Blumstein sah ihn an. »Wir haben hier nicht viele Plätze, die Größe des Hauses mag da täuschen. Doch wie schon am Telefon erwähnt: Es ist gerade ein Platz frei geworden. Aber darf ich Ihnen denn zunächst etwas anbieten, einen Kaffee? Nein? Sie sehen aus, als könnten Sie einen heißen Tee vertragen!«

Cho zuckte zusammen und wollte dankend ablehnen, als Dr. Blumstein bereits eine Taste auf seiner Telefonanlage drückte und sagte: »Jeanne, können wir bitte eine Kanne Tee bekommen ... danke.« Dann lehnte er sich entspannt zurück und sah Cho durch dicke Brillengläser hindurch an. »Die Patientin spricht also nicht mehr. Was war der Auslöser?«

Cho hob die Schultern und versuchte hilflos und besorgt auszusehen. »Wir wissen es nicht.«

Dr. Blumstein nahm seine Brille ab und hielt sie gegen das Licht. Er zog ein Tüchlein aus seiner Brusttasche und begann die Gläser zu polieren.

Cho, der froh war, dass der Arzt seinen eulenhaften Blick von ihm gelöst hatte, schluckte und kippte auch die letzten Bedenken über Bord. Aus dem Nichts heraus sagte er: »Es ist wie bei Lin Berwangers Mutter Émilie. Deshalb bin ich zuerst hierhergekommen.« Er hielt den Atem an.

Dr. Blumstein hob überrascht die Augenbrauen. »Ach, *das* sind die Freunde in Paris ...« Er betrachtete Cho jetzt mit noch größerem Interesse – oder war es Misstrauen? Als Cho nur schweigend nickte, fuhr der Arzt fort: »Dann wissen Sie ja auch, dass Émilie Berwanger viele Jahre bei uns war.«

Cho sah Dr. Blumstein konzentriert an, ohne ihn jedoch richtig wahrzunehmen. Viele Jahre. Wie hatte es nur so weit kommen können? Was hatte sie so sehr verändert?

»Die meisten Patienten leben hier in kleinen Wohngruppen zusammen – Lebensgemeinschaften, wie wir sie nennen. Aber wir haben auch einige, sagen wir mal, ganz schwere Fälle, bei denen das nicht möglich ist.«

»Zu denen zählte Émilie Berwanger ja nicht.« Gespannt wartete Cho auf eine Antwort. Als die Pause zu lang wurde und er bereits den Ausdruck »ärztliche Schweigepflicht« zu hören glaubte, fuhr er hastig fort: »Natürlich fragt sich meine Schwester, wie alles werden soll. Ob so etwas überhaupt gut werden kann. Die Berwangers haben uns Mut gemacht und erzählt, dass Émilie nach längeren Aufenthalten hier immer wieder nach Hause zurückkehren konnte und dort ganz normal gelebt hat.«

Die Tür ging auf und eine dunkelhaarige mollige Frau in weißer Bluse trug ein Tablett vor sich her. Die Frau grüßte, stellte Kanne und Tassen vor den beiden Herren auf dem Schreibtisch ab und sagte: »Der Tee muss noch ein bisschen ziehen.«

Wieder an Cho gewandt fragte Dr. Blumstein: »Am Telefon haben Sie erwähnt, Ihre Nichte sei ... zweiundzwanzig, nicht wahr? Und dass sie bis vor einem halben Jahr noch studiert hat. Wo ist sie denn derzeit in Behandlung?«

»Sie ist ... bei meiner Schwester zu Hause. Aber sagen Sie ... Ist das oft der Fall, dass jemand wie ... zum Beispiel Madame Berwanger ... immer wieder zurück in die Klinik muss? Dieses Hin und Her ... Kann man da nicht einen ... entschiedeneren Weg einschlagen?«

Dr. Blumstein lächelte. »Viel hat man herausgefunden über den Geist ... und über die Seele des Menschen. Aber noch mehr liegt im Verborgenen. Eine Krankheit zu erkennen heißt noch lange nicht, sie zu verstehen. Und die Angehörigen ...« Dr. Blumstein beugte sich vor, hob den Deckel der Kanne, schwenkte die beiden Teebeutel ein wenig herum und zog sie schließlich heraus. Nicht ohne sie vorher am Rand der Kanne auszupressen. Cho schloss für einen winzigen Moment die Augen. Dann beobachtete er, wie sich seine Tasse mit dem Gebräu füllte.

»Ich verstehe, dass die Berwangers große Mühe mit der Geschichte um Émilie haben. Wenn ein Mensch einfach verschwindet, noch dazu jemand, den wir als hilfloser wahrnehmen als den Durchschnitt, dann sind Schuldgefühle ja eine ganz normale Reaktion. Zum Verlustschmerz kommt zum einen das ungewisse Schicksal dieses Menschen, über das wir grübeln. Zum anderen fühlen wir uns, als hätten wir eine Pflicht, eine Verantwortung nicht wahrgenommen …«, er kratzte sich am Kopf und runzelte die Stirn, »… wenngleich ich mich nicht erinnere, dass Émilie je viel Besuch von ihrer Familie erhalten hat. Aber Sie trinken ja Ihren Tee gar nicht!«

Cho erstarrte. Dann setzte er die Tasse an die Lippen und leerte sie mit unbewegter Miene.

»Das wird Ihnen guttun. So ein langer Marsch bei diesem Wetter!«

Cho schloss für einen Moment die Augen. Der gallige Geschmack in seinem Mund war übermächtig.

Dr. Blumstein lächelte. »Gut, dann werde ich Ihnen einmal die Räumlichkeiten zeigen.«

Cho, dessen Mundschleimhaut sich wie nach einer Behandlung durch einen Gerber anfühlte, erwiderte das Lächeln und folgte dem Arzt über Gänge und Flure, treppauf, treppab, vorbei an unzähligen Zimmertüren. Nach all den Jahren hatte er ihre Spur wiedergefunden und lief durch die Welt, die einmal ihre gewesen war: Schweigend und tief in sich zurückgezogen war sie durch die Korridore gelaufen, durch die er selbst nun ging. Während Dr. Blumstein ihm die Gemeinschaftsräume und die Werkstätten zeigte, sah er sie vor sich: an diesem Webstuhl, an einem Klavier, aber vor allem in einem Zeichenraum, an einem Tisch sitzend, einen Stift in der Hand.

»Die Patienten wohnen immer zu zweit, das ist ein Grundprinzip unseres Instituts«, erklärte jetzt der Arzt. »Wir verwenden viel Sorgfalt darauf, Menschen zusammenzubringen, bei denen wir … sagen wir mal so … die größtmögliche Wahrscheinlichkeit sehen, dass sie einen positiven Einfluss aufeinander ausüben und sich gegenseitig bei der Heilung unterstützen. Seit Émilies Verschwinden ist es uns noch nicht gelungen, die richtige Partnerin für Leila zu finden. Sie weigert sich, mit jemand anderem das Zimmer zu teilen.« Dr. Blumstein klopfte an eine Tür. Als keine Antwort kam, öffnete er schließlich selbst die Tür und sagte: »Leila wird wohl im Gewächshaus sein.«

Als die Tür aufschwang, stockte Cho für einen Moment der Atem.

Hier also war sie gewesen. Hier und nicht im schmucken Stadtpalais, wie er geglaubt hatte. Und mit einem Mal war er sich sicher, dass etwas ganz Furchtbares, Ungeheuerliches geschehen sein musste, dass es ihr im wahrsten Sinne des Wortes die Sprache verschlagen hatte.

Chos Blick fiel auf Dutzende von Blumentöpfen und Pflanzschalen, die jedes freie Plätzchen auf Tisch und Fensterbank besetzten. Das Zimmer selbst schien ein Gewächshaus zu sein.

Dr. Blumstein sah seinen Blick und erklärte: »Leila spricht mit ihnen.«

Ohne auf den Satz des Arztes zu antworten, sah er sich im Zimmer um. Hier war sie eingeschlafen und aufgewacht, durch dieses Fenster hatte sie geblickt und vor dem Schlafengehen hatte sie auf dieser Bettkante gesessen. Nach all den Jahren hatte er tatsächlich ihre Spur wiedergefunden. Einen Augenblick hielt er inne, überwältigt von der Erkenntnis, dass eine Spur von jemandem zu finden immer auch bedeutet, zu spät gekommen zu sein. Émilie war nicht mehr hier.

Als ihm bewusst wurde, dass dieses Zimmer ja immer noch von einer anderen Frau bewohnt wurde, kam er sich mit einem Mal wie ein Eindringling vor. Er betrog nicht nur den Arzt, der so entgegenkommend war, sondern auch die Frau, der dieses Zimmer gehörte und die nichts davon ahnte, dass sich gerade fremde Blicke in ihr Leben bohrten. Vor lauter Elend war Cho fast bereit, Dr. Blumstein den wahren Grund seines Besuchs zu gestehen. Doch da trat der Doktor ans Fenster und deutete hinaus in den Garten, wo ein großes Gewächshaus stand.

»Es ist so hilfreich, wenn sie endlich einen Weg für sich finden, meist über eine Arbeit oder eine andere Form der Beschäftigung. Émilie hat ihre Tage malend verbracht. Und wir werden auch etwas für Ihre Nichte finden.«

Cho nickte beklommen. Dann wandte Dr. Blumstein sich vom Fenster ab und hielt Cho die Tür auf.

»Für Leila ist Émilies Verschwinden noch immer unfassbar. Seitdem hält sie sich fast nur noch im Gewächshaus auf.« Der Arzt schloss die Tür hinter ihnen und sie gingen die Treppe hinunter. In der Eingangshalle blieb Dr. Blumstein vor der schweren Flügeltür stehen und sagte: »Ich muss gestehen, dass auch ich oft an Émilie denke.« Einen Moment lang sah er aus wie ein zerknautschtes Stofftier. In seinen Augen lag tiefes Bedauern gepaart mit einer Art Staunen. »Es ist so unglaublich. Nach ihrem Verschwinden hat die Polizei die ganze Gegend abgesucht. Die Wälder und Felder. So weit, wie ein Mensch im Nachthemd kommen kann, in einer Winternacht.«

Cho, der gerade die Hand zum Abschied hatte ausstrecken wollen, hielt jetzt ganz still. Hatte er nicht genau diese Szene vor sich gesehen? Eine Gestalt im Nachthemd, auf einem schneeverwehten Feld. Unwillkürlich ballte er die Hände.

»Aber sie haben nichts gefunden. Keine noch so winzige Spur.« Bedächtig schüttelte Blumstein den Kopf und richtete seinen Blick auf einen Punkt über Chos Schulter. »Niemand hier hätte je damit gerechnet, dass sie so etwas tun würde. Das war völlig untypisch für Émilie!«

»Ach ja?« Chos Stimme krächzte.

»Émilie hatte psychische Probleme, das schon. Aber sie war weder unzurechnungsfähig noch geistesgestört. Warum hätte sie fortlaufen sollen, nach all den Jahren? Außerdem waren alle ihre Sachen noch da. Man kann also davon ausgehen, dass sie nichts bei sich hatte als das Nachthemd, das sie trug.«

Blumstein verstummte abrupt. Sein Blick kehrte aus dem Nirgendwo zurück und heftete sich wieder auf Cho. Dann sagte er: »Sie hätte das nicht einfach so getan, da bin ich ganz sicher. Irgendetwas muss passiert sein in diesem Krankenhaus.«

茶

Émilie, Ende April 1979

Irgendwann konnte sie wieder schlafen und essen und registrierte mit leiser Verwunderung jetzt auch das hilflose Bemühen der Chans, sie aufzumuntern. Dass sie sich nun weit weniger allein fühlte als in der ganzen Zeit zuvor, lag allerdings nicht an den Chans, sondern an der Gegenwart des Fremden, der nun kein Fremder mehr für sie war. An der rücksichtsvollen Aufmerksamkeit, mit der er sie seit jenem Abend im Teegarten beobachtete und jeden ihrer Handgriffe wahrzunehmen schien.

Und *sie* beobachtete *ihn* und wollte mehr über ihn wissen. Sie fragte sich, woher er so plötzlich aufgetaucht war. Warum er überhaupt hier war, in dieser Provinz. Was für ein Mensch er war. Was tat jemand, der so gebildet war wie er, an einem Ort wie diesem?

Ein paar Tage vor der Teeauktion passte sie einen Moment ab, in dem er allein am Wok stand, und sprach ihn direkt an: »Where are you from?«

Er hielt inne, sah sie an und antwortete: »I'm from many places.«

Émilie glaubte eine Art Amüsement über sie und ihre Direktheit herauszuhören. Aber nun, wo sie so weit gegangen war, würde sie sich nicht abspeisen lassen.

»Wo haben Sie Englisch sprechen gelernt?«

Er fuhr mit den Fingern durch den Tee, es raschelte und eine Duftwolke nach grünem Gras stieg Émilie in die Nase. Erklärend fügte sie hinzu: »Ihre Aussprache hört sich so … amerikanisch an.«

Als er immer noch nicht reagierte, senkte sie den Blick und

strich sich über ihre grobe Bluse. Sie glaubte schon, er würde ihr überhaupt nicht mehr antworten, doch da sagte er: »Als ich zehn Jahre alt war, ist meine Mutter mit mir nach Amerika gegangen, nach New York.«

Émilies Augen weiteten sich vor Erstaunen.

»Dort sollte ich auch einmal hin, zum Arbeiten. Meine Eltern wollten das.«

Er lächelte – ein warmes Lächeln, das seine ganze Person zu erhellen schien.

»Viele Menschen kommen nach New York. Sie suchen das gelobte Land. Aber wer dort kein Geld hat, für den ist die Stadt schmutzig und laut.«

Émilie schwieg und ließ ihn in dem Glauben, dass es auch für sie nicht anders gewesen wäre.

»In drei Tagen ist das große Teefest. Ich denke, wir sind bereit.«

Émilie nickte. Ja, auch sie glaubte das.

Die Bewegungen der zwanzig Mädchen liefen inzwischen in perfektem Gleichklang ab. Einmal, als sie zu spät gekommen war, hatte sie die Zeremonie von außen beobachtet. All die Mädchen mit dem schwarzen Haar, den Kopf leicht gesenkt, mit dem gleichen unbewegten Gesichtsausdruck und diesen anmutigen, völlig synchronen Bewegungen. Wie würde das erst am Tag des Festes aussehen, wenn sie identisch gekleidet wären? Plötzlich konnte sie es kaum erwarten, selbst ein Teil von alldem zu sein.

Es war ein strahlender Tag, der Himmel so blau, als hätte ihn jemand für den Anlass mit einem Tuch blank poliert. Auf dem Marktplatz drängten sich die Besucher, und als Émilie ihren Blick über die Menge schweifen ließ, dachte sie einen kurzen Moment lang, dass das Himmelsstrahlen auf die Menschen abfärbte, denn auch sie erschienen ihr wie blank geputzt, mit gestriegeltem Haar die Männer, die Frauen adrett und festlich, mit geröteten Wangen und Lippen. Mit leisem Widerwillen registrierte Émilie, dass auch Tseng ausgesprochen hübsch aussah.

Natürlich bemerkte sie auch das Befremden, das sie bei manchen der Anwesenden auslöste. In ihren Blicken las sie dieselbe Frage, die auch sie sich ab und zu stellte: Was tat diese Langnase hier und warum schenkte sie Tee aus, auf einer Auktion, auf dem Marktplatz von Ma-lung?

Sie spürte die Wärme der Sonne auf ihrem Gesicht und den leisen Wind, der darüberstrich. Im Gegenlicht sah sie die Besucher auf ihren Stühlen. Und ganz vorne, in der ersten Reihe am Rand, sah sie ihn sitzen: ruhig und sehr aufrecht, und wie einen Bannstrahl fühlte sie seinen Blick auf ihr.

Auch sie hielt sich sehr aufrecht, so wie er es ihr beigebracht hatte. Am Anfang hatte sie Sorge, aus dem Takt zu kommen. Doch dann schaltete ihr Verstand sich ab und alles lief wie selbstverständlich. Kännchen und Löffel, die angehoben und wieder gesenkt wurden, Wasser, das gluckerte, Blätter, die sich knisternd öffneten.

Und irgendwann kam der Moment, da sie die Tassen aufs Tablett stellte, sich in Bewegung setzte, um den Gästen den Tee anzubieten. Ohne darüber nachzudenken, ging sie direkt auf ihn zu, mit gesenktem Kopf. Ihr Herz begann zu klopfen und das Klopfen wurde zu einem schnellen, harten Hämmern in ihrer Brust. Wie in Zeitlupe streckte sie das Tablett aus und hob im gleichen Moment die Augen.

Es war das erste Mal, dass sie seinem Blick standhielt, dass sie es wagte, ihn offen und geradeheraus anzusehen, ohne zu erröten oder hastig die Augen abzuwenden. Und so stand sie da, äußerlich vollkommen ruhig, das Tablett in beiden Händen. Nichts verriet ihre übergroße Anspannung, die Atemlosigkeit, die dieser Moment in ihr auslöste. Es war, als bilde das Tablett eine Art Schutzschild, als sei sie nicht nur in andere Kleider geschlüpft, sondern in ein anderes Wesen.

Sie war verliebt, das erste Mal in ihrem Leben verliebt. Nichts war mehr wichtig, nicht ihre Vergangenheit in Paris, nicht die Akademie, die für sie verloren war, nicht einmal ihr Vater, dessen Tod sich für sie in diesem Augenblick auf ein paar Zeilen in einem Brief beschränkte, auf blaue Tinte und weißes Papier.

茶

6

Wenn man in einem kleinen Arbeitszimmer Weihrauch entzündet hat

Im Zug hielt Cho sein Gesicht dicht an die Scheibe und versuchte hinter seinem Spiegelbild die Welt draußen zu erkennen. In seinem Kopf klangen noch immer Blumsteins letzte Worte nach. Irgendetwas muss passiert sein in diesem Krankenhaus.

Im Schein des Mondes sah er weite graue Flächen an sich vorüberziehen, plötzlich tauchten Laternen auf, ein kleiner Bahnhof huschte vorüber und Fabrikhallen wechselten sich mit vereinzelten Gehöften ab.

Aber was sollte das gewesen sein? Was konnte schon passieren auf der Intensivstation eines Krankenhauses?

Er versuchte sich die Situation vor Augen zu führen: Émilie in einem Krankenhausbett, eine Schwester, ein Arzt, die auf sie niederblicken, vielleicht etwas, das gesagt wird. Aber was? Was sollte da gesagt worden sein, das Émilie noch nicht gewusst hatte? Was konnte so erschütternd sein, dass sie Hals über Kopf davongelaufen war? Sosehr Cho sich bemühte, er hatte keine Vorstellung. Alles, was blieb, war das Bild eines weißen Raums, in dem ein leeres Bett stand. Und ein Fenster, das weit geöffnet in die Winternacht zeigte.

Der Zug bremste scharf und kam kreischend zum Stillstand. Wieder legte Cho das Gesicht an die Scheibe und versuchte nach draußen zu sehen. Als er nichts Außergewöhnliches erkennen konnte, lehnte er sich zurück und schloss die Augen. Nach einer Weile setzte sich der Zug ruckelnd in Bewegung und Cho ließ sich einlullen vom sanften Schaukeln des Waggons. Auf einmal sah er sich wieder selbst durch die eigene Vergangenheit fahren, in einem heruntergekommenen Wagen neben dem alten Chinesen, der ihn hinauf zu den Chans gebracht hatte, vor nunmehr dreiunddreißig Jahren. Damals hatte er sie das erste Mal gesehen, in ihren unförmigen Hosen und dem Oberteil, das wie ein Sack an ihr herunterhing. Und doch hatte er schon an jenem ersten Abend gespürt, dass eine besondere Anziehungskraft von ihr ausging, die sich im Laufe der Wochen immer mehr verstärkt und an jenem Tag im Mai eine gläserne Klarheit erlangt hatte, als er sie dort stehen sah, an der langen Tafel neben all den anderen Mädchen in ihren roten Kleidern. Auch sie hatte ein rotes Kleid getragen und eine Blume im Haar.

Wie er dort auf seinem Stuhl gesessen hatte und in ihren Anblick versunken war. Wie er gedacht hatte, dass Kleidung und Frisur einen anderen Menschen aus ihr gemacht hatten und doch auch wieder nicht. Und als sei es gestern gewesen, sah er ihr Gesicht vor sich und diese merkwürdig schräg stehenden, hell leuchtenden Augen. Deren Farbe stand in deutlichem Kontrast zu ihren dunklen Haaren, die sie wie die anderen Mädchen in der Mitte gescheitelt und zu einem komplizierten Knoten am Hinterkopf geschlungen trug. Und wie er zum ersten Mal die Makellosigkeit ihrer Haut, die hohen Wangenknochen, die Linie ihres Halses ganz in sich aufgenommen hatte.

Wieder quietschten die Bremsen. Cho schrak zusammen, setzte sich aufrecht hin und massierte sich den Nacken, fast ärgerlich darüber, dass er immer wieder in die Vergangenheit abdriftete, statt zu überlegen, wie es nun weitergehen konnte.

Kurz überlegte er, es noch einmal bei Claire Laurent zu versuchen. Er begriff nicht, warum sie ihm nicht von Émilies Verschwinden erzählt hatte – da Lin und sie offenbar recht enge Freundinnen waren, musste sie auf jeden Fall davon wissen, und wenn sie sich solche Sorgen um Lins Verbleib machte, war das doch eine wichtige Information. Aber Cho war sich ganz sicher, dass Claire auch dieses Mal ihr Versprechen vorschieben würde, und er wollte nicht noch einmal gegen eine Wand laufen. Zumal es einen anderen Weg, eine andere Spur gab, die er verfolgen konnte: das Haus an der Place Dalida, das Niki erwähnt hatte.

Wenn es stimmte, was Niki sagte, hatte Émilie längere Zeit in diesem Haus gewohnt. Gleich nach diesem Gespräch hatte er im Stadtplan nachgesehen und festgestellt, dass die Place Dalida keine zwei Kilometer von seiner Wohnung entfernt lag! Diese Entdeckung hatte ihn mit großer Bitterkeit erfüllt und er hatte sich gefragt, welcher grausame Gott hier die Fäden in der Hand hielt. Auf jeden Fall würde er Niki bei nächster Gelegenheit nach der genauen Adresse fragen. Und obwohl ihm klar war, dass seine Hoffnung, Émilie dort zu finden, jeder Grundlage entbehrte, musste er dieses Haus unbedingt mit eigenen Augen sehen. Er wollte ihr nahe sein, wollte den Ort sehen, an dem sie gelebt hatte. Wollte sehen, was sie gesehen hatte.

Und sicher würde er sich so auch dem Geheimnis um Émilie nähern und eine Ahnung davon bekommen, was mit ihr passiert war. Vielleicht fand er sogar eine konkrete Spur. Auch wenn alles so aussah, als wäre sie tot, mochte Cho den Gedanken nicht aufgeben, dass es noch Hoffnung gab.

Der Besuch in der Villa Blanche hatte ihn aufgewühlt und Blumsteins Worte begannen sich immer mehr in ihm festzufressen. Wenn jemand Émilie in den letzten Jahren kennengelernt hatte, wenn jemand ihr nahe gestanden hatte, dann war das dieser Arzt. Wenn Blumstein glaubte, dass im Krankenhaus etwas passiert war, konnte man wohl davon ausgehen, dass er recht hatte. Und plötzlich kam Cho ein Gedanke, an den er sich klammerte, egal wie irrational er sein mochte: War es nicht möglich, dass Émilie es irgendwie geschafft hatte, wieder nach Paris zu kommen, per Anhalter oder indem jemand sie abgeholt hatte? Vielleicht war Lin ja deshalb zu ihm gekommen – weil sie irrwitzigerweise gehofft hatte, Émilie könnte sich *bei ihm* befinden?

Nüchtern betrachtet schien ihm diese Theorie sogar viel wahrscheinlicher als ein Erfrierungstod im Freien, denn in diesem Fall hätte man ja ihren toten Körper finden müssen. Er überlegte: Eine psychisch instabile Person läuft davon, nur mit einem Nachthemd bekleidet. In einer Winternacht. Die Polizei sucht nach ihr, aber vergeblich. Es gibt keine Spur. Ja, dachte er, so konnte es gewesen sein: Émilie war vielleicht doch nicht tot, sondern zu jemandem in den Wagen gestiegen. Und vielleicht hatte derjenige ihr irgendwie geholfen.

Am nächsten Tag führte Cho mit Monsieur Jacques langwierige Gespräche über die Geschicke von *Thés-des-Anges*, in deren Verlauf er immer wieder vergeblich versuchte, Näheres über Lin zu erfahren. In der Mittagspause sprach er Niki beiläufig auf Émilies Haus in Montmartre an und erfuhr, dass es in der Rue Girardon Nr. 7 lag, also in einer Straße, die direkt von der Place Dalida ausging. Am Abend telefonierte er mit Claire. Erst einmal fragte er, ob sie etwas über Lin gehört hätte, was nicht der Fall war. Dann konfrontierte er sie mit dem, was er in der Zwischenzeit über Émilie, deren Krankheit und deren Verschwinden erfahren hatte. Er versuchte Claire aus der Reserve zu locken, damit sie, die doch weit mehr wissen musste als er, ihr Wissen mit ihm teilte. Doch Claire fühlte sich offenbar weiter an ihr Versprechen Lin gegenüber gebunden und hielt sich bedeckt. Trotzdem berichtete Cho auch von seinem Besuch bei Dr. Blumstein und erzählte Claire von dessen Verdacht – oder war es doch nur eine Vermutung gewesen? –, dass in diesem Krankenhaus etwas Gravierendes passiert sein musste. Er lauschte auf ihre Reaktion, doch sie schwieg sich aus und beendete bald darauf das Gespräch.

Es war bereits kurz nach acht, als er sich auf den Weg zur Place Dalida machte. Der Wind hatte die Menschen von der Straße gefegt und auch Cho hatte den Mantelkragen zum Schutz gegen die kalte Luft hochgeschlagen. Mit schnellen Schritten ging er die Rue Girardon hinunter, den Blick konzentriert auf die Hausnummern gerichtet. Doch als er schließlich an der Place Dalida ankam, musste er feststellen, dass die Nummer sieben nicht dabei gewesen war.

Auch in Paris hatte es am Vortag geschneit, doch es war gleich alles wieder getaut. Jetzt fegte ein heftiger Wind nasse Blätter übers Kopfsteinpflaster; eine umherwehende Plastiktüte verfing sich an einer Straßenlaterne. Als Cho den Blick noch einmal zurück über die Häuser wandern ließ, erblickte er – fast völlig verdeckt von der Häuserzeile, die direkt an der Straße lag – eine Art Park oder Waldstück, in dem sich durchaus ein Gebäude verbergen konnte. Konnte das die Nummer sieben sein?

Kurz entschlossen steuerte er das nächstgelegene Haus an und drückte auf den Klingelknopf. Die Tür ging auf und eine Frau mit schulterlangem, blondem Haar öffnete.

»Ja?«

»Bonsoir, Madame. Eigentlich suche ich die Nummer 7, das Haus von Émilie Berwanger. Aber ich kann es nicht finden.«

»Tja.« Die Frau tat einen Schritt nach vorne und sah die Straße hinunter. Ein Windstoß fuhr durch ihr Haar, sie hielt sich die Strähnen aus dem Gesicht und deutete auf das Grundstück schräg gegenüber. »Das Haus liegt so weit zurück, von der Straße aus sieht man es kaum.«

Cho folgte ihrem Blick. Émilies Haus lag tatsächlich dort, in dieser von der Stadt vergessenen Wildnis.

Als könnte sie seine Gedanken lesen, fügte die blonde Frau hinzu: »Ja, das ist kein Ort für eine alleinstehende Frau. Aber sie wohnt ja nicht immer hier.«

»Ach nein?«

»Nein«, antwortete die Frau gedehnt. »Und es ist schon eine ganze Weile her, dass ich sie das letzte Mal gesehen habe.«

»Ach, das ist sehr … Ich muss sie nämlich dringend treffen. Wann war denn das?«

Einen Moment lang schien die Frau irritiert über diese Frage. Doch dann musterte sie Cho genauer, registrierte den Mantel aus feiner Wolle, das dichte, gepflegte Haar mit den angegrauten Schläfen und den dunkelblauen Seidenschal und entschied offenbar, dass er vertrauenswürdig war.

»Das war vor ein paar Monaten. Da kam sie mitten in der Nacht herüber, jemand war in ihr Haus eingebrochen, sie war völlig verstört. Am Ende hat sich herausgestellt, dass es nur einer der Obdachlosen von nebenan gewesen war.«

Cho machte große Augen und die Frau setzte hinzu: »Nebenan ist ein Park. Da treibt sich so einiges herum.«

Cho bedankte sich. Als die Frau die Tür hinter sich geschlossen hatte, blieb er noch einen Moment lang stehen und dachte über das nach, was sie gesagt hatte. Auf einmal kroch eine furchtsame Ahnung in ihm hoch, das Gefühl einer herannahenden Gefahr, die irgendwie mit diesem Haus zu tun hatte. Doch dann schüttelte er den Kopf und setzte sich in Bewegung.

Auf der anderen Seite der Straße machte er vor der halbhohen Mauer halt, die das Anwesen umgab. Von hier aus war tatsächlich nicht viel zu sehen, denn das vierstöckige Wohnhaus auf dem Nachbargrundstück, das direkt auf die Grundstücksgrenze gebaut war, verdeckte alles, was dahinter lag. Die Zufahrt zu Émilies Haus führte unmittelbar daran vorbei und verlief hinter dem Haus in einem scharfen Knick nach rechts in das Waldgrundstück hinein. Eine Weile lang stand Cho da und starrte über die Mauer hinweg. Dann drehte er sich um und folgte der Rue Girardon, die an der Ecke in die Place Dalida überging. Vor der Kindertagesstätte auf der anderen Straßenseite blieb er stehen und blickte den Hügel hinauf, wo oberhalb, halb verborgen hinter den Stämmen und Ästen, das Haus Nummer 7 hindurchschimmerte. Der Wind rauschte in den blattlosen Zweigen des Waldes und er verstand ohne Weiteres, was Émilies Nachbarin gemeint hatte: Nein, das war kein Ort für eine alleinstehende Frau. Und auch sonst kein Ort, an dem irgendwer würde leben wollen, dachte Cho unwillkürlich und überlegte gerade, wie er es anstellen sollte, in das Haus hineinzukommen, als er plötzlich im Erdgeschoss ein taumelndes Licht zu sehen glaubte. Aufgeregt kniff er die Augen zusammen, doch es war nichts mehr zu erkennen. Er musste sich wohl getäuscht haben.

Kurz entschlossen überquerte er die Straße, stieg mit dem rechten Fuß auf einen Absatz in der Natursteinmauer, krallte sich mit beiden Händen oben fest und zog sich ein Stück nach oben. Diesmal gab es keinen Zweifel: Im unteren Stockwerk blinzelte ein Licht.

茶

Émilie, Mai 1979

In den Nächten träumte Émilie nun davon, seine Lippen zu berühren, mit den Fingern durch sein schwarzes Haar zu fahren, sein Kinn und seinen Hals zu streicheln, ihn zu küssen. Dieser Kuss war stets das höchste der Gefühle, bei ihm stoppten ihre Gedanken, mehr wagte sie sich nicht vorzustellen.

Am Tag hielt sie stumme Zwiesprache mit ihm. Während ihre ledrigen Fingerkuppen geschickt Blatt um Blatt pflückten, führte sie im Geist die längsten und kompliziertesten Gespräche, die sie je mit einem Mann geführt hatte. Sie besprach alles mit ihm, sie erzählte ihm alles. Sie hatte kein Geheimnis vor ihm. Und dabei blieb *er* ein einziges Geheimnis für sie.

Wenn sie ihm dann abends, nach der Arbeit, vor dem Haus der Chans begegnete, lächelte sie scheu und gleichzeitig vertraut. Denn sie hatte ihm ja während des Tages schon so viel erzählt. Er wusste ja schon alles.

Und dann fasste sie einen Plan. Wie jeden Abend sah sie, dass Cho sich mit einem Kopfnicken bei den Chans verabschiedete. Und wie jeden Abend stand sie vor dem Haus und blickte ihm nach, während er zwischen den Bäumen verschwand. Sie sah sich rasch um, und als die Luft rein war, huschte sie um die Hausecke und folgte ihm.

Er ging schnell und nach einer Weile hatte sie immer mehr Mühe, ihn nicht aus den Augen zu verlieren. An einer Abzweigung machte sie halt und überlegte. Welcher dieser Pfade führte zu seiner Hütte? Um sie herum waren die einzigen Geräusche das Prickeln der Feuchtigkeit auf den Blättern und das Krächzen eines Vogels hoch oben auf einem Baum. Auf einmal begann ihr

Herz schneller zu schlagen. Sie wagte nicht, sich umzudrehen, denn plötzlich fürchtete sie sich. Mit einem Mal fühlte sie sich beobachtet, von unheilvollen Blicken verfolgt, die sich in ihren Hinterkopf, in ihre Schultern, in ihren Rücken bohrten. Und da hörte sie Schritte hinter sich, leise Schritte. Mit einem Ruck fuhr sie herum – und sah Cho vor sich.

»Du?«, hörte sie sich sagen und fühlte sich töricht.

Und mit einem Mal lag etwas ganz anderes in der Luft. Die Bedrohung, die sie noch vor Sekunden zu spüren geglaubt hatte, war verschwunden und hatte einem seltsamen Zauber Platz gemacht. Die uralten Teebäume, die in den Himmel griffen, der Dunst, der über dem Tal lag wie ein Schleier.

Sie ging ihm entgegen, den Blick fest auf ihn gerichtet, und streckte wie in Trance die Hand nach ihm aus, nur um dann mitten in der Bewegung innezuhalten. So standen sie sich gegenüber, Mann und Frau, wie in einem Scherenschnittbild oder einer bizarren Szene aus einer Welt jenseits der Wirklichkeit.

Doch dann kam Leben in Émilie. Als habe sie sich verbrannt, zog sie die Hand zurück, drehte sich um und rannte weg. War sie von allen guten Geistern verlassen? Der Rhythmus ihrer Schritte klang in ihrem Kopf wider und ihr Gesicht glühte. Sie war in ihren Träumen gewesen, hatte vergessen, dass sie ihn ja eigentlich gar nicht kannte.

An einem Abzweiger verlangsamte sie ihre Schritte, blickte hektisch nach links und rechts, beide Wege sahen gleich aus. Sie entschied sich für den linken. Ihre Tritte klangen ein wenig hohl in der Stille und Einsamkeit des Abends. Der Weg wurde steiler, doch sie rannte trotzdem immer schneller. Plötzlich hörte sie eine Stimme, die ihren Namen rief, weit hinter ihr. *Seine Stimme*. Sie fuhr herum, mitten im Lauf, sah nichts als weiße Nebelschleier und die Zweige der Silbereichen, die den Garten säumten. Da blieb ihr linker Fuß an etwas hängen, einer Wurzel oder einem Stein, sie stolperte, konnte sich nicht mehr abfangen und stürzte. Sie knickte um, fühlte etwas Spitzes an ihrem linken Knie, etwas

Hartes an ihrer Schulter und schließlich einen Schmerz am Kopf. Dann wurde es schwarz um sie.

Als sie erwachte, sah sie zuerst die Steine, ein paar Grashalme und Blätter, die aussahen wie Spitzwegerich. Dann entdeckte sie etwas weiter entfernt ein Paar Füße in groben braunen Schuhen. Sie versuchte den Kopf zu heben, es war mühsam und tief in ihrem Schädel pochte es.

»Émilie?« Das war Cho.

Sie machte einen halbherzigen Versuch aufzustehen, sank aber wegen des scharfen Schmerzes in ihrem Knöchel sofort wieder zurück.

Schließlich schaffte sie es doch, sich aufzusetzen. Langsam beugte sie sich vor und betastete den Knöchel, so vorsichtig, als sei sie eine Blinde, die die Verletzung eines anderen erspürt.

Er trug sie schließlich den ganzen Weg zurück ins Dorf. Ein paarmal wäre er fast ausgeglitten, auf einer der Wurzeln oder auf dem feuchten Gras. Es hatte zu regnen begonnen, ein feiner zarter Nieselregen, der sich wie ein Netz über ihr Haar legte und bald auch unter den Kragen ihrer Jacke kroch. Die ganze Zeit über sprachen sie kein Wort. Das einzige Geräusch waren seine Tritte auf dem Weg, das Flüstern des Regens und das Knirschen von Kies unter seinen Schuhen oder ein Ratschen, wenn er von einem Stein abglitt und sich gerade noch fing. Er lief langsam und bedächtig, zögerte aber kein einziges Mal, um sich zu orientieren. Es war, als ginge er den Weg im Schlaf.

Émilie war auf einmal sehr müde und hin und wieder fielen ihr die Lider zu. Die Befangenheit und Scham, die sie vorhin gespürt hatte, waren gewichen und hatten einem schweigenden Einvernehmen Platz gemacht.

Doch als sie die ersten Häuser des Dorfes erreicht hatten, holte die Wirklichkeit sie ein. Das Wattegefühl verschwand, der Knöchel fing an zu pochen und sie begann sich zu fragen, was die Chans und vor allem Tseng gleich sagen würden. Tseng würde sofort verstehen, worum es hier ging – sie würde weit mehr verstehen, als Émilie lieb war. Plötzlich musste sie wieder an den Tag denken, an dem sie Zorros Tod mit angesehen hatte. An Tsengs gurrendes Lachen und den Blick, mit dem sie Cho angeschaut hatte. Und da verstand Émilie. Mit einer Klarheit, die etwas Unwirkliches und zugleich beängstigend Reales hatte, wurde ihr bewusst, dass auch Tseng in Cho verliebt war. Dass auch sie ihn wollte.

Sie näherten sich dem Haus der Chans. Lichtrauten fielen auf den Hof und Émilie hörte das Gekicher der Mädchen, die offenbar wieder Mahjong spielten. Mit einem Mal wünschte sie sich nichts sehnlicher, als eine von ihnen zu sein, eingebunden in diesen riesigen Familienclan, wo jeder mit jedem verwandt war. Wo alles klar war, die Zukunft, das Leben.

Cho war stehen geblieben und setzte Émilie vorsichtig ab. Sie trat auf den gesunden Fuß und fand, Chos Hand haltend, schwankend das Gleichgewicht. Und in diesem Moment wurde ihr klar, dass es eines gab, was sie mehr wollte als alles andere: hierbleiben.

Bleiben, wo *er* war.

茶

Das Licht verschwand so rasch, wie es aufgeblitzt war.

Noch immer starrte Cho auf dieselbe Stelle, doch alles blieb dunkel. Als seine Finger schmerzten und er sich kaum noch auf dem schmalen Mauervorsprung halten konnte, ließ er sich wieder nach unten gleiten, rieb sich den Schmutz von den Fingern und lief zurück in die Richtung, aus der er gekommen war.

Das Licht versetzte ihn in helle Aufregung. Konnte es sein, dass Émilie es irgendwie zurück in dieses Haus geschafft hatte? Sicher hatte die Polizei das längst überprüft, aber trotzdem ...

Während seine Schritte überlaut durch die menschenleere Straße hallten, stieg auf einmal die Erinnerung an jenen Abend im Mai vor über dreißig Jahren in ihm hoch. Auch damals, als Émilie sich den Knöchel verstaucht und er sie den Hügel hinunter zurück zum Haus der Chans getragen hatte, hatten seine Schritte laut in der Dämmerung gehallt und der Druck ihres Körpers hatte als eine süße Last auf ihm gelegen.

Er kam wieder an dem Haus der blonden Frau vorbei, das nun in Dunkel gehüllt dalag. Ein paar Meter weiter bemerkte er die Pforte zu dem kleinen Park und erinnerte sich wieder an das, was die Frau gesagt hatte. Dass sich hier Obdachlose aufhielten – und dass einer von ihnen in Émilies Haus eingebrochen war. Vielleicht stammte das Licht im Haus nur von einem dieser Clochards? Cho blickte sich um und registrierte die halbhohe Mauer, die den Park vom Bürgersteig trennte, dahinter das dichte, in Fasson geschnittene Buschwerk.

Entschlossen drückte er die Klinke der Eisenpforte herunter, doch sie war abgesperrt. Dann sah er nach rechts und links, stieg kurzerhand über die Mauer und zwängte sich zwischen den Zweigen eines immergrünen Busches hindurch.

Es dauerte keine zwei Minuten, bis er sie aufgestöbert hatte. Drei Männer hatten sich unter dem gelblichen Schein einer Laterne niedergelassen. Zwei von ihnen steckten in blauen Schlafsäcken, der dritte saß auf einer Isomatte und war gerade dabei, sich eine Zigarette zu drehen.

Cho sagte höflich: »Bonsoir, vielleicht könnten Sie mir mit einer Auskunft weiterhelfen. Ich suche jemanden ... sozusagen einen Bekannten von Ihnen ... der vor einiger Zeit in dem Haus dort drüben ... ähm ...«, er deutete hinter sich, »übernachtet hat.«

Der eine Mann im Schlafsack, dessen blonde Haare im Licht der Laterne giftig aufleuchteten, wandte das Gesicht ab. Der sitzende Mann, der Cho wie ein Indianerhäuptling vorkam, drehte in Ruhe seine Zigarette weiter. Cho wiederholte seine Frage. Der Häuptling steckte sich die fertige Zigarette zwischen die Lippen, zuckte die Achseln und sagte: »Keine Ahnung.« Dann fummelte er in seiner Tasche nach einem Feuerzeug. Licht flammte auf und warf einen orangeroten Schein auf seine dunklen Bartstoppeln.

»Ich muss den Mann wirklich dringend sprechen«, hob Cho erneut an, »und ich wäre Ihnen sehr dankbar, wenn Sie einen Hinweis für mich hätten.«

»Wie redet der denn«, kam es von dem Grellblonden im Schlafsack, der das Gesicht immer noch abgewandt hatte. »Ist der ein Scheiß-Bulle oder was?«

»Nein, nein«, versicherte Cho eilig. Er ging in die Hocke und sagte mit leiser, aber eindringlicher Stimme: »Hören Sie, es geht um die Frau, die in diesem Haus dort gewohnt hat. Die Frau ist verschwunden und ich mache mir Sorgen um sie. Und ein ... Kollege von Ihnen hat dort mal übernachtet.« Cho, noch immer in der Hocke und auf Augenhöhe mit dem anderen, sah ihn eindringlich an. »Ich wäre Ihnen wirklich dankbar.«

»Wie dankbar?«, fragte der plötzlich.

Der Mann rieb Daumen und Zeigefinger aneinander und Cho verstand. »Zwanzig für den, der mir was sagen kann.« Er holte zwei Scheine aus der Tasche. »Und fünfzig, wenn ich denjenigen gefunden habe.«

»Das war 'ne *Sie*«, schaltete sich auf einmal der Dritte ein, ein grauhaariger, etwas älterer Mann.

»Eine Frau ist da eingebrochen?«

»Ja, und die Bullen ham se wieder rausgeholt. Seitdem isse hier nich mehr aufgetaucht.«

»Was redest du denn da?«, sagte der Blonde plötzlich. »Scheiße, Mann!«

Cho stand auf und hielt die zwanzig Euro in die Luft. Der Blonde hatte sich ihm zugewandt, fixierte den Geldschein, setzte sich ächzend auf und sagte schließlich: »Stimmt schon, das mit der Frau. Und die war eben doch noch mal da. Nach der Sache mit den Bullen.« Der Mann wechselte einen Blick mit dem Häuptling.

Cho dachte erneut an das Licht in Émilies Haus. »Kann es sein, dass sie in dem Haus ... sagen wir mal ... wieder Quartier genommen hat?«

Der Blonde sah Cho verblüfft an. »Nee ... Hab gehört, die hängt jetzt am Pont d'Austerlitz rum.«

»Wie heißt sie denn?«

Der Mann fixierte den Geldschein.

»Ich will ihren Namen.«

»Paulette.«

»Und wie sieht sie aus?«

»Die is schwarz. Und hat einen gelben Schlafsack.«

Als Cho am nächsten Morgen zum Pont d'Austerlitz kam, war von der Frau, die sich Paulette nannte, nichts zu sehen. Er stieg die Treppen zur Seine hinunter und wieder hinauf, durchstreifte den Park gegenüber, lief auf der einen Seine-Seite hoch und an der anderen wieder hinunter. Schließlich schaute er noch einmal bei Claire Laurent vorbei, in der Hoffnung, persönlich mehr zu erreichen als übers Telefon. Doch als auch sie auf ihrem Boot nicht anzutreffen war, gab er resigniert auf.

Im Verköstigungsraum von *Thés-des-Anges* wartete schon Niki auf ihn, das Degustationsgeschirr in einer langen Reihe vor sich aufgebaut. Der junge Mann grüßte respektvoll, als Cho den Raum betrat und die Päckchen auf dem Tisch bemerkte.

»Die sind heute Morgen mit UPS gekommen.«

»Die neuen Proben.«

»Ja. Und es sind ein paar Raritäten dabei.«

Cho zog seinen Mantel aus, hängte ihn an die Garderobe. Er trat ans Waschbecken und reinigte seine Hände gründlich mit geruchsneutraler Seife. Beiläufig fragte er: »Hat Mademoiselle Lin die Proben geschickt?«

Niki, der gerade dabei war, eines der Päckchen aufzuschneiden, lächelte beseelt. »Davon gehe ich aus.«

Cho sah ihn prüfend an. Kein Zweifel, der junge Mann glaubte tatsächlich, was er da sagte. Er trat an den langen Tisch vor dem Fenster. Wie alle seriösen Degustationsräume war auch dieser wie ein Künstleratelier nach Norden hin ausgerichtet, denn auch für die Begutachtung des Tees war es wichtig, dass kein zu grelles Licht die Farbe der Blätter verfälschte. Cho ließ seinen Blick weiter wandern, hinaus auf die Dächer. Hinter sich hörte er, wie Niki das Packpapier entfernte und sorgfältig faltete. Ehe er sich's versah, sagte er plötzlich: »Niki, sind Sie sicher, dass diese Pakete von Lin geschickt wurden?«

Die Geräusche hinter ihm verstummten. Langsam drehte Cho sich um. Niki stand da, die Schere in der einen Hand, das Packpapier in der anderen. Auf seinem Gesicht lag ein Ausdruck völligen Unverständnisses.

»Haben Sie seit Lins Abreise von ihr gehört? Oder selbst einmal mit ihr telefoniert?«

Niki sah ihn immer noch an. Dann schüttelte er den Kopf, langsam und stumm.

»Hat irgendjemand sonst von *Thés-des-Anges* mit Lin telefoniert?«

Niki erwiderte Chos Blick. Als dieser nichts weiter sagte, murmelte er schließlich mit großen Augen: »Warum fragen Sie mich das?«

Cho tat ein paar Schritte auf den jungen Mann zu, beugte sich vor und sagte eindringlich: »Weil ich nicht glaube, dass diese Pakete von Lin kommen.«

Nikis Augen wurden noch größer. »Aber ... woher dann?«

»Von einem Teeagenten, der sich Henri Hugo nennt.«

»Wieso sollte dieser Hugo die Päckchen geschickt haben?«

»Weil er damit beauftragt wurde.«

»Aber wenn dieser Hugo den Tee geschickt hat, wo ist dann Mademoiselle Lin?«

»Genau das möchte ich herausfinden.«

Cho hatte beschlossen, den Jungen einzuweihen. In der Mittagspause setzten sie sich in ein Bistro, aßen gedünsteten Fisch, Gemüse und Brot und tranken Wasser dazu. Um sie herum summten Stimmen und ein ständiges Kommen und Gehen zeugte von der Beliebtheit dieses Ortes um die Mittagszeit. Nach einer halben Stunde hatte Cho Niki alles erzählt, was es zu erzählen gab, und ihm auch berichtet, was er bisher unternommen hatte.

»Sie sind also wirklich Ihr Vater?«, fragte Niki und Cho fand, dass der junge Mann fast etwas Kindliches an sich hatte.

Er räusperte sich und sagte feierlich: »Es sieht ganz danach aus.«

»Das ist ja eine unglaubliche Geschichte! Und jetzt wollen Sie also in dieses Haus?«

»Es ist die einzige Spur, die ich noch verfolgen kann. Natürlich suche ich auch weiter nach der Obdachlosen. Aber in der Zwischenzeit muss ich etwas unternehmen. Immerhin habe ich dort Licht gesehen. Jemand war gestern Abend dort.«

Cho hatte immer schneller gesprochen. Jetzt wandte er den

Blick ab und starrte auf die Tischplatte. Wie musste das für Niki klingen? Eigenartig? Besessen? Und plötzlich war er überzeugt, dass es ein Fehler gewesen war, den jungen Teemeister einzuweihen. Der musste ihn ja für einen kompletten Spinner halten. Und vielleicht würde er Adèle Berwanger alles berichten. Doch da hörte er Niki bereits fragen: »Und wie wollen Sie da reinkommen?«

Angespannt fixierte Cho den jungen Mann: »Ehrlich gesagt hatte ich in diesem Punkt auf Ihre Mithilfe gehofft, Niki.«

»Auf meine Mithilfe?«

»Na ja ... Ich dachte, Sie hätten unter Umständen eine Idee, wo der Schlüssel zu Émilies Haus zu finden sein könnte.«

Niki nahm den letzten Schluck von seinem Wasser und stellte das Glas entschieden ab. »Ich verstehe.« Eine Weile lang starrte er mit undurchdringlicher Miene vor sich hin, dann sagte er plötzlich: »Ein-, zweimal in der Woche komme ich ins Palais Berwanger. Ich bringe Madame Berwanger Unterlagen zur Unterschrift und ähnliche Dinge. Während sie die Unterlagen studiert, gehe ich gewöhnlich in die Küche, wo man mir einen köstlichen Lapsang Souchung serviert. Es könnte ja sein, dass ich mich auf dem Weg nach unten in einer Tür irre und versehentlich in Lins Zimmer lande – in dem möglicherweise Schlüssel aufbewahrt werden.«

茶

Émilie, Mai 1979

Eines der Chan-Mädchen verschwand und kam mit der Heilerin wieder, die Émilie noch nie in etwas anderem als in einem sackartigen braunen Kittel gesehen hatte. Sie betastete Émilies Knöchel und schüttelte besorgt den Kopf. Dann ging sie hinaus und kehrte kurze Zeit später mit einer eigenartig riechenden Salbe und irgendwelchen Blättern zurück. Sie schmierte die Salbe auf den Knöchel, legte die Blätter darauf und umwickelte den Fuß mit Bandagen. Der Knöchel sei böse verstaucht, aber immerhin sei nichts gerissen, gab sie Émilie mit Tsengs Hilfe zu verstehen. Die nächsten Tage müsste Émilie allerdings liegend oder sitzend verbringen.

So blieb Émilie im Haus. Auf Krücken humpelte sie hierhin und dorthin und versuchte sich ein wenig nützlich zu machen, was die Chan-Frauen mit einem Hinweis auf ihren Fuß aber meist abwehrten.

Zwei Tage später begegnete sie Cho.

Sie hatte ihn kommen sehen, vom Fenster ihrer Kammer aus, und hatte sich zuerst nicht herausgetraut. Dann aber dachte sie daran, wie er sie den Berg hinuntergetragen hatte, den ganzen weiten Weg, und an die stumme Vertrautheit, die in dieser halben Stunde zwischen ihnen entstanden war.

In der Tür blieb sie stehen und sah ihm zu. Er stand mit dem Rücken zu ihr am Wok und fuhr mit den Fingern durch den Tee. Es war ganz still im Haus. Die Chan-Frauen waren im Teegarten, die Männer auf dem Hof, mit der Reparatur irgendeines Geräts beschäftigt.

Da drehte er sich um und sagte ohne Erstaunen, so als habe er die ganze Zeit gewusst, dass sie dort stand: »Wie geht es deinem Fuß?«

Sie lächelte leicht. »Besser. Aber ich kann eine Weile lang keinen Tee pflücken.«

Sie sah ihm zu, wie er den Tee aus dem Wok schüttete und neue Blätter hineingab.

»Ich habe mich noch gar nicht bedankt.«

»Wofür?«

»Für den Krankentransport.«

»Ah so.« Er lockerte die Blätter mit den Fingern.

»Danke.«

Er hielt einen Augenblick inne, warf ihr einen kurzen Blick zu und sagte ernst: »Ich habe das gern getan.«

Nach dieser Begegnung begannen sie miteinander zu sprechen, Cho und Émilie. Sie unterhielten sich zwischen Tür und Angel und im Teeraum, während Cho die Blätter röstete und Émilie dabei saß und ihm zusah. Sie unterhielten sich beim gemeinsamen Mittagessen und abends vor dem Haus, wenn die Chan-Kinder auf dem Hof herumtollten und Ball spielten. Und immer wieder bemerkte Émilie Tsengs penetrante Versuche, sich in ihr Gespräch einzuschalten, es an sich zu reißen und Chos Aufmerksamkeit auf sich zu lenken. Bei diesen Gelegenheiten spürte Émilie, wie ihr Hass auf Tseng aufflammte, der seit Zorros Tod wie ein Höllenfeuer in ihrem Innern glühte. Wenn Tsengs Stimme auf einmal süßlich wurde, die Augen groß und unschuldsvoll und die Gesten anmutig, hätte Émilie ihr am liebsten ins Gesicht geschlagen.

Eines Abends, Cho war weit und breit nicht zu sehen und auch Tseng schien wie vom Erdboden verschluckt, keimte ein Verdacht in Émilie auf. War es möglich, dass die beiden ein Stelldichein hatten? Ausgerechnet in diesem Moment, während Émilie sich vor Sehnsucht nach Chos Gesellschaft verzehrte? Die Ungewissheit war so quälend, dass sie sich auf die Suche machte. Wenn sie einen der beiden allein fände, wäre sie beruhigt.

Nachdem sie im Dorf weder Tseng noch Cho gesehen hatte, schlug sie den Pfad hinauf zu den Hügeln ein. Dann würde sie eben einen Spaziergang in die Gärten machen. Das zumindest redete sie sich ein, während sie mit langsamen, vorsichtigen Schritten durch die Reihen der Teeplantage ging, immer bemüht, ihren noch etwas lädierten Fuß nicht zu sehr zu belasten. Seit dem Abend ihres Unfalls war sie nicht mehr in den Hügeln gewesen.

Nachdem sie eine ganze Weile gegangen war, tauchte Chos Hütte vor ihr auf. In einiger Entfernung blieb sie stehen, hinter einem Baum, dort, wo der Weg einen Knick machte. Sie lauschte angestrengt und betrachtete das Häuschen, das rohe Holz, das Fenster, das in ihre Richtung zeigte, die winzige Veranda.

Dort wohnte er.

Auf den ersten Blick sah das Häuschen verlassen und geradezu abweisend aus. Vor dem Haus hingen ein paar Wäschestücke, Unterhemden und Unterhosen. Émilie unterdrückte ein nervöses Kichern. Albernes Ding, rügte sie sich selbst. Auf einmal war es ihr unbehaglich, hier im Gebüsch zu stehen und die Hütte zu beobachten. Was, wenn jemand sie sah? Ob wohl Tseng dort mit ihm in der Hütte war? Ihr wurde ganz schlecht bei dem Gedanken. Nun, wo sie hier war, musste sie Gewissheit haben. Sie würde hinübergehen und zum Fenster hineinspähen, auch wenn sie sich Cho gegenüber für ihr Misstrauen schämte. Da erklang hinter ihr eine Stimme: »Suchst du irgendwas?«

Émilie fuhr herum. Es war Cho.

»Oder planst du einen Überfall aus dem Hinterhalt?«, fragte er grinsend.

Émilie spürte, wie eine heiße Röte ihr Gesicht überzog. Sie blickte über seine Schulter, als müsste dort noch jemand auftauchen. Als sie weder Tseng noch sonst irgendwen hinter ihm sah, murmelte sie eine unverständliche Antwort.

»Komm doch herein. Ich habe den frischesten Tee, aus dem oberen Garten. Ich koche uns eine Tasse.«

Émilie nickte verlegen, brachte aber noch immer kein Wort heraus. Er ließ ihr den Vortritt und Émilie ging mit gesenktem Kopf an ihm vorbei. In der Hütte war es dunkel und er zündete eine Kerze an.

Ein sanftes Licht fiel auf einen Tisch, einen Stuhl, einen Schrank und ein Bett. Mehr Möbel gab es nicht. In einer Ecke stand eine Kohlepfanne. Cho entzündete die Kohle, stellte einen Topf mit Wasser darauf und wartete. Émilie setzte sich auf den einzigen Stuhl und überlegte, was sie sagen könnte, doch ihr fiel einfach nichts ein, was ihr nicht töricht vorgekommen wäre. Wo war die Unbeschwertheit der vergangenen Wochen geblieben?

Als Cho sich nach ihrem Fuß erkundigte, war sie ihm dankbar für die unverfängliche Frage und antwortete: »Ich gewöhne mich daran, sicher und ohne Angst aufzutreten. Angst vor dem Umknicken, meine ich. Frau Chan hat mir eine Bandage gemacht.«

Cho nickte, schwieg dann aber wieder, um sich auf die Zubereitung des Tees zu konzentrieren. Auch Émilie schwieg und lauschte auf die Geräusche in Chos Hütte. Da war der Klang seiner Schritte auf dem Dielenboden. Das Wispern und Rascheln der Kohle im Kocher. Und schließlich das sanfte Ticken von Regentropfen auf dem Blechdach. Émilie trat ans Fenster und sah hinaus in die beginnende Dunkelheit. Die Chans werden sich fragen, wo ich bin, dachte sie.

Auf einmal nahm sie einen sonderbaren Duft wahr. Sie drehte sich um und entdeckte ein Räucherstäbchen, von dem sich ein dünner Rauchfaden nach oben kringelte.

»Woher hast du das?«, fragte Émilie.

»Aus Tibet.«

»Da warst du also auch schon?«

»Hm.«

»Und was ist da drin, das riecht so …«

Cho griff nach etwas und reichte es ihr: »Lies selbst.«

Émilie hielt das Päckchen ans Licht, es war weiß, und las laut vor, was darauf stand: »Tibetan White Tara: Red Sandlewood, Natural Menthol, Jasmine, Special Nagi, Amber.« Sie grinste etwas schief, als sie fragte: »Das hat doch bestimmt irgendeine besondere Wirkung, oder?«

»Aber ja«, antwortete Cho gedehnt. »Der Duft ist gut für alles Mögliche. Auch für deinen Fuß.«

Wasserdampf stieg auf und Cho begoss die Teeblätter. Dann wurde er plötzlich ernst und sagte: »Ich trage diese Räucherstäbchen seit einem Jahr mit mir herum. Ich hab gedacht, ich entzünde eines in einem ganz besonderen Augenblick.«

Émilie sah an ihm vorbei. Sie hörte, wie Cho mit dem Geschirr klapperte. Wie er den Tee in die Tässchen füllte. Und dann wagte sie zu fragen: »Und so ein Moment ist … jetzt?«

Cho stellte die Kanne ab und schien zu überlegen, was er antworten sollte. Dann richtete er sich auf, kam langsam auf sie zu.

Émilie sah ihm entgegen, mit hämmerndem Herzen und einem zärtlichen Gefühl tief in ihrem Innern, das sie nachgiebig machte und sie alles andere vergessen ließ.

Dann gab es nur noch ihn. Und sie. Und plötzlich wusste sie, dass dies der kostbarste Moment ihres Lebens war, ein Moment, an den sie sich immer erinnern würde – dieses überwältigende Glücksgefühl und dieses Verlangen, das wie eine riesenhafte Welle alles andere fortspülte.

茶

Beim Aufwachen wusste er nicht, wo er war. Erst nachdem er eine Weile in die Dunkelheit geschaut hatte, dämmerte ihm, dass die Hütte am Bach nur ein Traum gewesen war. Er lag in seinem Bett in Paris, so wie jeden Morgen, allein.

Den ganzen Vormittag über hatte er Mühe, sich von dem Traum zu lösen, und als Niki ihm im Verkostungsraum von *Thés-des-Anges* mit triumphierender Miene einen Schlüssel entgegenreckte, wusste er zunächst nichts damit anzufangen. Erst als Niki »Rue Girardon« raunte, begriff er und nahm begeistert den Schlüssel in Empfang, wohlweislich ohne zu fragen, wie Niki dieses Kunststück vollbracht hatte. Wenig später klingelte sein Telefon und eine schnarrende Stimme fragte: »Wollen Se immer noch wissen, wo Paulette is?«

Eine halbe Stunde nach diesem Telefonat übergab Cho dem Gelbhaarigen aus dem Park einen Fünfziger und erhielt dafür die Auskunft, Paulette befinde sich bei den Missionsschwestern. »Nierenversagen«, sagte der Mann nüchtern und fügte bedeutsam hinzu: »Geld allein macht halt nich glücklich.«

Als Cho am selben Nachmittag den Krankensaal der Weißen Schwestern betrat, war ihm, als würde er eine Zeitreise in die Vergangenheit antreten. Auch Niki, der neben ihm ging, musterte die mit einer dicken Farbschicht zugekleisterten Rohrleitungen, die hohen Türen, den uralten Fliesenboden, aus dem hier und da kleine Stücke abgeplatzt waren. Und das Bett mit seinem überdimensionalen Rohrgestell, in dem die Frau lag.

Ihre braune Haut erinnerte Cho an blassen Milchcafé, die Dreadlocks waren mit einem weißen Band zurückgenommen.

Ihre Hände lagen reglos auf der Decke, im linken Handrücken steckte eine Infusionsnadel.

»Paulette?« Die Schwester beugte sich zu ihr herunter, berührte sanft ihre Schulter. »Sie haben Besuch.«

Paulette schlug die Augen auf, die Schwester zwinkerte ihnen zu und verließ den Raum.

»Bonjour, Paulette!«, sagte Cho. »Sie kennen uns nicht, aber vielleicht eine Freundin von uns.«

Die dunklen Augen der Frau wanderten von Cho zu Niki und wieder zurück.

»Wir möchten Ihnen nur ein paar Fragen stellen, es dauert nicht lang.«

Wieder der Blick, der sich hin und her tastete. Vielleicht spricht sie nur wenig Französisch, dachte Cho plötzlich und begann noch einmal von vorne, sehr langsam und akzentuiert: »Es-geht-um-das-Haus-in-der-Rue-Girardon.«

Cho und Niki wechselten einen ratlosen Blick. Plötzlich klang es vom Bett her: »Seit wann kommen die Bullen aus China?«

Es dauerte einen Moment, bis Cho verstand, obwohl der Satz eigentlich klar genug war.

Etwas säuerlich erwiderte er: »Ich bin weder Polizist noch Chinese. Ich weiß, dass Sie in ein Haus eingebrochen sind und dass die Polizei Sie mitgenommen hat. Aber das ist mir ganz egal. Was ich wissen muss, betrifft die beiden Frauen, die dort wohnen – oder gewohnt haben.«

Paulettes einzige Antwort war ein beharrliches Schweigen. Tiefes Misstrauen hatte sich in ihrem Blick eingenistet. Geduldig wiederholte Cho sein Anliegen. Und endlich antwortete Paulette: »Ich darf nix sagen.«

In Chos Nacken kribbelte es. »Was dürfen Sie nicht sagen, Paulette?«

Aber Paulette warf ihm nur einen verächtlichen Blick zu.

»Wie viel Geld haben Sie ihr gestohlen?«, fiel Niki ein.

Paulettes Kopf fuhr herum. »Hä? Ich hab kein Geld gestohlen!«

»So, so«, fuhr Niki fort, während es in Cho zu arbeiten begann. Da gab es also etwas. Etwas, das sie nicht sagen wollte.

Nicht sagen durfte.

»... etwa behaupten, dass Sie es gefunden haben?« Erstaunt bemerkte Cho, dass Nikis Stimme auf einmal schneidend, ja unerbittlich klang.

»Eine Frau hat mir das Geld gegeben.«

»Geht's noch ungenauer?«

Paulette drehte den Kopf weg, starrte auf die andere Seite und presste die Lippen aufeinander. Doch plötzlich sagte sie: »An dem Abend ... da haben die mich auf dem Grundstück erwischt, die Frau und so ein Typ.«

»Welche Frau, die jüngere oder die ältere?«

»Hä? Ach so ... na ja, eine junge.«

»Und was war dann?«

»Die wollten grade gehen ... haben irgendwas ins Auto gehievt. Jedenfalls erwischt mich der Typ. Hält mich am Handgelenk fest wie 'n Irrer. Aber dann hat die Frau zu ihm gesagt, er soll mich loslassen. Ich bin dann weg ... aber die Frau is hinter mir her, drückt mir Geld in die Hand und sagt: *Du hast hier keinen gesehen.*«

»Wie viel war es denn?«

»'n paar Hundert, Mann. Ich war total platt!«

»Und dann?«

»Nix dann. Die sind in den Wagen gestiegen und an mir vorbeigerauscht.«

»Und wann genau war das?«

Paulette zuckte die Achseln. »Was weiß ich. Vor 'ner Woche vielleicht.«

Vor einer Woche. Wieder musste Cho an das Licht denken, das er dort gesehen hatte. Das war erst vorgestern gewesen.

»Und seitdem ... waren Sie nicht mehr dort?«

Paulette schüttelte den Kopf.

»Vielleicht hatten Sie ja etwas vergessen und waren noch einmal da, um es zu holen. Vor zwei Tagen zum Beispiel.«

Jetzt schnaubte sie unwillig, blickte von einem zum anderen und sagte dann missgelaunt: »Wie wirkt das hier auf Sie? Wie 'n Wellness-Urlaub?«

»Wie sahen die beiden aus?«, schaltete sich Niki wieder ein.

»Der Typ war so 'n Schnösel ... die Art von Arschloch, das noch Gas gibt, wenn unsereiner auf der Straße liegt.«

»Können Sie ihn näher beschreiben?«

»Piekfeine Klamotten ... so 'n Golfplatzzeugs ... die Haare waren wellig, grau.«

Cho spürte, wie von irgendwoher eine heftige Abneigung gegen diesen Mann in ihm aufstieg.

Da fragte Niki: »Aber die Frau, die kannten Sie?«

Paulette sah ihn verständnislos an. »Wie meinen Sie das? Ob die mich mal zum Kaffee eingeladen hat oder was?«

»Ich will wissen, ob Sie die Frau vom Sehen her kannten. Ob es die Frau war, die in dem Haus wohnte.«

»Nee. Die is schon älter. Hat graue Haare und so und is so 'ne kleine, zerbrechliche Person. Die an dem Abend zu dem Typen ins Auto stieg, war viel jünger.«

»*Aber wie sah sie aus?*«, fragte Niki zitternd vor Ungeduld.

»Lockige Haare so bis zum Kinn. Eher blond, würd ich sagen. Ein pinkes Kleid und ziemlich hochhackige Schuhe.«

Cho spürte Nikis Blick auf sich. Was sagte diese Paulette da? Er musste sich zusammenreißen. Wie von weit her hörte er sie weitersprechen, hörte Niki nachfragen, ob sie sich sicher sei, ob die Frau nicht vielleicht doch lange dunkle Haare gehabt hatte. Und dann erst begriff er, dass das, was er da gerade hörte, ganz und gar nicht in Ordnung war.

茶

Émilie, Ende Mai 1979

Sie hatte Angst vor sich selbst, vielleicht auch vor Gott. Dass er sie strafen möge für das Glück, das verbotene Glück, das sie sich stahl. Denn dass es gestohlen war, das wusste sie in dem Moment, als Cho seine Lippen auf ihre legte und mit der Hand ihr Kinn berührte.

Sie stand da, hielt den Atem an, wartete. Er löste den obersten Knopf ihres Männerhemdes, den zweiten und dritten, öffnete alle Knöpfe. Streifte ihr das Hemd über die Schultern. So stand sie da, im weißen Baumwollunterhemd. Sie schämte sich für ihre knochigen Schlüsselbeine, doch sie wusste auch, dass ihre Haut samtig war und der Kerzenschimmer ihren Körper in ein goldenes Licht tauchte.

Plötzlich wurde ihr bewusst, dass sie etwas tat, das ihre Mutter nie und nimmer gutheißen, wahrscheinlich sogar verdammen würde. Doch dann zerflossen unter seinen Berührungen alle Gedanken ins Nichts.

Und während sie seine Hände auf sich spürte, seinen Körper auf ihrem, hörte sie die Regentropfen ans Fenster ticken und wie aus weiter Ferne nahm sie den Duft des Räucherstäbchens wahr.

Später, als das Räucherstäbchen heruntergebrannt und auch die Kerze längst erloschen war, lagen sie beieinander, Arm in Arm, als hätten sie alle Zeit der Welt. Im grauen Licht des anbrechenden Morgens dachte Émilie an die Chans und was sie ihnen sagen sollte, wenn sie zurückkam. Aber sie blieb ruhig liegen, es war ihr egal.

Denn diese Stunde fühlte sich an wie der Beginn eines neuen Lebens. Es war die Geburtsstunde ihrer Liebe.

Als sie später zurück ins Tal stieg, klangen ihre Schritte laut in der Stille des frühen Morgens und sie war durchdrungen von einem tiefen Ernst, einem Gefühl, das feierlich und gleichzeitig beschwingt war. So als trüge sie ein sonderbares Wissen um die Zukunft in sich.

Als Émilie schließlich zum Hause der Chans kam, empfing sie die Familie in heller Aufregung. Sie hätten sich Sorgen gemacht, sagte Tseng und wollte von Émilie wissen, wo sie gewesen sei die ganze Nacht über. Émilie wich Tsengs scharfem Blick aus und erklärte, sie habe sehen wollen, ob ihr Fuß schon wieder belastbar sei, und habe dann unter einem Baum Schutz vor dem Regen suchen und sich ausruhen müssen, da sie sich überschätzt habe und der Knöchel nun wieder wehtäte. Während sie sprach, schaute Tseng sie die ganze Zeit über argwöhnisch an.

In den folgenden Tagen haftete Tsengs Blick wie Klebstoff an ihr. Wann immer sie aufsah, bei Tisch oder beim Beschriften der Teepakete, sah Tseng sie an und Émilie fragte sich beunruhigt, wie viel Tseng wusste.

Seit ihrer Begegnung in Chos Hütte verabredeten sie sich, wann immer sie konnten – entweder oben bei ihm oder im Garten der tausend Träume, der ab dem frühen Nachmittag still und verlassen dalag. Sie trafen sich unter dem ältesten der alten Teebäume und meist wartete Cho schon auf sie, auf einer grauen Decke, die er unter sich ausgebreitet hatte. In ein Buch versunken saß er dann da, eine schwere Strähne dunklen Haares dicht über den Augen, und bemerkte sie meist erst im letzten Moment. Manchmal wartete er lange, denn Émilie musste es geschickt anstellen und einen unbeobachteten Moment abpassen, um hinter der Hausecke zu verschwinden.

Ihr Knöchel war wiederhergestellt und so rannte sie den Weg durch die Plantage nach oben, keuchend, sich völlig verausgabend, denn immer hatte sie das Gefühl, dass unterwegs schon die kostbare Zeit durch die Sanduhr lief.

In diesen Wochen lernte Émilie das Glück kennen. Manchmal fragte sie sich, wann eigentlich alles begonnen hatte. Bei der Gongfu Cha auf dem Markt, beim Erlernen der Teezeremonie oder schon als er, der Fremde, aus dem Wagen gestiegen war.

Von oben, vom Garten der tausend Träume aus, sahen sie hinunter auf die grünen Plantagen, die wie ein Wellenmeer die Hügel bedeckten. Cho hatte einen Arm um Émilie gelegt und sie sprachen oder schwiegen oder küssten sich. Einmal erzählte er ihr, wie er als ganz junger Mann die USA verlassen hatte, um seine Heimat, die Landschaft seiner Kindheit, noch einmal wiederzusehen. Und wie aus dieser Reise in seine eigene Vergangenheit eine Reise in eine unbekannte Welt – die Welt des Tees – geworden war. Fünf Jahre lang war er von einem Teeanbaugebiet ins nächste gereist, und während sie seiner Stimme lauschte, war ihr, als sähe sie alles ganz deutlich vor sich: den prasselnden Monsunregen Assams, die öden Bahnhöfe, auf denen er gesessen hatte und die nicht viel mehr waren als Gleis und Schild; Plantagen, die so riesig waren, dass man sie an einem Tag nicht durchqueren konnte. Und die Teebörse von Colombo, in der die Makler nach einem Stromausfall ihren Tee bei Kerzenschein ersteigerten.

Und nachdem er seine Welt so bunt an ihr hatte vorüberziehen lassen, wunderte sie sich im Stillen über ihr eigenes Schweigen. Warum erzählte sie Cho noch immer nichts von ihrer Welt und ihrer Herkunft? Irgendetwas hinderte sie daran, ihm zu verraten, wie reich ihre Familie war. Wie viel Tee sie besaß. Wie viele Menschen auf wie vielen Plantagen für sie arbeiteten. All das war in Chos Gegenwart vollkommen bedeutungslos, letztlich war es auch für Émilie selbst vollkommen bedeutungslos. Und so wusste er letztlich nicht mehr von ihr, als dass sie aus Paris kam und dass ihr Vater gestorben war.

茶

In dieser Nacht war Chos Schlaf unruhig und zergliedert in unzählige Traumetappen, aus denen er immer wieder erwachte, um kurz darauf erneut abzutauchen. In einem Moment sah er sich selbst mit den Hirten im Himalaya Buttertee trinken, im nächsten saß er in der Teebörse von Colombo, in dieser kaskadenartigen Aula, und neben ihm saß Émilie und hielt ein Licht in der Hand. Erst gegen Morgen trieben seine Gedanken wieder auf die Oberfläche zu und irgendwann fiel ihm ein, was Paulette gesagt hatte: dass da diese Frau gewesen war, in Émilies Haus, eine Frau mit hellen Locken, in einem pinken Kleid und Stöckelschuhen.

Langsam setzte er sich im Bett auf und stopfte sich das Kopfkissen in den Rücken. Was hatte diese Frau mit Émilie und Lin zu tun? Wer war sie und was hatte sie dort gemacht? Noch immer benommen vom Schlaf nahm Cho einen Schluck Wasser aus einem Glas, das immer neben seinem Bett stand.

Dann waren es vielleicht die beiden gewesen, der Mann und die Frau mit den Locken – das tanzende Licht, das Cho neulich abends in dem Haus gesehen hatte, stammte womöglich von ihnen. Aber was hatten sie dort gemacht? Und wieso war er so von Hass erfüllt auf einen Mann, den er gar nicht kannte?

Er fasste sich an den Kopf, massierte sich die Schläfen, versuchte die wattige Trägheit aus seinem Gehirn zu verscheuchen. Und auf einmal war da wieder dieses ungute Gefühl, das er nur als Furcht bezeichnen konnte. Und die Frage, die sich nun nicht mehr vertreiben ließ: Was, wenn die beiden Fremden Lin etwas angetan hatten? Wenn sie dort in diesem Haus überfallen und ausgeraubt worden war? Oder einem noch schlimmeren Verbrechen zum Opfer gefallen war?

Er begann zu schwitzen und kurz kam ihm der Gedanke, ob er nicht zur Polizei gehen sollte. Aber was hatte er schon vorzubringen? Es würde nichts nützen, wenn ein vermeintlich Fremder Lin als vermisst meldete. Wo ihre Großmutter doch immer noch behauptete, Lin sei in Asien. Glaubte Adèle Berwanger das wirklich? Und falls nicht, warum unternahm sie nichts?

Madame Berwanger, beschloss Cho, war neben der schweigenden Claire Laurent die einzige Person, die ihm zu mehr Klarheit verhelfen konnte. Konnte er es riskieren, sie offen anzusprechen? Wie auch immer er sich entschied: Zuerst musste er wissen, was in diesem Haus war.

茶

Émilie, Mitte Juli 1979

An dem Morgen, als der Brief kam, war Cho für zwei Tage in der Stadt. Die Sendung war an Herrn Chan adressiert und enthielt ein Flugticket.

Ihr Flugticket.

Herr Chan überreichte ihr das Ticket und Tseng teilte ihr mit, dass sie in einer Woche abreisen würde, zurück nach Frankreich. Ihre Mutter habe es so angeordnet. Der Brief an Herrn Chan enthielt einen weiteren, kürzeren Brief an sie. In ihm erklärte ihre Mutter, dass es nun Zeit für sie sei, nach Hause zurückzukehren, und dass sie sich schon sehr auf sie freue. Die Frage, ob Émilie zurückkehren wollte, wurde nicht gestellt.

Diesen Tag verbrachte Émilie in einem Zustand wachsender Panik. Sie irrte in den Gärten umher und stand eine Ewigkeit vor Chos Hütte, deren verlassener Anblick sie noch viel beklommener machte. Sie würde nicht gehen, niemals. Sie würde sich in den Teeplantagen verstecken, so lange, bis das Ticket verfallen wäre.

Und dann würde sie für immer hierbleiben.

Am Sonntagmittag wollte Cho zurück sein, und als Émilie sich nach der Mahlzeit und dem Abwasch endlich freimachen konnte, lief sie, so schnell sie konnte, den steilen Weg hinauf zu seiner Hütte. Doch auf ihr Klopfen hin blieb alles still. Nach einem Moment des Zögerns setzte sie sich auf die Veranda, kauerte sich fröstelnd zusammen und wartete. Erst Stunden später, es dämmerte schon und sie war inzwischen in einem Zustand, der an Hysterie grenzte, sah sie ihn um die Wegbiegung kommen. Sie sprang auf und rannte auf ihn zu. Als sie sein Gesicht erblickte, schrie sie entsetzt auf. Es war voller Blut.

»Das ist nichts«, versuchte er sie zu beruhigen, doch sie schluchzte weiter. Erst nachdem er sich an der Pumpe vor dem Haus das Gesicht gewaschen hatte und sie sich davon überzeugt hatte, dass es wirklich nur eine tiefe Schramme an der Stirn war, beruhigte sie sich.

Drinnen in der Hütte war es dunkel. Émilie bemerkte das Teegeschirr, das unberührt im Regal stand, die Kerze auf dem Tisch, die weiße Packung mit den Räucherstäbchen, von denen, wie sie wusste, nur noch eines übrig war. Ihr Blick tastete sich weiter zu Cho, der in einer seltsam steifen Haltung am Fenster stand, und sie trat neben ihn.

Der Abend stand grau vor dem Fenster, die Silhouette der Silbereichen ragte schwarz in den Himmel.

Émilie senkte den Kopf und ließ sich das Haar ins Gesicht fallen wie einen Bühnenvorhang am Ende der Vorstellung.

»Ich muss zurück. Nach Frankreich.«

Die Stille nach ihren Worten war betäubend. Wie blind tastete sie nach seinen Händen, umschlang sie fest. Eine Ewigkeit lang standen sie da, ohne sich zu rühren, als könnte ihre Reglosigkeit das Unausweichliche hinausschieben.

Plötzlich flüsterte sie in das graue Licht hinein: »Ich möchte für immer mit dir zusammen sein.«

Er nickte, schluckte, brachte kein Wort heraus. Sie aber sagte: »Ich werde mit meiner Mutter reden, ihr alles erklären. Und dann komme ich zurück. Das verspreche ich dir.«

茶

7

Mitten in der Nacht, in ein Gespräch vertieft

In der nächsten Nacht regnete es in Strömen. Als Cho in die Rue Girardon kam, wartete Niki schon vor dem Haus auf ihn, dicht an die Mauer gedrückt. Zufrieden registrierte Cho, dass man ihn in seiner schwarzen Kleidung und mit der Mütze kaum sah. Nur das Gesicht schimmerte hell vor dem dunklen Hintergrund.

Es war nach Mitternacht, als die beiden über die niedrige Mauer des angrenzenden Parks kletterten und die Auffahrt des Nachbargrundstücks entlangschlichen. Das Knirschen des Kieses ging unter im steten Rauschen des Regens und der gelbliche Schimmer der Straßenlaterne wurde immer schwächer, bis er sich hinter einem Schuppen ganz verlor. Irgendwo bellte ein Hund. Einen Moment lang blieben sie stehen, um sich zu orientieren.

Émilies Haus lag in einiger Entfernung, als ein dunkler Schatten. Sie stolperten über Laub und Gezweig. Um sie herum war es finster, aber aus Furcht vor Entdeckung verzichteten sie lieber auf das Licht einer Taschenlampe. Erst als sie das Haus fast erreicht hatten, erkannten sie, dass die Wand auf dieser Seite ganz mit Efeu oder einer anderen Kletterpflanze bedeckt war. Langsam folgten sie nun dem Kiesweg, der um das Haus herum zu verlaufen schien, fanden den Eingang aber nicht. Nachdem sie einmal ganz herumgegangen waren, flüsterte Niki: »Ich glaube, wir müssen doch die Taschenlampe anschalten.«

Cho antwortete nicht, sondern tastete sich noch ein Stück weiter. Als er mit der Schuhspitze an etwas stieß, sagte er: »Leuchten Sie bitte mal kurz. Hier ist anscheinend eine Tür.«

Mit einem Ratschen zog Niki den Reißverschluss seiner Regenjacke auf und reichte Cho nach kurzem Stoffrascheln eine zweite Taschenlampe, die der überrascht entgegennahm.

»Danke.«

Niki grinste. »Tja, ein Teemeister kommt eben selten allein.«

Im Lichtkegel erkannten sie eine große, breite Tür, die ebenerdig nach drinnen führte. Cho langte nach dem Schlüssel in seiner Jackentasche.

Einen Augenblick lang stand er einfach so da, den Schlüssel in der Hand. Was würde er dort drinnen vorfinden? Diese Frage hatte ihn seit dem Vortag nicht mehr losgelassen. Die Frage und die Angst.

Als er Niki ungeduldig auf der Stelle wippen sah, steckte er den Schlüssel ins Schloss und öffnete die Tür.

Ein Geruch nach kaltem Stein schlug ihnen entgegen. Niki leuchtete in einen langen, hohen Korridor. Sie traten ein und zogen die Tür hinter sich zu, blieben einen Augenblick lang reglos stehen und lauschten in die Stille und Schwärze des Hauses. Der Kegel der Taschenlampe fiel auf einen rötlichen Fliesenboden. An der Decke baumelte eine Glühbirne. Nach ein paar Metern ging rechts eine Tür ab. Die beiden wechselten einen raschen Blick, dann trat Niki auf die Tür zu, öffnete sie und leuchtete mit der Taschenlampe in den Raum.

茶

Émilie, Spätsommer 1979

Das Gespräch war vom ersten Wort an zum Scheitern verurteilt. Nichts von alldem, was sie sagte, klang überzeugend und selbst in ihren eigenen Ohren hörten sich ihre Worte unbeholfen an, wie die eines dummen Kindes. Und jeder neue ungeschickte Satz, der aus ihrem Mund kam, drückte ihre Ungeduld aus, in die sich schließlich Fassungslosigkeit mischte, gepaart mit wildem Zorn. *Einen Mann in China kennengelernt. Verliebt. Für immer dort bleiben.*

Am Ende dieses Gesprächs hatte Adèle sie nur mit schmalen Lippen angesehen und den Kopf geschüttelt. Es war offensichtlich gewesen, wie viel Mühe es sie kostete, ihre Selbstbeherrschung aufrechtzuerhalten. Mit gepresster Stimme hatte sie gesagt: »Das kann doch nicht dein Ernst sein?« Und dann hatte Adèle ihr den Pass und das Geld weggenommen.

Émilie hatte versucht sich zu wehren, hatte ihre Mutter angebettelt, hatte gefleht. Dann hatte sie herumgeschrien und Adèles Arbeitszimmer durchwühlt, nach dem Pass, nach ihrem Sparbuch. Sie hatte Marthe bekniet, ihr Geld zu leihen. Doch alles war vergebens gewesen. Am Ende hatte Émilie sogar damit gedroht, zur Polizei zu gehen. Sie sei volljährig und ein freier Mensch, niemand, auch nicht ihre Mutter, habe das Recht, sie zu einem unmündigen Kind zu machen.

Aber auch das hatte nichts genützt.

In den Tagen, die nun folgten, hatte sie das Gefühl zu sterben. So war das also, wenn alles vorüber war. Sie würde Cho nie mehr wiedersehen. Es war, als hätte man ihr das Herz herausgeschnitten, und übrig geblieben war eine klaffende rote Wunde.

Dieser unglaubliche Schmerz.

An einem unerträglich schönen Spätsommertag war ihr schließlich klar geworden, dass ihre Zeitrechnung, der Kalender ihres Lebens, nun wieder von vorne begann. Am Tag ihrer Trennung von Cho. Dem Tag des Versprechens, das sie gebrochen hatte. Und Émilie hatte begonnen nachzurechnen, wie viele Male sie die Nachttischlampe angeknipst und auf die Uhr gesehen hatte.

Seitdem.

Ja, die Zeit bemaß sich nun anders, nicht mehr mit dem Zeiger, der übers Zifferblatt kroch. Nun kam es darauf an, wie viele Atemzüge sie seit ihrer Abreise aus China getan hatte, wie viele Minuten sie versucht hatte, die Schwärze der Nacht zu messen. Wie viele Male sie ihre Mutter *nicht* angesehen hatte. Und heute fragte sie sich, wie viele Male sie noch aufstehen, wie viele Male sie in ihrem Leben noch frühstücken müsste.

Wie viele Male sie den Moment verfluchen würde, an dem sie in das Flugzeug gestiegen war, das sie nach Frankreich, nach Hause, in ihr Gefängnis zurückgebracht hatte.

茶

Der Anblick, der sich ihnen bot, gehörte zum Sonderbarsten, was Cho je gesehen hatte. Der Raum hatte die Dimensionen einer kleinen Halle und die Fenster an der gegenüberliegenden Seite reichten fast bis zur Decke. Die Scheiben mussten sehr alt sein, denn sie bestanden aus lauter kleinen, bleigefassten Glasquadraten, die nun das Licht der Taschenlampe widerspiegelten.

Das Unerwartete aber waren die Malereien, mit denen die restlichen drei Wände dieser Werkstatt bedeckt waren.

Gebannt starrten sie auf die Darstellungen und traten ein. Wie ein Band zogen sich Kinderbilder die Wand entlang, bunte Menschen und Bäume, Blumen und ein Auto, eine bunt bemalte Ente, in der zwei Frauen saßen, eine Brünette und eine Rothaarige. Dann war da ein Haus oben auf einem Berg und ein Gewässer. Bei näherem Betrachten erkannten sie, dass ein Kind wiederholt abgebildet war, ein Mädchen mit langen braunen Zöpfen in rotem Rock und weißer Bluse.

Doch erst nach einer ganzen Weile wussten sie das eigentlich Befremdliche zu benennen: Diese eigentümlich naiven Bilder konnten nicht von einem Kind stammen. Denn der ganze Reigen lief in einer Höhe entlang, an die ein Kind niemals heranreichen würde. Die Person, von der diese seltsamen Bilder stammten, musste so groß gewesen sein wie ein Erwachsener.

Niki sah Cho fragend an: »Ob sie das gemalt hat – Émilie?«

Cho schluckte. Sein Blick war auf das bezopfte Mädchen gerichtet, das bis zu den Knien in einem Gewässer stand. Ihre Beine wirkten wie abgeschnitten und sie hielt einen blau-weißen Ball mit der Aufschrift *Nivea* in Händen.

Cho schüttelte nur stumm den Kopf, immer noch wie gebannt auf die Malereien starrend. Er ging ein paar Schritte weiter, stieß mit dem Fuß gegen einen der Farbtöpfe, die auf dem Boden standen. Ein metallenes Scheppern hallte in dem ansonsten leeren Raum wider und verklang, was die Stille noch vollkommener erscheinen ließ.

»Was ist denn das für ein komischer Baum?« Niki hielt die Taschenlampe hoch. Die Blätter waren grün und rundlich und streckten ihre Zweige nach dem Mädchen aus, das darunterstand. Der Baum war übersät mit eigenartigen Früchten oder Blüten, weißlich und spitz zulaufend. Noch eine andere Gestalt neben dem Mädchen kehrte immer wieder: ein Mann in einem hellblauen Hemd, der eine der Blüten wie eine Waffe in der Hand hielt.

»Jedenfalls wissen wir nun, was sie hier gemacht hat.«

Cho nickte gedankenverloren. Sein Blick streifte noch einmal die bunten Szenen, die letzten Gestalten, die noch nicht fertiggestellt waren, von denen nur ein paar Konturen zu sehen waren. Er zeigte an die Wand: »Sie muss krank geworden sein, bevor sie damit fertig war.«

Das Licht der Taschenlampe tanzte, als Niki zur Tür ging.

»Mir könnte man eine Million in die Hand drücken. Ich würde hier nicht eine Nacht bleiben.« Aus großen Augen sah er Cho an und verzog das Gesicht zu einer Grimasse. »Aber in die Situation werde ich ja wohl kaum kommen.«

Von einem Eindruck der Unwirklichkeit erfüllt ging Cho zur Tür. Auf der Schwelle drehte er sich noch einmal um. Jetzt, im Schatten, ohne den direkten Strahl der Taschenlampe, hatten die Farben ihre Leuchtkraft und auch ihre kindliche Naivität verloren. Wie stumme Zeugen verharrten die Personen in ihren Posen und auf einmal spürte Cho Angst in sich aufsteigen. Diese Bilder strahlten etwas Unheilvolles aus, etwas Düsteres und vollkommen Absonderliches.

»Dann sehen wir uns mal den Rest dieser Bruchbude an«, hörte er Niki sagen und wunderte sich nicht zum ersten Mal darüber, dass Niki so völlig unberührt von seinen eigenen furchtsamen Gedanken schien. Als hätte er das, was Paulette ihnen erzählt hatte, gar nicht richtig verstanden. Die Bedeutung hinter Paulettes Worten – dass Lin möglicherweise in großer Gefahr schwebte.

Ihre Schritte klangen dumpf, und während sie dem Gang folgten, lauschten sie angestrengt nach anderen Geräuschen. Immer wieder dachte Cho an das taumelnde Licht, das er von der Straße aus gesehen hatte, und an die beiden Unbekannten, die hier vor einer Weile irgendetwas in den Kofferraum ihres Wagens geladen hatten. Jetzt dagegen schien das Haus leer zu sein, zumindest hier im Erdgeschoss.

Der Gang mündete in eine Treppe, sie stiegen hinauf, und mit jeder Stufe fragte sich Cho, wo der bewohnbare Teil des Hauses begann. Denn irgendwo musste Émilie ja geschlafen und gegessen, sich gewaschen und etwas gekocht haben.

Der obere Korridor sah genauso aus wie der untere – lang und schnurgerade und mit denselben rötlichen Fliesen bedeckt. Wie unten waren auch hier die Wände kahl, weiß, ein wenig schäbig. Und wie unten gab es auch hier nur eine einzige Tür. Nach kurzem Zögern ging Niki auf die Tür zu und drückte die Klinke herunter. Cho spürte, wie sein Herzschlag schneller wurde.

Der dahinterliegende Raum war ebenso groß wie die leere Werkstatt unten, erschien aber völlig anders, denn er war in mehrere, durch Bücherregale voneinander abgetrennte Bereiche unterteilt und wirkte beinahe behaglich. Jedenfalls gab es hier alles, was man für einen gewissen Wohnkomfort benötigte. In dem Abteil links von der Tür standen eine Spüle, ein Herd, ein Kühlschrank und ein langer alter Tisch, der offenbar als Arbeitsfläche diente. Daneben befand sich ein überdimensionales Metallregal, in dem die verschiedensten Küchenutensilien offen herumstanden: Töpfe und Pfannen, weißes Geschirr und ein paar Gläser, Konserven und H-Milch-Packungen, jede Menge H-Milch.

Stühle gab es nicht. Über dem Tisch baumelte eine Lampe mit einem blechernen Schirm.

Hinter dem Küchenabteil folgten – abgetrennt durch einen indischen Paravent – ein Schreibtisch und ein Sofa mit bunten Kissen. Das Auffälligste aber waren die Bilder, die jeden freien Fleck der Wände bedeckten. Und die Bücher. Ein Regal reihte sich ans nächste, auf einer Art Refektoriumstisch stapelten sich Bücher, auf dem Boden neben dem Sofa, hinter dem Sofa, unter der gesamten Fensterfront gab es keinen einzigen Platz, an dem sich kein Bücherstapel auftürmte. Hinten in der Ecke, dicht bei den Fenstern, stand ein schmales und spartanisch anmutendes Metallbett, daneben ein kleines, etwas schiefes Tischchen und zwei Stehlampen zu beiden Seiten des Kopfteils. Die rechte Seite des hallenartigen Raumes beherrschten drei Dinge: eine Badewanne, in dem Abteil gleich rechts des Eingangs, und weiter vorne, an der Fensterfront, eine Staffelei und etliche Leinwände. Leere und bemalte Leinwände, die die ganze rechte Wand entlang aufgereiht waren. Wie schon im unteren Stock erstreckten sich die Fenster von der Decke bis fast ganz nach unten, von der linken bis zur rechten Seite über die gesamte Breite des Raumes.

Émilie, dachte Cho, Émilie. Immer wieder dieses eine Wort, diesen einen Namen. Und dann spürte er ein krampfiges Lachen in seiner Kehle und das aufsteigende Gefühl von Bitterkeit. Du warst so nah. Ich hätte dich zum Tee besuchen können.

»Eine eigenwillige Wohnumgebung«, hörte er Niki murmeln und bemerkte, dass der junge Mann sich die Buchrücken anschaute: »Baudelaire und Camus, Zweig und jede Menge Zeugs über die Psyche … über Zwangserkrankungen und über Träume.«

Cho schüttelte zuerst schweigend den Kopf, antwortete dann aber doch. »Wenn jemand nicht mehr spricht, muss er sich wohl eine andere … Kommunikationsform suchen.«

»Allerdings eine ziemlich einseitige Kommunikation, finde ich.«

Cho griff nach einem Buch, C. G. Jungs *Erinnerungen, Träume, Gedanken* und blätterte zerstreut darin herum.

»Wonach suchen wir nun eigentlich?«, fragte Niki plötzlich.

Cho blickte auf und stellte das Buch zurück, sagte aber nichts. Stattdessen bemerkte er, wie sich eine absurde, irrationale Erleichterung in ihm breitmachte.

Sie war nicht tot. Sie konnte nicht tot sein, das spürte er in diesen Räumen.

Sie war aber auch nicht hier.

Niemand war hier, außer den Gespenstern eines Lebens. Am Rande seines Gesichtskreises sah Cho, wie Niki durch den Raum zu schlendern begann, hier- und dorthin leuchtete und sich schließlich an irgendetwas in der Ecke zu schaffen machte. Plötzlich jedoch schienen seine Bewegungen hektischer und fahriger zu werden. Cho drehte den Kopf und fast im selben Moment hörte er, wie Niki ein gehauchtes »O Gott« ausstieß.

»Was ist denn?«, fragte Cho und spürte, wie die Angst ihm in die Glieder fuhr.

»Ich denke, Sie sollten sich das hier einmal ansehen.«

茶

Émilie, Oktober 1979

»Wie geht es dir?«

Émilie schrak auf, sie hatte nicht bemerkt, dass jemand das Zimmer betreten hatte. Siebenundfünfzig Tage plus die zwei im Oktober. Ein Licht flammte auf. Sie hielt sich die Hände über die Augen.

»Marthe hat Hühnersuppe gekocht.«

Émilie sagte nichts, sie nahm nur langsam die Hände von den Augen und drehte das Gesicht weg. Aus dem Augenwinkel sah sie, wie Adèle zum Fenster ging, es öffnete, die Läden aufschwingen ließ. Neunundfünfzig Tage, wobei sie nicht sicher war, ob sie die Reisetage und die Ankunft hier abziehen musste, weil sie da ja noch gar nicht gewusst hatte, dass sie nicht zurückkehren würde, das war der Haken.

Fahles Licht draußen, grau wie eine schmutzige Gardine. Adèle löschte das Deckenlicht, nahm das Tablett, das sie auf dem Tisch abgestellt hatte, wieder auf, und trat ans Bett. Der Teller mit der Suppe dampfte.

»Es ist kalt hier, ich mach dir den Kamin an …«

Émilie sagte immer noch nichts, sondern starrte bloß ins Leere. Im Kopf hatte sie rückwärts gezählt, wollte zurück zum Tag ihrer Abreise, zurück zu Cho. Nun musste sie wieder von vorne beginnen, sonst war alle Hoffnung verloren. Auch deshalb, weil sie ihr Versprechen gebrochen hatte. Immerhin hatte sie ihm geschrieben. Und irgendwann würde ein Brief von ihm kommen. Bis dahin musste sie durchhalten und das Zählen würde ihr dabei helfen. Die Zahlen gaben den Tagen ein Gerüst, an den Zahlen konnte sie sich festhalten.

»Du musst etwas essen.«

Émilie wandte den Kopf, sah den Teller, der ihr entgegenschwebte, den Löffel, der darin lag.

»Komm schon, Liebes, Marthe hat die Suppe nur für dich gekocht. Mit Ingwer. Wie du sie magst. Du musst etwas essen, sonst wirst du zu schwach.«

Adèle war nur eine Silhouette. Ihr Profil, so scharf, während sie sich zu ihr herunterbeugte. Émilie bemerkte, dass sie das Rosenquarzarmband trug, warum hatte sie es nicht gestern getragen, da hätte Émilie es gebrauchen können, gestern war ihr Rosatag gewesen. *Gestern!* Und nun störte man sie auch noch beim Rückwärtszählen. So würde sie nie zurückkehren können zu ihm.

Zu Cho.

Wieder der Teller, der heranschwebte. Mit einem Mal spürte Émilie einen so heftigen Schmerz in ihrem Kopf, einen so unglaublichen Druck hinter den Augäpfeln, dass sie ausholte und den Teller wegschlug. Und dann Stille.

Sie sah, wie Adèle einen Schritt nach hinten taumelte, um das Gleichgewicht zu halten. Wie sie erschrocken an sich heruntersah.

Und dann begann Émilie zu schreien. Sie schrie so laut, dass Adèle noch einen Schritt nach hinten tat, wie zurückgeschleudert von der schieren Kraft ihrer Stimmbänder. Émilie sah noch, wie Adèle zur Tür stolperte, sie aufriss und verschwand.

Bald darauf kamen die Stimmen hinter der Tür, diese flüsternden Stimmen. Waren das nicht die Stimmen von Verrätern? So wie das Flüstern dieser chinesischen Schlange, die sie verraten hatte.

Sie hätte sie töten sollen.

Émilie glitt näher an die dicke Tür aus Eichenholz, ging lautlos in die Hocke und hielt ihr Ohr ans Schlüsselloch.

»... nicht sicher.«

Das war Adèle.

»… werde sie untersuchen …«

Es folgte Stühlescharren, ein Rascheln. »… unter Umständen Hilfe in Anspruch zu nehmen.«

Wer war das, die Stimme kam ihr vage bekannt vor. Jetzt waren Schritte zu hören, ein Murmeln, Adèle, die hastig sprach und offenbar sehr aufgewühlt war.

Émilie presste ihr Ohr noch näher ans Schlüsselloch und lauschte angestrengt. Als sie nichts weiter hörte, wurde sie unsicher. Vielleicht würden die beiden gleich die Tür aufreißen und sie hier vorfinden, kauernd und lauschend. Aber da sprachen sie schon weiter.

»… für Ihre eigene Sicherheit. Und für Émilies …« Noch mal ein Rascheln. »Sie können ihr hier nicht helfen.«

Wieder nichts als Stille. Und dann das Miauen einer Katze – Émilie sah durchs Schlüsselloch, sah nur Möbel –, aber nein, das war Adèle, die weinte. Das war ein so unglaubliches Geräusch, dieses Weinen, dass sie es niemals ihrer Mutter zugeordnet hätte, niemals. Adèle weinte nicht, Émilie hatte Adèle noch nie weinen sehen.

»… seit Wochen in diesem Zustand … professionelle Hilfe.«

Erneutes Stühlerücken, ein beruhigendes Murmeln, eine erstickte Stimme, Adèle, die schluchzte.

»… das letzte Mittel … doch nicht bei der eigenen Tochter.«

»Aber ich bitte Sie, Adèle. Das richtet sich doch nicht gegen Émilie. Sie kommt da alleine nicht heraus. Sie wissen, dass ich ohnehin der Meinung bin, Émilie hätte sofort in Behandlung gehört. Hier unter ärztliche Aufsicht. Der China-Aufenthalt hat ihre Probleme nicht gelöst, nur hinausgezögert.«

Émilie stand abrupt auf. Wovon sprach dieser Quacksalber, denn dass er Arzt sein musste, daran bestand kein Zweifel. Verstand sie das richtig, plädierte er gerade dafür, sie irgendwo wegzuschließen? In eine Anstalt?

Erneutes Gemurmel. Émilie näherte ihr Ohr wieder der Tür.

»… wie besessen von diesem Chinesen, Doktor. Sie schreibt

ihm Briefe, jeden Tag schreibt sie ihm Briefe – manchmal sogar zwei oder drei.«

Ganz still stand Émilie da.

Die Briefe, Adèle wusste von den Briefen.

Eine Weile lang verstand Émilie nichts mehr, so sehr sie sich auch anstrengte. Nur Murmeln und einzelne Wortfetzen, dann folgte das Rascheln von Papier.

»... wirkt sie oft abwesend, völlig apathisch. Sie starrt in die Luft, murmelt Zahlen vor sich hin ... wirklich Angst, sie könnte ... diesen Briefen an ihn spricht sie davon zurückzukehren ... wirklich *überzeugt* davon.«

»Umso wichtiger ist es, dass Émilie endlich die Hilfe bekommt, die sie braucht.«

Émilie erstarrte.

Die Briefe.

Ihre Briefe an Cho.

Wenn Adèle davon wusste, dann ... Sie stand auf. Sie war kurz davor, die Tür aufzureißen und Adèle zur Rede zu stellen, sie anzuschreien, so laut sie konnte.

Adèle hatte die Briefe gelesen.

Und das bedeutete – musste bedeuten –, dass er ihre Briefe niemals bekommen hatte.

茶

Eine halbe Stunde später hatten sie alle Bilder an der Wand entlang so aufgereiht, dass sie sie betrachten konnten. Nacheinander tastete der Strahl der Taschenlampe über die Motive, die allesamt aus einem Schreckenskabinett zu stammen schienen. Die Szenen hier hatten nichts gemeinsam mit den kindlich anmutenden Wandmalereien, die sie im unteren Stock gefunden hatten. Da gab es Porträts von schmallippigen Frauen mit grünlichem Teint. Gesichter, deren Münder zu einem Schrei klafften. Das Bildnis einer jungen Frau oder eines Mädchens in einem weißen Kleid oder Nachthemd, das auf einem Tisch aufgebahrt war und deren Zöpfe wie umgekehrte Wurzeln links und rechts des Tisches in den Boden hineinwuchsen. Das Erschreckendste aber war nicht, dass das Mädchen offenkundig tot war. Viel furchterregender waren die drei Männer, die hinter dem Tisch Aufstellung genommen hatten und deren Gesichter leer waren. Sie hatten keinen Mund, keine Nase, keine Augen. Zwei von ihnen trugen ein langes weißes Hemd, der dritte eine Art Polizeiuniform. Das grauenhafteste Bild aber stellte eine Frau dar, den Mund zu einem Schrei geöffnet, die Augen wild aufgerissen. Die Frau stand an einem Fluss, in dem nackt die andere mit den Zöpfen trieb. Und der Fluss war schwarz. Rechts hinten stand ein Junge – oder war es ein Mädchen mit kurzen Haaren, das war nicht auszumachen – und streckte den Arm aus. Die schreiende Frau am Ufer war festlich gekleidet, ganz in Weiß, in der rechten Hand trug sie eine rote Tasche und auch ihre Schuhe waren rot. Über dem Jungen oder dem kurzhaarigen Mädchen am Ufer schien die Sonne, doch über der Frau im weißen Kleid hingen dunkle Wolken und ein schwarzer Regen fiel auf sie nieder.

Der Bilderalbtraum nahm kein Ende. Niki war bereits in einer anderen Ecke. »Sehen Sie sich dieses hier an.«

Cho löste seinen Blick von der Frau im weißen Kleid und tat zögernd ein paar Schritte in Nikis Richtung.

»Aber das ist doch …«

»Adèle Berwanger.« Niki hob die Augenbrauen.

Auf dem Bild stand die Frau im weißen Sommerkleid vor einer Frau mit aufgetürmten Haaren. Die Frau trug ein goldfarbenes Kleid und ihr Mund war ein schmaler Strich. Die Hände der Frau im weißen Kleid waren gefesselt und zu ihren Füßen lag in einem Strom von Blut – ein Herz. In ihrer Brust klaffte ein schwarzes Loch und aus ihrem Mund strömten Spruchbänder mit Buchstaben, die wahllos aneinandergereiht waren und keinen Sinn ergaben. Doch die Spruchbänder waren abgeschnitten und ein Großteil lag um das Herz herum auf dem Boden zu Füßen der Frau.

»Ich weiß nicht, welches ich am grausigsten finde«, flüsterte Niki. »Das viele Blut. Und sie steht da wie eine arme Sünderin.«

»Eine Büßerin.« Immer wieder dieselben Personen. Die Frau im weißen Kleid. Die Frau – oder war es ein Mädchen – mit den langen Zöpfen. Die andere Person, Junge oder Mädchen? Die drei Männer. Und die Frau im goldfarbenen Kleid. Cho schloss die Augen.

Und mit einem Mal war ihm klar, dass er ihr Unrecht getan hatte. Dass sie nichts dafür konnte. Dass es nicht ihre Schuld war. Irgendetwas war geschehen, irgendetwas Furchtbares, Grauenhaftes, das sie erlebt hatte, so furchtbar, dass sie nicht hatte zurückkommen können.

Denn die Sprache dieser Bilder war nicht die einer leichtfertigen, reichen jungen Frau, sondern die einer gequälten Seele. Wenn er nach seinem Besuch in Château Thierry auch noch den kleinsten Zweifel am Zustand ihrer Seele gehabt hatte, dann gehörte der nun für immer der Vergangenheit an.

Niki, der gerade das Band um einen Stapel Papiere gelöst hatte, rief plötzlich erstaunt: »Aber das sind ja Sie!« und hielt ihm einen Papierbogen unter die Nase. Reflexartig griff er danach – und blickte in sein eigenes Gesicht. Sekundenlang stand Cho nur da und starrte auf die Zeichnung. Doch dann trat Niki wieder zu ihm und überreichte ihm noch etwas – ein Bündel Briefe.

»Ich glaube, diese Briefe gehören Ihnen.«

茶

Émilie, Mitte Oktober 1979

Er hatte die Briefe niemals bekommen.

Émilie konnte an nichts anderes mehr denken. Immer nur diese Worte.

Die Briefe.

Er hatte sie niemals bekommen.

Sie hatte geschrieben und geschrieben, gewartet und gewartet. Gehofft. Und das war die Antwort. Die Briefe waren niemals zur Post gebracht worden. Marthe, der sie die Briefe anvertraut hatte, war zu ihrer Mutter gelaufen und hatte sie verraten. Sie war umgeben von Verrätern und das Schlimmste von allem war: Cho musste auch sie für eine Verräterin halten. Er musste denken, sie hätte ihn vergessen, ihm nur etwas vorgemacht.

Émilie ging zum Fenster und stellte sich so hin, dass die Fenstersprosse sie nicht »zerteilte«, denn das brächte Unglück und davon hatte sie ja nun schon reichlich. Schwer atmend sah sie in den rotgoldenen Oktobertag hinaus. Ein Farbenspektakel, zu schön, um wahr zu sein. Auch das Wetter war ein Verräter. Sie hatte Mühe, ruhig zu bleiben. Nicht das Fenster einzuschlagen. Nicht den Stuhl durchs Zimmer zu werfen. Nicht die Teekanne, diese zarte weiße Kanne, zu packen und gegen die Wand zu schleudern, mit voller Wucht.

Sie zwang sich, so ruhig wie möglich zu atmen, ein und wieder aus, aber das Kribbeln in den Fingern blieb und trotz ihrer tiefen Atemzüge hatte sie das Gefühl zu ersticken. Zu implodieren. Sie sah ihren Schädel vor sich, die Hirnschale, wie sie einen Riss bekam und in sich zusammensackte. Ihr Herz raste, sie ballte die Hände zu Fäusten.

Worum war es eigentlich gegangen in diesem Gespräch, das ihre Mutter mit dem Arzt geführt hatte? Denn dass das ein Arzt gewesen sein musste, war klar, diesen Gedanken hatte sie vorhin schon einmal gehabt. Émilie versuchte sich zu konzentrieren, grub die Fingernägel immer tiefer in ihre Handflächen. Ach ja, jetzt fiel es ihr wieder ein.

Es war darum gegangen, sie wegzusperren. Schon wieder.

Wie in Trance starrte sie auf den rot leuchtenden Ahornbaum, die goldene Hainbuche, den surreal blauen Himmel. Die Natur feierte ihr Abschiedsfest und zeigte sich von ihrer schönsten Seite. War es nicht auch bei ihnen so gewesen? Diese Tage mit Cho … auch über ihnen beiden hatte der Abschied geschwebt, doch sie hatten es nicht gewusst.

Ihr Blick folgte einer Krähe, die sich auf einem Ast niederließ und gleich darauf wieder aufflog. Die Krähe öffnete den Schnabel, aber Émilie hörte ihr Krächzen nicht.

Plötzlich kam von irgendwoher ein Gedanke. Vielleicht hatte der Vogel ihn dagelassen. Für sie. Dass sie nicht selbst darauf gekommen war, wie dumm und schwerfällig sie doch manchmal war! Sie hätte schon lange wieder bei Cho sein können.

Sie sah der Krähe nach, bis sie aus ihrem Gesichtskreis verschwand. Dann kehrte ihr Blick zurück zu dem leeren Ast.

Der Vogel ist ausgeflogen, dachte sie.

Und das erste Mal seit ihrer Rückkehr sah sie klar. Ihre Zukunft lag vor ihr wie eine Szene aus einem Film. So würde sie es machen.

茶

Mit zitternden Fingern hielt Cho die Briefe in seinen Händen. Dieses wiedergefundene Leben. Émilies Leben. Seines. Ihr gemeinsames Leben, das niemals stattgefunden hatte. Wie in Trance las Cho die Briefe, einen nach dem anderen. Ihre Verzweiflung. Die Angst. Der Schmerz. Die Beteuerungen. Dabei war es nicht ihre Schuld gewesen. Man hatte sie gefangen gehalten, anders konnte man es wohl nicht nennen. Adèle hatte sie gefangen gehalten.

Niki war längst gegangen und irgendwann hörte er die Vögel singen. Ehe es tagt, singen die Vögel, dachte er.

Und dann kamen die Erinnerungen und überfluteten ihn mit ihren Bildern, schönen und schrecklichen, hellen und dunklen. Die Hütte hoch oben in den Hügeln, die Kohlepfanne, das weiße Päckchen in ihren Händen, der sich leise nach oben kringelnde Duft. Tibetan White Tara, wie hatte er das nur vergessen können? Und da war Émilie, ihr nackter Körper, die weiße Haut. Wie Knochenporzellan. Unendlich zart, zerbrechlich.

Und dann der Abschied.

Während der Morgen draußen den Dingen ihre Gestalt wiedergab, formte sich in seinem Kopf ein Gedanke. Mit einem Mal wusste er ganz sicher, dass er zurückkehren musste zum Stadtpalais der Berwangers. Denn wer sonst sollte ihm Auskunft geben können als die Frau im goldfarbenen Kleid, die Émilie immer wieder als Schreckgespenst auf Leinwand gebannt hatte. Die Frau, die verhindert hatte, dass Émilie zu ihm zurückgekehrt war.

Plötzlich hatte er es sehr eilig. Er schob die Briefe zusammen, stand auf und steckte sie in seine Manteltasche.

Diesmal wurde er nicht erwartet. Als er vergeblich nach einer Klingel oder etwas anderem Ausschau gehalten hatte, mit dem er die Aufmerksamkeit auf sich lenken konnte, blieb er mit aufgespanntem Schirm stehen und betrachtete das Haus. Sein Blick wanderte von der Haustür zu den Fenstern, die allesamt still und dunkel dalagen. Überhaupt machte das Anwesen diesmal einen traurigen, ja fast abweisenden Eindruck. Der Kies war nicht sauber geharkt und auf dem kleinen halbrunden Platz vor der Freitreppe lagen unzählige Blütenblätter des Magnolienbaums, braun und matschig vom Regen.

Plötzlich hörte er ein Klacken und begriff, dass jemand die Pforte entriegelt hatte. Er war noch dabei, sich zu wundern, als Adèle Berwanger selbst auf der Schwelle erschien. Wie gebannt starrte er sie an.

»Cho.« Reglos stand sie da, in einem braunen Wollkleid mit tadellos sitzender Frisur, eine Perlenkette um den schmalen Hals. »Was für eine Überraschung!«

Cho fand, dass sie nicht im Geringsten überrascht wirkte.

»Immer im Dienste des Tees … selbst am Wochenende!«

Ehe er etwas erwidern konnte, hatte sie sich bereits umgedreht und war wieder ins Haus gegangen. Entschlossen drückte er die Pforte auf und folgte ihr. Unter dem Vordach klappte er den Schirm zu und lehnte ihn an die Mauer.

Sie durchquerte die Eingangshalle, öffnete eine Tür, die in einen Korridor auf der gegenüberliegenden Seite mündete. Sie winkte ihn heran und er betrat einen großen Arbeitsraum mit einem Schreibtisch und einem Computerarbeitsplatz. Auf der nach Norden gerichteten Seite stand ein langer Verköstigungstisch neben einer kleinen Küchenzeile.

»Wie Sie sehen, ist die Welt des Tees allgegenwärtig!«, sagte die alte Dame und bot Cho einen der beiden Besucherstühle vor dem Schreibtisch an. Sie selbst blieb jedoch ein paar Schritte entfernt stehen. »Nun?«, fragte sie und hob eine Augenbraue.

Cho konnte den Blick nicht von ihr abwenden. Dies war also

die Frau, die alles verhindert hatte. Hier stand sie vor ihm, selbstsicher, selbstgefällig und von einer geradezu stählernen Würde. Cho wurde bewusst, dass dies einer der Momente im Leben war, die alles veränderten. Wenn er die Worte aussprach, die zu sagen er im Begriff war, gab es keinen Weg zurück.

Langsam erhob er sich und sagte: »Ich bin Lins Vater. Und ich muss dringend mit ihr sprechen.«

Die Stille im Raum klang laut in seinen Ohren. In Adèles Gesicht zuckte nicht ein Muskel. Sie blinzelte nicht. Sie maß ihn nur mit völlig unbewegter Miene.

Endlich sagte sie: »Was reden Sie da?«

»Ich bin Lins Vater. Ich habe Émilie 1979 in Yunnan kennengelernt. Und nun möchte ich mit meiner Tochter sprechen. Sie wissen doch sicher, wo sie sich aufhält.«

Plötzlich kam Leben in Adèle Berwanger. Sie atmete tief durch, ging zur Tür und sagte: »Ich habe nicht vor, dieses Gespräch fortzusetzen. Bitte gehen Sie.«

Cho ließ die Worte einen Moment im Raum stehen, bevor er entgegnete: »Und ich habe nicht vor zu gehen, bevor Sie mir gesagt haben, wo Lin ist.«

»Was ist das für eine eigentümliche Unterhaltung, mein lieber Cho?«

»Wo ist Lin?«

»In Asien. Das wissen Sie doch.«

»Ich weiß, dass sie nicht dort ist.«

»Ach – und woher?«

»Weil Lins Name in besagtem Zeitraum auf keiner Passagierliste zu finden ist. Weil niemand sie dort gesehen hat. Und weil statt Lin ein Monsieur Hugo die Teeplantagen bereist.«

Auf diese Worte folgte ein langes Schweigen, in dem Adèle ihn mit wachsendem Zorn betrachtete. Als sie schließlich wieder zu sprechen begann, klangen ihre Worte mühsam und gepresst: »Wie in aller Welt kommen Sie dazu, in unseren Familienangelegenheiten herumzuschnüffeln?«

Cho erhob sich, tastete nach den Briefen in seiner Manteltasche, zog einen von ihnen heraus und tat einen Schritt auf Adèle zu, die ihn mit einer Handbewegung stoppen wollte. Er hielt den Brief so, dass sie die Schrift erkennen konnte. Gefährlich leise sagte er nun zu ihr: »Deshalb. Weil ich weiß, was Sie getan haben.«

Adèle war auf einmal sehr blass geworden. Die Hände um die Lehne ihres Schreibtischstuhls gekrallt, presste sie hervor: »Ich habe das getan, was jede Mutter getan hätte. Sie wissen nichts.« Sie verstummte, öffnete die Tür und sagte dann, deutlich gefasster: »Ich nehme an, dass dies der Grund für Ihr plötzliches Interesse an unserem Unternehmen war. Sie wollten Erkundigungen einziehen über meine Enkelin. Es wird Sie nicht überraschen, dass ich Ihr Engagement in meiner Firma mit dem heutigen Gespräch als beendet betrachte.«

Cho erwiderte Adèle Berwangers Blick, ohne mit der Wimper zu zucken. Sie maßen sich in eisigem Schweigen, bis Cho schließlich nickte und mit einer knappen Verbeugung das Zimmer verließ. Leise drückte er die Tür ins Schloss.

茶

Adèle, Oktober 1979

Fröstelnd stand Adèle an ihren Schreibtisch gelehnt da und dachte nach. Schließlich trat sie ans Fenster und zog die Vorhänge beiseite.

Der Sommer war vorübergegangen, ohne dass sie es bemerkt hatte. Die wenigen noch verbliebenen Blätter der Büsche glänzten vor Feuchtigkeit, die gelben Gräser waren vom Regen niedergedrückt, von einer müden Ranke, die vor dem Fenster auf und ab schwankte, fielen Tropfen.

Adèle schlang sich ein Tuch um den Hals und zog den Gürtel ihres Morgenmantels fester. Sie würde Marthe bitten, Feuer im Kamin zu machen. Dann ging sie zurück ins Bett, stopfte sich ein Kissen hinter den Rücken, zog die Decke bis ans Kinn hoch. Wie fast immer in den letzten Wochen dachte sie an Émilie.

Es war nur zu ihrem Besten. Adèle wiederholte den Satz wie ein Mantra. Es gab Tage, da dachte sie nichts anderes, da begleiteten diese Worte sie durch jede Stunde. Sie hielt sich fest an ihnen wie an einem Gitter und wagte den Gedanken nicht loszulassen. Nein, sie hatte keine Wahl gehabt, vor allem nun, wo Pierre tot war und sie alles allein entscheiden musste. Es wäre so viel leichter, könnte sie mit Pierre darüber sprechen. Der Beschluss, Émilie gegen ihren Willen festzuhalten, sie zu einem unmündigen Kind zu degradieren, war ihr nicht leichtgefallen. Aber tatenlos zusehen, wie die eigene Tochter zum zweiten Mal einen fatalen Irrweg einschlägt? Niemals. Dann lieber handeln.

Adèle hatte gehandelt, schon beim ersten Mal. Sie hatte Émilie selbst nach China gebracht, in den hintersten Winkel der Welt, so weit wie möglich fort von den Menschen, die sie in diesen Drogensumpf hinabgezogen hatten. Pierre und sie waren überzeugt gewesen, dass die körperliche Arbeit, die frische Luft, das Leben nahe an der Natur Émilie guttun würden. Das einfache Leben.

In den ersten Wochen hatte sie sicher furchtbares Heimweh gehabt, aber dann hatte sich das doch gegeben, zumindest hatte Tseng es ihr so berichtet. Jede Woche hatte die junge Chinesin sie angerufen und ihr Bericht erstattet – sie hatte das so arrangiert, schließlich musste sie wissen, wie es ihrem Kind ging. Durch Tseng hatte sie den ungefähren Überblick über Émilies Leben behalten.

Tseng war es auch gewesen, die ihr von der unglückseligen Beziehung zu diesem Wanderarbeiter berichtet hatte. Adèle betastete ihre Frisur, steckte die Haarnadeln fester. Das musste man sich einmal vorstellen, ein bitterarmer chinesischer Hilfsarbeiter, ausgerechnet! Wahrscheinlich konnte dieser Mensch noch nicht einmal lesen und schreiben. Adèle seufzte.

Natürlich hatte sie keine Wahl gehabt.

Sie hatte Émilie davor bewahren wollen, gleich ins nächste Unglück zu stolpern. Nicht auszudenken, was geschehen wäre, wenn Émilie sich ernsthaft mit diesem Mann eingelassen hätte! Wenn sie ihn vielleicht sogar geheiratet hätte! Denn das traute sie ihrer Tochter durchaus zu, dass sie in ihrem romantischen Taumel die Realtität völlig ausklammerte. Um dann, wenn der Liebesrausch nachgelassen hatte, mit diesem Kerl in irgendeiner elenden Hütte vor sich hin zu vegetieren.

Adèle kniff die Lippen zusammen.

Dieses Kind.

Im Grunde war sie immer noch das Mädchen von zehn Jahren, das den ganzen Tag träumte. Das mit ihren Papierpuppen lebte, sich für sie Geschichten ausdachte und schöne Kleider ausschnitt.

茶

Émilie, Oktober 1979

Sie hatte sich vorgenommen, die Gunst der Stunde zu nutzen, die vor allem im Überraschungseffekt lag.

»Mademoiselle Émilie, das ist ja ... Wir haben uns eine Ewigkeit nicht gesehen! Wie hat es Ihnen in den Teegärten gefallen?«

Émilie lächelte, es war ein bezauberndes Lächeln, das merkte sie selbst und wunderte sich, dass sie es in dieser Situation zustande brachte.

»Bonjour, Ivette, ja, ich bin jetzt wohl die beste Teepflückerin Frankreichs.«

Ivette lächelte zurück, mit fragendem Blick.

»Maman schickt mich, sie muss heute leider das Bett hüten, eine fiebrige Erkältung.«

Ivette nickte mitfühlend.

»Aber Sie kennen sie ja. Sie kann es nicht lassen.«

In Wahrheit, so wusste Émilie, war Adèle zwar erkältet, hütete aber durchaus nicht das Bett, sondern fuhr gerade zu dieser Klinik, in der sie, Émilie, die nächsten Monate verschwinden sollte, wenn es nach diesem Quacksalber ging. Seit ihrem Ausbruch vor ein paar Tagen hatte Émilie sich am Riemen gerissen und versucht, sich »normal« zu geben. Sie hoffte, auf diese Art immerhin die sofortige Zwangseinweisung zu verhindern und noch ein paar Tage herauszuschinden, in denen sie versuchen würde, ihren Plan umzusetzen.

Sie hatte sich zunächst einmal entschuldigt, und wenn Adèle und der Quacksalber das Zimmer betraten, hatte sie ihre Berechnungen unterbrochen und stattdessen gelächelt. Sie hatte alles getan, um so zu sein, wie man es von einer jungen Frau erwartete. Aus dieser gespielten Normalität heraus hatte sie Adèle beobachtet, hatte an Türen gelauscht, heimlich Adèles Telefonate und Gespräche mit dem Quacksalber verfolgt. Und so herausgefunden, dass Adèle heute nach Château Dingsbums hinausfahren würde, um sich dort ein Irrenhaus anzusehen, in das sie Émilie einsperren wollte.

Natürlich hatte Émilie bemerkt, wie Adèle Zweifel kamen. Lief nicht alles gut in diesen letzten Tagen? War ihre Tochter nicht wieder normal oder jedenfalls auf allerbestem Weg dazu? Ein wenig hatte Émilie ihre kleinen Inszenierungen sogar genossen, immer mit der Aussicht, dies alles bald hinter sich zu lassen. Es dauerte nicht mehr lange, dann würde sie mit Cho ein neues Leben beginnen, weit fort von hier. Und niemand würde wissen, wo sie war. Ihre Spur würde sich verlieren, für immer.

Sie spürte Ivettes Blick im Rücken, während sie die Tür zu Adèles Büro öffnete und sofort hinter sich zuzog, ohne sich noch einmal umzusehen. Die Tasche stellte sie neben die Tür. Wenn sich nichts verändert hatte, so bewahrte Mutter eine größere Summe Bargeld im Safe hinter dem falschen Gauguin auf. Sie klappte das Bild von der Wand und stellte mit ruhigen Bewegungen die Zahlenkombination ein. Ganz sicher würde sie noch stimmen – in diesem muffigen Laden änderte sich schließlich nie etwas. Sie quittierte es mit einem ironischen Lächeln, als die gepanzerte Tür tatsächlich aufsprang. Und wie erwartet lag dort ein schöner fetter Stapel aus Geldnoten, säuberlich gebündelt.

Ihr neues Leben.

Aber waren da nicht Stimmen im Vorzimmer? Émilie hielt in ihrer Bewegung inne und lauschte. Sprach Ivette am Telefon? Nein, da war noch eine zweite Stimme, ein Mann. Hastig griff sie nach einem Bündel Banknoten, nach einem zweiten, dritten, nach allen, die dort lagen, und stopfte sie in die Taschen ihres Parkas. Die Männerstimme wurde lauter, sie schlug die Safetür zu, klappte das Bild darüber und schaffte es gerade noch, sich dem Schreibtisch zu nähern. Als die Tür aufschwang, stand sie über einen Aktendeckel gebeugt und blickte stirnrunzelnd auf. Direkt in Jacques' staunenden Blick.

»Bonjour, Monsieur Jacques, schöne Grüße von Maman. Ich hole ein paar Vorgänge für sie, diese lästige Erkältung hat sie schon wieder im Griff.«

Willkürlich zog Émilie drei Mappen heraus, klemmte sie sich unter den Arm und nahm im Hinausgehen ihre Tasche. Möglichst leichthin sagte sie: »Ach ja, und ich soll Ihnen sagen, dass sie Sie später noch anrufen wird, wegen Laroche.«

Dann trat sie auf den Korridor und ging, ohne sich noch einmal umzudrehen, in Richtung Treppe.

Das Geld brannte in ihrer Tasche. Sie kam sich vor wie eine Gezeichnete, als trüge sie ein Feuermal auf der Stirn.

Diebin.

Jetzt nur nicht auffallen, sagte sie sich immer wieder, als sie die Stufen zur Métro hinabstieg – es waren zweiunddreißig –, ein Ticket löste, durch die Absperrung ging und den Weg zum Bahnsteig einschlug.

Ein Luftzug wehte ihr entgegen, ein Wind, der nach Kohle oder was auch immer roch und das Heranrollen des Zuges ankündigte. Sie beschleunigte ihren Schritt, rannte jetzt und schaffte es gerade noch einzusteigen, natürlich mit dem rechten Fuß zuerst. Nun, da die größte Not vorbei war, achtete sie wieder streng auf die Einhaltung ihrer Regeln, damit ja nichts schiefging. Durchs Fenster sah sie die Säulen vorübergleiten und konzentrierte sich darauf, nur ja keine zu verpassen. Sie zählte sieben. Dann tauchte der Zug in den Tunnel.

Beklommen ließ sie sich auf einer Bank nieder, die Tasche vor sich auf dem Schoß mit beiden Händen haltend. Zum Glück war die Stoßzeit schon vorbei. Die Pendler waren bei der Arbeit, die Studenten an der Uni. Ihr gegenüber saß eine Frau mit dunkler Haut, pockennarbig, die vor sich hin starrte und Émilie gar nicht zu bemerken schien. Nach einer Weile legte sich das Gefühl, für alle durchsichtig zu sein, und Émilie entspannte sich ein wenig.

Die erste Hürde war geschafft. Sie hatte das Geld.

Genug Geld, um die nächsten Wochen, ach was, Monate über die Runden zu kommen. Dass Adèle den Diebstahl melden würde, war nicht zu befürchten. Schließlich war Émilie immer noch ihre Tochter, egal wie missraten. Und es gab nichts, was Adèle so sehr fürchtete wie einen Skandal. Als Émilie an den zweiten, viel wichtigeren Grund dachte, warum Adèle die Polizei garantiert außen vor lassen würde, musste sie grinsen. Ihr war klar, dass ihre Eltern seit Jahren immer wieder einen Vorrat an Schwarzgeld im Safe ansammelten, das sie in regelmäßigen Abständen auf ein Konto in der Schweiz einzahlten.

Dieses Geld existierte also eigentlich gar nicht.

Der Zug bremste und Émilie richtete ihre Aufmerksamkeit nach draußen. Gleich kam die nächste Station und sie musste achtgeben, beim Einfahren die Betonpfeiler richtig zu zählen, was nicht leicht war, denn es ging alles so schnell.

Auf jeden Fall hatte sie Glück gehabt, dass der Geldhaufen im Tresor inzwischen zu mehreren kleinen Stapeln angewachsen war – der letzte Besuch in der Schweiz war wohl ausgefallen, weil Maman allein zu beschäftigt gewesen war.

Die Türen schlossen sich, sie blickte wieder hinaus und begann erneut zu zählen, sieben, acht, neun, zehn, bis der Zug in den Tunnel eintauchte.

Der Tod ihres Vaters fiel ihr ein und das schlechte Gewissen regte sich. Seit Papas Tod hatte ihre Mutter so viel mehr zu tun. Und hätte dringend Hilfe gebraucht, *ihre* Hilfe. Das war es doch, worauf Adèle immer gehofft hatte: dass sie, Émilie, als ihr einziges Kind eines Tages das Zepter bei *Thés-des-Anges* in die Hand nehmen würde. Émilie seufzte. Das Leben hatte anders entschieden. Sie, Émilie, hatte ihre große Liebe gefunden, nichts sonst zählte – sie musste zu ihm.

Was Cho anging, beunruhigte sie nur eines: die Briefe. Ihre

vielen Briefe, die er nie bekommen hatte. Was würde er denken, nach all den Wochen des Schweigens? Würde er glauben, dass sie ihn vergessen hatte? Und hatte Tseng die Gelegenheit genutzt und ihm Lügen über sie erzählt? Unwillkürlich krampfte sie die Hände im Schoß zusammen. Fast noch schlimmer als all das waren die Konsequenzen. Es konnte sein, dass Cho gar nicht mehr da war. Dass er weitergezogen war, enttäuscht und mutlos. Dass er glaubte, sie hätte ihn belogen und ihre gemeinsame Zeit hinter sich gelassen, als eine Episode in ihrem Leben, eine von vielen.

Nicht auch noch daran denken. Sie musste einfach so schnell wie möglich nach China zurückkehren. Und sie wusste auch schon, wie.

Sie stand genau in der Mitte der Platte. Bis zu dem Gespräch durfte sie auf keinen Fall auf eine Fuge treten. Dann würde alles gut gehen.

Ihre Finger fühlten sich an wie Eiszapfen, aber sie wollte nicht hineingehen. Durch die Scheibe des Cafés beobachtete sie das Mädchen. Ihr rotes Haar wogte, während sie hin und her lief, mit und ohne Tablett. Irgendwann musste sie doch Feierabend machen.

Eine Stunde später war es so weit. Émilies Zehen waren inzwischen gefühllos und sie fror so erbärmlich, dass sie sicher war, sich erkältet zu haben. Das Mädchen verschwand durch den Vorhang hinter der Theke, kam zurück in Mantel und Mütze, warf einen Gruß in den Raum und trat auf die Straße.

»Claire.«

Das Mädchen blieb abrupt stehen.

»Ich dachte, du wärst in China?«

Die Antwort auf die Frage erübrigte sich. Émilie entspannte sich. Das Gespräch war eröffnet, nun durfte sie auch wieder auf den Fugen laufen. Sie lächelte, ein etwas künstliches Lächeln, denn sie mochte Claire nicht wirklich – was vielleicht nur daran lag, dass Claire *sie* offensichtlich nicht mochte. Aber sie kannte sonst niemanden, von dem sie annahm, dass er über die nötigen Kontakte verfügte.

Claire war die Einzige auf der Kunstakademie gewesen, die, wie sie es selbst formulierte, *aus der Gosse* kam. Ihr Vater hatte wegen Urkundenfälschung oder etwas in der Art im Knast gesessen, woraus sie nie einen Hehl gemacht hatte. Émilie wusste, dass Claire in diesem Café kellnerte und ganze Nächte durchschuftete, um sich das Geld für das Studium an der Akademie zu verdienen.

»Ich brauche deine Hilfe«, erklärte sie unumwunden. Am besten, sie käme gleich zur Sache. Was sollte sie Zeit mit freundschaftlichem Vorgeplänkel vergeuden, wenn es keine Freundschaft gab.

Claire musterte sie schweigend.

»Warum sollte ausgerechnet ich dir helfen?«

Darauf wusste Émilie keine Antwort.

»Warum wendest du dich nicht vertrauensvoll an *deine reichen Freunde*. Sofern sie sich noch nicht totgekokst haben.«

Damit ging Claire davon, ohne sich noch einmal umzusehen.

Émilie fällte die Entscheidung im Bruchteil einer Sekunde. Dann war sie schon an Claires Seite, lief neben ihr auf dem nassen Bürgersteig entlang. Fast wäre sie auf dem nassen Laub ausgerutscht.

»Du weißt, ich würde dich nicht um Hilfe bitten, wenn es anders ginge.«

Claire ging unbeirrt weiter. Émilie stolperte neben ihr her. Was sollte sie sagen, um Claire umzustimmen? An einer Ampel blieben sie stehen, der Verkehr rauschte an ihnen vorüber. Jetzt oder nie, dachte Émilie und sagte: »Ich habe Mist gebaut und brauche einen Pass. Bitte, ich suche jemanden, der mir einen Pass macht.«

Claire wandte den Kopf und betrachtete Émilie voller Abwehr.

»Dann geh doch aufs Passamt.«

»Du weißt genau, was ich meine.«

»Nee, nicht wirklich.«

Die Ampel schaltete auf Grün und Claire setzte sich in Bewegung. Émilie achtete darauf, den rechten Fuß zuerst auf die Straße zu setzen. Sie bemerkte, dass Claires Kiefermuskulatur arbeitete, und auf der anderen Straßenseite blieb Claire plötzlich stehen. Fast wäre Émilie in sie hineingerannt, denn sie war ganz darauf konzentriert gewesen, auf jeden Fall mit dem rechten Fuß zuerst auf den Bürgersteig zu treten. Sie hörte, wie Claire sie anfuhr: »He, pass doch auf«, und dann etwas milder hinzufügte: »Ich verstehe dich nicht. Du hast alles. Und du wirfst es mit vollen Händen …«, sie machte eine Pause und schleuderte dann die Hände von sich, »… *einfach weg!* Weißt du, da kommt mir das Kotzen!«

Aber Émilie ließ sich nicht mehr beirren.

»Ich muss weg aus Frankreich. Ich werde auswandern. Aber meine Familie darf mich auf keinen Fall finden, hörst du? Darum brauche ich einen neuen Namen und jemanden, der mir einen Pass macht.«

Claire betrachtete Émilie forschend und fragte plötzlich: »Hast du Geld?«

Émilie nickte schweigend und sah Claire direkt an. Die wirkte immer noch ungeduldig und abwehrend, aber in ihrem Blick lag nun auch eine Nuance, die vorher nicht da gewesen war: Mitleid. Émilie war das unangenehm, daher fragte sie unvermittelt: »Und was machst du so? Wie läuft's an der Akademie?«

Claire reagierte nicht gleich, doch nach einer Weile schüttelte sie den Kopf und sagte: »Du warst so … begabt.«

Das letzte Wort spuckte sie förmlich aus. Wieder schwiegen die beiden. Dann holte Claire eine Zeitung aus ihrer Handtasche, riss einen Fetzen vom Rand ab, kritzelte etwas darauf und reichte ihn Émilie.

»Sag, dass ich dich geschickt hab.«

Émilie warf einen Blick auf Claires schwungvolle Buchstaben. Ein Name stand darauf, *Pierre*, und eine Straße, die sie nicht kannte.

»Danke«, sagte sie heiser.

Claire antwortete nicht, sondern wandte sich zum Gehen. Sie war schon ein paar Schritte entfernt, da blieb sie stehen und rief mit einem Blick zurück zu Émilie: »Ich habe eine Ausstellung bei *L'Ami des Arts*. Im Januar.«

Émilie schluckte. Dann nickte sie und murmelte: »Ist ja toll.«

Auch Claire nickte nun. »Ja«, sagte sie laut. Dann drehte sie sich um und ging davon.

Das Zimmer war hässlich und ging auf eine Art Schacht hinaus, aber das störte Émilie nicht. Es hatte ein Waschbecken und das war das Einzige, was sie momentan brauchte.

Sie schloss die Tür hinter sich ab, warf ihren Mantel aufs Bett und ging zum Waschbecken. Mit der rechten Hand drehte sie den rechten Hahn auf, mit der linken den linken. Sorgfältig wusch sie sich die Hände, denn öffentliche Verkehrsmittel waren schließlich ein Tummelplatz für Bakterien.

Dann breitete sie ein Handtuch auf dem Boden aus, holte die Nagelschere aus ihrer Tasche und stellte sich vor den Spiegel über dem Waschbecken, um Abschied zu nehmen.

So, wie sie jetzt aussah, würde sie nie wieder sein.

Die alte Émilie, die schwach war und alles mit sich machen ließ, war tot. Sie war nun eine andere.

Dann begann sie mit ein paar energischen Bewegungen links und rechts und am Hinterkopf dicke Strähnen abzuschneiden, so gut es eben ging mit dieser mickrigen Schere.

Am Ende sah sie aus wie eine misshandelte Puppe oder ein Clown, jedenfalls kam sie sich durch und durch lächerlich vor. Sie schluckte, denn das war erst der Anfang.

Sie zog eine Packung aus ihrer Tasche und öffnete sie, las, was zu tun war, legte sich ein Handtuch um die Schultern und begann die übel riechende Masse auf dem kurzen Haar zu verteilen. Als sie mit allem fertig war, blickte sie auf die Uhr. Sicherheitshalber ließ sie das Mittel noch ein paar Minuten länger einwirken als angegeben. Als sie sich im Waschbecken gründlich die Haare ausspülte, kam es ihr vor, als hätte sie kaum noch welche. Sie strich sich das Wasser vom Kopf, rubbelte die Haare mit dem Handtuch trocken und blieb danach eine ganze Weile mit dem Rücken zum Spiegel stehen. Dann drehte sie sich langsam um.

Das Mädchen, das ihr aus dem Spiegel entgegensah, war ihr völlig fremd.

Gleich am nächsten Morgen schrieb Émilie einen Brief an Cho, den sie selbst zur Post brachte. Dann machte sie sich zu der Adresse auf, die Claire ihr gegeben hatte. Bei einem mürrischen Mann mit schütterem Haar bestellte sie den falschen Pass, den sie bereits zwei Tage später abholen konnte. Sie konnte kaum fassen, wie einfach das alles gewesen war, und nahm es als ein gutes Zeichen.

Am Tag darauf saß sie in einem Taxi zum Flughafen, mit dem neuen Pass und einem Ticket nach Shanghai in der Tasche. Während sie auf die vertrauten Straßen blickte, staunte sie über die Abwesenheit jeden Gefühls in ihr: Da war kein Zögern, kein Zaudern, kein noch so winziges Bedauern über die Aussicht, das alles hier vielleicht nie mehr wiederzusehen. Als das Taxi an einem Postamt vorbeifuhr, fiel ihr ein, dass sie wahrscheinlich noch vor ihrem Brief bei Cho ankäme, und sie lächelte.

Am Flughafenschalter stand eine Traube Reisender, allesamt Chinesen, Männer in altmodischen dunkelblauen Anzügen. Émilie reihte sich hinter ihnen ein und wurde auf ein Mal von einer Art Taumel erfasst, einer Euphorie, die sie schwindeln machte. Als sie schließlich ihre Bordkarte in Händen hielt und zusah, wie ihr Koffer auf dem Band davonruckelte, musste sie an sich halten, um nicht vor Freude einen Luftsprung zu tun. Denn jetzt war es so weit.

Sie war frei.

Sie, Émilie Berwanger, war frei und auf dem Weg zu dem Mann, den sie liebte.

An der Passkontrolle sah sie die Chinesen wieder. Sie standen vor ihr, säuberlich hintereinander aufgereiht, wie Perlen auf einer Kette. Als Émilie an der Reihe war, schlug sie ihren Pass auf und schob ihn dem Beamten zu, zusammen mit der Bordkarte.

»Sie reisen nach Shanghai?«

Émilie lächelte strahlend. Der Mann blätterte zurück und plötzlich sagte er: »Es tut mir leid. Aber da gibt es ein Problem. Wenn Sie kurz mit mir kommen würden.«

Dann ging alles ganz schnell. Émilie schmiss sich die Tasche über die Schulter, drehte sich um und rannte los. Da tauchten aus dem Nichts zwei uniformierte Polizisten auf und packten sie am Arm. Wie in einem bösen Traum sah sie Gesichter, die zurückwichen, fremde Blicke, die an ihr klebten.

In diesem Moment wurde ihr klar, dass ihr Plan gescheitert war. Sie würde China niemals wiedersehen.

茶

Fast hätte Cho das kleine Mädchen umgerannt, das unmittelbar hinter der nächsten Ecke auf dem Korridor stand und ihm mit aufgerissenen Augen entgegenblickte. Sie legte einen Finger auf die Lippen, fasste ihn bei der Hand und zog ihn hinter sich her.

Sie kamen in einen bunten Raum, in dem alles frisch gewaschen roch, offenbar das Zimmer des Mädchens. Indische Querbehänge an den Fenstern, ein Regal voller Stofftiere, eine Wand mit Elfenbildern, rosarot und grün. Das Mädchen schloss die Tür hinter Cho, legte noch einmal den Finger an die Lippen und flüsterte: »Du musst leise sprechen, nebenan bügelt meine Mutter.«

Cho nickte, immer noch perplex. Mit gedämpfter Stimme fragte er: »Wie heißt du überhaupt?«

»Sarah.« Das Mädchen sah mit großen Augen zu ihm hoch. Und dann sagte sie so leise, dass er sie kaum verstand: »Ich hab dich mit ihr reden hören. Und ich hab gehört, was sie zu dir gesagt hat.«

Er nickte und wartete ab. Sie schien mit sich zu ringen, doch schließlich fragte sie: »Bist du wirklich Lins Vater?«

Er erwiderte Sarahs Kinderblick. »Ja.«

Da tat sie einen Schritt auf ihn zu und umfasste sein Handgelenk. »Ich muss dir was zeigen. Aber du darfst es keinem weitersagen.«

»Das werde ich nicht tun.«

Das Mädchen fixierte ihn noch einmal kurz, dann drehte sie sich um und öffnete eine Banktruhe, aus der sie weitere Stofftiere und Puppen nahm und hinter sich auf den Boden warf. Schließlich deutete sie in die Truhe und sagte: »Da.«

Cho trat neben das Mädchen und blickte in die Truhe. Es lag eine Tasche darin, eine dunkelblaue Sporttasche. Verwundert starrte Cho auf das Adidas-Logo und versuchte einen Zusammenhang herzustellen.

»Das ist wohl nicht deine Tasche, oder?«

»Die hab ich im Schuppen gefunden, dort, wo Raoul die Geräte aufbewahrt. Am Tag nach dem schlimmen Streit.«

Cho erstarrte.

»Wer hat sich denn mit wem gestritten?«

»Madame Berwanger. Sie war böse auf Lin.«

Cho hielt den Atem an. »So?«

»Ja. Sie haben sich angeschrien.«

»Und du hast alles mit angehört?«

Das Mädchen schaute ihn triumphierend an. Triumphierend, aber auch ein wenig ängstlich.

Mit hämmerndem Herzen fragte Cho: »Hast du die Tasche auch deiner Mama gezeigt?«

Sarah schüttelte den Kopf. »Die hätte mich nur geschimpft. Weil ich da nicht spielen darf. Im Schuppen, sie sagt, das ist gefährlich. Da sind lauter Sägen und so.«

»Aber manchmal spielst du trotzdem dort. Weil es da viel spannender ist.«

Sie nickte und ein kleines Lächeln stahl sich in ihre Augen.

»Und weißt du auch noch, warum sie sich gestritten haben, Madame Berwanger und Lin?«

Das Mädchen sah ihn groß an. Dann sagte sie nach einer Weile: »Mademoiselle Lin wollte wegfahren. Aber Madame hat es ihr verboten.«

»Oh.« Cho war perplex. Was um alles in der Welt hatte sich hier abgespielt? Seine Augen wanderten wieder zur Tasche, als könnte sie ihm mehr erzählen. Aus dem Nebenraum hörte er plötzlich erregte Stimmen. Alarmiert sah er auf. Doch das Mädchen lächelte nur: »Um neun fängt *Nash Bridges* an. Ich darf nie mitschauen. Madame will nicht, dass Mama beim Bügeln fernsieht, noch nicht mal heute, wo doch Samstag ist. Aber sie tut's trotzdem.« Plötzlich trat sie ganz nah an ihn heran und nahm seine Hand. Sehr leise, doch mit überdeutlichen Lippenbewegungen sagte sie: »Und dann hat Lin gerufen: Du hast sie kaputt gemacht, wie hast du das nur tun können! Und ihre Stimme hat dabei ganz komisch geklungen, gar nicht so wie sonst.«

»Und dann?« Überwach fixierte Cho das Mädchen.

»Dann«, sagte Sarah und ließ seine Hand los, »habe ich Schritte auf der Treppe gehört und bin weggerannt.«

»Weißt du noch, wann das war?«

»Hm.« Sie runzelte die Stirn und sah zur Decke, als könnte sie das genaue Datum dort ablesen. Schließlich zuckte sie mit den Achseln und sagte: »Nein ... Oder doch, das war an einem Sonntag, weil Maman frei hatte ...«

»Aber wie lange das her ist, weißt du das noch?«

Wieder zuckte das Mädchen mit den Achseln. »Nein.«

»Und nach dem Streit, wie ging es da weiter mit Lin und ihrer Großmutter?«

Sarah flüsterte nun noch leiser als zuvor: »Das ist es ja! Sie wollte weg, und dann war sie ja auch weg. Trotzdem hab ich die Tasche im Schuppen gefunden.«

»Was ist denn in der Tasche? Hast du nachgeguckt?«

Das Mädchen zerrte die Tasche aus der Truhe. »Klar.« Sie reichte sie Cho, der den Reißverschluss aufzog und hineinsah. »Das sind alles Kleider von ihr, ganz feine. Und so Unterwäsche.« Nun beugte Sarah sich über die Tasche, wühlte ein wenig darin herum und zog einen BH heraus, hauchdünn und cremefarben, sowie ein transparentes schokobraunes Negligé und reichte Cho die Sachen. »So 'n Zeug halt.«

Reflexartig griff Cho danach und spürte ein Gefühl in sich aufsteigen, das er zu seinem eigenen Erstaunen als Missbilligung erkannte. Mit schmalen Lippen musterte er die Dessous in seiner

Hand und fragte sich mit einem Mal, für wen seine Tochter bitteschön dieses Zeug hatte anziehen wollen.

»Die hier sind schön, oder?«, unterbrach Sarah seine väterlichen Betrachtungen. In ihrer Hand baumelten ein paar goldene Riemchensandalen. »Prinzessinnenschuhe!«

Plötzlich hantierten ihre kleinen Finger in der Seitentasche herum und zogen ein weißes Kärtchen heraus. »Auf der Rückseite steht was. Aber ich kann's nicht lesen.« Sie reichte die Karte an Cho weiter, der sie entgegennahm und stirnrunzelnd las:

Auberge des Falaises
Route du Havre
76790 ÉTRETAT

Die Schrift auf der Rückseite war in der Tat nur schwer zu entziffern, nachlässig hingeworfene Buchstaben, schwungvoll und schräg. Nach einer Weile glaubte er die Worte zu lesen: 11. März. Er runzelte die Stirn. Ließ die Karte sinken. Ja. Offenbar hatte Lin vorgehabt zu verreisen.

Aber nicht in die Teeanbaugebiete.

茶

8

Wenn man in seinen Gedanken gestört ist

Émilie, November 1979

Sie war gealtert in diesen Monaten. Das war nicht nur ein äußerlicher Prozess, der ihrem Gesicht schärfere Konturen verlieh, ihre Augen ein wenig größer und ihre Wangen ein wenig schmaler werden ließ. Vor allen Dingen war es ein inneres Altern von der Sorte, dass man eines Tages ein Foto von sich entdeckt und sagt: »Wann habe ich je so jung ausgesehen?«

Ihre Mutter hatte es wohl nicht über sich gebracht, sie nach der Flughafenepisode in einer Klinik wegsperren zu lassen. Dennoch schwebte diese unausgesprochene Drohung über allem: weggebracht zu werden.

Émilie stellte sich vor, dass am Ende dieses Vorgangs etwas Schreckliches auf sie wartete, eine Zelle, nackter Beton, Elektroschocks. Es wäre so ähnlich wie die drei Nächte, die sie im Gefängnis verbracht hatte, nachdem die Polizisten sie mitgenommen hatten auf dem Flughafen. Sie hatten sie in einen Raum gebracht, an einen Tisch gesetzt, ihr Fragen gestellt, allen voran die Frage nach ihrem Namen.

Sie hatte die beiden Männer nur angesehen, apathisch, nachdem ihre Raserei sich gelegt hatte, nachdem alles vorbei war, auch und vor allem die Hoffnung. Drei Tage und drei Nächte hatte sie geschwiegen. Sie wollte nicht zurück, nicht nach Marais, nicht in ihr sogenanntes Zuhause. Es war egal, wo sie eingesperrt war, sie würde ihn nie wiedersehen. Und dann war sie ja jetzt auch eine Diebin.

Am vierten Tag war die Tür aufgegangen und Adèle war hereingekommen. Sie hatten sich angesehen, die bestohlene Mutter und das diebische Kind. Adèle hatte genickt und der Mann, der Polizist mit den schütteren Strähnen quer über der Glatze, hatte das Nicken erwidert und etwas gemurmelt, das sie nicht verstand.

Sie hatte sich nicht gewehrt. Wogegen hätte sie sich auch wehren sollen?

Die erste Woche »zu Hause« hatte sie in ihrem Zimmer verbracht, allermeist im Bett liegend. Die Eintönigkeit der Stunden war nur unterbrochen worden durch Marthe, die das Essen brachte, und Adèle, die das volle Tablett wieder abtrug.

Nach dieser Woche sagte Adèle: »Wenn du nicht isst, musst du ins Krankenhaus.«

In den Nächten träumte Émilie von Cho. Es waren wirre Träume von Berührungen und Liebe, die meist damit endeten, dass Cho fortging, sich immer weiter von ihr entfernte, während sie rief und rief und verzweifelt versuchte, hinter ihm herzulaufen, was ihr aber niemals gelang, denn ihre Beine waren auf einmal schwer, tonnenschwer, als hielte eine unsichtbare Macht sie umklammert, es gelang ihr einfach nicht, sie zu heben. Die schlimmsten Träume aber waren die, in denen Tseng auftauchte.

Als es mit dem Essen nicht besser wurde, drohte man ihr, sie wegzubringen, an einen Ort, »wo man ihr zu essen gäbe«. Da hatte sie gegessen, eingeschüchtert von dieser an sich harmlos klingenden Drohung, wenigstens ein bisschen hatte sie gegessen.

Aber es war zu wenig.

Und so kam sie doch ins Krankenhaus, wo zwei Pfleger sie auf eine Liege drückten, sie mit einem Gurt festzurrten und ein Arzt ihr einen Schlauch in die Nase schob und immer wieder »schlucken« zu ihr sagte, »schlucken«, obwohl sie das nicht wollte.

An einem kalten Tag im November brachte man sie endgültig fort. Zwei Männer setzten sie in einen dunklen Wagen und sie ließ es geschehen, wie sie neuerdings alles geschehen ließ, seitdem man ihr den Schlauch in die Nase gesteckt hatte.

Einer der beiden Männer setzte sich neben sie auf die Rückbank. Der Wagen fuhr langsam und durch die abgedunkelten

Scheiben sah sie den grauen Tag an sich vorüberziehen, Ladenschilder und Menschen, die die Bürgersteige bevölkerten, Boulevards und Plätze, die sie nicht kannte, auch nicht kennen wollte. Irgendwann wurde die Bebauung immer spärlicher und hörte schließlich ganz auf. Bäume zogen vorüber und dann war da nur noch die Weite von Feldern und Wiesen. Die Landschaft hatte dem Tag nichts entgegenzusetzen als Leere.

Schließlich bog der Wagen in eine fast endlos scheinende Allee und hielt an, der Mann neben ihr stieg aus. Sie wartete. Die Tür wurde geöffnet, jemand sprach von einer weißen Villa, aber beim Aussteigen sah Émilie, dass das Haus nicht weiß, sondern grau war. Sie wurde in ein Büro geführt, ein dürrer Grauhaariger mit Brille begrüßte sie und sagte: »Willkommen in der Villa Blanche, Émilie. Ich bin Doktor Remarque.«

Doch was mit ihr los war, merkten andere zuerst.

Sie wurde zu einer Ärztin außerhalb gebracht, die ihr in den Arm stach, ihr Blut abnahm und sie dann untersuchte, auf einem Stuhl, auf dem sie breitbeinig lag, was ihr egal war.

Danach kam sie wieder in die Klinik, wo sie eine Weile blieb, wie lange, wusste sie nicht, nur dass die Bäume im Park erst gelb und dann kahl geworden waren.

Ein paar Tage, nachdem die Ärztin ihr in den Arm gestochen hatte, sagte Dr. Remarque zu ihr: »Sie wissen, dass Sie schwanger sind, Émilie?«

茶

»Sie verändert sich, sie ist dabei, sich wieder zu fangen. Es ist nicht das erste Mal, dass sich eine Schwangerschaft stabilisierend auf die Psyche auswirkt.«

Adèle erwiderte nichts, blickte den Nervenarzt nur an, diesen grauhaarigen Bleistift, der aussah, als könnte ihn eine Windböe umpusten.

Wie schön, dass meine verrückte Tochter, die nicht imstande ist, auf sich selbst aufzupassen, jetzt auch noch Zwillinge erwartet, dachte sie bitter. Das war wirklich ein Grund zum Feiern! Und warum hielt eigentlich niemand ihr die Hand? Warum hatte Pierre sie nur allein gelassen mit diesem ganzen Elend? Was sie mit diesem einen Kind schon durchgemacht hatte, hätte für fünf Kinder gereicht. Erst diese Drogengeschichte, die Aggressionen, die Apathie. Ob die Überdosis Heroin ein Selbstmordversuch gewesen war oder ein Unfall, das wusste bis heute niemand, wahrscheinlich nicht einmal Émilie selbst. Und dann das chinesische Desaster, Émilie, die sie beklaute, das Flughafenintermezzo und seine juristischen Folgen, die Adèles Anwälte zum Glück abgewehrt hatten.

Und jetzt das.

Die bleibende Erinnerung. Eine lebenslange Erinnerung an Émilies Zeit in China. Was würde als Nächstes geschehen? Für einen Schwangerschaftsabbruch war es jedenfalls viel zu spät. Weil Émilie selbst nichts gemerkt hatte! Das lag vermutlich an den Medikamenten, die sie in einen seltsam entrückten Zustand versetzten. Aber was hätte man sonst tun sollen? Die Ärzte wussten keine andere Lösung.

Damit stieg ein anderer, verstörender Gedanke aufs Neue in Adèle hoch. Was, wenn diese Dauermedikation das Kind, die Kinder, geschädigt hatte? Immerhin bekam Émilie diese Pillen schon seit vielen Wochen. Sie hatte mit den Ärzten über diese Sorge geredet, die zwar abgewiegelt und sie beruhigt hatten, jedoch auf eine Art, die Adèle klarmachte, dass man es nicht sicher wissen konnte. Was, wenn diese Kinder behindert auf die Welt kämen?

Adèle warf dem bleistiftdünnen Arzt einen weiteren giftigen Blick zu und begann im Zimmer auf und ab zu gehen. Letztlich konnte sie nichts tun als abwarten. Der berechnete Geburtstermin der Zwillinge war der 3. März. Und in ein paar Tagen war schon Weihnachten! Unwirsch sagte sie: »Diese Psychopharmaka, die sie bekommt. Muss man die nicht dringend absetzen?«

Dr. Remarque antwortete gleichmütig: »Wir haben die Dosis bereits erheblich reduziert. Das ist im Augenblick das Einzige, was wir tun können. Wenn wir die Medikation jetzt ganz abbrechen, kann ich für nichts garantieren. Aber machen Sie sich keine Gedanken, diese Tabletten sind äußerst gut verträglich.«

»Das hat es bei Contergan auch geheißen«, entgegnete Adèle schneidend.

»Madame, ich darf Ihnen versichern …«

»Ich nehme sie mit.«

»Wie bitte?« Der Arzt sah Adèle zweifelnd an, als habe er nicht recht verstanden.

»Ist doch nicht schwer zu verstehen. Ich nehme meine Tochter mit nach Hause.«

Dr. Remarque erwiderte Adèles Blick. Dann zuckte er mit den Achseln und sagte: »Auf Ihre Verantwortung.«

Sie sah so traurig aus.

Adèle warf einen schnellen Blick auf Émilie, die neben ihr im Wagen saß und mit großen Augen die Landschaft an sich vorüberziehen ließ.

»Wie weit ist es noch, Maman?«, fragte sie plötzlich.

Adèle schluckte. Maman. Wie lange hatte Émilie sie nicht mehr so genannt? Adèle umkrampfte das Lenkrad und lächelte, ein zittriges Lächeln.

»Noch eine gute Stunde.«

Sie waren auf dem Weg nach Étretat, zu Adèles Haus am Meer. Früher waren sie oft hier gewesen, jeden Sommer ein paar Wochen, erst sie mit Émilie, dann Pierre mit Émilie, und wenn die Firma es erlaubte, auch ein paar Tage gemeinsam, alle drei. Nie wieder würde es so sein wie damals, diese glücklichen Tage waren für immer vorüber.

Die letzten zweieinhalb Wochen und auch die Weihnachtstage hatte Émilie in Paris verbracht, nachdem Adèle sie aus der Klinik nach Hause geholt hatte, *auf eigene Verantwortung*. Nach und nach hatte Adèle die Psychopharmaka reduziert, auch dies *auf eigene Verantwortung*, aus der Angst heraus, die Tabletten könnten den Kindern schaden. Und es hatte funktioniert. Émilie hatte sich tatsächlich gefangen, sie hatte keinen weiteren Ausbruch mehr gehabt und insgesamt schien die Schwangerschaft ihr gutzutun, auch wenn Adèle nicht nachvollziehen konnte, warum das so war. Auch ihr Verhältnis zueinander hatte sich gebessert.

Es regnete und der Himmel war von einem derart dichten Grau, als wolle er für immer so bleiben. Verlassene Weiden und stille Gehöfte zogen an ihnen vorüber. Im Augenwinkel sah Adèle, wie Émilie sich nach einem Mann auf einem Fahrrad umdrehte. Der Mann war groß und hatte auffällig dichtes schwarzes Haar.

In Étretat schien die Zeit stillzustehen. Adèle fuhr langsam die schmale Einbahnstraße entlang, die hohen grauen Häuser schwiegen, die Menschen auch. Es war kaum jemand unterwegs an diesem Vormittag nach den Weihnachtstagen. Adèle dachte an die Ferienmonate, an die Autokolonne, die sich allzu oft durch diese Straße schob, an die ungeduldigen Fahrer, die ein Wunder herbeihupen wollten.

Adèle schaltete in den ersten Gang, denn der Weg führte den

steilen Hügel hoch. Wie oft war sie mit Émilie hier entlanggegangen in diesen Sommern, die lange vergangen waren. Jeden Morgen war sie mit Émilie zur Bäckerei gelaufen, die Stofftasche in der Hand. Der Hinweg war immer mühelos gewesen, fast rasant. »Nicht so schnell, du kannst nicht mehr anhalten!« Wie oft hatte sie Émilie das hinterhergerufen, sie hatte das Kind schon fallen sehen. Zurück liefen sie dann immer Hand in Hand. Links hatte Adèle die Tasche mit dem Baguette und den Croissants, rechts zog sie Émilie hinter sich her.

Das Haus, in dem sich vor über hundert Jahren ein paar Künstler niedergelassen hatten und das seitdem den Namen *Ferme des Artisans*, Künstlerhof, trug, lag etwas zurückgesetzt vom Meer, durch einen bepflanzten Wall geschützt vor Sturm und Wind. Und das war gut so. Denn selbst im Sommer, in den heißesten Monaten, wehte hier oben auf den Kreidefelsen, hundert Meter über dem Meer, eine kühle Brise.

Adèle stieg aus, hielt einen Moment inne, bevor sie das Gatter öffnete. Schiefergrau lag der Atlantik unter ihnen und selbst von hier aus hörte sie das wütende Tosen der Wellen, die gegen die Felsen donnerten. Einen Moment lang fragte sie sich, ob es richtig war, mit Émilie hierherzukommen, an diesen einsamen Ort. In dieses Haus, das so hoch oben über allem lag und so weit entfernt von den nächsten Nachbarn. Und dazu um diese Jahreszeit. Doch dann schüttelte sie den Kopf. Irgendeine Entscheidung hatte sie schließlich treffen müssen.

Der Wind zerrte an ihren Haaren und so öffnete sie rasch das Gatter, stieg wieder ein, fuhr hindurch und schloss es hinter sich. Als Kind hatte Émilie gar nicht schnell genug aus dem Wagen springen können, um das Tor zu öffnen, weil sie sich dann hinten auf die Stoßstange stellen und die letzten paar Meter bis zur Schonung mitfahren durfte. Adèle hatte immer Angst gehabt, das Kind könnte herunterfallen, aber Pierre hatte ihre Bedenken mit einem Lächeln abgetan.

Im Haus war es eisig, der Winter saß in den dicken steinernen

Mauern. Adèle führte Émilie ins Wohnzimmer, bettete sie aufs Sofa und legte ihr eine Wolldecke über den inzwischen gewaltigen Bauch. Dann machte sie sich daran, ein Feuer in dem riesigen steinernen Kamin zu entfachen. Wenn die Stürme ums Haus tobten, heulte der Kamin manchmal so sehr, dass Émilie als Kind geglaubt hatte, dort oben sitze der Windgeist und warte auf sie. An solchen Tagen hatte sie sich strikt geweigert, alleine das Wohnzimmer zu betreten.

Als das Feuer prasselte, lud Adèle die Lebensmittel aus dem Wagen aus, darunter auch eine frische Lieferung mit russischem Tee, den sie gleich mit dem Samowar zubereiten wollte.

Nachdem das Wasser im Bauch des Samowars zu brodeln begonnen hatte, brühte sie das Teekonzentrat auf, stellte das kleine Kännchen oben drauf und holte die Teegläser und den braunen Zucker. Émilie beobachtete sie schweigend.

»Es ist so lange her«, sagte sie plötzlich und Adèle blickte überrascht auf.

»Was meinst du?«

Adèle tat Zucker in beide Gläser, schenkte von dem Teeextrakt ein, füllte den Rest mit Wasser auf.

»Das Glücklichsein.«

»Ach, Kind.« Mehr fiel Adèle nicht ein. Sie reichte Émilie ein Glas und nahm sich selbst das andere.

Schweigend rührten sie Zucker in ihren Tee. Das einzige Geräusch im Raum war das Klingeln der Löffel in den Gläsern. Adèle führte das Glas zum Mund, der Duft des Tees war unvergleichlich. Sie hielt das Glas gegen das Licht, betrachtete das rotgoldene Feuer.

Da hörte sie Émilie sagen: »Früher mochte ich keinen Tee.«

Überrascht wandte Adèle sich um.

»Ach, nein? Du hast … nie etwas gesagt.«

Émilie schnaubte. Es klang ungeduldig, aber nicht bitter. »Ich bitte dich. Dieser ganze Tee … Tonnen von Tee … was hätte ich dagegen ausrichten können!«

Adèle schwieg eine Weile, dann sagte sie: »Und was ist jetzt anders?«

»Alles«, sagte Émilie und hob das Glas ebenfalls gegen das Licht.

Adèle betrachtete ihre Tochter, wie sie so dasaß, versunken in der Betrachtung des rotgoldenen Tees. Doch auf einmal verschloss sich ihre Miene wieder.

Adèle wandte sich ab, nahm einen ersten vorsichtigen Schluck, kostete das malzige Aroma des Tees. Ja, dachte sie. Jetzt ist alles anders.

茶

Chos Gedanken rauschten herab wie der Regen, immer neue Fragen tauchten auf und versickerten ohne Antwort, wie das Wasser in einen Gulli abfloss. Cho neigte den Schirm etwas nach vorne, um wenigstens seinen Mantel halbwegs trocken zu halten – seine Schuhe waren schon vollkommen nass.

Offenbar hatte Lin an jenem Abend also nach Étretat reisen wollen. Klar war auch, dass sie darüber mit ihrer Großmutter in Streit geraten war, die aus irgendeinem Grund etwas gegen diese Reise hatte. Ob das indirekt mit der Art ihres, na ja, »Gepäcks« zu tun hatte? Angesichts der hauchdünnen Dessous in Lins Tasche war ja nur eine Schlussfolgerung möglich: Lin hatte mit einem Mann verreisen wollen. Und Cho war sich ganz und gar nicht sicher, was er davon halten sollte.

Wobei das letztlich noch sein geringstes Problem war: die unerwartete Eifersucht eines Mannes, der bis vor Kurzem noch nicht einmal gewusst hatte, dass er Vater war. Viel wichtiger war die Frage, warum Lin ihr Gepäck zurückgelassen hatte. Vermutlich hatte sie die Reisetasche im Schuppen versteckt, um sie unbemerkt von Adèle holen zu können. Nach dem Streit musste sie das Haus überstürzt verlassen haben, aber vermutlich mit der Absicht, die Tasche später zu holen. So zumindest ergaben die Einzelteile für Cho einen Sinn. Aber warum war sie dann nicht mehr zurückgekehrt, warum hatte sie die Tasche einfach dort gelassen? Und was war nach dem Streit passiert?

Er schritt nun rascher aus, den Schirm wie eine Waffe schräg nach vorne gestreckt. Es war, als wollte er auf die Art den Gedanken abwehren, der seit seinem Abschied von dem kleinen

Mädchen unter der Schwelle seines Bewusstseins gelauert hatte: Konnte es sein, dass Lin das Haus an jenem Abend vielleicht gar nicht mehr verlassen hatte? Mit pochendem Herzen blieb er stehen. Diese grauenhaften Bilder in Émilies Haus, die Frau im goldfarbenen Kleid – es gab keinen Zweifel, dass es sich dabei um Adèle Berwanger handelte! Die Fesseln, das Messer, das Blut, das herausgeschnittene Herz! Was verbarg sich hinter der hohen Stirn, diesen durchdringenden Augen, der beherrschten Miene? Cho ertappte sich dabei, wie er den Schirm immer fester umklammert hielt, so fest, dass seine Knöchel weiß hervortraten und der kleine Dorn am Schaft sich in seine Hand bohrte. Er lockerte den Griff, wechselte die Hand. Aber vielleicht waren das alles nur die düsteren Fantasien einer psychisch Kranken, einer Frau, der es nicht gelungen war, im »normalen Leben« Wurzeln zu schlagen?

So oder so, Émilie und Lin waren jedenfalls verschwunden – Mutter und Tochter, wie vom Erdboden verschluckt. Und mit jedem neuen Schritt, den er in ihre Richtung zu tun glaubte, taten sich neue Querwege und Verästelungen auf, die ihn immer tiefer in ein Labyrinth aus tausend Rätseln hineinführten. Mit jedem Schritt verdichtete sich der Nebel und sein ursprüngliches Ziel – mit Lin zu sprechen – rückte in immer weitere Ferne.

Plötzlich wurde ihm bewusst, dass er um Émilie herumgedacht hatte. Er hatte sie und ihre gemeinsame Geschichte nicht wirklich an sich herankommen lassen, denn er wollte nie mehr erleben, was er damals erlebt hatte.

Er verlangsamte seinen Schritt, sah im Schaufenster einer Bäckerei zuerst sich selbst, dann die Croissants in der Auslage.

Er musste hinter die Dinge schauen, das war es. Einen Blick hinter das Offensichtliche werfen, hinter das, was alle zu wissen glaubten: dass Émilie eine Kranke war, eine Frau, die abseits der Realität lebte. Doch er wusste, wie sie gewesen war, damals, als er sie im Arm gehalten hatte. Etwas musste geschehen sein, etwas Unglaubliches, Gravierendes, was sie schließlich hatte verstummen lassen. Wieder dachte er an die Briefe, die Niki in ihrem Haus gefunden hatte. Es waren die Briefe einer Liebenden, einer Verzweifelten, das ja. Aber nichts an ihnen deutete darauf hin, dass diese Frau dabei war, den Verstand zu verlieren. Dass sie eines Tages verstummen würde.

Was also war passiert?

Cho blieb stehen, griff in seine Manteltasche und zog den Zettel heraus. *Auberge des Falaises* in Étretat, las er halblaut. *11. März.*

Eine neuer Querweg im Labyrinth, dachte er.

Doch er hatte gar keine andere Wahl, als ihm zu folgen.

茶

Adèle, Mitte Februar 1980

Bald hatten sie sich eingerichtet an diesem Ort hoch über dem Meer. Bei Tag pfiff der Wind, in der Nacht heulte er.

Dennoch hatte Émilie sich angewöhnt, nach dem Frühstück den Pfad an den Klippen entlangzuwandern. Sie war in diesen Tagen von einer stabilen, geradezu eisernen Gesundheit und manchmal ertappte sich Adèle bei dem Gedanken, dass Gott bei der Erschaffung Émilies sein Augenmerk in der Hauptsache auf diesen vor Kraft und Wohlsein strotzenden Körper gelegt hatte. Auf die Psyche konnte er nicht allzu viel Zeit und Energie verwandt haben.

Wenn Émilie aufbrach, meist gegen zehn Uhr, stand Adèle im Türrahmen und sah ihr nach, bis sie aus dem Wall ins Freie trat, hinaus in den Wind, und damit ihrem Blick entzogen war. Anfangs war Adèle ihr nachgegangen, hatte sie aus der Entfernung heimlich beobachtet, aus Sorge, Émilie könnte leichtsinnig sein und zu nah an die Klippen herantreten. Vielleicht war es auch die Angst gewesen, Émilie könnte sich hinunterstürzen in das tobende Meer und allem ein Ende setzen.

Nach einer Woche hatte Adèle diese Sorgen abgelegt, denn Émilie machte überhaupt nicht den Eindruck, lebensmüde zu sein. Die tiefe Verzweiflung, in die sie nach ihrer Rückkehr aus China gestürzt war, hatte sich gelegt, an manchen Tagen hatte Adèle sogar den Eindruck, eine Art kindliche Heiterkeit hätte sie erfasst. Die Zeit der Erwartung.

Ob diese Stimmung von Dauer sein würde, konnte Adèle freilich nicht wissen, daher dachte sie immer wieder mit einer gewissen Furcht an die Tage nach der Niederkunft. Wie sollte dieses Mädchen, das doch im Grunde selbst noch ein Kind war, mit gleich zwei Säuglingen fertig werden? Natürlich würde Adèle für die ersten Wochen eine Hilfe einstellen und hatte auch für die Zeit direkt nach der Geburt bereits eine Hebamme aus dem Ort engagiert. Aber irgendwann würde Émilie selbst die Mutterrolle übernehmen müssen. Außerdem stand die Rückkehr nach Paris an. Adèle war nun schon viel zu lange fort aus dem Kontor und auf Dauer waren die Geschäfte nicht per Telefon zu regeln.

An einem Sonntag war es so weit.

Es war ein grauer Tag gewesen und gegen Nachmittag hatte der Wind noch einmal aufgefrischt, nun prasselte Regen gegen die Fenster.

Émilie hatte es sich im Wohnzimmer auf dem Sofa bequem gemacht. Im Kamin prasselte das Feuer. Adèle hatte ihr einen Oolong zubereitet und auf ihrem gewaltigen Bauch balancierte sie nun ein Buch und die Teetasse. Neuerdings hatte Émilie angefangen zu lesen, ernste Literatur vor allem, und auch Gedichte, Rilke und Baudelaire. Jetzt allerdings sah sie hinaus in die Dämmerung, versunken in den Anblick des hin und her peitschenden schwarzen Geästs. Adèle wandte sich ab und wollte gerade das Zimmer verlassen, als sie es hinter sich klirren hörte. Émilie hielt sich den Bauch, das Gesicht schmerzverzerrt.

Das Erste, was Adèle dachte, war: Es kommt zu früh. *Sie* kommen zu früh. Dann erinnerte sie sich an ihre eigene Niederkunft und überlegte, dass es vielleicht nur Senkwehen waren. Sie setzte sich zu Émilie, bis die Krämpfe vorüber waren. Doch als sie wiederkamen, in immer kürzeren Abständen, rief Adèle die Hebamme an.

Eine halbe Stunde später war Madame Gérard immer noch nicht da und Adèle begann unruhig durchs Haus zu laufen, von Émilies Platz auf dem Sofa hoch in den ersten Stock, wo sie sich aus dem Fenster lehnte und in die schwarze Nacht hinausschaute, um hinter den Wall blicken zu können. Von dort lief sie wieder nach unten, legte sich den Regenmantel um die Schultern, trat vor die Haustür und blickte in die Richtung, aus der die Hebamme kommen sollte. Aber um sie herum blieb es dunkel, nirgends Autoscheinwerfer, die auf dem Weg zum Haus die Nacht zerteilten.

Eine Stunde später begann Adèle zu zweifeln, ob die Frau überhaupt kommen würde. Sie bereute jetzt, sich auf die Idee einer Hausgeburt eingelassen zu haben. Noch einmal, wohl zum zehnten Mal, wählte sie die Nummer der Hebamme, noch einmal trat sie zum Sofa und murmelte beruhigende Worte, die aber erstickt wurden vom Heulen des Sturms.

Émilie sah mittlerweile schlecht aus, ihr Gesicht wirkte bleich und glänzte im Schein der Stehlampe. Die Wehen kamen, wie Adèle jetzt zählte, im Abstand von fünf Minuten. Sie versuchte sich zu erinnern, wie das bei ihr gewesen war, damals mit Émilie. Aber sie wusste es nicht mehr. Wie viel Zeit bliebe ihnen noch?

Da hörte sie ein Motorengeräusch, undeutlich noch und übertönt vom Wind. Sie rannte zum Fenster und sah die Scheinwerfer eines Wagens auftauchen, der die Zufahrt zur *Ferme des Artisans* entlangrumpelte. Der Wagen hielt, die Scheinwerfer erloschen. Im gelblichen Licht der Außenlaterne sah Adèle, wie die Fahrertür aufgerissen wurde und ein Mann in einem dunklen Mantel ausstieg. Im ersten Moment war sie irritiert, doch dann erkannte sie den Mann. Es war Dr. Murat, ein Arzt aus der Stadt.

Die Hebamme hatte ihn verständigt. Sie selbst sei, so erzählte er, beim Verlassen ihres Hauses gestürzt, habe sich das Bein gebrochen und eine halbe Stunde gebraucht, um die Nachbarn auf sich aufmerksam zu machen, wegen des Sturms. Und auch der Arzt hatte länger gebraucht als erwartet, weil im Villenviertel von Étretat ein Baum quer über der Straße gelegen hatte, also musste er auf der schmalen, steilen Straße im Rückwärtsgang wieder nach unten und hatte sich dann einen Weg außen herum über die Felder gesucht.

Um Mitternacht kam das erste Kind, ein Mädchen – Émilie nannte es Lin. Als wenig später das zweite Mädchen geboren wurde, die Nabelschnur um den Hals, nahm Adèle es entgegen und fühlte, als sie auf das kleine Bündel in ihrem Arm blickte, plötzlich ein Gefühl der Rührung und Zärtlichkeit. Sie hatte diese Kinder nicht gewollt. Aber nun war alles anders. Und auf einmal wusste sie, dass dieser 19. Februar alles verändern würde. Dass für sie jetzt eine neue Zeitrechnung begann. Sie blickte hin und her, zwischen Lin und dem Kind, das sie im Arm hielt. Diese winzigen Gesichtchen, krebsrot, diese kleinen Münder, schreiend der eine, bebend der andere. Und die Händchen. Miniaturfäuste, wie die einer Puppe.

»Wie willst du *sie* nennen?«, fragte Adèle und ihre Stimme krächzte ein wenig. Es kam ihr fast albern vor, wie bewegt sie war, als wäre sie allzu pathetisch. Aber in der Tat kam es ihr so vor, als würde sie jetzt erst begreifen, dass das Leben weiterging. Pierre war tot und lebte nur noch in ihrer Erinnerung. Doch nun waren diese beiden Kinder da und brauchten ihre Aufmerksamkeit und Fürsorge. Und vielleicht würde sich eines der beiden Mädchen ja für Tee interessieren.

Émilie blickte auf und schwieg. Auf ihrem Gesicht lag ein Lächeln, aber dahinter schien ein Hauch von Schmerz verborgen. Adèle wandte den Blick ab. Ich kann ihr nicht helfen, dachte sie. Sie muss diesen Chinesen vergessen. Was wäre das denn für ein Leben geworden? Da hörte sie Émilie sagen: »Su, ich werde sie Su nennen.«

茶

»Étretat!«, rief Niki entgeistert und riss die Augen auf. »Da fahren doch die ganzen Selbstmörder hin.«

Cho räusperte sich und hielt seinen Schirm über den jungen Mann. Vielleicht war jetzt der Zeitpunkt gekommen, Niki über den Inhalt von Lins Reisetasche aufzuklären.

»Ich denke nicht, dass Lin mit *dieser* Absicht nach Étretat gefahren ist.«

Niki schüttelte sich. »Wer fährt denn schon um diese Jahreszeit nach Étretat! Erst vor Weihnachten hat sich wieder eine Frau hinuntergestürzt, zusammen mit ihrem kleinen Kind! Wissen Sie überhaupt, wie hoch diese Felsen sind?«

»75 Meter an der Falaise d'Aval«, antwortete Cho wie aus der Pistole geschossen und hätte sich im nächsten Moment am liebsten geohrfeigt, als er das Entsetzen in Nikis Gesicht sah.

»Hören Sie, Niki. Ich habe Ihnen noch nicht alles gesagt. Ich glaube, dass Lin mit einem Mann nach Étretat gefahren ist.«

»Was? Wie kommen Sie denn darauf?«

»Na ja … ähm … weil die Wahl ihrer … Garderobe das vermuten lässt.«

»Die Wahl ihrer Garderobe?« Niki starrte Cho an, als sei dieser von allen guten Geistern verlassen. Doch plötzlich änderte sich sein Gesichtsausdruck und er schien zu verstehen.

Ach Junge, dachte Cho und seufzte. Wenn das unser einziges Problem wäre. Und fast resigniert sagte er: »Auf jeden Fall ist das die letzte Spur, die wir von ihr haben.«

Es war bereits nach achtzehn Uhr, als Cho in Étretat aus dem Überlandbus stieg. Das Städtchen lag in einem schmalen Taleinschnitt an der Atlantikküste und zählte zu den Orten mit den beeindruckendsten Kreidefelsen. Allerdings war es wohl so, dass die letzten Gäste im Spätsommer das Leben mit in ihre Koffer packten, um es erst im Frühsommer wieder zurückzubringen. Und so wanderte Cho die leeren Straßen entlang, immer geradeaus in die Richtung, wo hoch über dem Meer die *Auberge des Falaises* thronen musste.

Nach einem mehr als halbstündigen Fußmarsch wurde ihm bewusst, dass er außer einem Apfel und einem Sandwich im Zug nach Le Havre heute noch nichts gegessen hatte. Und als die Straße schließlich anzusteigen begann, fühlte er sich regelrecht schwach.

Auf der Anhöhe vor dem Hotel hielt er einen Augenblick verblüfft inne. Die Welt zu seinen Füßen schien in der Unendlichkeit zu versinken. Der Ozean war von einem so tiefen Blau, das er aussah wie von einem Kind gemalt. Ultramarin, dachte er, und dieses wunderbare Wort, das nach Meer und Ewigkeit klang, ließ ihn fast schwindeln.

Im Hotel war es auf einmal völlig still. Von der Meeresbrandung und dem wütenden Wind war nichts mehr zu hören – es war, als hätte jemand das Lautsprecherkabel durchgeschnitten. An der Rezeption stand eine junge Frau mit rotem Haar in tadelloser Uniform.

»Bonsoir, ich hätte gerne ein Zimmer für eine Nacht.«

»Haben Sie reserviert?«

Angesichts der Schlüsselparade am Brett überraschte ihn diese Frage. »Nein.«

Mit einer sommersprossigen Hand schob sie ihm ein Formular hin, das er auszufüllen begann.

»Haben Sie ein Ausweispapier?«

Cho überlegte, ob er gleich oder lieber erst später nach Lin fragen sollte. Er spürte, wie sein Herzschlag sich beschleunigte.

Unsicher tastete er nach dem Foto in seiner Manteltasche, das er vor seiner Abfahrt von Niki erhalten hatte. Es stammte von einer Betriebsfeier.

Cho zog das Foto heraus und legte es auf den Tresen. Fieberhaft überlegte er, wie er seine Frage formulieren sollte, ohne Misstrauen zu erwecken, und schließlich sagte er: »In einem Versicherungsfall überprüfe ich einige Daten, unter anderem im Zusammenhang mit dieser Frau, die wahrscheinlich am 11. März eine oder mehrere Nächte hier verbracht hat. Sie heißt Lin Berwanger. Wären Sie wohl so freundlich und würden in Ihren Unterlagen nachsehen, ob das stimmt?« Er lächelte so harmlos wie möglich und hoffte, dass sie keinen Versicherungsausweis von ihm sehen wollte.

Die junge Frau blickte erst auf das Foto, dann auf ihn. Unsicherheit flackerte in ihrem Blick auf.

Etwas hastig fügte er hinzu: »Es geht nur um eine Zeugenaussage, die wir noch einmal bestätigt wissen müssen.« Sein Lächeln wurde, wenn das überhaupt möglich war, noch harmloser.

Wieder schaute die Frau auf das Bild. »Ich weiß nicht recht …«

»Mir ist klar, dass Sie die Daten der Gäste nicht herausgeben dürfen. Aber es handelt sich hierbei nur um einen abschließenden Routinecheck. Wenn Sie nur kurz nachsehen würden und mir sagen, ob die Dame hier zu Gast gewesen ist.« Er beugte sich ein wenig vor und raunte dann: »Ich wage zu sagen, dass Sie der Dame damit einen großen Gefallen erweisen würden.« Was genau das für einen Sinn haben sollte, wollte er lieber nicht ausführen. Atemlos vor Anspannung wartete er auf die Reaktion der Frau.

Sie zögerte immer noch, wandte sich dann aber der Tastatur zu. Nach ein paar Tastenschlägen blickte sie stirnrunzelnd auf den Bildschirm und schüttelte den Kopf.

»Am 11. März, sagten Sie? Tut mir leid … Sie ist nicht eingetragen, nein. Sie war nicht hier.«

Die Sicht von seinem Zimmer aus war atemberaubend, doch er registrierte sie kaum. Seine Enttäuschung war so bitter, dass er sie beinahe körperlich spürte. Unruhig ging er im Zimmer auf und ab. Was sollte er jetzt tun? Die Reise hierher war jedenfalls umsonst gewesen. War es nun nicht an der Zeit, die Sache der Polizei zu übergeben? Merkwürdigkeiten, die er zu erzählen hatte, gab es ja inzwischen genug. Er ging ins Bad und drehte den Wasserhahn an der Badewanne auf. Aber würde die Polizei überhaupt etwas tun? Langsam begann er sich auszuziehen. Ein schönes Bad, dachte er flüchtig, und dann fiel ihm ein, dass er immer noch nichts gegessen hatte.

In der Badewanne schlief er ein, und als er im beinahe kalten Wasser fröstelnd erwachte, war sein Hunger übermächtig. Daher beschloss er, an der Rezeption nach einem guten Restaurant zu fragen und danach noch einen Spaziergang durch den Ort zu machen.

Die Rothaarige war inzwischen von einem jungen Mann mit scharf gezogenem Scheitel abgelöst worden und Cho erkundigte sich bei ihm nach einer Essgelegenheit. Der Portier nannte ihm zwei Adressen, die er auf die Rückseite der Visitenkarte des Hotels schrieb. Cho bedankte sich und war schon fast durch die Tür, als ihm einfiel, dass er dem Mann der Vollständigkeit halber eigentlich Lins Foto hätte zeigen können. Und so lief er noch einmal rasch nach oben auf sein Zimmer, um dem Gescheitelten wenig später das Foto unter die Nase zu halten. Auf dessen Gesicht zeigte sich daraufhin erst ein Lächeln, das dann etwas bedauernd und unsicher wurde und schließlich einem ernsthaften Nicken Platz machte.

Er könne es zwar nicht mit hundertprozentiger Sicherheit sagen, aber andererseits seien um diese Jahreszeit so wenig Gäste da, dass man sich an die einzelnen eher erinnerte. Und mit den Damen und ihren Haaren sei das ja auch so eine Sache.

Wie er das zu verstehen habe, fragte Cho daraufhin.

»So, wie ich es meine. Dass eine Frau von Mal zu Mal vollkommen anders aussehen kann. Das erleben wir hier öfters.« Und ja, er glaube, dass er diese Frau tatsächlich hier gesehen habe.

Cho stand wie angewurzelt da. »Ihre Kollegin konnte sich nicht erinnern und meinte, dass auch der Name, Lin Berwanger, nicht im Register eingetragen sei.«

Der Rezeptionist runzelte die Stirn, ließ sich den Namen buchstabieren und tippte ihn langsam und konzentriert in seinen PC ein.

»Sie ist wirklich nicht drin. Aber sie war ganz bestimmt da. In der Winterperiode haben wir so wenig Gäste.« Plötzlich schien ihm eine Idee zu kommen.

»Wann genau soll sie denn hier gewesen sein?«

»Am 11. März.«

Wieder wanderten die Finger des Mannes über die Tasten, diesmal bedeutend flinker.

»Voilà. Das muss sie sein. Allerdings steht hier ein anderer Name … Madame Valérie Leroy. Sie hat zusammen mit ihrem Mann in der Junior Suite übernachtet.«

Cho wagte sich kaum zu rühren. Mit angehaltenem Atem registrierte er, wie der akkurate junge Mann sich zu ihm vorbeugte und ihm zuraunte: »Sie sind nur eine Nacht geblieben, obwohl sie für drei gebucht hatten. Ich war überrascht, als sie am nächsten Abend schon abgereist waren.«

Cho löste sich langsam aus seiner Erstarrung und fragte: »Und der Mann hieß …?«

Gedehnt antwortete der Portier: »Na, Leroy wie seine *Frau*«, wobei er das letzte Wort mit einem deutlichen Zweifel in der Stimme aussprach. »Dr. Antoine Leroy, und zumindest *sein* Name dürfte stimmen, denn natürlich haben wir hier seine Passnummer. Es sei denn, der Pass ist gefälscht. Aber warum sollte er das sein?«

Cho sah den Mann nachdenklich an.

»Auf jeden Fall haben sie an jenem Abend nicht im Hotelrestaurant gegessen. Daran erinnere ich mich, weil ein furchtbares Unwetter tobte, Regen, der Wind, verstehen Sie. Um diese Jahreszeit ist es hier manchmal so, dass man gar nicht vor die Tür geht. Trotzdem ... sie wollten auswärts essen.«

»Und wissen Sie zufällig, wo?«

Der Mann zuckte die Achseln. »Ich empfehle immer dieselben beiden Restaurants. Da mache ich nichts falsch.«

»Also waren sie entweder im *Deux Lièvres* oder im ...«

»*L'Huitrière.*« Chos Gegenüber nickte steif. »Wenn sie meiner Empfehlung gefolgt sind ... Allerdings das Wetter ...« Er machte eine bedauernde Handbewegung, sei es nun über das Wetter, den Winter in Étretat oder die Wechselfälle des Lebens im Allgemeinen.

Cho bedankte sich und wollte gerade das Hotel verlassen, als ihm ein Gedanke kam. Etwas, das er vorhin gehört, aber nicht richtig verstanden hatte.

»Was Sie vorhin sagten ... von den Damen und ihren Haaren ... was meinten Sie denn damit?«

Der Mann warf Cho einen verwunderten Blick zu. »Natürlich die Haarfarbe.«

»Und Valérie ... Leroy hatte eine andere ... Haarfarbe?«

»Ja. Auf Ihrem Foto ist sie ja ganz dunkel. Als ich sie gesehen habe, waren ihre Haare um einiges heller. Und lockig waren sie auch.«

Im *Huitrière* erntete er verständnislose Blicke. Im *Deux Lièvres* trieb ihn der Hunger, ungeachtet irgendwelcher Recherchen, an einen Tisch in einer Nische. Er studierte die Karte, erwog wie immer, eine leichte und bekömmliche Mahlzeit zu bestellen, entschied sich jedoch im letzten Moment für Meeresfrüchte in Knoblauch und Weißweinsauce. Die Knechtschaft des Tees lockern, einen Abend lang. Und alles andere vergessen, allem voran wirre Fragen zur Haarfarbe von Frauen.

Und dann bestellte er Wein.

Als der Kellner sich entfernte, lehnte er sich zurück, erschöpft von seinen eigenen Gedanken, die nirgendwohin zu führen schienen. Ja, im Grunde fühlte er sich wie nach einem Rennen ohne Ziel, dessen Sinn sich immer mehr verlor. Was tat er hier eigentlich, wonach suchte er? Nach Émilie sicher nicht. Nach Lin – diesem Phantom einer Tochter, die sich das Haar gefärbt und onduliert hatte, irgendwann zwischen dem 6. und dem 11. März, und sich dann in einem Hotel unter dem Namen Valérie Leroy angemeldet hatte.

Müde rieb er sich die Augen. Sein bis vor Kurzem so geregeltes Leben war aus den Fugen geraten – sein Teehaus kümmerte ihn nicht mehr, er log und betrog und brach nachts in fremde Häuser ein. Und nun saß er also in einem Restaurant in der Normandie und bestellte Wein. Er schloss die Augen und sog den Geruch des Essens ein.

Einfach alles für einen Abend vergessen. Seinem gemarterten Hirn eine Ruhepause gönnen. Danach sehnte er sich.

Die Vorspeise wurde gebracht: ein großer weißer Teller mit adrett angerichteten überbackenen Canapés und gegrilltem Gemüse, der Wein wurde eingeschenkt. Der Gedanke an Sinn und Unsinn versank im Knuspern der Canapés, ertrank im ersten Schluck Chablis. Das Frösteln, das mit dem Wind und dem kalten Badewasser in seine Knochen gedrungen war, verwandelte sich in lauwarme Biegsamkeit. Mit einem fast trägen Lächeln auf den Lippen sah er zu, wie der Kellner den leeren Teller wieder abräumte, bedankte sich mit einem Nicken für neuen Wein, der in sein Glas floss. Versonnen betrachtete er die strohgelbe Flüssigkeit im Schimmer der Kerze. Das Leben in einer Flasche Wein ertränken, dachte er plötzlich und musste unwillkürlich lächeln. Der Wein stieg ihm wohl schon zu Kopf.

Er war einer der letzten Gäste, als er schließlich Lins Foto aus der Manteltasche zog und dem Kellner ein Zeichen mit der Hand machte.

»Ja, Monsieur?«

»Ich hätte gerne die Rechnung und …«, er zögerte, »außerdem habe ich eine Frage an Sie.«

Der Kellner, etwa in seinem Alter, stellte wenig später ein kleines Tablett mit der Rechnung vor ihn hin und sah ihn höflich an, ganz professionelle Aufmerksamkeit. Cho legte ein paar Scheine auf das Tablett und hielt dem Kellner das Foto hin. »Ich suche diese Frau. Sie war im März hier, mit einem Herrn … Allerdings hatte sie da hellere Haare.«

Über die aufmerksame Miene des Kellners legte sich erst Überraschung, dann Bedauern. »Es tut mir leid, Monsieur, aber die Saison hier beginnt Ostern.«

»Oh.« Cho fühlte die Enttäuschung wie ein Gewicht auf sich niedersinken.

»Ja. Von November bis März hat das Restaurant nur dreimal die Woche geöffnet und an diesen Tagen bedient Madame Carol selbst.«

»Und an welchen Tagen?«

»Mittwochs, samstags und sonntags.«

Cho versuchte sich zu konzentrieren. Wenn er nur wüsste, an welchem Wochentag … Aber der ungewohnte Weingenuss hatte die Übertragungsgeschwindigkeit seiner Synapsen deutlich gebremst.

Unvermittelt meinte der Kellner: »Ich hole Madame Carol, wenn Sie möchten.« Flugs verschwand er hinter der Theke, um wenig später mit einer etwa sechzigjährigen Dame im Schlepptau wieder auf Chos Tisch zuzusteuern. Die Dame trug ein strenges graues Kostüm und ein hauptberufliches Lächeln auf den Lippen.

»Wie kann ich Ihnen helfen, Monsieur?«, fragte sie. Ihre Stimme klang überraschend warm und auch ein wenig rau.

Während Cho seine Geschichte erzählte, ausführlicher und wahrheitsgetreuer als zuvor im Hotel, ließ sich Madame Carol, die Dame des Hauses, auf dem Platz gegenüber nieder. Er war nun der letzte Gast im Restaurant.

»Oh, ich erinnere mich genau an die beiden«, sagte Madame

Carol. Sie hatte die Hände vor sich auf der weißen Tischdecke liegen, wie zum Gebet gefaltet. »Sie kamen mir seltsam vor. Und doch wieder so … banal. So als würden sie nicht richtig zusammengehören, eines dieser … fremden Paare, so nenne ich sie.«

Madame Carol warf noch einen Blick auf das Foto, drehte sich dann um und rief: »Pierre?«, und als der Kellner kurz darauf erschien, sagte sie, halb an ihn, halb an Cho gewandt: »Bring uns doch bitte zwei Kaffee …«

Cho zuckte leicht zusammen. Hinter der Theke begann Pierre an der Espressomaschine herumzuhantieren.

Madame Carol fuhr fort: »Wenn ich Sie richtig verstanden habe, sind Sie an meiner ehrlichen Meinung interessiert? Und die Frau ist wirklich verschwunden …«

Cho nickte. Auf einmal war er nur noch müde. Seine weinselige Zufriedenheit war wie weggewischt. »Ich wäre Ihnen mehr als dankbar, wenn Sie mir einfach alles sagen, woran Sie sich erinnern. Ich sortiere dann selbst.«

»Also auch meine … nun, sagen wir mal, *Eindrücke*?« Sie musterte ihn aufmerksam. Sie wirkte auf ihn wie eine Frau mit schnellem Verstand. Wieder nickte er.

Der Kaffee kam, Carol tat zwei gehäufte Löffel Zucker hinein, rührte, der Löffel klingelte am Tassenrand. »Also Tacheles.« Mit einer kleinen, ruckartigen Bewegung, so als hielte sie ein Gläschen Schnaps in der Hand, trank sie den Kaffee mit einem Schluck aus. Dann zog sie eine Packung Marlboro aus ihrer Kostümjacke, fragte: »Stört es Sie?«, und als er den Kopf schüttelte, zündete sie sich eine Zigarette an. Dann sagte sie: »Der Mann war ein unangenehmer Typ. Und er passte überhaupt nicht zu ihr.« Sie tat einen tiefen Zug und wandte dann den Kopf ab, blies den Rauch aus. »Zu diesem Typen hätte eher eine platinblonde Trulla gehört. Aufgeblasener Pariser Schnösel, der sich durch Sonderwünsche hervortat und über das Essen meckerte. Ich frage mich wirklich, wie so eine … irgendwie feine junge Frau auf so einen hereinfällt. Aber sie schien da wirklich … drinzustecken.« Sie seufzte, deutete auf Chos Tasse. »Aber Ihr Kaffee wird ja kalt.« Cho, dem die Worte über den Schnösel, der am Essen herummeckerte, noch in den Ohren klangen, hob die Tasse und nippte daran.

»Ist er so schlecht?« Madame Carol verschluckte sich fast am Rauch. Und am Lachen.

»Aber ... nein, ganz und gar nicht.« Und dann kippte er den Rest hinunter, ohne eine Miene zu verziehen.

»Was meinen Sie damit ... *sie schien da drinzustecken?*«

»Also, passen Sie auf. Der Typ war einer von der Sorte – und glauben Sie mir, ich kenne mich da aus –, der irgendwo eine Ehefrau in seinem Alter sitzen hat, sicher jede Menge erwachsener Kinder, Anwaltskanzlei oder so was in der Art. Und der sich ... sagen wir mal in seiner Freizeit ... mit jungen Frauen trifft. Aus Sportsgeist sozusagen. Und weil ich schon so viele von der Sorte hier hatte, konnte ich mir also die Bemerkung nicht verkneifen und sagte, als ich die Teller aufdeckte, das ist so ein Scherz, den ich manchmal mache ... na ja, ich sagte, als sie sich versonnen in die Augen sahen: ›Ja, wir Frauen träumen doch alle von einem Kleid ganz in Weiß.‹ Und als ich dann kurz darauf den Wein nachschenkte, saß die Frau ganz starr da, und ich versichere Ihnen, sie hatte Tränen in den Augen. Das tat mir dann natürlich leid. Andererseits dachte ich auch, na gut, vielleicht habe ich ihr ein bisschen auf die Sprünge geholfen.«

»Aber wie können Sie so sicher sein, dass die beiden nicht doch ein Ehepaar waren?«

Auf einmal lachte sie los, aber es klang weder fröhlich noch besonders belustigt. »Fünfunddreißig Jahre Gastronomie. Das schärft die Sinne. Ein abgelegener Ort wie dieser hier im Winter. Ein Mann, der im Waschraum vor der Toilette telefoniert ... Was glauben Sie, mit wem?« Sie verzog das Gesicht und verstellte die Stimme. *»Ja, wie ist Célines Prüfung gelaufen, ja, ich küsse dich auch, ha, ha.«*

»Oh.« Das war alles, was Cho daraufhin sagte. Wenig später

erhob sich Madame Carol, verschwand hinter der Theke und tauchte nach einer Weile wieder auf. Sie wedelte mit einem Papier: »Hier. American Express. Gold Card. Dr. Antoine Leroy. So hieß der Schnösel. Und ich hoffe von Herzen, dass Sie Ihre Freundin bald wiederfinden.«

Als Cho am nächsten Tag nach Paris zurückkehrte, wartete Niki schon im Teehaus auf ihn. Unter Yuens säuerlichem Blick zogen sich die beiden sofort ins Hinterzimmer zurück, wo Cho einen Oolong für sie zubereitete.

Nach dem ersten Schluck erzählte Cho von Étretat, und während Niki am Ende dasaß und Cho sprachlos ansah, dachte Cho einen Moment lang daran, dass seine Reise eigentlich nicht erst am 6. März begonnen hatte – dem Tag, an dem Lin Berwanger bei ihm im Teehaus aufgetaucht war. Im Grunde dauerte diese Reise schon über dreißig Jahre. Ihm war plötzlich, als säße er in einer ewig rollenden transsibirischen Eisenbahn, und mit einer Klarheit, die ihn erschreckte, wurde ihm bewusst, dass er aus diesem fahrenden Zug nicht aussteigen konnte.

Ich sitze in einem Eisenbahnwaggon und trinke Tee, dachte er und musste unwillkürlich grinsen.

»Wieso lächeln Sie?«, fragte Niki und stellte seine Tasse aufs Teebrett.

Cho schüttelte nur stumm den Kopf.

Plötzlich sagte Niki: »Ich habe jetzt wirklich Angst.«

Da beugte Cho sich vor und legte ganz entgegen seiner Art und Gewohnheit eine Hand auf Nikis Arm.

»Auch ich bin in Sorge. Aber es hat keinen Sinn, sich von der Angst den Blick trüben zu lassen.«

Niki setzte sich zurecht. »Gut, ja. So ist es wohl ... Ich war also noch mal in dem Haus, während Sie weg waren, habe mir den Schreibtisch vorgenommen. Und bei dieser Gelegenheit zwei Dinge entdeckt.«

Er griff in seine Jackentasche, zog ein paar dünne Umschläge heraus und reichte sie Cho. »Die habe ich in einem kleinen Koffer unter dem Bett gefunden. Von Claire Laurent.«

Cho zögerte kurz, dann öffnete er den ersten Umschlag, entfaltete den Brief, las.

»Sie stammen fast alle aus den Achtzigern. Aber dann gibt es auch ein paar von Mitte der Neunziger. Und in denen steht überall dasselbe drin. Immer wieder ist die Rede davon, wie schrecklich das alles sei und dass es ihr so unendlich leidtue. Und andauernd bekniet sie Émilie, sie wolle kommen und sie besuchen. Zu der Zeit war sie wohl schon in der Villa Blanche.«

Cho blickte gedankenverloren auf und sagte wie zu sich selbst: »Also kennen sich die beiden schon an die dreißig Jahre.«

»Ja«, antwortete Niki. »Aber dann muss irgendwas passiert sein. In den Neunzigern.«

Cho faltete den Brief zusammen. Ein stummer Film begann vor ihm abzulaufen. Lins Besuch in seinem Teehaus, Claire Laurent, die im Wagen saß und mit quietschenden Reifen davonfuhr. Claire Laurent, die seinem Blick auswich, den Kopf schüttelte und sagte: »Ich kann es Ihnen nicht sagen.«

Etwas war geschehen und Claire Laurent wusste davon.

»Vielleicht sollten Sie die Dame noch einmal aufsuchen?«

Wie von Ferne drangen Nikis Worte an sein Ohr und er nickte zerstreut. »Ja«, sagte er und steckte den Brief zurück in den Umschlag.

»Und dann habe ich noch was.« Wieder griff Niki in seine Jackentasche und zog einen kleinen Packen vergilbtes Zeitungspapier heraus, zu einem kompakten Bündel gefaltet.

»Sehen Sie sich das mal an.«

Cho faltete den Packen auseinander. Es handelte sich um Fotos, auf denen Leute abgebildet waren – Männer in Anzügen oder Smoking, Frauen in Kostümen, einer davon trug einen weißen Kittel. Das Bemerkenswerte an den Ausschnitten aber war, dass auf jedem Foto mindestens ein Gesicht fehlte. Jemand hatte diese Gesichter einfach herausgeschnitten. Und nur bei einem einzigen Ausschnitt war die Bildunterschrift zu lesen. *Erfolgreiche Spendengala: Cyril Dupont, Präsident des Stiftungsrats, nimmt Scheck über 100 000 Euro entgegen.* Verwirrt sah Cho Niki an. Der zuckte nur mit den Achseln und hob abwehrend die Hände.

»Fragen Sie mich nicht.«

茶

9

Wenn Herz und Hände untätig sind

Den ganzen Morgen über versuchte Cho, Claire Laurent zu erreichen, aber sie nahm nicht ab. Und so wandte er seine Aufmerksamkeit schließlich Dr. Leroy zu.

Der Internetauftritt der Praxis verriet auf den ersten Blick, für welche Patienten der Doktor sich zuständig fühlte. Mit Sicherheit waren es nicht die Siechen und Bresthaften. Die Website wirkte vielmehr wie das Portal einer kalifornischen Beauty Farm, und sosehr Cho sich auch bemühte, er verstand nicht so ganz, was für ein Arzt Leroy eigentlich war. Klar war nur eines: Der Doktor nahm sich auf unspezifische Art der Beschwerden von Menschen an, die eine American Express Platinum Card besaßen. Und als Cho schon im Begriff war, die Seite zu verlassen, entdeckte er in einem Nebensatz noch die Begriffe Ozon-, Farb- und Hypnosetherapie und den Hinweis, dass man auch radiästhetische Austestungen von Wohnräumen und Schlafplätzen auf Wasseradern vornehme.

Die Sprechstundenhilfe am Telefon war äußerst zuvorkommend, und als er die Dringlichkeit seines Anliegens (extreme Pollenallergie) betonte und hinzufügte, dass »eine gute Freundin ihm von den unglaublichen Fähigkeiten des Doktors vorgeschwärmt« habe, verschaffte sie ihm einen kurzfristigen Termin (eine ganz große Ausnahme!) in der Mittagspause.

Vor dem Haus in der Avenue de Saint Mandé machte Cho halt. Ein Blick auf die Klingeltafel ließ ihn vermuten, dass dem Doktor das ganze Palais gehörte. Wahrscheinlich wohnt er in den oberen zwei Stockwerken, dachte Cho und blickte zu den Fenstern hinauf.

Die Praxis im Hochparterre verband den Charme eines prestigeträchtigen Stadthauses (von außen) mit der Atmosphäre eines Ufos, das von minimalistisch inspirierten Außerirdischen ausgestattet worden war. Die Arzthelferin saß, gewandet in einen schneeweißen Overall, in einer hinterleuchteten Milchglasatmosphäre, hatte weiße Stöpsel in den Ohren und tickerte diskret auf einer weißen Tastatur herum. Bei Chos Eintreten hielt sie inne, nahm die Stöpsel heraus, lächelte blond und ließ ihn einen Augenblick im Wartezimmer Platz nehmen.

Er war der einzige Patient und setzte sich in einen selbstverständlich weißen Ledersessel. Allein die farbigen Cover der Hochglanzmagazine verhinderten, dass man vom großen Weiß des Wartezimmers ganz und gar verschlungen wurde – gut gekleidete Frauen in bunten Kleidern lächelten einen von den Magazinen aus gewinnend an. Cho richtete sich auf eine längere Wartezeit ein, doch kaum hatte er sich in die Betrachtung der weißen Glaswand vertieft, ging eine zweite Tür auf und auf der Schwelle erschien ein schlanker Herr in weißer Hose und weißem Hemd.

»Monsieur Long«, sagte der Herr mit einem Lächeln, das von Herzen zu kommen schien, reichte Cho die Hand und sah ihm tief in die Augen. Dann führte er ihn in ein lichtdurchflutetes Behandlungszimmer, das ebenfalls nach dem Alien-Prinzip eingerichtet worden war, nur dass hier eine riesige Fensterfront auf die Avenue de Saint Mandé hinaus den Raum belebte wie ein besonders apartes Gemälde. Mit einer ausladenden Geste bot der Doktor Cho einen Platz an. Er selbst setzte sich hinter einen gläsernen Schreibtisch.

Über die leere Tischfläche hinweg betrachtete Cho den Arzt, sein halblanges, welliges Haar, die wasserblauen Augen, den gebräunten Teint, seine gepflegten Hände mit den rosig wirkenden Fingernägeln.

Das war also der Mann.

Mit wachsendem Unmut musterte Cho diesen Leroy und

fragte sich, wie Lin sich nur mit solch einem Schnösel hatte abgeben können? Auf einmal spürte er, wie aus dem Unmut eine giftige Animosität wurde. Wenn er sich vorstellte, dass dieser Mann seine Tochter berührt haben könnte auf eine Art und Weise …

»Wie kann ich Ihnen helfen?«, fragte der Arzt in Chos Betrachtungen hinein, wieder mit diesem vertrauenerweckenden Lächeln.

Cho unterdrückte den Impuls, über den Tisch zu langen und den Mann am Kragen zu packen. Stattdessen besann er sich wieder auf seinen Plan. Er musste einen kühlen Kopf bewahren. Auf dem Weg hierher hatte er ausgiebig über die beste Vorgehensweise nachgedacht. Wie er sich am geschicktesten verhalten, was er wann und wie sagen sollte. Er hatte sich vorgenommen, sich zunächst untersuchen zu lassen, und dabei den Arzt in alle möglichen Gespräche zu verwickeln, um ihn besser einschätzen zu können. Doch plötzlich hörte er sich selbst sagen: »Eine gute Freundin von mir, Lin Berwanger, hat Sie mir empfohlen.«

Der Ausdruck auf dem Gesicht des Arztes änderte sich schlagartig und Cho fand nur einen Begriff für das Gefühl, das darin zu lesen stand: völlige Verständnislosigkeit.

Nach einer Weile, in der es Cho vorkam, als habe er den Pausenknopf an einem Videorekorder gedrückt, löste Leroy sich aus seiner Starre und sagte schließlich wie zu sich selbst: »Was wollen Sie von mir?«

Cho sah ihn immer noch erwartungsvoll an, doch Leroy wirkte wie erstarrt.

»Dr. Leroy, ich will ganz offen zu Ihnen sein. Ich habe Sie aufgesucht, weil ich auf der Suche nach Lin Berwanger bin. Wir, ihre …«, hier zögerte er, »… Freunde und Familie, machen uns große Sorgen. Sie ist verschwunden, und wie es aussieht, sind Sie der Letzte, der sie gesehen hat.«

»Was reden Sie denn da?« Leroys Fassungslosigkeit schien echt zu sein. Einen kurzen Augenblick saß der Arzt ganz still, dann stand er abrupt auf und sagte barsch: »Ich gehe also davon aus, dass Sie meine Hilfe als Arzt nicht benötigen, und bitte Sie zu gehen.«

Cho blieb sitzen und sagte betont ruhig: »Das werde ich tun, wenn Sie mir sagen, wo Lin ist.«

Leroys Ton war jetzt deutlich unwilliger, als er sagte: »Wie kommen Sie darauf, dass ausgerechnet ich wissen könnte, wo diese Frau ist? Und wer sind Sie überhaupt – der Charly Chan von Paris oder was?«

Cho lächelte gleichmütig und schwieg. Als Cho weder Anstalten machte zu gehen noch etwas zu sagen, herrschte Leroy ihn an: »Auch wenn ich nicht wüsste, warum ich mit Ihnen sprechen sollte: Ich habe Lin Berwanger seit achtzehn Jahren nicht gesehen. Und jetzt gehen Sie.«

Cho betrachtete Leroy aufmerksam. Entweder der Mann war ein fantastischer Lügner oder er glaubte selbst, was er da redete. Betont freundlich sagte er: »Und Ihren Kurztrip mit Lin nach Étretat haben Sie ganz einfach vergessen.«

»Was ...« Plötzlich wich alle Farbe aus Leroys Gesicht. Wie ferngesteuert schüttelte er den Kopf und murmelte etwas, das sich anhörte wie: »... alles Wahnsinn.« Dann machte er eine abrupte Handbewegung und sagte mit krächzender Stimme: »Gehen Sie jetzt, bevor ich den Sicherheitsdienst rufe.«

Cho erhob sich, schlenderte zur Tür und blieb dort stehen. Die Hände in den Hosentaschen sagte er: »Ich glaube, der Ernst der Lage entgeht Ihnen, Doktor Leroy. Ich suche Lin schon eine ganze Weile und Sie waren meine letzte ... wenn nicht Hoffnung, so doch Station. Die Spur endet bei Ihnen. Ich werde nun wohl zur Polizei gehen müssen, denn ich weiß mir keinen anderen Rat mehr.«

Die Urlaubsbräune des Arztes hatte mittlerweile einen gräulichen Unterton angenommen. Mit einer eckigen Bewegung öffnete er die Tür und presste heraus: »Gehen Sie.«

Cho stellte sich in einen Hauseingang gegenüber und betrachtete Antoine Leroys Anwesen. Es war ein stattliches Haus an einem stattlichen Platz, nicht zu feudal, aber alles in allem in einer Gegend von Paris, die von Wohlstand sprach. Sandsteinfarbene Stadthäuser mit schmiedeeisernen Balkonen, blank polierte Messingschilder von Arztpraxen und Anwaltskanzleien. Und entlang der Avenue zwei Baumreihen, die mit zartgrünen Blattspitzen den Frühling begrüßten.

Bei jeder Person, die sich Leroys Haus näherte, wartete er gespannt, ob diese eintreten würde. Um Punkt 14.00 Uhr hielt ein großer, schwarz glänzender Wagen vor dem Haus, in zweiter Reihe, aus dem eine Frau in einem hellgrauen Kostüm ausstieg, wohl zwischen vierzig und fünfzig. Am Steuer des Wagens saß ein Mann, offenbar der Chauffeur. Die Frau ging ins Haus. Cho überquerte die Straße, notierte sich das Kennzeichen und begab sich erneut auf seinen Beobachtungsposten. Exakt eine Stunde später verließ die Frau im grauen Kostüm die Praxis und stieg in den Wagen. Nach einem kurzen Blick in den Rückspiegel brauste der Chauffeur davon. Wenige Minuten später näherte sich von der anderen Seite eine alte Dame in beigem Mantel und Hut, deren Ziel ebenfalls Dr. Leroys Praxis zu sein schien.

Dieses Kommen und Gehen wiederholte sich in einem exakten Einstundenrhythmus bis zum Abend. Dr. Leroy hatte seine Patientinnen, es waren alles Frauen, offenbar gut getaktet – und gut erzogen. Keine verspätete sich auch nur um fünf Minuten. Um kurz nach sieben verließ die Sprechstundenhilfe das Haus und gleich darauf beobachtete Cho, wie die Lichter im Hochparterre gelöscht wurden. Unmittelbar danach erschien Leroy auf der Schwelle. Das weiße Hemd und die weiße Hose hatte er durch normale Straßenkleidung ersetzt. Ohne nach rechts oder links zu sehen, ging er den Bürgersteig entlang. Cho überquerte die Straße und folgte ihm.

Der Bürgersteig war fast leer, und auch wenn Cho sich bemühte, ausreichend Abstand zu halten, rechnete er immer damit, dass Leroy sich umdrehen und ihn entdecken könnte. Aber bald merkte Cho, dass Leroy es ausgesprochen eilig hatte und seine Umgebung kaum wahrzunehmen schien. Und ehe Cho sich's versah, verschwand Leroy auf der Treppe, die zur Métro hinunterführte.

Er beschleunigte seine Schritte, die letzten Meter rannte er sogar, doch als er unten ankam, war Leroy bereits hinter den Schranken verschwunden. In aller Eile löste Cho ein Ticket und ging durch die Schranke. Dahinter zögerte er, sah auf der einen Seite eine Treppe, die nach unten führte, auf der anderen einen sich abwärts windenden Tunnel. Wohin war Leroy verschwunden? Er entschied sich für die Treppe und hastete zum Bahnsteig hinunter, auf dem verstreut die Fahrgäste herumstanden. Wo war Leroy? Schon hörte er den Zug heranrollen, da erblickte er ihn – am Gleis auf der anderen Seite. In null Komma nichts rannte er die Treppe wieder hoch, immer zwei Stufen auf einmal nehmend. Aus irgendeinem Grund erschien es ihm plötzlich wie eine Angelegenheit von Leben und Tod, Leroy zu erreichen und zu wissen, wohin er fuhr. Seine Schritte hallten an den weißen Kachelwänden wider. Unten angekommen ertönte schon das Signal zur Weiterfahrt. Kurz bevor die Türen schlossen, sprang er in den ersten Wagen.

Einen Augenblick hielt er inne, um etwas zu Atem zu kommen, dann begann er langsam durch den Zug zu gehen. Er war sich sicher, dass sein lauernder Rundumblick den anderen Fahrgästen verdächtig vorkommen würde, aber es beachtete ihn niemand. Und im fünften Waggon sah er ihn. Leroy. Er stand mit dem Rücken zu ihm, in seiner hellbraunen Wildlederjacke, an eine Haltestange gelehnt. Unwillkürlich wich Cho zurück und mit wenigen Schritten stand er wieder im Abteil davor, ganz an der Wand und halb verdeckt von einem Mann mit Aktentasche. Cho wagte kaum, zwischen dem Mann und der Verengung zwischen den beiden Waggons hindurchzulinsen. Aber seine Vorsicht war unbegründet, denn der Arzt schien nichts und niemanden wahrzunehmen. Der Zug hielt erneut, Leroy stieß sich von der Stange ab und trat auf den Bahnsteig. So unauffällig es ihm möglich war, heftete Cho sich an seine Fersen.

Auf der Straße angelangt, blieb Leroy einige Sekunden lang stehen, als müsse er sich orientieren. Dann machte er sich unvermittelt in die andere Richtung auf und bog in eine Seitenstraße ein. Cho kannte das Viertel nicht: ein belebter Boulevard mit verglasten Autosalons, ein paar Restaurants und großen Schildertafeln neben den Hauseingängen. Ein Büro- und Geschäftsviertel ohne Grün, Glas garniert mit Stahl. In der Seitenstraße wurden die Häuser wieder älter, die Geschäfte hörten auf und irgendwann bog Leroy in einen Hauseingang auf der linken Seite ein. Cho wartete einen Augenblick in einer Nische, und als er davon ausgehen konnte, dass Leroy inzwischen in dem Haus verschwunden war, ging er ihm hinterher, sämtliche Sinne aufs Äußerste geschärft, als könnte Leroy ihn jeden Moment aus dem Hinterhalt anspringen. Kurz vor dem Haus mit der Nummer 74, in dem Leroy verschwunden war, blieb Cho stehen. Was, wenn Leroy ihn schon längst entdeckt hatte und ihm im Hauseingang auflauerte? Mit angespannten Muskeln und in höchster Alarmbereitschaft streckte er den Kopf um die Ecke. Doch da war nichts, der Hauseingang war leer.

Ein kurzer Blick genügte, um zu sehen, dass es auch in diesem Haus keine Klingeltafel mehr gab, sondern ein Bedienpanel mit Zahlentasten. Im Hausinneren hörte Cho eine Tür schlagen und kurz darauf wurde die Haustür aufgestoßen. Cho machte zwei elegante Schritte, sagte Pardon und half der Dame, die herauskam, indem er die Tür ganz für sie öffnete und einen Moment lang aufhielt. Die Dame bedankte sich mit einem charmanten Nicken. Als die Tür wieder ins Schloss fiel, stand Cho im Hausflur und sah sich um.

Die Anzahl der Briefkästen – es waren sechs – ließ vermuten, dass die Wohnungen sehr groß sein mussten. Flüchtig streifte sein Blick die Schildchen auf den Briefkästen. Lefèvre, Maurice de Chanterac, G. Simon. Beim vierten Namen stutzte er. Im ersten Augenblick wusste er nicht, woher er ihn kannte, nur dass er ihn irgendwo schon einmal gehört hatte. Und dann durchzuckte es ihn. Das konnte kein Zufall sein: In diesem Haus wohnte der Mann namens Cyril Dupont.

茶

Émilie, Mai 1980

Sie war wieder so müde heute.

Ein paar Wochen nach der Geburt hatte es angefangen. Émilie war von einer bedrückten Stimmung erfasst worden, die sich partout nicht auflösen wollte. Dann fing sie an zu weinen, sie weinte immer öfter, erst allein, später auch vor der Hebamme, die regelmäßig kam und nach ihr und den Kindern schaute. Und schließlich war der Zwang zurückgekehrt.

Er war einfach da, als wäre er nie weg gewesen, und wie damals befahl er ihr, Dinge zu tun, um das Unheil abzuwenden. Das erste Mal hatte er sich gezeigt, als sie Lin stillte. Plötzlich konnte sie sich nicht mehr erinnern, ob sie Su das Kissen ins Kreuz gelegt hatte, denn die Hebamme hatte gesagt, die Kinder dürften keinesfalls auf dem Rücken liegen, sonst könnten sie an ihrem Erbrochenen ersticken. Und so war sie hinübergeeilt, mit Lin an der Brust, um nachzuschauen, ob sie das Kissen auch wirklich richtig platziert hatte. Das Ganze hatte sich ein paarmal wiederholt, bis sie den Stubenwagen schließlich hereingerollt hatte, um den jeweils anderen Säugling während des Stillens oder Wickelns permanent im Blick zu haben.

Überhaupt hatte sie sich das alles anders vorgestellt mit Su und Lin. Während der Monate ihrer Schwangerschaft war da vor allem die Hoffnung gewesen, dieses in die Zukunft gerichtete lichtblaue Glück, das kommen und alles gut machen würde. Die Kinder würden ihr Cho zurückbringen, zumindest einen Teil von ihm. In Gestalt seiner Kinder würde er in ihr Leben zurückkehren. Aber mit den Wochen, die vergingen, hatte sie feststellen müssen, dass diese Kinder nicht Cho waren. Er war nicht da und würde auch nie mehr da sein. Nie würde er auch nur einen Blick auf die kleinen Köpfchen mit ihrem weichen dunklen Haar werfen, nie würde er die Händchen sehen, die wie Seesterne in der Luft schwebten oder fast schwerelos auf der Decke lagen, wenn endlich Ruhe eingekehrt war und der Schlaf kam. Nichts würde er miterleben, nicht ihre kullernden Laute, nicht die ersten krummen Schritte. Mit alldem würde sie allein bleiben.

Vor über zwei Monaten, vier Wochen nach der Geburt, waren Adèle und sie nach Paris zurückgekehrt, an einem lichterfüllten Frühlingstag. Nach einer nervtötenden Fahrt – sie auf der Rückbank zwischen den greinenden Zwillingen, Adèle hinter dem Steuer – waren sie in den schlimmsten Pariser Feierabendverkehr geraten, den man sich vorstellen konnte. Als sie erschöpft in Marais ankamen, waren die Kleinen außer sich gewesen und Émilie hatte Stunden damit zu tun gehabt, von einer zur anderen und wieder zurück zu rennen, um sie in den Schlaf zu tragen.

Früh am nächsten Morgen war Adèle wieder ins Kontor gegangen. Und Émilie hatte ohne sie zurechtkommen müssen, zum ersten Mal seit Monaten. Und dann war etwas Sonderbares geschehen: Zum allerersten Mal vermisste sie die Gesellschaft ihrer Mutter, ihre nüchterne und ruhige Art, die Dinge anzupacken und zu tun, was gerade notwendig war. Außerdem war da noch ein anderes Gefühl gewesen, eines, das man letztlich nur als Neid bezeichnen konnte. Ja, sie beneidete ihre Mutter darum, in die Firma fahren zu dürfen. Eine Aufgabe zu haben, auf die man sich konzentrierte und der man nachging, bis sie erledigt war.

Aber was war sie bloß für eine Mutter, dass sie heimlich solche Wünsche hegte? Natürlich spürten die Kleinen ihre Fluchtgedanken und ihre Schuld. Warum sonst sollten sie ständig weinen? Und das, obwohl sie sich so viel Mühe gab, alles richtig zu machen. Zum Beispiel standen die Stubenwägen immer genau mit der Stirnseite zum Fenster, sodass das Sonnenlicht nie direkt hineinscheinen konnte. Und wenn Émilie die Kinder nach dem Stillen über die Schulter legte, achtete sie streng darauf, dass sie mindestens drei Bäuerchen machten, bevor sie sie wieder ins Bettchen legte. Nach dem Zubettlegen zupfte sie den Himmel zurecht, sodass er in exakt zwölf Falten herunterhing, und zog die Spieluhr auf, bis die Kordel genau an die oberste Querstrebe heranreichte, und schließlich bürstete sie sie in den Schlaf, mit dieser weichen weißen Babybürste, mit exakt fünfzig Strichen. Wenn all das erledigt war, strich sie den Kindern über das Köpfchen und setzte sich auf einen Stuhl daneben, wo sie sitzen blieb und die Schlafenden beobachtete. Ab und zu kam Marthe herein und brachte ihr einen Tee oder etwas zu essen und immer wieder bedrängte sie Émilie, sich doch einmal hinzulegen, sie würde inzwischen auf die Kinder aufpassen. Doch Émilie konnte die Verantwortung nicht abgeben.

Auch heute nicht, obwohl sie so müde war, dass sie fast vom Stuhl fiel. Sie richtete sich ein wenig auf, stützte sich mit dem Ellbogen auf der Matratze ab. Die Schreie der Kinder waren beharrlich, sie musste aufstehen und den Lärm abstellen. Aber sie hatte keine Kraft mehr. Die Nacht war wieder ein einziges Gemecker und Gekreische gewesen, nur von kurzen Phasen des Schlafs unterbrochen.

Das laute Weinen steigerte sich immer mehr, die Stimmen überschlugen sich, verschluckten sich, schluchzten. Émilie setzte sich ganz auf. Wie mühsam jede Bewegung war, Gott, war sie müde. Da ging die Tür zu ihrem Schlafzimmer auf und Marthe steckte den Kopf herein.

»Ich habe geklopft, aber …«

Émilie sah sie kurz an und gleich wieder weg.

»Aber Émilie, Kind, du musst sie doch nehmen, wenn sie so weinen.«

Émilie saß nur da, zusammengesunken auf der Bettkante. Schließlich nickte sie, machte ansonsten jedoch keine Anstalten, sich zu rühren.

»Willst du ihnen nicht zu trinken geben?«

Émilie nickte noch einmal. Dann legte sie sich wieder hin und zog die Decke bis an die Nasenspitze. Weit entfernt hörte sie, wie die Tür zum Nebenzimmer geöffnet wurde, wie das Kreischen lauter wurde und den Raum mit seinem Echo erfüllte.

Dann wurde es still.

茶

Das musste etwas zu bedeuten haben – dass Niki in Émilies Haus einen Zeitungsausschnitt gefunden hatte, auf dem just dieser Name stand.

Cyril Dupont.

Mit Sicherheit suchte der widerliche Arzt gerade diesen Cyril Dupont auf, aus welchem Grund auch immer. Cho platzierte sich eine halbe Treppe höher, auf einem Absatz, von dem aus er die Stimmen hören würde, wenn Duponts Wohnungstür sich öffnete. Zweimal bekam er mit, wie jemand das Haus betrat und die Aufzugstür klapperte, und als ein halbes Stockwerk über ihm tatsächlich jemand ausstieg, fuhrwerkte er an seinen Schnürsenkeln herum und versuchte möglichst unverfänglich auszusehen.

Die Dämmerung kam und Cho fragte sich, ob er das Licht im Treppenhaus, das nach ein paar Minuten immer wieder automatisch ausging, anschalten oder besser im Dunkeln ausharren sollte. Einmal näherte er sich geräuschlos der Wohnungstür von Cyril Dupont, aber so sehr er auch die Ohren spitzte, von drinnen war kein Laut zu hören. Irgendwann setzte er sich auf die Treppe, den Kopf in die Hände gestützt, und lauschte im Dunkeln seinem Atem und dem entfernten Leben im Haus.

Da hörte er, wie eine halbe Treppe unter ihm die Tür geöffnet wurde. Das Licht im Treppenhaus ging an. Cho stand auf und spitzte die Ohren.

Ein Mann sagte: »Ich rufe dich gleich an, wenn ich Näheres weiß«, ein anderer, eindeutig Leroy, entgegnete unwirsch: »Ja, ja, aber bald!«

Die Wohnungstür wurde wieder geschlossen und Cho hörte,

wie Leroy die Treppe nach unten lief, die Haustür öffnete und sie kurz darauf mit einem satten Geräusch ins Schloss fallen ließ.

Die beiden Männer kannten sich, was auch immer das zu bedeuten hatte.

Cho setzte sich wieder, das Licht im Treppenhaus erlosch. Nach ein paar Minuten ging Cho leise die Treppe hinunter. Vor Cyril Duponts Wohnungstür blieb er einen Augenblick stehen und lauschte. Doch aus der Wohnung drang auch jetzt nur Stille.

Leise verließ er das Haus, trat auf die Straße und sah sich um. Leroy war bereits verschwunden.

Gedankenverloren ging Cho Richtung Métro. Was für eine Verbindung gab es zwischen dem Mann, mit dem Lin nach Étretat gefahren war, und Cyril Dupont, dessen Foto Niki in Émilies Haus gefunden hatte?

Auf der Fahrt nach Hause machte er einen Umweg über den Quai de la Rapée in der Hoffnung, Claire Laurent anzutreffen, um sie auf die Briefe aus Émilies Haus anzusprechen. Doch das Boot schaukelte still in der Dunkelheit, und als er klopfte, war kein Geräusch zu hören, auch nicht das Bellen des Hundes.

In seiner Wohnung wusch er sich den U-Bahn-Schmutz von den Händen und ließ kaltes Wasser über seine Handgelenke laufen. Zum hundertsten Mal fragte er sich, welcher Zusammenhang zwischen Leroy und Dupont bestehen mochte und was Émilie dazu bewogen haben konnte, die Zeitungsbilder mit den ausgeschnittenen Gesichtern aufzubewahren. Dabei formte er beide Hände zu einer Schaufel und spritzte sich Wasser ins Gesicht.

Als er das Gefühl hatte, wieder einigermaßen klar bei Verstand zu sein, schob er den Gedanken einfach beiseite, drehte das Wasser ab und trocknete sich das Gesicht. Dann trat er an seinen Teeschrank, öffnete die Türen und stand lange davor, bevor er nach einem kleinen, noch vakuumverpackten Päckchen Matcha griff. Aus der Kommode mit den Teeutensilien holte er den Cha-sen, den kleinen Bambusbesen, den Bambuslöffel Chashaku und die irdene Matcha-Schale, öffnete eine frische Flasche Mont Roucous, goss davon in den gusseisernen Wasserkessel und stellte ihn aufs Gas. Dann trat er ans Fenster, öffnete beide Flügel weit, stellte sich breitbeinig davor und atmete tief durch. Während er die Luft ein- und wieder ausströmen ließ, sie zwischendurch anhielt und das Zwerchfell spannte, wurde sein Kopf leerer und leerer. Als er an nichts mehr dachte als an das Fließen seines Atems, berührte er sich als Geste des Danks sanft am Hals, drückte die Fensterflügel zu und verriegelte sie.

Mit dem Chashaku drückte er das Pulver durch ein feines Sieb. Dieser Tee ist eine Augenweide, dachte er, den Blick unverwandt auf das leuchtende Pulver gerichtet. Reines Grün, dachte er, lebensspendend. Seine Konzentration sank in die Farbe des Tees. Mit knappen, präzisen Bewegungen führte er den Cha-sen in der Schale hin und her, bis sich auf dem Tee eine jadegrüne Schaumschicht bildete. Rasch reinigte er die Utensilien und trug die Schale zu seinem Schreibtisch, setzte sich, nahm einen Schluck und schloss kurz die Augen. Dann erst holte er Émilies Briefe heraus und legte sie vor sich auf dem Tisch aus, einen neben den anderen, und betrachtete sie. Diese Briefe waren sein kostbarster Besitz.

Spät in der Nacht – Cho stand gerade unter der Dusche – hörte er ein lautes Poltern unten an der Haustür und hielt verwundert inne. Das Poltern hörte nicht auf, also zog er rasch einen Morgenmantel über und ging nachsehen. Schon als er um die Ecke bog, sah er durch die Scheibe in der Haustür Niki stehen, mit wütend zusammengezogenen Augenbrauen und zornesrotem Gesicht. Cho betätigte den Türöffner.

»Guter Gott, die Welt geht unter und Sie merken es nicht!«

Cho verbeugte sich leicht und sagte dann: »Derlei Dinge erfährt man doch immer noch rechtzeitig.«

Unaufgefordert betrat Niki das Haus und blaffte: »Wenn Sie schon keine Klingel haben, wie wär's zum Beispiel mit einem Telefon, das *eingeschaltet* ist?«

Ruhig antwortete Cho: »Ich gehöre nicht zu den Menschen, die ständig erreichbar sein wollen.«

In Chos Wohnung angekommen, sagte Niki, noch immer voller Missbilligung: »Ich hab was rausgefunden.«

Cho hob eine Augenbraue und machte eine einladende Geste mit der rechten Hand. »Eine Tasse Tee?«

Niki seufzte und sah Cho direkt in die Augen. »Nein, danke. Mir ist ehrlich gesagt gerade eher nach etwas anderem.«

Ein paar Minuten später saßen sie sich an einem kleinen runden Tisch gegenüber.

»Ich habe ein bisschen im Internet recherchiert, nach diesem Cyril Dupont. Stellen Sie sich vor, der Mann ist vor ein paar Wochen entführt worden.«

»Was? Aber ...« Cho starrte ihn mit offenem Mund an.

»Es kommt noch besser. Jemand hat ihn gefesselt und geknebelt auf dem Bürgersteig vor dem Palais de Justice abgeladen.«

Cho fehlten die Worte.

»Das ist alles unglaublich, ich weiß!«

Niki stand auf und begann im Zimmer umherzuwandern.

»Er hatte zwar nur leichte Verletzungen, Prellungen wohl. Aber die Entführer – es waren übrigens drei Männer – sollen ihm ein Diktiergerät vor den Mund geklebt haben.«

»Das wird ja immer ... absurder.«

Cho schüttelte stumm den Kopf und dachte an Leroy und Dupont, die er im Treppenhaus belauscht hatte. Draußen im Hausflur fuhr der Fahrstuhl an, dann hörte man Schritte, die verklangen. Plötzlich bemerkte Cho, wie blass Niki wirkte. Leise fragte er: »Sie sind ... in Angst?«

Niki sah auf: »Sie etwa nicht?«

Cho erwiderte Nikis fast panischen Blick. Ungläubig murmelte er: »Was ist denn das bloß für eine Geschichte? Lins Mutter verschwindet, sie selbst verschwindet, ein Mann, den Émilie offenbar kennt, wird entführt, taucht aber wieder auf. Ich frage mich wirklich, wo da der Zusammenhang ist.«

»Wenn es überhaupt einen Zusammenhang gibt.«

Cho schwieg erneut, rieb sich die Augen, fuhr sich durchs Haar, massierte sich mit beiden Händen die Schläfen. Schließlich sagte er: »Zum Thema Dupont habe ich übrigens auch etwas beizutragen«, und erzählte, was er den Tag über erlebt hatte.

»Dupont und Leroy kennen sich also!«, rief Niki fassungslos.

»So sieht's aus.«

»Es wird immer ... unübersichtlicher.«

Cho räusperte sich, verschränkte die Hände vor der Brust und fixierte Niki mit gerunzelter Stirn. »Am 19. Februar verschwindet Émilie. Am 6. März kommt Lin in mein Teehaus. Am 11. März fährt sie mit Leroy nach Étretat. Er kommt zurück, sie offenbar nicht. Etwa im gleichen Zeitraum wird ein Mann entführt und vor dem Palais de Justice abgelegt. Was macht Dupont eigentlich?«

»Sie meinen beruflich? In dem Artikel stand, er sei irgendein Sachverständiger oder so.«

»Aha. Und über diese Stiftung haben Sie weiter nichts herausgefunden?«

»Wenn ich nur einen Namen hätte ... Oder wüsste, um was für eine Stiftung es sich handelt.«

Cho stand auf, holte eine Flasche Wasser und zwei Gläser und stellte beides auf den Tisch. Er schenkte ein und reichte Niki ein Glas. »Und dann gibt es da noch die Frage, die wir nicht außer Acht lassen sollten: Worum ging es bei dem Streit zwischen Lin und ihrer Großmutter? Wusste sie von Leroy? Dass Lin vorhatte, mit einem verheirateten Mann wegzufahren? Und Frage Nummer drei: Warum hat Adèle die Geschichte mit der Asienreise in die Welt gesetzt?«

Niki trank das halbe Glas leer, stellte es ab, hielt es aber immer noch umklammert. Er beugte sich vor und sagte gedämpft: »Erinnern Sie sich an die Bilder! Wenn man Madame Berwanger darauf sieht, wird einem angst und bange. Ich habe jetzt noch Albträume.«

Cho griff ebenfalls nach dem Wasser. »Aber vergessen Sie nicht, dass Leroy der Letzte gewesen sein muss, der sie gesehen hat. Was also ist auf dieser Reise geschehen?«

Niki saß ganz still und erwiderte Chos Blick mit schreckgeweiteten Augen. »Sie meinen doch wohl nicht, dass Leroy …« Abrupt brach er ab.

»Dass Leroy ihr etwas angetan haben könnte. Sprechen wir es ruhig einmal aus.«

Schweigen senkte sich zwischen die beiden. Cho rieb sich das Gesicht. »Ich fürchte, die Angelegenheit ist viel komplizierter, als wir im Moment ahnen. Vor allen Dingen frage ich mich, was Leroy bei Dupont zu schaffen hatte. Ich bin mir ganz sicher, dass mein Besuch ihn dorthin getrieben hat. Ich fürchte, ich werde mich noch ein bisschen näher mit den beiden beschäftigen müssen.«

Niki trank sein Glas leer und blickte gedankenverloren aus dem Fenster. »Dazu fällt mir was ein.«

»So?«

»Erinnern Sie sich an die Zeitungsbilder in Émilies Wohnung? Vielleicht sollten wir versuchen, die dazugehörigen Artikel ausfindig zu machen.«

»Sie meinen, das geht?«

Erstaunt blickte Niki ihn an. »Aber warum denn nicht?«

»Schließlich gibt es so viele Tageszeitungen, woher sollen wir wissen, aus welcher die Bilder sind?«

»*Le Parisien*«, sagte Niki wie selbstverständlich.

»Ach ja? Woher wissen Sie das?«

»Mein Vater hat dieses Käseblatt lange genug gelesen. Und außerdem … auf der Rückseite von einem der Bilder waren ein paar Buchstaben aus dem Titel, ich habe sie gleich erkannt. Sie etwa nicht?«

Auf Chos Gesicht erschien ein Ausdruck der Verwunderung. »Nein«, sagte er und schüttelte den Kopf. »Revolverblätter gehören nicht zu meinem Spezialgebiet.«

Niki seufzte. »Ich habe allerdings ein Zeitproblem. Monsieur Jacques achtet in letzter Zeit mit Argusaugen darauf, was ich wo wann mache.«

Cho betrachtete Niki und sagte: »Das macht nichts. Ich habe da eine Idee.«

Gleich am nächsten Morgen kontaktierte Cho Frédéric Lupin und verabredete sich für den Nachmittag in einem Café am Pont Sully mit ihm. Lupin war freier Journalist und überzeugter Kaffeetrinker, der einmal eine Beilage über Tee gestalten sollte und Cho zu diesem Zweck in seinem Teehaus aufgesucht hatte. Das war vor gut zehn Jahren gewesen und seitdem pflegten die beiden eine lose Freundschaft.

Von seinem Platz am Fenster aus betrachtete Cho die Menschen und die Autos, die hohen Bäume und Straßenlaternen. Dann lehnte er sich auf seinem Stuhl zurück und schloss für einen Moment die Augen, das Gesicht der Sonne zugewandt.

Er war früh dran, hatte den Umweg über den Quai de la Rapée genommen, doch auch diesmal hatte er Claire Laurent nicht angetroffen, und ohne dass er sich erklären konnte, warum, war ihm das Boot irgendwie verwaist vorgekommen. Und den ganzen Weg hierher hatte er sich gefragt, wieso ihm das ein derart merkwürdiges Gefühl bescherte.

Lupin kam mit einer halben Stunde Verspätung, was ungewöhnlich war, denn Pünktlichkeit war für ihn eine Frage des Charakters.

»Mein lieber Cho, entschuldige die Verspätung, aber mein, wie soll ich sagen, informeller Informant hat mich sitzen lassen und so musste ich jemand anderen bitten.« Er setzte sich, noch in Hut und Mantel, und guckte zerknirscht.

Cho lächelte. »Ich bin froh, dass du überhaupt gekommen bist.«

Lupin seufzte, legte ab und ging zur Garderobe. Auf dem Rückweg bestellte er beim Kellner ein Wasser und einen doppelten Espresso. Wieder am Tisch angekommen sagte er zu Cho: »Willst du auch einen Kaffee? Du siehst so aus, als könntest du einen gebrauchen.«

Cho verzog das Gesicht.

Ein paar Minuten später brachte der Kellner den Kaffee. Lupin tat drei Löffel Zucker hinein, bemerkte Chos hochgezogene Augenbraue, wies dessen Missfallen mit einer knappen Handbewegung zurück und kippte das Ganze ohne umzurühren hinunter. Dann sagte er: »Ich nehme mal an, dass du auch jetzt nicht bereit bist, mir den Grund für dein dringendes Interesse an diesem Dupont zu verraten.«

»Ich würde das vorerst gerne für mich behalten.«

Lupin setzte sich auf seinem Stuhl zurecht und seufzte.

»Das mit dem Archiv des *Parisien* geht jedenfalls klar. Du kannst gleich morgen rein. Wende dich an Madame Leclerc und beruf dich auf mich.«

Cho bedankte sich, doch Lupin winkte ab. »Revanchier dich mit einem guten Kaffee bei mir. Aber was suchst du in diesem Schmierenblatt?«

»Das weiß ich selbst noch nicht so genau ...«

»Ja, ja, lass gut sein. Du wolltest etwas über Cyril Dupont wissen. Laut seiner Aussage wurde er von drei ihm unbekannten Männern entführt. Er befand sich zu dem Zeitpunkt im Bois de Boulogne, wo er jeden zweiten Abend eine Runde läuft, in der Nähe der Avenue de l'Hippodrome. Die Männer überwältigten ihn und verfrachteten ihn in einen Transporter, den sie in der Nähe geparkt hatten. Sie fesselten und knebelten ihn und hielten ihn eine Zeit lang – wie lange, weiß er nicht – fest. Bis sie ihn schließlich vor dem Palais de Justice auf den Bürgersteig legten. Aber so weit dürfte dir die Sache bekannt sein.«

»Ja. Ich weiß auch, dass die Entführer ihm ein Diktiergerät vor den Mund geklebt haben.«

»Die Tat an sich ist ja schon merkwürdig genug, aber das ... Ich habe herausgefunden, dass es Duponts eigenes Diktiergerät war, er benutzt es wohl, wenn er ... nun ja ... Leichen seziert, aber lassen wir das.«

Cho horchte auf. »Er seziert Leichen?«

»Aber ja. Er ist Chefpathologe im forensischen Institut und wird oft als Gutachter vor Gericht gehört, in besonders kniffligen Fällen.« Lupin wedelte in der Luft herum, als wollte er den Gedanken an tote Menschen auf Stahltischen vertreiben. Dann fuhr er fort: »Das wirklich Merkwürdige an der Sache ist aber der Text, den sie draufgesprochen haben, hör dir das mal an.« Lupin fingerte in der Brusttasche seines Hemdes herum, zog eine Lesebrille und einen kleinen Zettel heraus, den er auseinanderfaltete. Er setzte die Brille auf und las: »*Wer Arges tut, der hasst das Licht und kommt nicht an das Licht, auf dass seine Werke nicht gestraft werden.*«

»Ein Bibelzitat?«

»Aus dem Neuen Testament, Johannes 3, Vers 20.«

»Das ist in der Tat ... merkwürdig.«

Gleich am nächsten Morgen machte sich Cho auf, um im Archiv von *Le Parisien* nach den Fotografien zu suchen, die sie in Émilies Haus gefunden hatten. Er wandte sich, wie Lupin es ihm aufgetragen hatte, an Madame Leclerc, die ihn erst aufmerksam, ja fast bohrend ansah und ihn dann an ein mageres Mädchen mit Brille weiterreichte. Das Mädchen ging vor ihm her durch scheinbar endlose Gänge, hinab über Treppen, bis sie ihn in eine Ecke führte, in der ein Lesegerät für Mikrofilme stand. Nach einer kurzen Einweisung in das Gerät überließ sie ihn sich selbst.

Er zog die Zeitungsausschnitte aus seiner Manteltasche, betrachtete die Personen darauf, die Löcher, wo die Gesichter gewesen waren. Sein einziger konkreter Anhaltspunkt war eine kurze Notiz über Premierminister Alain Juppé in einem Artikel auf der Rückseite eines der Fotos. Und Juppé war Mitte der Neunziger an der Macht gewesen, also musste der Ausschnitt aus diesen Jahren stammen.

Die nächsten Stunden verbrachte Cho damit, die Regionalseiten des *Parisien* ab dem Jahr 1995 zu durchsuchen. Am Anfang betrachtete er die Zeitungsabbildungen hoch konzentriert, aber nach der wohl hundertsten Seite, angefüllt mit langweiligen Meldungen über Ereignisse in den Banlieus und Geschichten von Leuten, die in irgendeiner Vororttombola den ersten Preis gewonnen hatten, ließ seine Anspannung nach und er blätterte immer schneller durch die Meldungen. Gegen Mittag kehrte die junge Frau mit einer Tüte und einer Flasche Mineralwasser zurück, legte beides mit einem schüchternen Lächeln auf seinen Tisch und eilte, noch ehe Cho sich bedanken konnte, errötend davon. Gerührt packte er ein Käse-Tomaten-Baguette aus und aß und trank, dankbar für die Verpflegung und die Pause.

Am späten Nachmittag hatte er noch immer nichts gefunden.

Er hatte das Jahr 1995 zweimal bis zum Ende durchgeblättert, und als er nichts fand, machte er bei 1996 weiter, obwohl er sich von dieser ganzen Aktion nicht mehr viel versprach. Einige Mikrofilmblätter weiter fiel ihm jedoch plötzlich eine Schlagzeile ins Auge.

Cho spürte, wie Adrenalin durch seine Adern schoss. Seine ganze Aufmerksamkeit war nun auf den Namen in dem Artikel gerichtet. Hastig, als käme es auf jede Minute an, durchsuchte er die Zeitung nach weiteren Informationen zu diesem Vorfall, fand aber nichts mehr.

Also kehrte er zu der kleinen Meldung zurück, die nicht mehr als ein Sechszeiler war, und verharrte dort minutenlang. Vielleicht war es nur eine Namensähnlichkeit. Vielleicht aber war der vollständige Name des Mannes, um den es hier ging, tatsächlich Antoine Leroy.

茶

Adèle, Ende November 1980

Diesmal war es eine anankastische Neurose, so die Ärzte. Und natürlich fragte Adèle sich ständig, wie es dazu hatte kommen können. Kurz nach dieser Diagnose hatte sie eine Kinderfrau eingestellt, Monique, eine patente Frau in mittleren Jahren, die früher Säuglingsschwester gewesen war.

An manchen Tagen hatte Adèle das Gefühl, es nicht mehr zu schaffen oder zumindest nichts vernünftig hinzukriegen. Nicht die Arbeit im Kontor, nicht die Betreuung der Zwillinge, denn dass sie neben Monique noch eine Art Mutter brauchten, stand für Adèle außer Frage. Und was sollte sie tun, wenn die richtige Mutter nicht da war? Wenn die richtige Mutter dieses Leben einfach nicht packte und in einer Klinik vor sich hin dümpelte, vollgepumpt mit Medikamenten, damit sie sich nicht die Pulsadern aufschnitt oder sonst einen Unsinn veranstaltete.

Adèle hatte sich angewöhnt, das Kontor schon am Nachmittag zu verlassen, spätestens gegen fünfzehn Uhr, und nach Hause zu eilen, wo die Zwillinge um diese Zeit meist um die Wette brüllten. Schon in der Empfangshalle hörte sie durch alle Türen das Geschrei und hatte meist keine Verschnaufpause. Wie gerne hätte sie zuerst einmal die Füße hochgelegt und eine Tasse Darjeeling getrunken. Aber das käme später. Zuerst nahm sie Monique eines der beiden Mädchen ab, warf sich ein Tuch über die Schulter und begann mit dem Füttern.

Wenigstens hatten die Kinder guten Appetit, und wenn sie ihre Fläschchen leer getrunken hatten und das Bäuerchen erledigt war, grunzte Lin auch schon zufrieden und schlief friedlich ein.

Mit Su war es schwieriger. Sie wollte getragen werden und

brauchte ständig körperliche Nähe, die Adèle ihr zwar gab, doch nur mit einigem Widerwillen. Manchmal hatte sie das Gefühl, dass ihr Leben sie auffraß. Die Wünsche und Bedürfnisse anderer zehrten an ihr und ließen kaum etwas übrig.

An den Samstagen fuhr sie hinaus nach Château Thierry und besuchte Émilie. Sie kam sich seltsam vor, auf der Autobahn, mit diesen beiden Säuglingen im Fond des Wagens, die dauernd ihre Schnuller ausspuckten und zu krähen begannen, und immer wieder fasste Adèle den Entschluss: Das war das letzte Mal, das machst du nicht noch einmal. Doch dann sah sie das Leuchten auf Émilies Gesicht, diese absurde Freude, die sich einen Moment lang zeigte, wenn sie die Kinder erblickte, bevor sie im Lauf der nächsten Stunde wieder in dieser Selbstgenügsamkeit versank, die nach und nach zu bloßer Teilnahmslosigkeit wurde. Es war, als hielte Émilie Distanz zu sich selbst.

Am Ende war Adèle froh, dieser ansteckenden Aura des Leids zu entfliehen und mit den Kindern in ihren anstrengenden Alltag zurückzukehren. Natürlich hatte sie ein schlechtes Gewissen, aber dann fielen ihr immer wieder die Worte ihrer Mutter ein: »Wenn einer sich im Leid suhlt, hilft es ihm nicht, wenn du dich dazulegst.« Und das versuchte sie zu beherzigen, so gut es eben ging. Nein, Adèle würde sich nicht dazulegen. Sie verstand Émilies tiefen Schmerz zwar zum Teil, doch das war ja gerade das Gefährliche – sie durfte sich da nicht hineinziehen lassen. Außerdem war klar, dass alles noch viel schlimmer gekommen wäre, wenn sie sie hätte gewähren lassen mit ihrem Chinesen.

Auf der Rückfahrt dann übertrugen sich Adèles Erleichterung und das Gefühl, eine schwere Pflicht erfüllt zu haben, auf die Zwillinge, denn meist schliefen sie friedlich, während Adèle vorne am Steuer saß und die Lieder mitsummte, die im Radio liefen.

Nein, dachte sie. Es hätte schlimmer kommen können.

茶

Der Park schien zu explodieren – zartgrüne Blattknospen an jedem Baum, die Rabatten gefüllt mit Osterglocken und Tulpen, blühende Forsythienbüsche und Kirschblüten überall.

Cho setzte sich auf eine Bank und schloss die Augen, das Gesicht der Nachmittagssonne zugewandt. Im Hintergrund hörte er Kinderlachen, das Schlagen eines Balles und auf einmal fühlte er sich zurückversetzt in eine Zeit, in ein Gefühl, das er verloren geglaubt hatte: die Leichtigkeit der Kindheit, das selbstvergessene Spiel, nichts anderes tun, als zu laufen und Ball zu spielen, ohne die Erwartung einer Zukunft und ohne die Last einer Vergangenheit. Und während er die Augen geschlossen hielt und über dieses Wunder der Kindheit nachdachte, über dieses Rätsel des Sichverlierens in der Gegenwart, drängte aus irgendeinem Winkel seines Bewusstseins ein Gedanke herauf, der ihn in letzter Zeit öfter heimgesucht hatte: die Frage, ob er verdammt dazu war, ein ewiger Zuschauer zu sein. Ein Mann, der sein Leben damit zubrachte, zuzusehen, wie andere lebten. Und der ansonsten einem Traum aus einer längst vergangenen Zeit hinterherjagte.

Er wusste nicht, wie lange er halb grübelnd, halb dösend auf dieser Bank verbracht hatte, als Schritte im Kies näher kamen und sich jemand neben ihn setzte. Er öffnete die Augen und sah in Nikis lächelndes Gesicht.

»Ein Tag, den man festhalten möchte«, sagte Niki zur Begrüßung.

»Ja.« Cho lächelte zurück und setzte sich ein wenig aufrechter hin.

Eine Weile lang saßen sie so nebeneinander, bis Niki berichtete, was er über Claire in Erfahrung gebracht hatte.

»Es ist tatsächlich so: Seit Tagen hat sie niemand mehr gesehen. Ich habe mit einigen Nachbarn gesprochen, aber keiner wusste was.«

Stumm sahen die beiden sich an. Schließlich seufzte Cho und sagte: »Wissen Sie, wie leid ich es bin, dass hier dauernd irgendwer von der Bildfläche verschwindet?«

»Vielleicht ist sie einfach ein paar Tage verreist. Dafür spricht doch, dass der Hund auch weg ist.«

»Hoffen wir's«, sagte Cho und zog sein Jackett aus.

»Am Telefon sagten Sie, dass Sie mir etwas zeigen wollen.«

Cho überlegte, wo er anfangen sollte. »Diese drei Männer auf den Fotos ... ich weiß jetzt, wer sie sind.«

Niki fixierte Cho atemlos.

Cho strich sich über die Stirn. »Wobei das vielleicht zu viel gesagt ist. Aber ich kenne immerhin ihre Namen.« Er griff in die Tasche seines Jacketts und zog ein Blatt Papier heraus. »Hier.«

Niki starrte auf das Foto, eine Kopie des Bildes aus dem *Parisien* mit der Bildunterschrift: *Erfolgreiche Spendengala: Cyril Dupont, Präsident des Stiftungsrats, nimmt Scheck über 100 000 Euro entgegen.* Nur dass bei diesem Foto keine Gesichter herausgeschnitten worden waren. Niki griff nach dem Bild und betrachtete es stirnrunzelnd. »Ich erkenne niemanden.«

»Das hier ...«, Cho zeigte auf einen großen Mann mit Stirnglatze, »ist Cyril Dupont.«

»Unser Chefpathologe vor dem Palais de Justice.«

»Ja. Und der hier ...« Cho zeigte nun auf einen attraktiven Mann im Smoking, der ein siegessicheres, strahlend weißes Lachen zur Schau trug, »ist Antoine Leroy.«

»Und der dritte Mann?«

»Tja, jetzt wird es richtig spannend, der dritte Mann ist ... Julien Thomas.«

Niki sah ihn verständnislos an. »Sollte ich den kennen?«

»Der Pariser Polizeipräsident.«

Cho reichte Niki ein weiteres Blatt. Ein Foto zeigte einen Mann, der einen absonderlichen Kopfputz trug, so als sei er in eine Kissenschlacht geraten, bei der er im wahrsten Sinne des Wortes Federn gelassen hatte. Über dem Foto stand in fetten schwarzen Lettern: *GETEERT UND GEFEDERT – POLIZEIPRÄSIDENT BETRUNKEN IN HINTERHOF!* Daneben hatte Cho handschriftlich das Datum vermerkt: 9. März.

Niki begann zu lesen, wobei er die Worte halblaut vor sich hinmurmelte: »*In der Nacht zum Sonntag wurde der Pariser Polizeipräsident Julien Thomas in einem Hinterhof im afrikanischen Viertel im 18. Arrondissement zwischen Mülleimern in völlig betrunkenem Zustand aufgefunden. Unbekannte hatten ihn verschleppt, ihm den Schädel kahl rasiert und ihn anschließend mit Teer bestrichen und gefedert.*« Niki schüttelte fassungslos den Kopf. »Die Welt ist ein Irrenhaus geworden – wenn noch nicht mal ein Polizeipräsident sicher ist.« Er verstummte und starrte weiter auf das eigenartige Foto. Dann sagte er: »Das müssen ja wohl die gleichen Typen gewesen sein, die auch diesen Dupont entführt haben, oder?«

»Das liegt nahe.«

Niki reichte Cho das Blatt zurück. »Die drei Männer kennen sich also schon länger.«

»Mindestens seit September 1996, da war nämlich diese Gala.«

»Und zwei von ihnen wurden in jüngster Zeit Opfer seltsamer Verbrechen.«

»Ja. Dieser Leroy fühlt sich wahrscheinlich jetzt äußerst unwohl in seiner Haut. Und jetzt halten Sie sich fest: Leroy wurde 1997 der Vergewaltigung eines Mädchens bezichtigt.«

»Was?«

Cho setzte sich nun sehr aufrecht hin. Er hatte Mühe, seine Anspannung zu verbergen. »Ich habe da also ein wenig nachgeforscht ... und das Ergebnis ist: Die Anzeige wurde zurückgezogen!«

»Ach.«

»Ja. Und dann habe ich mir gedacht, es wäre doch vielleicht hilfreich, mit dem jungen Mädchen von damals zu sprechen. Und zu hören, warum sie die Anzeige zurückgezogen hat. Vielleicht war ja in Wirklichkeit gar nichts dran an der Sache. Jedenfalls habe ich hier ihren Namen und die damalige Adresse!« Cho griff in die Tasche seiner Weste. Mit bebenden Fingern hielt er Niki einen Zettel hin.

»Sie heißt Geneviève Damiens und wohnte zu der Zeit in der Rue Darcet, in der Nähe der Place de Clichy im 17. Arrondissement – und genau dort hatte auch Leroy zu dieser Zeit seine Praxis.«

»Und ... Sie wollen diese Frau nun aufsuchen?«

»Ja. Ich muss wissen, was damals passiert ist.« Cho verstummte und erwiderte Nikis Blick, aus dem auf einmal so etwas wie Angst sprach. Eine Weile lang sagte keiner ein Wort, bis Niki das Schweigen brach und ihrer beider Gedanken aussprach: »Was ist das bloß für eine Geschichte? Zwei Frauen verschwinden, ein Polizeipräsident wird geteert, ein Pathologe entführt und ein Mädchen vergewaltigt?«

An diesem Abend kam Cho sich auf einmal wie Odysseus vor, nur dass dessen Irrfahrt nach zehn Jahren zu Ende gegangen war. Denn als er vor dem Haus in der Rue Darcet ankam, erfuhr er von der Concièrge, dass die Damiens schon vor Jahren in einen Vorort von Paris, nach La Courneuve, gezogen waren.

Eine halbe Stunde später saß er in der Métro in Richtung La Courneuve und verstand immer weniger von dem, was die Fahrgäste um ihn herum sagten. Ihm gegenüber saßen zwei Mädchen in hautengen Glitzeroberteilen, die ununterbrochen auf ihren Handys herumdrückten und sich in einer Sprache unterhielten, die Cho für Russisch hielt. In einer anderen Ecke saß ein Mann mit Dreadlocks, die unter einer gigantischen Strickmütze hervorquollen. In La Courneuve, der Endstation, leerte sich der

Zug und auch Cho verließ nun den Waggon und ging hinter den anderen her in Richtung Ausgang.

Als Cho aus dem U-Bahn-Schacht auftauchte, fühlte er sich in eine andere Stadt verpflanzt. Er lief vorbei an Bäckereien, die afrikanisch anmutende Kringel verkauften, und an Imbissbuden, die arabische Namen hatten. Die Passanten sahen ganz und gar anders aus als die Pariser oder die Touristen, die tagtäglich in sein Geschäft in Montmartre kamen. Das Publikum hier war bunt gemischt, von blass-bleich über kaffeebraun bis tiefschwarz und einen Moment dachte er über die Ghettobildung in den Großstädten nach und sah im Geiste die Bilder von brennenden Autos in den Banlieus. Auf jeden Fall war er der einzige Asiate weit und breit.

In dem Gebäude, wo die Familie Damiens lebte, war unten ein Münzwaschsalon. Cho blieb stehen und sah vom Bürgersteig aus hinein: Ein paar Afrikanerinnen und ein junger Vater mit seinem Kind standen herum und unterhielten sich, während sich im Hintergrund die Trommeln drehten. Er ging nach links und wieder nach rechts, kontrollierte die Hausnummer über dem Laden. Nachdem er noch einmal erfolglos eine Eingangstür für das Haus gesucht hatte, betrat er den Waschsalon. Die Leute unterbrachen ihr Gespräch und musterten ihn. »Ich suche die Familie Damiens.«

Eine dicke Frau mit Turban kam ein paar Schritte auf ihn zu und sagte, wobei sie mit dem Kinn nach links deutete: »Die Tür ist nebenan, Sie müssen klopfen, aber laut, die Klingel geht nicht.«

Als Cho kurz darauf etwas energischer klopfte, kam er sich nicht nur wie ein ungehobelter Kerl vor, sondern fühlte sich insgesamt sehr unbehaglich. Widerstrebend versuchte er dieses Gefühl zu verbannen. Doch als sich auch nach dem zweiten Klopfen nichts tat, sah er sich fragend nach der dicken Turbanträgerin um, die prompt zu ihm sagte: »Na, sooo hört er das natürlich nicht, ich hab doch gesagt, Sie sollen *laut* klopfen.« Und ehe Cho sich's versah, donnerte die Frau mit der Faust gegen die Tür, sodass ihr Turban wackelte, und rief: »He, George, haaalooo, aufmachen, Besuch für dich!« Mit einem fast grimmigen Lächeln nickte sie Cho zu und wenig später hörte er von drinnen Schritte und das schleifende Geräusch, mit dem ein Riegel weggeschoben wurde. Die Tür schwang langsam auf und ein ungesund aussehender Mann stand vor ihm, in der rechten Hand eine Krücke. Mit dem Mann wehte ein Schwall kalter Zigarettendunst heraus. Die dicke Frau berührte den Mann am Arm und sagte überraschend sanft: »Hier ist Besuch für dich, siehst du?«

Der Mann nickte, musterte Cho und fragte vorsichtig: »Sie wollen zu mir?«

»Ich … ja, eigentlich wollte ich zu Ihrer Tochter …«

Monsieur Damiens und die Turbanträgerin wechselten einen Blick. Dann sagte der Mann: »Meine Tochter ist tot.«

Cho brauchte einen Moment, um diese Mitteilung zu verstehen. Geneviève Damiens war tot. Er stand da, völlig aus dem Konzept gebracht, bis der Mann schließlich zu ihm sagte: »Worum geht es denn?«

Cho sah von der Frau mit dem Turban zu Monsieur Damiens.

»Das ist eine etwas komplizierte Geschichte. Vielleicht könnten wir uns kurz unterhalten?«

Der Mann schaute wieder zu der Dicken, die sich daraufhin zu Monsieur Damiens vorbeugte und sagte: »Wenn was is, wir sind gleich nebenan.« Dann drehte sie sich um und raschelte in der gewaltigen Bugwelle ihres Batikkleides davon.

»Ich werde Sie nicht lange aufhalten.«

Mühsam humpelte der Mann vor ihm her, hinauf durch ein ödes Treppenhaus, in dem der Putz sich an einigen Stellen von den Wänden gelöst hatte. Der Zigarettengeruch wurde stärker und Cho widerstand mit Mühe dem Drang, sein Taschentuch zu zücken und es sich vor die Nase zu halten.

Die Wohnung war schäbig und düster. Der Mann führte ihn in eine Wohnküche, wo in einer Ecke ein Wäscheständer mit Socken und Unterhosen stand, die mehr grau als weiß waren. Er deutete auf einen weißen Plastikstuhl und Cho nahm Platz. Zu seiner Überraschung herrschte in der kleinen Küche eine peinliche Ordnung; die verbeulte Spüle glänzte und auch der Linoleumboden schien frisch geputzt zu sein. Monsieur Damiens scharrte mit dem Stuhl über den Boden und setzte sich umständlich, wobei er die Krücke gegen den Tisch lehnte. Was für eine traurige Gestalt, dachte Cho, als er in das zerfurchte Gesicht des Mannes blickte, und mit einem Mal fiel alles von ihm ab, was er sich vorher zurechtgelegt hatte. Er wollte diesem Mann keinen Bären aufbinden, um irgendeine Wahrheit aus ihm herauszuholen. Und so sagte er schlicht: »Die Geschichte ist ein wenig wirr und ich will versuchen, sie irgendwie zu sortieren.« Der Mann sah ihn an, im ersten Augenblick schien er nicht zu wissen, was er darauf sagen sollte, doch schließlich nickte er.

In groben Zügen erzählte Cho. Als er seinen Bericht beendet hatte, saß Monsieur Damiens einfach so da, blasser noch als zuvor, die Hände im Schoß verknotet. Heiser fragte er: »Dieses Schwein praktiziert also immer noch.«

»Ja. Und ich wollte Sie bitten, mir zu sagen, was damals geschehen ist mit Leroy. Und warum Ihre Tochter die Anzeige gegen ihn zurückgezogen hat.«

Monsieur Damiens holte tief Luft, sein Atem zitterte. Cho wagte nicht, sich zu rühren, aus Furcht, er könnte den Mann durch eine unachtsame Bewegung verstören. Regungslos betrachtete er die Wachstischdecke, deren Farben so verblasst waren, dass man das Muster darauf nur noch erahnen konnte. Als er schon fast nicht mehr mit einer Antwort rechnete, begann der Mann zu erzählen, stockend zunächst, dann immer flüssiger.

»Es war im Juni 1997. Geneviève litt damals an fürchterlichen Krämpfen ... wegen ihrer Menstruation und so ... sie hatte solche Schmerzen und fiel einmal im Monat für mindestens einen Tag komplett aus, da musste sie im Bett liegen. Na ja ... und Maria, meine Frau, hat sie dann zu diesem Arzt, diesem Leroy, geschickt, der einen guten Ruf hatte damals, und außerdem war er ganz in der Nähe, auch im 17. Arrondissement. Der sollte ihr helfen, ihr irgendwas verschreiben, damit es erträglicher für sie wurde. Und dann ...« Damiens verstummte abrupt und Cho sah, dass er noch blasser geworden war. Er schluckte und fuhr mit rauer Stimme fort: »Und dann kam der Tag, an dem sie abends um halb acht einen Termin bei ihm hatte ... Die Sprechstundenhilfe war schon weg und er sagte, er müsste sie gründlich untersuchen. Und dazu wäre es besser, sie würde sich eine leichte Betäubung geben lassen. Ja, das hat er gesagt ... Und dann hat er ihr ein Mittel gespritzt, es muss ein Narkosemittel gewesen sein, jedenfalls hat sie nichts mitbekommen, nur hinterher dann ...«

Cho schwieg beklommen. Es tat ihm so leid, dass er diesen armen Mann dazu gebracht hatte, all diese Erinnerungen wieder hochkommen zu lassen. Auch hatte er auf einmal das Gefühl, er bekäme da etwas zu hören, das eigentlich nicht für seine Ohren bestimmt war. Doch Damiens fuhr bereits fort: »Sie hatte furchtbare Schmerzen hinterher. Und Maria meinte, dass die auf keinen Fall von einer normalen Untersuchung herrühren konnten. Und da sind wir zu dem Schluss gekommen, dass ... ja, dass er sie vergewaltigt haben muss. Als sie da auf diesem ...« Seine Stimme erstarb, er rieb sich die Augen und flüsterte dann: »Dieses Schwein hat sie betäubt und vergewaltigt.«

Cho starrte ihn an. »Aber ... warum hat sie die Anzeige dann zurückgezogen?«

Damiens holte tief Luft und sagte mit tränenerstickter Stimme: »Weil er ihr Geld gegeben hat, damit sie den Mund hält.«

»Was?«

»Ja, er hat ihr 100000 Francs gegeben.«

»Aber ...«

»Sie wollte nicht auf uns hören. Sie hat von einer Karriere als Fotomodell geträumt und wollte auf so eine Schule, die wir uns nicht leisten konnten. Also hat sie das Geld genommen und die

Anzeige zurückgezogen. Da war eine Polizistin damals, die kam noch ein paarmal, wollte sie dazu bewegen, die Aussage aufrechtzuerhalten. Aber …« Hilflos zuckte Damiens mit den Achseln.

»Und … woran … ich meine, wann ist Geneviève gestorben, war sie denn krank?«

Damiens stieß ein bitteres Lachen aus. »Krank? Ja, so könnte man vielleicht sagen, krank. Sie … hat es nicht mehr gepackt. Hatte diese schlimmen Albträume und so …« Er schluckte. »Sie ist einfach nicht über die Geschichte hinweggekommen. Und dann hat sie sich vor einen Zug gelegt.«

Cho schwieg wie erstarrt. Das blasse Muster der Tischdecke löste sich vollständig vor ihm auf und er wagte nicht, aufzublicken und den Mann, den Vater von Geneviève Damiens, anzusehen. Er war noch dabei, dieses furchtbare Ende zu begreifen, als Monsieur Damiens Luft holte und plötzlich sagte: »Diese junge Frau, von der Sie vorhin gesprochen haben … Ich glaube, sie war neulich hier.«

茶

10

Vor einem klaren Fenster
und einem sauberen Schreibplatz

Émilie, Frühjahr und Sommer 1981

Die Tage waren heller und länger geworden und die blaue Dämmerung an den Abenden zog sich endlos dahin.

Émilie war nach Hause zurückgekehrt, wenn auch mit einem diffusen Gefühl der Unzufriedenheit und der Furcht. Die Kinderschwester, die ihre Mutter eingestellt hatte, war geblieben und so verstrichen die Tage unausgefüllt. Émilie kam mehr und mehr zu dem Schluss, dass sie etwas mit ihrem Leben anfangen musste.

An einem sonnigen Tag im Mai schob sie die Zwillinge durch den Park, darauf konzentriert, immer parallel zur Wegbegrenzung zu fahren. Als die Kinder nach einer Weile eingeschlafen waren, setzte sie sich auf eine Bank, schloss die Augen und spürte die Sonne, die wie ein warmes Tuch ihr Gesicht bedeckte. Doch plötzlich schob sich ein Schatten zwischen sie und die Sonne.

Irritiert öffnete Émilie die Augen, blinzelte und sah im Gegenlicht jemanden stehen, eine Gestalt, die sie anzusehen schien. Und dann erkannte sie sie: Es war Claire, in einem langen bunten Rock, das rote Haar zu einer Art Turmfrisur hochgesteckt.

»Émilie?« Claires Stimme klang unsicher, vielleicht auch erstaunt. Émilie erwiderte Claires Blick, konnte aber keine Freude vortäuschen und sagte gar nichts.

»Ich … das ist eine Überraschung. Ich dachte, du wolltest … auswandern?«

Émilie runzelte die Stirn, schaffte es aber nicht, den Mund zu halten. »Ja, das wollte ich. Aber dank dir und deinem … *Freund*«, sie spuckte das Wort geradezu aus, »bin ich, wie du siehst, immer noch hier.«

»Was meinst du damit?«

»Das, was ich sage! Der Mann, zu dem du mich geschickt hast, war ein Stümper. So ist meine Reise schon auf dem Flughafen zu Ende gegangen.«

»Sie haben dich … festgenommen?«

Émilie seufzte und sackte in sich zusammen. Auf einmal war ihre ganze Aggression verpufft. Das Kapitel war sowieso abgeschlossen. Es gab keinen Weg mehr zurück.

Claire stand immer noch still da, als brauche sie Zeit, um die Bedeutung von Émilies Worten zu erfassen. Erst dann schien sie den Kinderwagen zu bemerken. Sie deutete mit dem Kinn darauf und fragte: »Das sind doch nicht etwa deine?«

»Doch.«

»Aber …«

»Was guckst du so? Soll ich dir sagen, wie's geht?«

Claire schulterte ihre braune Ledertasche, straffte die Schultern und sagte: »Nichts für ungut … ich muss weiter.« Sie nickte Émilie zu und setzte sich wieder in Bewegung.

Émilie antwortete nicht. Sie starrte nur weiter vor sich hin und dachte darüber nach, wo das Leben sie hingeführt hatte – sie in diese, Claire in eine völlig andere Richtung.

In den nächsten Wochen sahen sie sich immer wieder – Émilie mit dem Kinderwagen und Claire auf dem Weg zur Akademie, wo sie irgendein Aufbaustudium machte. Die ersten Male ignorierten sie sich, später nickten sie einander zu. Bis Claire sich eines Tages neben Émilie auf die Bank setzte und sagte: »Ich … Es tut mir leid. Das, was dir passiert ist. Irgendwie fühle ich mich … schuldig.«

»Warum? Weil du mich zu diesem Loser geschickt hast?«

»Ja. Ich … also … Was machst du denn jetzt so?«

Émilie verdrehte die Augen und warf einen Seitenblick auf den Kinderwagen.

»Wonach sieht's denn aus?«

Claire erwiderte ihren Blick ernst und sagte schließlich: »Ich könnte das nicht. Ich meine … entschuldige … aber du wolltest *malen! Kunst machen!*«

Émilie blickte sie nur an und zuckte mit den Schultern.

Es dauerte ein paar Wochen, bis die Saat von Claires Worten in Émilie aufging. Malen. Ja, genau das hatte sie gewollt. Früher einmal. Und plötzlich kam ihr der Gedanke, dass dies der Grund sein könnte, warum der göttliche Schutzschirm über ihr Löcher hatte und ihr das Leben misslang: Sie hatte die Kunst, die ihr einmal alles bedeutet hatte, so viele Jahre vernachlässigt. Und mit diesem Gedanken begann Émilie zu warten, ohne genau zu wissen, worauf – vielleicht auf den rechten Augenblick.

Dieser Augenblick kam an einem Dienstagnachmittag, wieder im Park. Schon von Weitem sah sie Claires bunten Rock, der wie ein Feuer auf sie zuloderte. Sie konnte die Augen nicht davon abwenden, bis Claire vor ihr stand, auf sie herablächelte und scherzhaft rief: »He, soll ich dir meinen Rock schenken?«

Émilie hob den Blick und murmelte abwesend: »Salut, Claire. Schön, dich mal wiederzusehen.«

»Ist ja auch schon echt lange her«, antwortete Claire lachend. »Einen ganzen Tag.«

Émilie räusperte sich, ignorierte die Bemerkung und sagte dann ohne weitere Einleitung: »Ich will wieder malen. Weißt du nicht was für mich?«

Claire war von der Frage völlig überrumpelt.

»Ich? Was soll ich denn *wissen*?«

»Na ja, irgendwas halt.« Émilies Stimme klang ungeduldig. »Eine Auftragsarbeit, Hilfe bei einem Projekt, keine Ahnung … vielleicht hast du ja was gehört. An der Akademie.«

Doch in den folgenden zwei Wochen sah Émilie Claire nicht mehr. Sie selbst kam jetzt jeden Tag in den Park, schob den Kinderwagen über die Wege, in einem geometrisch ausgeklügelten Muster, das die Zwillinge vor Gefahren beschützen und sie selbst stärken sollte.

Vielleicht lag es ja nur am Regenwetter, dass Claire nie im Park aufkreuzte, sagte sich Émilie. Und tatsächlich: Als am Montag darauf wieder die Sonne schien und Émilie ihren üblichen Platz auf der Bank einnahm, erschien Claire, als seien sie verabredet.

»Salut«, sagte sie und lächelte – irgendwie siegessicher, wie Émilie fand.

»Hi!«

Und dann sagte Claire: »Es gibt da ein kleines Theater an der Rue des Orchidées. Die suchen dringend jemanden für die Kulisse. Aber bezahlen können sie nicht viel.«

Émilie saß da, eine Hand auf dem Kinderwagen, und starrte Claire an.

»Also, was ist? Willst du?«

In der ersten Woche war Émilie euphorisch. Sie hatte einen Auftrag, das erste Mal in ihrem Leben. Sie war stolz und heiter zugleich, und selbst die unruhigen Nächte mit den Zwillingen konnten ihre Euphorie nicht dämpfen. Geld bekam sie tatsächlich so gut wie keines, aber was machte das schon? Sie konnte endlich wieder malen, und zwar nicht nur so vor sich hin, sondern mit einem Ziel vor Augen.

Weitere zwei Wochen später war die Begeisterung schon ziemlich abgeflaut. Die Theaterleute waren unzuverlässig und es kam nicht selten vor, dass sie vor verschlossenen Türen stand, weil Gigi, der für den Schlüssel zuständig war, sie einfach vergessen hatte. Und wenn sie dann mal endlich im Theater malen konnte, war da immer irgendjemand, der sie mit irgendwelchen »Anregungen« von der Arbeit abhielt und mal diese, mal jene Änderung vorschlug. Bald hatte sie die Lust verloren, für diese Chaoten noch einen einzigen Pinselstrich zu machen. Sollten sie sich doch einen anderen Schwachkopf suchen, der sich zum Nulltarif von ihnen kritisieren ließ.

Kurz darauf kam der Zwang mit Macht zurück. Und weil sie, um die Zwillinge vor Unheil zu schützen, so viel zu tun hatte und die Rituale mehr und mehr Raum einnahmen, hatte sie immer weniger Zeit zum Essen, bis sie irgendwann gar keinen Hunger mehr verspürte. An einem Tag im Juni, die Zwillinge waren nun schon über ein Jahr alt und Émilie wog vierzig Kilo, wurde sie wieder in die Villa Blanche nach Château Thierry gebracht, wo man hoffte, sie durch eine angemessene Therapie und nicht zuletzt durch die Gabe von Psychopharmaka zum Weiterleben zu bewegen.

茶

Es war nach Mitternacht, als Cho die Wohnung über dem Waschsalon verließ. Dunkle Wolkenfetzen schoben sich vor einen hellen, runden Mond, der wie eine übergroße Laterne schräg über der Straßenmitte hing. Cho trat aus dem Schatten des Hausgangs, bog nach rechts ab und ging an Geschäften vorüber, die dunkel und verlassen dalagen. Noch immer stand ihm das verhärmte Gesicht von Genevièves Vater vor Augen, noch immer hatte er dessen Stimme im Ohr, die nie wieder froh klingen würde.

Die junge Frau hatte sich umgebracht. Und Lin hatte davon gewusst. Und er hatte endlich eine Spur oder zumindest den Beweis, dass Lin dieser traurigen Sache nachgegangen war, aus welchem Grund auch immer. Was noch viel schwerer wog: Sie hatte zu dem Zeitpunkt, als sie mit Leroy nach Étretat gefahren war, davon gewusst.

Sie hatte es vorher gewusst. Trotzdem war sie mit ihm weggefahren. Oder gerade deshalb? Was war dort geschehen, an jenem Abend des 11. März? Hatte sie ihn darauf angesprochen? Hatte sie Leroy damit konfrontiert, dass sie Bescheid wusste über Geneviève und das, was damals mit dem Mädchen geschehen war?

Die Straße lag wie ausgestorben da, und als Cho das Schild der Métrostation erblickte, entschied er spontan, zu Fuß zurückzugehen, und lief in die Richtung, von der er annahm, dass sie nach Montmartre führte. Hin und wieder begegnete er einem einsamen Nachtwanderer, meist waren es wenig vertrauenerweckende Gestalten, die auf den Boden sahen oder ihm im Vorübergehen nur einen hastigen Blick aus dem Augenwinkel zuwarfen.

Plötzlich fiel ihm Nikis Reaktion auf Étretat ein – seine Sorge, ja Angst, dass Lin sich von den Kreidefelsen gestürzt haben könnte. Was, wenn es zwischen Lin und Leroy zu einem Eklat gekommen war? Wenn Lin Leroy damit gedroht hatte, diese alte Geschichte wieder ans Licht zu zerren? Cho dachte an die ästhetisch-weiße Praxisumgebung des Dr. Leroy, an all die reichen Frauen, die im Einstundenrhythmus gekommen und gegangen waren. Wenn Lin es darauf angelegt hätte, ihm zu schaden, hätte sie sicher einiges bewirken können.

Aber etwas störte.

Er bog in eine Seitenstraße ab, und während er den kleineren Straßen folgte, purzelten Worte und Bilder durcheinander und er musste sich zwingen, einen Gedanken nach dem anderen aufzugreifen. Irgendwann begann er vor sich hin zu murmeln, um sich so größere Klarheit zu verschaffen. Ja, eines störte. Und das waren die Tränen. Warum hätte Lin dann auf diese Weise reagieren sollen, im *Deux Lièvres* in Étretat? Irgendetwas hatte sie so berührt, dass sie weinend dagesessen hatte und nichts mehr sagen konnte. Oder – ein anderer, unfassbarer Gedanke schoss von irgendwoher auf ihn zu – hatte sie trotz allem, was sie über ihn wusste, etwa tatsächlich *Gefühle* für diesen Schnösel gehabt? Für diesen sonnenbankgebräunten Tennis-Adonis mit seinem Wallehaar? Cho spürte, wie wieder etwas in ihm hochstieg, das sich wie Eifersucht anfühlte. Lächerlich, schalt er sich, du denkst die Gedanken eines Gockels. Egal, dachte er, er hatte endlich eine Spur, die belegte, dass er sich nicht völlig in einem Labyrinth aus Hirngespinsten verfangen hatte. Damiens hatte ihm erzählt, dass Lin bei ihm gewesen war, er konnte es immer noch nicht fassen – und zwar an einem Tag, an dem es noch einmal geschneit hatte. Das wusste Damiens noch ganz genau, weil sie sich zunächst über das Pariser Wetter unterhalten hatten und weil die junge Frau in völlig ungeeigneten Schuhen gekommen war: dünnen braunen Wildlederhalbschuhen, die ganz und gar durchnässt gewesen waren und die Damiens zum Trocknen auf seinen altmodischen Ölfofen gestellt hatte. Die junge Frau hatte sich als Journalistin ausgegeben, sie hatte mittellanges dunkles Haar gehabt, einen Mittelscheitel. Und braune Augen – vielleicht auch bernsteinfarbene, hatte Damiens sich auf Chos Nachfrage hin erinnert. *Ja, von einem auffälligen hellen Braun.* Und ein sehr nettes Lächeln habe sie gehabt.

Wie in einer Art Trance erreichte Cho nach einem langen Marsch schließlich seine Wohnung in der Rue des Abbesses. Noch im Gehen schlüpfte er aus dem Mantel, schaltete den Laptop ein und warf, während dieser hochfuhr, den Mantel nachlässig über einen Stuhl. Im Internet suchte er nach dem Wetter im Februar 2012. Es dauerte nur ein paar Klicks und er wusste, an welchem Tag Lin bei Monsieur Damiens gewesen sein musste.

Eine Viertelstunde lang blieb Cho einfach sitzen und ließ seine Gedanken vorüberziehen. Dann kramte er einen großen Bogen Packpapier heraus, schob den Laptop weg und begann zu schreiben. Etwa eine halbe Stunde lang schrieb er alles auf, was ihm in den Sinn kam, unterstrich, kreiste ein, zog Linien, verband Kreise miteinander, bis er schließlich abrupt innehielt, um kurz darauf einen neuen Bogen herauszuziehen.

Mit dem Stift in der Hand versuchte er sich zu erinnern. Da war ein Haus gewesen, ein Gewässer, immer wieder dieselbe Frau im weißen Kleid, das Mädchen mit den Zöpfen, die wie Wurzeln aus dem Boden wuchsen. In einer anderen Frau hatten Niki und er Adèle Berwanger zu erkennen geglaubt. Dann war da dieser komische Baum mit den spitzen Blüten gewesen. Und ein bunt bemaltes Auto mit zwei Frauen darin. Er senkte den Stift und versuchte die Einzelheiten vor seinen Augen entstehen zu lassen. Nervös tippte er mit dem Stift auf das Packpapier. Da war etwas gewesen, überlegte er nun, etwas, das mit den beiden Frauen im Auto zu tun hatte. Mit einer der beiden Frauen.

Den Rest der Nacht lag er wach im Bett und starrte mit offenen Augen an die Decke. Immer wieder dachte er an das Bild, die zwei Frauen in dem bunten Wagen, und fragte sich, ob er sich richtig erinnerte oder ob ihm sein Gedächtnis einen Streich spielte. Hin und wieder stand er auf, um einen Schluck Wasser zu trinken oder um sich aus dem Fenster zu lehnen und den Mond zu betrachten. Die bizarren Wolken hatten sich verzogen und es sah aus, als würde der kommende Tag im Zeichen der Sonne stehen.

Doch als er gegen fünf das nächste Mal nach oben schaute, war der Mond wieder hinter einer grauen Wolkenbank verborgen und ein lauer Wind ließ die Blätter der Linde im Hinterhof rauschen. Cho stieg unter die Dusche und machte sich um kurz nach sechs auf den Weg zum Teehaus. Nachdem er sich dort um das Nötigste gekümmert hatte, rief er Niki an und verabredete sich mit ihm noch für denselben Abend in Émilies Haus. Er glaubte nun zu wissen, was er übersehen hatte.

Es war merkwürdig, das Grundstück bei Licht zu betreten, auch wenn es schon dämmerte. Diesmal öffnete Cho die Eisenpforte mit dem Schlüssel und drückte sie wieder hinter sich zu. Er tat ein paar Schritte auf das Grundstück – der Kies knirschte laut in der Stille des Abends – und sah sich um.

Es nieselte und ein böiger Wind bauschte die frühlingsgrünen Blätter, die im diffusen Licht des frühen Abends fast surreal aufleuchteten. Ein Rascheln im Gebüsch ließ ihn auffahren. Aber es war nur eine Amsel, die nach einem Wurm scharrte. Er zögerte noch einen Moment, bevor er langsam auf das Haus zuging. Es lag halb verborgen hinter den Bäumen und schien fast auf ihn zu lauern.

Die Fenster im ersten Stock waren schwarz, wie tot, dachte er und blieb erneut stehen. In Zeitlupe drehte er sich ein Mal um die eigene Achse. Dieses Grundstück musste ein Vermögen wert sein. Ein Wald mitten in Montmartre, eine düstere Insel im Großstadtgetümmel. Jetzt, wo die Bäume belaubt waren, sah man selbst vom Nachbarhaus nur wenige Fenster. Und hinter der nächsten Windung des Weges war man allen Blicken entzogen und konnte tun, was man wollte.

Er setzte sich wieder in Bewegung und hatte im Näherkommen plötzlich das Gefühl einer fremden Präsenz. Er glaubte Augen zu spüren, die jede seiner Bewegungen genau registrierten. Sein Blick glitt über die Fenster des Nachbarhauses und einen Moment lang meinte er, dort jemanden stehen zu sehen. Beim Weitergehen geriet er ins Stolpern, ohne jeden Grund.

Er straffte sich und folgte der Wegbiegung. Ein Tropfenregen prasselte auf ihn nieder, als er einen Ast streifte. In dem Moment hörte er Schritte und da bog auch schon Niki um die Ecke.

»Meinen Sie wirklich, dass wir noch was finden?«, fragte der statt einer Begrüßung.

»Ich denke mir«, sagte Cho mit einem Stirnrunzeln, während er die Tür öffnete, »dass wir mit dem Wissen, dass Lin dieselbe Fährte verfolgt hat wie wir ... die Dinge mit anderen Augen sehen werden.«

»Und vielleicht etwas neu interpretieren könnten?«

»Ja.«

Genau wie beim letzten Mal schlug ihnen steinkalte und leicht muffige Luft entgegen. Wie in einem Grab, dachte Cho und schauderte. Er öffnete die Tür zu dem Raum mit den Wandmalereien.

Niki trat sofort ein und begann, die Wand entlangzugehen. Wie zu sich selbst sagte er: »Eine Bildergeschichte, da bin ich mir sicher. Aber ich verstehe sie nicht.« Gebannt starrte er auf die stummen Gestalten, die Kinder, die Frau im weißen Kleid, den Mann mit der Blüte in der Hand. »Was um alles in der Welt bedeutet das?«

Währenddessen war Cho stehen geblieben. Sein Blick lief den Reigen entlang, bis zu der Stelle, die er gesucht hatte.

Als er den bunt bemalten 2CV erreichte, blieb er stehen. Eine ganze Weile verharrte er vor dem Bild, bis Niki neben ihn trat. Es war, wie er es in Erinnerung gehabt hatte: Die Frau am Steuer hatte rotes Haar, aufgetürmt zu einer komplizierten Frisur, die bei genauem Hinsehen aus unzähligen kleinen Zöpfchen bestand. Fast versonnen sagte er: »Ja, das ist sie. Claire Laurent.«

Er spürte, wie Niki ihn von der Seite ansah. »Was?«

»Diese Frisur. Gestern Nacht ist es mir eingefallen. Dass ich diese Zöpfchenfrisur schon mal gesehen habe. Auf einem Foto bei Claire Laurent.« Er wandte sich zu Niki und sah ihm direkt in die Augen. »Die Briefe und dieses Foto. Claire Laurent steckt mittendrin in der Sache.«

Niki erwiderte Chos Blick ehrfurchtsvoll. Aus irgendeinem Grund schien er fest an ihn zu glauben, nicht nur in Sachen Tee. Manchmal hielt ihn der junge Mann offenbar geradezu für das Orakel von Delphi. Cho fühlte sich hoffnungslos überschätzt, darum sagte er betont energisch: »Dann sehen wir uns doch oben noch mal um.«

茶

Émilies Existenz war auf ein Nichts zusammengeschrumpft. Es waren langsame Tage, angefüllt mit Tränen, die sie über alles und jeden vergoss. Übrig blieb nur der Selbstüberdruss.

Die Medikamente halfen ihr, in einen tiefen und traumlosen Schlaf zu finden. Sie halfen ihr aber nicht beim Essen. Man stellte sie vor die Wahl: entweder essen nach Plan oder Zwangsernährung.

Sie saß am Tisch, in der Schwesternküche, und kaute. An der Wand über dem Kühlschrank hing eine große runde Uhr mit weißem Zifferblatt und schwarzen Ziffern. Während sie kaute, beobachtete sie den Sekundenzeiger, das Tack-Tack, dieses langsame Verstreichen der Zeit, exakt dreißig Sekunden für eine Gabel. Das Kauen war zu einer Hauptbeschäftigung geworden, das sie und die diensthabende Schwester in Atem hielt. Den Broccoli zerteilte sie in einzelne Bröckchen, ebenso die Karotten. Den Reis nahm sie in winzigen Portionen in sich auf. Am längsten beschäftigt war sie mit dem Zerschneiden und Zermalmen von Fleisch. Manchmal verweigerte sie es auch.

Einmal in der Woche sprach sie mit Dr. Remarque.

In diesen Gesprächen versuchte er zu ergründen, warum sie aufgehört hatte zu leben. Meist stellte er irgendwelche Fragen und Émilie gab mit monotoner Stimme einsilbige Antworten. Sie war nicht wirklich interessiert an diesen Gesprächen, ihr lag nichts daran, jemanden durch das Fenster ihrer Seele blicken zu lassen, in dieses Brachland, in dem es nichts zu sehen gab.

Dennoch besserte sich ihr Zustand, wenn auch unendlich langsam, und nach vier Monaten in der Klinik war sie wieder etwas stabiler – sie hatte sich in ihrem Körper eingerichtet, dieser unerwünschten Hülle, die ihre Seele umgab. Und sie hatte einen Fernkurs in Literatur begonnen. Einmal im Monat erhielt sie einen Packen mit Lehrmaterial und Anweisungen, was zu tun sei. Dann setzte sie sich an den Schreibtisch und vertiefte sich in die geforderten Hausarbeiten. Jeden Freitag schickte sie ihre Ergebnisse an einen Lehrer – oder war es eine Frau? –, der ihre Aufsätze und Abhandlungen mit einem *recht gut* oder *weiter so* versah. Die Person unterzeichnete jeweils mit einem schwungvollen *BL*. Immer wieder ertappte sich Émilie beim Grübeln über die Frage, welcher Name wohl hinter dem Kürzel stecken mochte – Bertrand Legrand, Beatrice Lapetite? Und dann rätselte sie, warum die Person nicht ihren ganzen Namen darunterschrieb. Warum sie sich nicht zu erkennen gab. Sie hatte den Verdacht, dass es mit ihr zusammenhing. Damit, dass sie in der *Klapsmühle* saß. Vielleicht hatte Bertrand Legrand oder wer auch immer ja Angst vor ihr. Vielleicht glaubte er, sie könnte eines Tages mit der Axt vor seiner Tür stehen, wenn er ihr eine schlecht Note gäbe. Mit Wahnsinnigen war schließlich nicht zu spaßen!

Jeden Samstag bekam sie Besuch von Claire und sonntags kamen die Kinder. Adèle brachte sie stets zur gleichen Zeit und stets mit demselben Gesichtsausdruck: einer Mischung aus Freude und Stolz (über die Kleinen) und Mitleid und Bedauern (für Émilie). Diese Besuche liefen immer nach dem gleichen Muster ab. Émilie wartete in der Empfangshalle auf einem der luxuriösen Sofas, die für die etwas weniger luxuriöse Klientel (die Irren) hier aufgestellt worden waren. In den Minuten, bevor Su und Lin kamen, war sie so aufgeregt, dass sie kaum still sitzen konnte. Ihre Handflächen wurden feucht, sie spürte eine seltsame Erregtheit, die mit Angst gepaart war. Würden die Kleinen sie noch erkennen? Würde sie sie auf den Arm nehmen können? Würden sie sie liebhaben? Und dann war da das kurze und heftige Aufblitzen der Freude, dieses überwältigende Gefühl von Glückseligkeit, wenn Adèle mit diesen beiden Winzlingen zur Halle hereinkam. Es waren die schönsten und süßesten kleinen Kinder, fand Émilie, und sie waren so unendlich lieb. Natürlich war das alles Adèles Verdienst.

Meist spielten sie zuerst ein wenig, klatschten in die Hände, machten das Däumchen-Spiel und sangen Lieder. Später dann, nach dem Tee, den Adèle eigens für sie mitbrachte und den sie auf Émilies Zimmer zubereitete, gingen sie in den Park. Dort angekommen, veränderte sich Émilies Stimmung meist. Sie spürte bereits eine Müdigkeit, und während sie noch beobachtete, wie Adèle die Kinder unterhielt, sich hinter einem Baum versteckte oder auch nur hinter ihren gespreizten Fingern, was Lin und Su immer zum Lachen brachte, geschah etwas mit Émilie. Sie sah die kleinen, lachenden Gesichter, die tapsigen Bewegungen, hörte die Jauchzer, die auf einmal wie Nadelstiche in ihr Trommelfell eindrangen, wie Splitter von etwas, das sie auch einmal gekannt hatte.

Und dann der Abschied. Der Kampf mit den Tränen. Und stets die Frage, was sie hier eigentlich tat, weit weg von ihren Kindern in diesem fremden Haus. Beobachterin des Lebens, das sie selbst längst verloren hatte. Das Versinken in der Sinnlosigkeit. Der Selbstüberdruss.

茶

Der Raum oben wirkte anders als beim letzten Mal, was sicher am natürlichen Licht lag, das alles hier drinnen in einen grauen Dämmer hüllte und eine Schattenwelt schuf, während draußen die hellgrünen Buchen vor den Fenstern so unwirklich leuchteten wie die Kulisse eines Theaterstücks, bei der es der Bühnenbildner mit den Farben etwas zu gut gemeint hatte.

Cho trat ans Fenster und blickte durch das Laub in Richtung der Mauer, von der aus er kürzlich das tanzende Licht gesehen hatte. Wer war an jenem Abend mit einer Taschenlampe durch das Haus gegeistert? Gab es irgendeinen Zusammenhang mit den merkwürdigen Geschehnissen um Dupont und Thomas? Eine ganze Weile stand er da und hing seinen Gedanken nach, ohne zu einem Ergebnis zu kommen. Als er sich schließlich umdrehte, sah er, dass Niki gerade einige von Émilies Bildern an der Wand aufreihte.

Wie bereits im Erdgeschoss betrachteten sie diese eigenartigen und zum Teil grausigen Bilder noch einmal gründlich: die schreienden Münder, das Porträt der Frau, in der sie Adèle Berwanger zu erkennen glaubten. Doch nach einer Weile mussten sie sich eingestehen, dass sie die Botschaften, die Émilies Bilder zweifellos enthielten, einfach nicht verstanden.

Enttäuscht wandte Cho sich daraufhin Émilies Schreibtisch zu. Er zog die erste Schublade heraus und begann jedes Stück Papier einer akribischen Untersuchung zu unterziehen, auch wenn es auf den ersten Blick noch so unwichtig erschien. Verwundert stellte er fest, dass es sich größtenteils um Rechnungen über Farbenkäufe handelte. Émilie hatte alles aufgehoben, seit Jahren, und einfach nach Datum übereinandergeschichtet. Schließlich zog er die unterste Schublade heraus, nahm den Inhalt heraus und tastete den Boden ab, betrachtete die Rückwand. Dann erst sah er der Reihe nach den Inhalt durch. Hier bewahrte sie die Korrespondenz über ihren Geisteszustand auf, was Cho in Erstaunen versetzte, und bald stieß er auf ein Schreiben, in dem von der Aufhebung einer sogenannten *Betreuung* die Rede war. Er verstand nicht recht und las das Schreiben ein zweites Mal. Sollte es hier etwa um eine Entmündigung gehen? In dem Brief, der an Émilie selbst adressiert und auf den 15. Januar 1993 datiert war, brachte ein Rechtsanwalt namens Albert Goncourt zum Ausdruck, wie sehr er sich freue, ihr mitteilen zu können, dass aufgrund der Anhörung vom 10. Januar die auf Antrag von Madame Adèle Berwanger erwirkte Betreuung aufgehoben sei und deren Vormundschaft mit sofortiger Wirkung ende.

Cho ließ das Blatt in den Schoß sinken. »Sehen Sie sich das einmal an«, sagte er und reichte Niki den Brief. Dieser versenkte sich in das Schreiben und las das Ganze ein zweites Mal, bevor er sagte: »Adèle hat ihre Tochter entmündigen lassen? Das ist ...«

»... ein sehr entschiedenes Vorgehen.«

Niki gab Cho das Blatt zurück, zog sich einen Stuhl heran und sah Cho erwartungsvoll an. Wie ein Schüler seinen Mentor, in der Erwartung, dass dieser gleich etwas Bedeutungsschweres von sich geben würde. Cho zuckte nur die Achseln und Niki wandte sich erneut dem Bücherregal zu, nahm ein Buch nach dem anderen heraus, sah nach, ob hinter dem Regal etwas steckte, öffnete jeden einzelnen Band und blätterte ihn durch. Cho senkte den Blick erneut auf das Dokument in seinen Händen. Dann sichtete er die anderen Papiere. Soweit er verstand, war Émilie in der Villa Blanche zum einen wegen sogenannten *Zwangsverhaltens* sowie wegen einer *rezidivierenden depressiven Störung* behandelt worden, was wohl chronisch wiederkehrende Depressionen sein mussten.

Er legte den Stapel zurück in die Schublade und entdeckte die

Honorarnote eines Psychotherapeuten namens Dr. Robert Andrieux, der hier ganz in der Nähe praktizierte. Die Rechnung belief sich auf *drei x GT*, was auch immer das bedeuten mochte.

Also hatte Émilie hier in der Nähe einen Ansprechpartner gehabt, jemanden, zu dem sie ging, der sich ihrer angenommen hatte. Auf einmal hatte Cho das Gefühl, seine eigenen Gedanken zu hören, wie ein Echo in seinem Hinterkopf. Ein Psychotherapeut. Ein Mensch, dem sie sich in irgendeiner Weise – vielleicht schriftlich, wie sollte es sonst gewesen sein? – anvertraut hatte. Und vielleicht war dieser Dr. Andrieux ja auch der Grund dafür, dass sie überhaupt zeitweise hier leben konnte, allein in diesem Haus. Was für ein Leben hatte Émilie geführt, hin und her pendelnd zwischen einer Nervenheilanstalt und diesem düsteren Haus?

Émilie verbrachte ihre Tage malend, wie Dr. Blumstein gesagt hatte. Dass es nicht nur in der Villa Blanche, sondern auch hier so gewesen war, bezeugten die Bilder in Émilies Wohnatelier. Allerdings wunderte sich Cho darüber, dass sie keine Angst in diesem Haus gehabt hatte. So allein in dem seltsamen Gemäuer, mit den stummen Gestalten an den Wänden als einzige Gesellschaft.

Cho beschloss, diesen Dr. Andrieux so bald wie möglich einmal aufsuchen.

»Schauen Sie sich das mal an!«, sprach Niki in seine Gedanken hinein und dann stand er auch schon neben ihm und hielt ihm eine Postkarte unter die Nase. »Die steckte einfach am Regal, mit einer Reißzwecke. Hört sich irgendwie komisch an.«

Du und ich
im Dickicht des Lebens.
Die Bäume sind unsere Freunde.
Leila

Auf der Postkarte war einer der Dschungel von Henri Rousseau abgebildet, ein kleines und ein etwas größeres Tier lugten mit großen Augen aus dem Dickicht hervor.

»Wer ist denn diese Leila?«, fragte Niki, ohne den Blick von dem Dschungelbild zu nehmen.

Cho nahm die Karte und drehte sie noch einmal um.

»Das war Émilies Zimmergenossin in der Villa Blanche. Eine Frau, die viel mit Pflanzen arbeitet. Dazu passt auch das Motiv.« Er lächelte traurig.

Niki tippte mit dem Zeigefinger auf die Karte. »Die beiden da auf dem Bild ... Sieht beinahe so aus, als hätte Leila sich selbst und Émilie mit diesen beiden Tierchen verglichen. Wie die da aus dem Blattwerk herausschauen ... Sie standen sich wohl ziemlich nahe.«

»Ja«, sagte Cho zögerlich. »Mir wird gerade erst klar, *wie* nah.« Er hielt die Karte etwas weiter von sich weg und betrachtete sie noch einmal eingehend. Plötzlich sagte er: »Wir müssen mit dieser Leila reden.«

»Aber ... sie ist doch sicher immer noch in der Klinik.«

»Na ja, das ist sie wohl. Aber die Villa Blanche ist kein Gefängnis ... Und ich habe da so eine Idee.«

茶

II

Wenn man an einem Feiertag
allein im Haus weilt

Adèle, Mai 1994

»Émilie hat einen Mann kennengelernt, einen Arzt.« Adèle warf Marthe einen flüchtigen Blick zu.

Marthe ließ das Staubtuch sinken. »Der sie behandelt?«

»Nein, nein, privat. Ich kann es noch gar nicht fassen. Heute Abend lerne ich ihn kennen.« Adèle seufzte und strich sich übers Haar. Fast versonnen sagte sie: »Ich hoffe wirklich, dass sie nach all den Jahren endlich zur Ruhe kommt!«

»Ja, das wollen wir uns wünschen.« Marthe lächelte, doch Adèle fand, dass dieses Lächeln resigniert wirkte, so als habe Marthe schon lange aufgehört, mit der Erfüllung dieses Wunsches zu rechnen.

»Immerhin arbeitet sie jetzt schon ziemlich lange in dieser Galerie. Dort hat sie ihn übrigens auch kennengelernt. Bei einer Vernissage.«

»Ja?«, fragte Marthe.

»Ja«, wiederholte Adèle. »Ich habe diesmal wirklich Hoffnung. Sie ist jetzt dreiunddreißig.«

»Dreiunddreißig ist ein radikales Alter«, sagte Marthe. »Meine Tochter hat mit dreiunddreißig noch mal mit dem Studieren begonnen. Mein Sohn hat seine Frau verlassen. Und Jesus ist mit dreiundreißig gestorben.«

Im ersten Moment wusste Adèle nicht, ob Marthe sie auf den Arm nahm. Nach deren ernstem Gesichtsausdruck zu urteilen schien das jedoch nicht der Fall zu sein.

»Heute Abend gehen wir zusammen essen. Émilie, ich und dieser Arzt.«

»Ist es denn so wichtig, dass er Arzt ist?«

»Hm?«

»Sie betonen das immer so.«

Adèle dachte einen Moment nach. Dann spürte sie, wie eine Röte von ihrem Hals zu ihrem Gesicht aufstieg. Etwas zu barsch sagte sie: »Natürlich nicht. Aber nach diesen Taugenichtsen, die sie in der Vergangenheit angeschleppt hat, dürfte ein Arzt wenigstens über ein grundlegendes Niveau verfügen.«

»Verstehe«, sagte Marthe, klang aber ganz und gar nicht überzeugt.

Und so fühlte Adèle sich bemüßigt, eine Erklärung hinzuzufügen: »Erst dieser Chinesenbauer, der nicht mehr gehabt haben kann als das Hemd auf dem Leib. Dann dieser merkwürdige Junge aus der Klinik, Gott allein weiß, was sie mit dem wollte! Warum hat sie mir nie einen netten, anständigen jungen Mann präsentieren können?« Adèle hatte sich in Rage geredet. Sie besann sich einen Augenblick lang, dann räusperte sie sich, stand auf und zog ihren Mantel an. Im Hinausgehen sagte sie: »Morgen kann ich Ihnen mehr berichten.«

Während Adèle im Restaurant *Le Georges* saß und wartete, dachte sie immer noch über Émilie und die Männer nach. Und darüber, dass manche Frauen einen bestimmten Typ Mann anzogen und umgekehrt natürlich auch. Gleich und gleich gesellt sich gern – das war eben oft mehr als nur ein Sprichwort. Adèle erinnerte sich an ein Gespräch mit Pierre über die Anziehungskraft zwischen Dingen und Menschen, zwischen Menschen und Menschen und zwischen Menschen und Situationen. Sie waren damals zu dem Schluss gekommen, dass manche Menschen offenbar etwas aussandten, Signale oder irgendwelche Schwingungen, die zu einem entsprechenden Echo führten. Welche Signale hatte Émilie ausgesandt? Und waren es in letzter Zeit andere gewesen als früher?

Adèle war eine gute halbe Stunde vor dem verabredeten Zeitpunkt gekommen und hatte nun Zeit, sich umzusehen. Das modern eingerichtete Restaurant war gut besucht und musste an die hundert Personen fassen. Weil die Tische in kleineren Nischen standen, hatte man dennoch nicht das Gefühl, in der Wartehalle eines Bahnhofs zu sitzen. Der Blick nach draußen war spektakulär, das Publikum jung, reich und gut aussehend.

Sie selbst hatte an einem Tisch im hinteren Bereich Platz genommen und nippte an ihrem Oolong, dem einzigen Lichtblick in dieser für sie fremden Umgebung, betrachtete die Leute an den umliegenden Tischen und stellte fest, dass sie eindeutig die Älteste hier sein musste. Trotzdem hatten diese gestylten Schickimicki-Lokale in ihren Augen einen klaren Vorteil: Man bekam dort überraschend guten Tee vorgesetzt. Missbilligend betrachtete sie ein Pärchen, etwa in Émilies Alter, das unentwegt knutschte und sich befummelte. Na ja, so ist das wohl heute, dachte sie und blickte in eine andere Richtung.

Seit die Kinder im Internat waren, hatte sich ihr Leben verändert. Zwar verbrachten Lin und Su die Ferien immer zu Hause, aber an den Wochenenden blieben sie in der Schweiz.

Adèle hatte sich vor etwa drei Jahren schweren Herzens dazu durchgerungen, die Kinder auf dieses renommierte Institut zu schicken, weil Su, ein lebhaftes und zerstreutes Kind, in der Schule immer schlechter geworden war und sie einfach nicht die Zeit fand, sich so intensiv um sie zu kümmern, wie es nötig gewesen wäre – und, wenn sie ehrlich war, auch keine Kraft mehr dafür hatte. Eine Zeit lang hatten sie es mit einem Nachhilfelehrer probiert, aber das einzige sichtbare Ergebnis war gewesen, dass Su begonnen hatte, sich wie ein Pfingstochse aufzutakeln. Das war ein Zug an Su, den Adèle gar nicht mochte. Das Mädchen entwickelte eine generelle Gefallsucht, der man Einhalt gebieten musste. Mit elf Jahren hatte sie begonnen, sich die Augen anzumalen und die Nägel zu lackieren, was Adèle natürlich bald unterbunden hatte. Was Sus Gefühlsüberschwang anging, war sie allerdings machtlos. So hatte sie gehofft, in einem Mädchenpensionat in der Schweiz, einem Institut mit ausgezeichnetem Ruf, ließen sich die Grundzüge von Sus Charakter vielleicht doch noch etwas formen. Und da die Zwillinge untrennbar waren, hatte sie schweren Herzens auch Lin dorthin geschickt. Lin, die so ganz anders war als ihre Schwester. Und als ihre Mutter.

In den seltenen Momenten der Eitelkeit, die sich Adèle zugestand, war sie davon überzeugt, dass Lin nach ihr kam. Die äußere Ähnlichkeit war jedenfalls unverkennbar. Lin hatte – im Gegensatz zu Su, die eher asiatische Züge trug – die Berwangerschen Augen mitbekommen, dieses helle, ins Bernsteinfarbene gehende Braun. Auch den großen, schlanken Wuchs hatte sie von ihr. Natürlich, das musste sie zugeben, waren auch Émilies Augen hellbraun. Aber Lins Körpergröße ging deutlich in Adèles Richtung.

Wehmütig dachte Adèle nun an ihre Tochter, die schon immer labil gewesen war. Erst jetzt, mit über dreißig Jahren, schien sie sich so weit gefangen zu haben, dass sie ein halbwegs normales Leben führen konnte. In der Regel bemühte sich Adèle, nicht allzu viel an Émilie zu denken, sondern sich aufzurichten mit dem Gedanken an Lin. Lin war der Sonnenschein ihres Lebens und gab allen Anlass zur Hoffnung. Sie hatte eine wache Intelligenz und ein freundliches Wesen und war meistens heiter und guter Dinge. Mit der Schule hatte sie von Anfang an keine Mühe gehabt und war immer bereit gewesen, ihre Schwester, die sich weit schwerer tat als sie, zu unterstützen. Manchmal ertappte sich Adèle bei dem Gedanken, dass Su vielleicht deswegen so war, wie sie war, weil sich bei ihrer Geburt die Nabelschnur um ihren Hals gewickelt hatte. Gerade wollte sie diese unangenehme Vorstellung wie üblich verscheuchen, als sie Émilie erblickte, die zusammen mit einem Mann mittleren Alters an ihren Tisch trat.

Das Erste, was ihr durch den Kopf schoss, war: Er ist zu alt. Zu mehr kam sie nicht, denn schon ergriff er ihre Hand, lächelte entwaffnend und sagte mit warmer Stimme: »Es freut mich so sehr, Sie endlich kennenzulernen, Madame Berwanger«, und dann stellte er sich ihr formvollendet als Dr. Antoine Leroy vor.

Émilie sagte gar nichts, sondern blickte nur wie ein Vögelchen von einem zum anderen, sichtlich unter Anspannung.

Adèles Gesicht öffnete sich zu einem Lächeln. Dieser Leroy mochte älter sein als erwartet, aber er wusste, was sich gehörte.

»Mich freut es auch!«, erwiderte sie und beschwor sich selbst, diesmal alles richtig zu machen. Émilie sollte ihre eigene Entscheidung treffen. Dieser Mann mochte zwar deutlich älter sein als sie, aber wenn sie ihn liebte, war das nicht weiter wichtig. Immerhin war er ein Akademiker, und zwar einer von der soliden Sorte, also kein Altphilologe, der kaum genug zu beißen hat.

»Ich sehe, Sie haben nichts mehr zu trinken. Darf ich Ihnen einen Aperitif bestellen, vielleicht einen Sherry?«

Als Adèle nickte, fragte er, an Émilie gewandt: »Für dich einen alkoholfreien Kir?«

Adèle sah, wie Émilie ihn anstrahlte.

Der Kellner kam und Leroy gab seine Bestellung auf. Um etwas zu sagen, fragte sie: »Und … äh … Sie waren hier schon öfters?«

Leroy sah sich um. »Ehrlich gesagt, nein. Ein Bekannter hat mir diesen Ort empfohlen.«

Adèle nickte und Émilie warf Dr. Leroy einen verzückten Blick zu. Er wiederum erwiderte diesen Blick mit einem, wie Adèle fand, begütigenden Lächeln. Wieder entstand eine Pause im Gespräch.

Adèle nutzte die Gelegenheit, Doktor Leroy eingehender zu betrachten. Er war ein attraktiver Mann, allerdings auf eine Art, für die Émilie bisher nicht das geringste Interesse gezeigt hatte. Er wirkte durchtrainiert, wie ein Tennisspieler, und war braun gebrannt, eine Unmenge Lachfältchen umgaben seine Augen wie ein Strahlenkranz. Sein Haar war ziemlich dicht, von den leichten Geheimratsecken einmal abgesehen. Adèle versuchte, sein Alter einzuschätzen, und kam zu dem Schluss, er müsse um die fünfzig sein. Ein gut konservierter Schönwettersportler, schoss es ihr durch den Kopf. Dann, um nicht stumm herumzusitzen, fragte sie das Nächstbeste, was ihr einfiel: »Haben Sie eine bestimmte Fachrichtung als Mediziner, wenn ich fragen darf?«

»Ich bin Gynäkologe.«

Die Antwort war für Adèle wie eine Ohrfeige. Sie lächelte etwas starr und versuchte sich im gleichen Atemzug zu entspannen.

Dann begann Leroy zu erzählen, plauderte unbefangen, ein wenig von seinem Beruf, ein wenig über Literatur. Sie stießen auf Bücher, die sie alle drei gelesen hatten, es folgten ein paar Anekdoten aus seiner Kindheit, er stammte aus der Nähe von Nizza. Schließlich sagte Émilie: »Antoine hat ein Haus am Mittelmeer. Er hat uns eingeladen, den Sommer dort zu verbringen.«

Adèle hob überrascht den Blick. Bisher hatten sie die Sommer immer gemeinsam verlebt, sie, die Kinder und Émilie, in dem Haus in Étretat, in dem die Zwillinge geboren worden waren. Adèle blinzelte und versuchte ihre Enttäuschung zu verbergen. Sie hatte so viel aufgegeben für Émilie und die Kinder, und nun ließ man sie allein.

Gefasst nippte sie an ihrem Sherry und sagte leichthin: »So?«

Émilie und Leroy schienen ihre Verstimmtheit zum Glück nicht zu bemerken. Sie hörte Leroy von dem Haus erzählen, das offenbar etwas außerhalb von Nizza an der Küste lag, auf halber Höhe, aber trotzdem nicht weit entfernt vom schönsten Strand der Gegend. Sollte Adèle die Kinder wirklich allein mit Émilie wegfahren lassen? Bisher war immer sie, Adèle, da gewesen, um auf die Mädchen aufzupassen. Sie hatte sich stets bemüht, Émilie in alles mit einzubeziehen, doch es hatte schließlich Zeiten gegeben, in denen Émilie über Monate hinweg nicht ansprechbar war und auch nicht für die Kinder da sein konnte. Adèle war seit jeher die Hauptbezugsperson für die Zwillinge gewesen.

Andererseits hatte sich etwas verändert, seitdem Émilie diese Stelle in der Galerie bekommen hatte. Sie schien ausgeglichener und gefestigter. Und womöglich hatte sie mit diesem Leroy endlich einen Mann gefunden, mit dem man im Alltag etwas anfangen konnte. Leroy machte einen durchaus soliden Eindruck und vielleicht war der Altersunterschied in dieser Hinsicht sogar von Vorteil. Warum also nicht?

Adèle leerte das Glas, stellte es auf den Tisch und lächelte. Dann hörte sie sich selbst sagen: »Das ist ja wunderbar. Die Kinder wollten schon immer gern ans Mittelmeer.«

Émilie nickte erleichtert. »Ja, nicht wahr?«

»Wann wollt ihr fahren?«

Jetzt sah Émilie etwas verwirrt drein. Dann fragte sie: »Soll das heißen, du willst nicht mit?«

»Ach«, sagte Adèle und versuchte, sich ihre Verblüffung nicht anmerken zu lassen. Sie und das Mittelmeer? Das war ja wohl ein schlechter Witz! Sie hatte die Côte d'Azur schon immer grauenhaft gefunden, sie hasste die Enge und den Lärm in diesen überfüllten Orten, in denen die Menschen nichts anderes taten, als sich »zu amüsieren«! Für sie war die Mittelmeerküste ein Ort für Schönwetterspaziergänger, für Leute, die sich zusammenrotteten, weil sie das Alleinsein nicht ertrugen. Und so sagte sie etwas zu barsch: »Die Normandie ist eher nach meinem Geschmack.«

茶

»Sieht gar nicht aus wie eine Irrenanstalt«, murmelte Niki, als er die Villa Blanche hinter den Zweigen der rosa blühenden Apfelbäume auftauchen sah.

Ohne zu antworten, blickte Cho zu dem Gebäude hinüber, das diesmal ganz anders wirkte als bei seinem ersten Besuch: Mit seinen Türmchen und Zinnen erinnerte es eher an das Märchenschloss, in dem Dornröschen in ihren hundert Jahre dauernden Schlaf versunken war. Etwas weiter rechts lag das Gewächshaus – eine altertümliche Orangerie, die aussah, als könnten die darin wachsenden Pflanzen sie ohne Weiteres zum Bersten bringen.

Solange es ging, blieben Niki und Cho im Sichtschutz der Obstbäume. Erst im letzten Moment schlugen sie den Bogen hin zum Gewächshaus. Geduckt hinter halbhohen Büschen hielten sie immer wieder Ausschau, aber kein Mensch war zu sehen, was einerseits gut war, andererseits aber auch nicht. Cho spürte die Enttäuschung in sich hochkriechen. Was, wenn sie die weite Fahrt umsonst unternommen hatten?

Sie gingen nun auf der Rückseite des Gewächshauses entlang, in dem Palmen und Oleander, Feigen- und Orangenbäume wuchsen, verlangsamten ihre Schritte und spähten um die Ecke. Als sie immer noch niemanden sahen, einigten sie sich darauf, dass Cho alleine hineingehen sollte. Niki würde draußen bleiben und Wache stehen.

»Hier.« Niki streckte Cho etwas entgegen.

»Was ist das?« Cho griff danach, sah ihn aber fragend an.

»Das alte Klapphandy meiner Schwester.«

Cho stutzte einen Augenblick. »Woher wissen Sie, dass ich mein eigenes nicht dabeihabe?«

Nikis Antwort war nur ein Seufzen. Er verdrehte die Augen und sagte, ohne auf die Frage einzugehen: »Wenn was ist, wenn also jemand kommt oder so, dann ruf ich an. Der Vibrationsalarm ist eingestellt, Sie stecken es also am besten in die Brusttasche.«

»Danke.« Cho lächelte, fast ein wenig gerührt, dann bog er langsam um die Ecke und spähte von Fenster zu Fenster. Als er sicher war, dass von der Villa niemand herübersah, trat er auf den Weg, ging rasch auf eine rostige Tür zu und schlüpfte, ohne sich noch einmal umzusehen, in das Gewächshaus.

Eine tropisch-schwüle Atmosphäre empfing ihn – warme, feuchte Luft, schwer von Erde. Fehlt nur das Vogelkreischen, dachte er, dann würde man glauben, im Regenwald zu sein. Wo er auch hinsah, überall wucherte es und die ganze Szenerie wirkte derart unwirklich, dass er sich einen Moment lang tatsächlich fragte, ob in diesem Dickicht wohl eine Anaconda auf der Lauer lag. Er blieb stehen und lauschte in die fast wächserne Reglosigkeit. Sollte er rufen, vielleicht sogar Leilas Namen? Aber wie würde sie, die psychisch Kranke, auf solch einen unerwarteten Ruf reagieren? Und was war, wenn nicht sie ihn hörte, sondern jemand vom Klinikpersonal, den er dadurch erst auf sich aufmerksam machte? Doch dann warf er alle Bedenken über Bord und rief kurz entschlossen: »Leila?« Doch der Ton, der aus seiner Kehle drang, war mehr ein Krächzen, also räusperte er sich und wiederholte: »Leila?« Das viele Grün um ihn herum machte ihn matt und es kam ihm vor, als verhedderten sich die Töne im Gewirr der Blätter und Ranken. Als auch auf seinen zweiten Ruf keine Antwort kam, ging er den linken Flügel des Gewächshauses entlang, suchte, kehrte um, ging nach rechts und rief noch einmal. Sie ist nicht hier, dachte er enttäuscht. Die Fahrt ist umsonst gewesen. Er war jetzt am Ende des rechten Flügels angelangt und linste gerade durch die Blätter des Feigenbaums, als er ein leises Geräusch hinter sich hörte. Mit einem Ruck fuhr er herum und sah im ersten Moment nichts außer Grün in allen Schattierungen.

Und da entdeckte er sie.

Sie stand hinter einem Busch, fast ganz verdeckt von Ranken, eine kleine, völlig reglose Gestalt.

»Leila?«, sagte er so sanft und freundlich, wie er konnte. Sie reagierte nicht und einen Moment lang überlegte er fast, ob die Gestalt im Busch nicht ein Trugbild oder eine Puppe sein konnte. Er starrte ins Gebüsch, in porzellanblaue Augen. Die Puppe blinzelte.

»Leila?«, versuchte er es erneut. Und dann redete er einfach drauflos. »Ich bin ein Freund von Lin, Émilies Tochter.«

Schweigen, erneutes Blinzeln, ein leises Blätterrascheln. Cho musste an die Karte in Émilies Haus denken, die beiden kleinen Tiere im Urwald, und mit einem Mal wurde er von einer so heftigen Welle des Mitleids erfasst, dass er nicht wusste, wohin mit seinem Blick, und sich für sein Eindringen schämte. Ganz deutlich sah er die beiden vor sich, zwei Tierchen, die sich vor der Welt versteckten: Leila und Émilie.

»Liebe Leila, bitte helfen Sie mir, Sie sind vielleicht die letzte Person, die etwas wissen kann.«

Er wartete. Leila blieb einfach stehen, selbst eine Pflanze. Nach einer Weile, die Cho unendlich vorkam, raschelte es plötzlich und Leila bahnte sich einen Weg durch die Blätter. Sie war wirklich fast puppenhaft klein, vielleicht 1,50 Meter groß, und ihre Augen waren blaue Murmeln in einem runden Gesicht. Sie sah zu ihm hoch und sagte unvermittelt: »Ich will niemand sonst in meinem Zimmer haben.«

Ihre Stimme war völlig anders, als er erwartet hatte, tief und rau. Er hatte mit einem Stimmchen gerechnet, mit einem verhuschten Ton, aber nicht mit diesem maskulinen Klang.

»Sie und Émilie haben im selben Zimmer gewohnt. Sie waren gute Freundinnen, nicht wahr?«

Leilas Haar lag ihr wie ein Helm um den Kopf, der Pony bildete einen Halbkreis über den Brauen. Während sie ihn reglos anblickte, dachte Cho, dass sie ihm wie eine Zeitreisende vorkam. Ja, sie wirkte wie ein mittelalterlicher Knappe.

»Kennen Sie Émilies Tochter? Kennen Sie Lin?«

Wieder keine Reaktion.

»Émilie hat viele viele Bilder gemalt. Ich habe sie alle gesehen.«

Ein Wimpernschlag, sonst nichts.

Vielleicht versteht sie gar nicht, was ich sage, dachte er. »Hatte Émilie oft Besuch?«

Stille, ein Blätterrascheln, als Leila den Arm hob und sich am Kopf kratzte. Cho war sich schon sicher, dass die kleine Frau nicht in der Lage war, auf seine Fragen zu antworten, doch da hörte er sie mit dieser irritierend tiefen Stimme sagen: »Sie hat gegen sie *gekämpft.*«

»Gegen wen?«

»Die Mutter.«

»Émilie hat gegen ihre Mutter Adèle Berwanger gekämpft?«

»Sie hat ihr nicht geglaubt. Also hatte es keinen Sinn.«

Erneute Stille. Ein Blick aus blauen Murmelaugen und Cho, der fieberhaft nachdachte, was er als Nächstes sagen oder fragen sollte. »Was hatte keinen Sinn?« Cho schwitzte. Er spürte, wie ihm die Schweißtropfen den Rücken herunterrannen, wagte aber nicht, den Mantel auszuziehen, aus Furcht, er könnte Leila damit erschrecken. Stocksteif stand er da und wartete auf ihre Antwort.

Endlich sagte sie: »Das ist eine lange Geschichte.«

Er hielt den Atem an. »Wollen Sie sie mir erzählen?«

»Nein.«

Wieder war er aus dem Konzept gebracht. Während er fieberhaft überlegte, wie er an sie herankommen könnte, hörte er sie plötzlich fragen: »Warum tragen Sie einen Mantel?«

Irritiert sah er an sich herunter und überlegte noch, was er darauf sagen könnte, als sie wiederholte: »Hier ist eine Affenhitze und Sie tragen einen Mantel.«

Er lächelte verlegen, zog den Mantel aus und fuhr sich mit dem Taschentuch über die Stirn. Konnte es sein, dass sie viel wacher war, als es schien, und ihm anfangs nur etwas vorgespielt hatte? »Guter Einwand«, antwortete er darum betont lässig und wollte gerade fortfahren, als sie sagte: »Wenn Sie noch etwas wissen wollen, fragen Sie. Ich muss nämlich gleich los. Zu meiner GT.«

Auf Chos verständnislosen Blick hin fügte sie erklärend hinzu: »Zur Gesprächstherapie.«

»Ah so. Tja.« Langsam dämmerte ihm, dass die Frau hier vor ihm möglicherweise bei Weitem nicht so verrückt war, wie er geglaubt hatte.

»Wissen Sie, wo Lin sein könnte? Man hat sie seit Anfang März nicht mehr gesehen.«

»Lin ist also auch fort …«

»Ja.«

Sie schien nachzudenken, spielte mit einem Blatt herum. »Lin hat ihre Mutter nicht oft besucht. Aber das war nicht ihre Schuld. *Sie* wollte nicht, dass Lin kam.«

»Émilie?«

Leila lachte und es klang seltsam, heiser und verletzt zugleich. »Adèle Berwanger wollte nicht, dass Lin kam. Aber dann kam sie doch. Irgendwann.«

»Gegen Adèles Willen?«

Leila ging nicht auf seine Frage ein. Stattdessen sagte sie plötzlich sehr leise: »Ich habe ihre Stimme nie gehört.«

Cho nahm das Stichwort auf. »Warum hat Émilie nicht gesprochen?«

Leila sah sich um, dann legte sie den Zeigefinger an die Lippen und flüsterte: »Das ist ein Geheimnis.«

»Und sie hat es nie jemandem verraten?«

Leila sah ihn an. »Ich habe ihre Stimme nie gehört. Aber Dr. Blumstein hat gesagt, im Krankenhaus hat sie gesprochen!«

»Sie meinen ... Émilie hat mit jemandem geredet, bevor sie verschwunden ist?«

Leila schüttelte unwillig den Kopf und sagte fast barsch: »Nicht mit *jemandem*. Sie hat mit Lin gesprochen, spät am Abend. Und davor natürlich mit der Krankenschwester.«

»Aber ... ich dachte ...«

»Die Krankenschwester hat Lin geholt. Und Émilie hat mit ihr gesprochen.«

Plötzlich spürte Cho ein Vibrieren in der Brustgegend. Im allerersten Moment glaubte er, es sei eine Körperreaktion auf das soeben Gehörte, und griff sich reflexartig an die Brust. Nein, das war das Zeichen. Jemand näherte sich dem Gewächshaus. Und schon hörte er, wie die Tür zur Orangerie aufging und ein Mann rief: »Leila?«

Für den Bruchteil einer Sekunde sahen sie sich an, dann schob Leila ihn energisch ins Gebüsch und rief: »Ja?«

Der Mann antwortete mit einer Frage: »Wo bleiben Sie denn?«

»Ich komme.«

Leila nickte Cho zu und lächelte flüchtig. Und dann war sie verschwunden. Eine Weile lang blieb Cho reglos stehen und wartete. Währenddessen fragte er sich, ob die Krankenschwester, die an jenem Abend im Februar dort auf der Intensivstation gewesen war, wohl etwas von dem Gespräch zwischen Lin und Émilie mitbekommen hatte.

茶

Émilie, August 1994

Sie war in einem Traum gelandet, einmal in ihrem Leben gelang ihr alles, ausgerechnet ihr. Und das Allerunglaublichste war: Ihre Mutter war mit allem einverstanden! Mit dieser Art von Glück hatte Émilie nicht mehr gerechnet. Als sie damals nach ihrer missglückten Flucht im Gefängnis aufgewacht war, hatte sie das Glück oder auch nur den Gedanken daran endgültig begraben. Das war der Tag gewesen, an dem die Hoffnung, Cho je wiederzusehen, ein für alle Mal in ihr erstarb. Natürlich hatte das, was sie für Antoine empfand, keinerlei Ähnlichkeit mit ihren Gefühlen für Cho, doch sie war ihm so dankbar für die Schönheit, die er in ihr Leben brachte.

Antoines Villa lag oberhalb vom Meer, etwas zurückgesetzt und halb im Hinterland, in einer Stille, die nur von den Zikaden gebrochen wurde, deren Zirpen allgegenwärtig war und in der Stunde vor der Dämmerung in einem überwältigenden Crescendo anschwoll. Fast noch betörender fand Émilie den Duft: eine Mischung aus Geißblatt, Lavendel und noch etwas anderem, Lieblichem, vielleicht waren es die wilden Rosen.

Sie saß auf der Terrasse vor dem Haus, eine Schale Grüntee mit Minze in der Hand und ein Buch auf dem Schoß – den *Zauberberg* von Thomas Mann, einen Roman, den sie schon lange lesen wollte, für den ihr Atem aber bisher noch nie ausgereicht hatte. Die Geschichte von Hans Castorp, der sieben Jahre in einem Sanatorium verbringt, passte so gut zu ihr. Mit Sanatorien kannte sie sich aus. Trotzdem war sie nie über die ersten hundert Seiten hinausgekommen. An diesem stillen Tag im August, an Maria Himmelfahrt, das dieses Jahr auf einen Montag fiel, hatte sie beschlossen, es noch einmal zu versuchen. Antoine war mit Lin und Su an den Strand gefahren und sie genoss die leichte Brise, die den Sommer hier oben erträglich machte.

Sie waren nun seit gut einer Woche hier, in Antoines Haus an der Côte d'Azur, an dem Ort seiner Kindheit und Jugend. Adèle hatte sie alle ziehen lassen, in Antoines Obhut, vielleicht war sie sogar ein wenig erleichtert gewesen, einmal Zeit für sich zu haben.

Auf jeden Fall genossen die Kinder diese Tage am Meer, in der Wärme, nachdem sie sonst das ganze Jahr über in ihrem Internat nur die Genfer Berge sahen. Sie hatten einen Surfkurs gebucht und Émilie vermutete, dass Su sich ein wenig in den Surflehrer, einen dunkel gelockten Studenten aus Paris, verliebt hatte. Das war nichts Ungewöhnliches, Su war immer in irgendwen verliebt. Es verging eigentlich kein Monat, nicht einmal eine Woche, ohne dass sie aufs Neue von einem hübschen Jungen schwärmte, dessen Lächeln »so süß« oder dessen Augen »so blau« waren. Diesmal also der Surflehrer.

Lin war da ganz anders, schwerblütiger, sie behielt ihre innersten Gefühle für sich. Sie war eine richtige Schönheit, mit ihrem seidigen dunklen Haar und der hellen Haut, die auch jetzt im Sommer nur sehr zögerlich einen dunkleren Ton annahm. Sie musste extrem vorsichtig sein und sich immer wieder eincremen, mit den stärksten Sonnenschutzmitteln. Aber Lin wollte auch gar nicht braun werden, ganz im Gegensatz zu Su, für die Sonnenbräune eines der wichtigsten Themen im Urlaub war. In der Hoffnung, möglichst viel Farbe zu bekommen, verzichtete sie auch gern einmal auf das Eincremen, mit den zu erwartenden Folgen. Erst vor ein paar Tagen hatte sie sich wieder bitter über ihren »Schweineteint« beklagt, immer werde sie rosa statt braun, sie wolle ein einziges Mal so richtig schön braun sein wie die anderen Mädels im Surfkurs – wie *alle* am Strand, *alle* waren braun, nur sie sah aus wie ein *Ferkel*.

Wie immer wusste Antoine auch hier Abhilfe.

Er vermutete, ihre blasse Hautfarbe könne mit dem Eisenmangel zusammenhängen, unter dem Su immer wieder einmal litt. Nachdem Antoine eine Blutprobe ins Labor geschickt hatte, stellte sich heraus, dass genau dies der Fall war. Beide, Su und Lin, hatten einen ziemlich niedrigen Hämoglobinwert. Also hatte Antoine extra für Su, die es hasste, Tabletten zu nehmen, eine Ferrlecit-Injektionslösung besorgt – nichts anderes als Eisen in Ampullenform, das er ihr jetzt vor dem Schlafengehen mit einer Spritze verabreichte.

Überhaupt war es ein Segen, dass er in ihr Leben getreten war. Ein so rücksichtsvoller und reifer Mann, der sie an die Hand nahm. Es war genau die Art von Beziehung, die ihr guttat. Denn wenn sie eines gelernt hatte im Laufe der vergangenen Jahre, dann dieses: dass sie jemanden brauchte, der sie durchs Leben führte.

In den vergangenen Jahren war sie dreimal für längere Zeit in der Villa Blanche gewesen, das letzte Mal war gut zwei Jahre her. Nach jenem letzten Aufenthalt dort war sie zu ihrer Mutter nach Marais gezogen und hatte eine Stelle als Aushilfe in einer Galerie bekommen, ganz in der Nähe der Villa. Als sie eines Abends bei einer Vernissage die Leute herumführte und mit ihnen über die Bilder sprach, war er dabei gewesen. Am Ende des Abends hatten sie sich näher unterhalten. Sie hatte ihm ein wenig von sich und ihren Kindern erzählt und er hatte aufmerksam und freundlich gelauscht und hin und wieder eine Bemerkung eingestreut, aus der zu erkennen war, dass er ihr wirklich zuhörte. Sie hatten noch ein Glas miteinander getrunken, er Rotwein und sie Wasser, wegen der Medikamente. So waren sie auf ihre Klinikaufenthalte zu sprechen gekommen und darauf, dass sie – euphemistisch ausgedrückt – eine bewegte Vergangenheit hinter sich hatte. Er war sehr wortgewandt und, wie sie fand, auch sehr gebildet und beim Verabschieden hatten sie sich erneut verabredet. Gut, er war ein ganzes Stück älter als sie und das machte sich, nun ja, auch in der Liebe bemerkbar. Andererseits war er rücksichtsvoll und zärtlich und das war es schließlich, was zählte.

Genau genommen waren Émilies Depressionen völlig verschwunden, seit sie in der Galerie arbeitete. Nur den Zwang war sie nie ganz losgeworden. Der Zwang begleitete sie nach wie vor und lauerte irgendwo, sprungbereit. Aber sie hielt ihn im Zaum, nicht zuletzt dank der Medikamente, die sie immer noch nahm, in leichter Dosierung.

Eines Tages hatte sie zu nähen begonnen, eine Entdeckung, die sie berauschte und mit Glück erfüllte. Dieses Gefühl, wenn der Stoff durch ihre Hände glitt, diese Leichtigkeit unter den Fingerspitzen. Zunächst hatte sie nur einfache Sachen genäht, Kissenbezüge und Vorhänge. Doch dann war sie zu Kleidern übergegangen, und all diese Kleider waren weiß gewesen. Der Zwang hatte es ihr diktiert: Weiß, die beschützende Farbe. Und dann war da noch Rot, die Farbe der Liebe, die alles wärmt. So hatte sie sich in der Kleidung ganz auf Weiß und bei den Accessoires ganz auf Rot beschränkt, bis diese beiden Farben zu ihrem Erkennungszeichen geworden waren. Weiß mit Rot, nie trug sie etwas anderes als Weiß mit Rot.

Auch für diesen Urlaub am Meer hatte sie sich Sachen genäht, eine ganze Batterie von Kleidern, eigens für die Zeit an der Côte d'Azur. Auch für die Kinder hatte sie Sachen geschneidert, aber Lin und Su mochten ihre Entwürfe nur an ihr. Sie selbst fühlten sich darin, wie sie sagten, »verkleidet«.

Émilie trank den letzten Schluck Tee in der Tasse und schenkte sich nach. Goldgrünes Licht in weißem Porzellan. Sie nahm die Schale, hielt sie in beiden Händen wie eine Kostbarkeit. Ein diskreter Duft nach Pfefferminze stieg ihr in die Nase. Das hätte sie sich auch nie träumen lassen, dass sie einmal zur Teetrinkerin werden würde. Aber so vieles war anders geworden, so vieles war schöner geworden. Und das Allermeiste hatte sie Antoine zu verdanken. Er hatte ihr ein Stück Normalität gegeben, sie von ihrer Position am Rande ein wenig mehr in die Mitte gerückt.

茶

Nach einer schier endlosen Kette von Telefonaten mit der Krankenhausverwaltung, in denen Niki allerhand erklärte und die absurdesten Gründe erfand, hatte er endlich die Anschrift der Schwester in Erfahrung gebracht, die in den Tagen vor Émilies Verschwinden abends auf der Intensivstation Dienst gehabt hatte. Als Cho und Niki eine halbe Stunde später vor einem kleinen hübschen Haus vorfuhren, erschien auch schon ein Gesicht am Fenster. Kurz darauf ging die Haustür auf und eine blonde Frau in Jeans und blauem Pullover trat auf die Schwelle.

»Schwester Yvonne?«, sagte Niki im Näherkommen mit einem strahlenden Lächeln, das sie sofort erwiderte. Von dem Jungen ließ sich doch so einiges lernen, dachte Cho überrascht.

Sie nahmen an einem runden Tisch im Wohnzimmer Platz. Draußen vor dem Fenster war ein weißer Fliederstrauch zu sehen.

Schwester Yvonne strich sich eine blonde Strähne aus dem Gesicht. »Sie sind also Freunde von Lin Berwanger?«

Beide nickten gleichzeitig.

»Ja, also was kann ich Ihnen sagen? Ich hatte Dienst, als Émilie Berwanger eingeliefert wurde. Deren Pneumonie war schon ziemlich weit fortgeschritten, sie war zuvor von einem Arzt in der Villa Blanche behandelt worden. Sie hatte sich wohl zunächst geweigert, noch einmal ins Krankenhaus zu gehen. Aber darf ich Ihnen etwas anbieten, einen Tee vielleicht?«

Als beide energisch den Kopf schüttelten, wirkte die Schwester fast befremdet, doch dann sagte sie grinsend: »Na ja, so schlimm ist mein Tee gar nicht.« Mit einem Räuspern wandte sie sich schließlich an Cho: »Also, was möchten Sie wissen?«

»Vielleicht schildern Sie uns kurz alles, woran Sie sich noch erinnern?«, fragte Cho mit einem sanften Lächeln.

»Alles? Na, Sie sind gut ... ich will mal sehen. Ein paar Wochen, bevor sie mit der Lungenentzündung zu uns kam, war sie schon einmal bei uns im Krankenhaus gewesen, wegen einer schlimmen Bronchitis, die einfach nicht besser werden wollte.«

Schwester Yvonne legte eine Pause ein und schien zu überlegen. Dann fuhr sie fort: »Émilie Berwanger war eine ganz ... seltsame Person ... Aber wahrscheinlich sind die meisten dort so.«

»Sie meinen die Patienten der Villa Blanche.«

»Ja. Wir wussten ja, dass sie von dort kam. Und sie hat kein Wort gesprochen.«

»Was für ein Mensch war sie? Ich meine, wie sah sie aus, was für einen Eindruck machte sie auf Sie?«

»Oh, sie war eine sehr zarte Frau, nicht unbedingt klein, mittelgroß vielleicht, aber so schmal. Ich weiß noch, wie ich ihre Ärmchen da auf der Decke habe liegen sehen und gedacht habe: Kriegen sie da überhaupt genug zu essen? Was natürlich Quatsch ist.«

Schwester Yvonnes Blick war in eine unsichtbare Ferne gerichtet, und als sie weitersprach, klang ihre Stimme traurig.

»Sie war wie ... eine verlorene Seele. Ich weiß nicht, wie ich es sonst sagen soll. Sie hat ja nicht gesprochen und uns meist kaum beachtet. Es war, als wollte sie unsichtbar sein. Als sie das zweite Mal kam, zu uns auf die Intensivstation ... diese Bronchitis war wieder aufgelebt, hatte sich zu einer schlimmen Lungenentzündung ausgewachsen. Und eines Tages, ich kann es noch immer nicht fassen, da hat sie auf einmal mit mir gesprochen! Ich weiß noch, es war am Abend, gegen 18.00 Uhr, zu Beginn meiner Schicht. Es ging ihr sehr schlecht, ich hatte gerade ihre Werte überprüft, als sie sagte: *Lin. Holen Sie Lin.* Erst hinterher wurde mir klar, was das für sie bedeutet haben muss, dieses Schweigen zu brechen. Dass sie all die Jahre kein Wort gesprochen haben soll ... das hat mich doch sehr beschäftigt. Auf jeden Fall haben wir dann schnell bei der Villa Blanche angerufen und uns erkundigt, wen sie da sehen wollte, dass es ihre Tochter war, und wie man sie erreichen konnte.«

»Und dann kam Lin noch am selben Abend?«

»Ja. Keine zwei Stunden später war sie da. Sie muss sich sofort ins Auto gesetzt haben.«

Schweigen legte sich über den Raum. Erst nach einer Weile fuhr Yvonne leise fort: »Ich bin jetzt seit dreißig Jahren Krankenschwester und habe viele Angehörige gesehen, die weinten oder Zusammenbrüche hatten. Aber so still und so weiß habe ich noch niemanden erlebt. Die Tochter, Lin, war ... ich kann es nicht anders sagen, sie war ... untröstlich. Nicht mehr ansprechbar. Ich weiß noch, wie sie da in der Tür stand mit einem – ja – verstörten Blick, und ich hatte den Eindruck, dass sie irgendetwas umklammert hielt. Dann ist sie einfach gegangen, ohne ein Wort. Wie die Mutter, das dachte ich in dem Moment.«

»Was war denn das in ihrer Hand?«

Yvonne dachte einen Moment lang nach, dann zuckte sie die Achseln. »Das weiß ich wirklich nicht. Sie hatte die Hand zur Faust geballt. Jedenfalls habe ich immer mal wieder hereingeschaut, während sie geredet haben, es ging ja ziemlich lang. Ja, und dann war es für uns alle fast wie ein Wunder. Ein, zwei Tage später ging es Émilie Berwanger tatsächlich viel besser. Sie erholte sich, sollte schon bald entlassen werden. Und dann dieser Schock ... Wir konnten es erst gar nicht glauben, dass sie einfach verschwunden ist.«

Auf der Rückfahrt sagte keiner ein Wort. In Chos Kopf summte und brummte es und er wurde das Gefühl nicht los, dass er irgendetwas überhört hatte. Etwas, das die Krankenschwester gesagt hatte. Oder war es Leila gewesen? Er versuchte sich zu erinnern, ging im Geiste das Gespräch mit ihr durch und rief sich ins Gedächtnis, was die Krankenschwester erzählt hatte – von

Lin, die mit etwas in der Hand davongegangen war; von Émilie, die ihr Schweigen gebrochen hatte. Was war es gewesen, das sie der Tochter unbedingt hatte sagen wollen? Offensichtlich hatten sie über ihn gesprochen, Lin musste erfahren haben, dass ihr unbekannter Vater quasi um die Ecke lebte. Aber da musste weit mehr gewesen sein als das. Was war noch gesprochen worden, an diesem letzten Abend, bei dieser letzten Gelegenheit?

Doch wer weiß, vielleicht gab es zwischen dieser Aussprache und Lins Verschwinden gar keinen Zusammenhang? Plötzlich hatte Cho das Gefühl, sich im Kreis zu bewegen, immer rundherum, oder eher noch auf einer Spirale, die ihn an ein unsinniges Ziel führte, an einen Ort, an den er nie gewollt hatte.

Cho stand da und sah die Rücklichter des Citroën um die Ecke verschwinden. Am Schaufenster eines Blumenladens blieb er stehen, betrachtete ein Zitronenbäumchen und musste plötzlich wieder an Leila denken, an ihre koboldhafte Gestalt und die überraschend tiefe Stimme. Und wieder überkam ihn das Gefühl, etwas zwar gehört, aber nicht verstanden zu haben.

Er wandte sich ab, setzte seinen Weg fort, wich einem Liebespaar aus, das mitten auf dem Bürgersteig stand, in inniger Umarmung. Auch ich hatte einmal eine Liebe, dachte er und seine Kehle wurde eng. Er drehte sich zu den Liebenden um, die sich voneinander lösten und Hand in Hand weiterschlenderten.

Die Straße war jetzt menschenleer. Als er zehn Minuten später zu seinem Haus in der Rue des Abbesses kam und den Chip vor das Lesegerät hielt, fiel es ihm ein. Aus heiterem Himmel. Einfach so.

Im ersten Moment war es wie ein Glockenschlag, der irgendwo in seinem Kopf widerhallte. Die Erkenntnis war so unglaublich, dass er die Luft scharf einsog. Wenn das stimmte! Aber er erinnerte sich nun genau. Und dann drehte er ab und rannte den ganzen Weg zur Place Dalida.

Es war weit nach Mitternacht, als er in die dichte Blätterwelt von Émilies Grundstück eintauchte. Noch im Laufen zog er den Schlüssel aus seiner Manteltasche, blieb an der Hausecke aber kurz stehen, um wieder zu Atem zu kommen und seine Augen an die Finsternis auf dieser Seite des Hauses zu gewöhnen. Außerdem lauschte er. Auf das Rascheln der Blätter im Wind, auf das Knacken eines Zweiges im Gebüsch. Auf einen Wagen, der wie in weiter Ferne zu fahren schien – in einer Welt, die nicht das Mindeste mit dem Ort zu tun hatte, an dem Émilie gelebt hatte.

Und auf ein Geräusch aus dem Inneren des Hauses.

Schließlich tastete er nach dem Türgriff, schloss auf und betrat das Haus. Im öden Licht der Birne, die von der Decke baumelte und leise im Luftzug schwankte, drückte er die Tür hinter sich zu. Er blieb bewegungslos stehen, lauschte wieder. Hatte er da nicht Schritte gehört, leichte, tapsende Schritte aus dem oberen Stock? Fast lautlos stieg er nach oben und blieb dort, vor der blauen Werkstatttür zu Émilies Wohnung, erneut stehen. Nein. Alles war still.

Er öffnete die Tür und machte Licht. Mit einem raschen Rundumblick versuchte er zu erkennen, ob sich seit seinem letzten Besuch etwas verändert hatte, doch er konnte es nicht sagen. Mit einer Sicherheit, die etwas Traumwandlerisches hatte, ging er zu Émilies Schreibtisch, zog die unterste Schublade heraus. Er nahm den gesamten Packen, den er das letzte Mal gesichtet und genau so wieder hineingetan hatte, legte ihn auf den Tisch und setzte sich. Es dauerte nicht lange, da hielt er das Stück Papier in Händen und starrte darauf.

Er hatte sich nicht getäuscht. Hier stand es tatsächlich. Und nun wusste er auch, warum das, was da stand, so wichtig war. Die Honorarnote von Dr. Robert Andrieux, Praxis für Psychotherapie, datiert auf den 23. März, adressiert an Madame Berwanger, Rue de Girardon 7. *Drei x GT*. Er atmete tief durch, sah hinaus in die Schwärze der Nacht und erblickte doch nur sein eigenes Spiegelbild.

Wie hatte er das nur übersehen können?

Dieses Schreiben enthielt gleich mehrere Wahrheiten, die ihm eigentlich sofort ins Auge hätten springen müssen, allem voran die Daten: der 27. Februar, der 1. und der 5. März. Er sprang auf, begann im Zimmer auf und ab zu gehen. Wie hatte Émilie zu diesen Terminen erscheinen können, wenn sie doch seit dem 19. Februar als vermisst gemeldet war? Und wieso lag eine Rechnung, die auf den 23. März datiert war, einfach hier in Émilies Sekretär? Vor allem aber – und das war das eigentliche Indiz, das, was in seinem Kopf die Glöckchen zum Klingeln gebracht hatte: Wie hatte eine Frau, die viele Jahre lang kein Wort gesprochen hatte, ausgerechnet zur »Gesprächstherapie« gehen können? Denn das war es doch, was Leila gestern kurz vor ihrem Abschied gesagt hatte. *Ich muss zu meiner GT. Zur Gesprächstherapie.* Das waren in etwa Leilas Worte gewesen. Was sich hinter der Abkürzung verbarg, hatte Cho bis gestern nicht gewusst. Aber die Daten hätten ihm schon vorher auffallen müssen.

Was bedeutete das alles? Konnte es sein, dass Émilie sich hier auf dem Anwesen versteckt hielt und heimlich – nachdem sie ihr Schweigen im Krankenhaus gebrochen hatte – eine Gesprächstherapie begonnen hatte? Fast gegen seinen Willen spürte Cho, wie in ihm die Hoffnung mit aller Macht empordrängte, und sein dummes Herz begann schneller zu schlagen. Er dachte an das Licht, das er vor ein paar Tagen hier gesehen hatte und über dessen Ursprung er nun gerade die wildesten Vermutungen anstellte. Aber welchen Sinn sollte so ein Versteckspiel haben? Warum sollte Émilie alle glauben machen, sie sei verschwunden? Und wie passte Lin in die Geschichte? So oder so, es konnte ja wohl kaum angehen, dass zwei erwachsene Frauen sich hier wochenlang versteckt hielten, ohne dass jemand davon wusste.

Wieder begann er im Zimmer umherzugehen, langsamer diesmal. Wenn die beiden hier untergetaucht waren, mussten sie auf jeden Fall irgendwelche Spuren hinterlassen haben. Mit äußerster Konzentration betrachtete er nun jeden Gegenstand, kontrollierte die Schränke in der Küche, versuchte sich zu erinnern, ob irgendetwas verstellt oder verschwunden oder hinzugekommen war.

Er war gerade dabei, den Badezimmerschrank zu öffnen, als er mitten in seiner Bewegung innehielt. War da nicht ein Klappern oder Schlagen, das aus dem hinteren Bereich des Hauses kam? Völlig lautlos erhob er sich und schlich in die Richtung, in der er das Geräusch vermutete. Und da war es wieder, eindeutiger nun. Es kam aus einem abgetrennten kleinen Raum, den Émilie als Abstellkammer für ihre Leinwände benutzte. Mit angehaltenem Atem stand er nun vor der Tür und lauschte. Sein Herz raste, als er langsam die Klinke herunterdrückte.

Der Raum war leer bis auf die Leinwände. Aber das Fenster stand weit offen und bewegte sich leise im Wind.

茶

12

Wenn die Kinder in der Schule sind

Émilie, August 1994

Sie war sich sicher, dass sie kein Geräusch gehört hatte. Vielleicht war es das *Fehlen jeglichen Geräuschs*, das ihr einen Moment lang, in den Tiefen ihres Traums, den Atem raubte. Unwillkürlich streckte sie die Hand aus und tastete nach Antoine, nur um Sekunden später zu begreifen, dass sein Platz leer war.

Sie fuhr hoch, schwang die Beine aus dem Bett und tastete nach dem Lichtschalter. Und sah, dass sie tatsächlich allein war. Wo war Antoine? Einen kurzen Augenblick brandete Angst in ihr auf, der Gedanke, Antoine könne sie verlassen haben. So wie sie Cho verlassen hatte, damals, von einem Tag auf den anderen.

Dann kam der zweite Gedanke, doch auch der hatte nichts Tröstliches: Antoine konnte sie nicht verlassen haben, weil dies sein Haus war. Doch sofort sah sie ihn vor sich, Antoine, auf dem Boden liegend, sich krümmend, in Embryonalhaltung: Er könnte einen Herzinfarkt erlitten haben, einen Gehirnschlag, so etwas gab es doch, es passierte jeden Tag. Warum sollte es ausgerechnet ihr, Émilie Berwanger, nicht passieren? Es gab Menschen, zu denen gehörte das Unglück wie Schatten zur Sonne.

Sie stand auf, lief zur Tür. Sie sah Antoine jetzt ganz deutlich vor sich, auf dem Badezimmerboden, er war gestürzt und mit dem Kopf auf dem Wannenrand aufgeschlagen. Ja, und das wäre nur gerecht, dass ihr das Schicksal Antoine wieder nahm, denn sie hatte unrecht getan. Sie war keine gute Mutter gewesen, all die Jahre über waren ihre Gedanken hauptsächlich um sich selbst gekreist, immer wieder war sie deshalb in der Villa Blanche gelandet. Ja, dachte sie, das Glück war nicht für sie gemacht, man würde es ihr nehmen. Gott würde es ihr nehmen, es gab keine Gnade und keine Nachsicht für sie, sondern nur Gerechtigkeit.

Hastig riss sie die Tür auf, rannte zum Badezimmer und drückte mit zitternden Fingern und angehaltenem Atem die Klinke herunter.

Das Bad war dunkel. Leer.

Da hörte sie hinter sich ein Geräusch und fuhr herum.

»Émilie, geht es dir nicht gut, du siehst so blass aus?«

Sie stieß einen kurzen, spitzen Schrei aus. Er lebte. Er lebte, kam den Gang entlang und lächelte ihr zu. Sie spürte, wie ihre Knie nachgaben, und stützte sich an der Wand ab. Aber da war Antoine schon bei ihr und nahm sie in den Arm. Eine Weile lang sagten beide nichts. Er hielt sie, ihre bebenden Schultern, und murmelte ihr beruhigende Worte ins Ohr.

Irgendwann verstand er auch, was sie flüsterte: »Ich dachte, du wärst tot.«

Danach fiel sie in einen tiefen, erschöpften Schlaf und wachte erst auf, als ihr die Sonne direkt ins Gesicht schien. Doch sie ignorierte die Wärme und auch das Vogelgezwitscher, das von draußen hereindrang, und hielt die Augenlider geschlossen. Erst als die Sonne ihr Gesicht wieder verlassen hatte, blinzelte sie und tappte schließlich barfuß und schlaftrunken durchs Haus, bis sie Antoine auf der Veranda sitzend vorfand.

»Wie fühlst du dich?«, fragte er mit einem Lächeln.

Sie massierte sich die Schläfen. »Wo sind die Mädchen?«, entgegnete sie, ohne auf seine Frage einzugehen.

»Beim Surfen.«

»Ach.« Émilie ließ sich auf den Stuhl sinken. »Ist es denn schon so spät?«

»Ich hab dich schlafen lassen. Du warst so ... aufgewühlt letzte Nacht.«

»Ja«, sagte Émilie und beobachtete, wie Antoine nach einer frischen Tasse griff und sie füllte.

»Ich habe uns einen schönen Assam gekocht. Das wird dich munter machen.«

»Die Nacht war schlimm.«

Antoine stellte die Tasse vor sie, trat zu ihr und gab ihr einen Kuss auf die Stirn. Der Rattanstuhl knarzte unter seinem Gewicht, während er sich setzte.

Émilie atmete die malzige Würze des Tees ein und fühlte sich gleich besser, nachdem sie einen Schluck getrunken hatte.

»Du hast einen Anruf bekommen.«

»Ich?« Émilie begriff nicht gleich: Wie konnte jemand sie hier, in Antoines Haus, anrufen? Es dauerte einen Augenblick, bevor sie nachfragte: »Und von wem?«

»Es war eine gewisse ... Carla, nein ... Claire.«

Émilies Augen weiteten sich. »Es wird doch wohl nichts mit Maman passiert sein.«

»Émilie. Eine Freundin ruft dich an und du denkst gleich an eine Katastrophe?«

Émilie lehnte sich wieder zurück. »Du hast recht.« Sie trank noch einen Schluck und noch einen. »Aber was hat sie *gesagt*? Was wollte sie?«

Antoine lächelte nachsichtig. »Sie wollte dich sprechen. Warum erstaunt dich das so?«

Er stand auf, verschwand im Haus und kehrte kurz darauf mit dem Telefonapparat und einem Zettel wieder. »Warum rufst du nicht einfach zurück?«

Émilie sah erst ihn an, dann das Telefon, als habe er ihr etwas sehr Merkwürdiges vorgeschlagen. Sie stellte die Tasse ab.

Leise sagte sie: »Ich?«, griff dann aber doch nach dem Apparat. Sie sah auf den Zettel, las die Zahlen darauf.

»Was ist? *Willst* du sie nicht anrufen?«

»Doch, doch ... Es ist nur so, dass ...« Sie verstummte und beendete den Satz nur im Stillen: *dass mich nie jemand anruft.* Die Kinder meldeten sich zwar einmal in der Woche aus dem Genfer Pensionat, aber dann ging immer zuerst Adèle ans Telefon.

Schließlich wählte sie. Bereits nach dem ersten Klingeln meldete sich eine Stimme, die Émilie nicht wiedererkannte, und sagte: »Hallo?«

Ein wenig förmlich entgegnete Émilie: »Hier spricht Émilie Berwanger. Ich hätte gerne Claire Laurent gesprochen.«

Claires raues Lachen war Antwort genug. Dann sagte sie: »Salut, Émilie. Hör mal. Du hast mir doch erzählt, dass du den Sommer über in Nizza sein wirst. Und da dachte ich ... na ja ... Überraschung! Ich habe drüben in San Remo zu tun, ich bin dort bei einem Workshop und ... tja, sozusagen nur einen Steinwurf von dir entfernt. Deine Mutter hat mir die Nummer gegeben.«

»Oh«, war alles, was Émilie dazu einfiel.

Da sprach Claire schon weiter: »... habe ich heute Abend Zeit und wollte dich erst zu einer kleinen Video-Performance am Strand einladen und dann zum Essen, was hältst du davon?«

Eine Video-Performance. Émilies Finger umklammerten den Hörer so fest, dass ihre Knöchel weiß hervortraten, und sie blickte zu Antoine, der in die Zeitung vertieft neben ihr saß.

»Hallooo? Bist du noch dran?«

»Ja ... ja ... Ich überlege gerade, ob das geht ... heut Abend ...«

Antoine blickte auf. Sah er nicht strenger aus als sonst? Missbilligend? Stockend sagte Émilie: »Claire lässt fragen, ob ich sie heute auf eine ...« Ihre Stimme verebbte. Sie räusperte sich und sprach dann leise weiter. »... ob ich sie heute Abend zum Essen begleite.« Sie hielt eine Hand über die Hörmuschel. »Aber das geht bestimmt nicht.« Leise und überdeutlich formte sie die Worte: »Ich sage ihr ab.«

Doch Antoine schüttelte energisch den Kopf. »Kommt gar nicht infrage. Natürlich gehst du.«

Zögernd zog Émilie die Hand vom Hörer. »Ich ... ja, das geht. Ich ...« Sie wollte noch etwas sagen, aber Claire fiel ihr ins Wort. »Wunderbar. Gib mir deine Adresse. Ich hol dich um sieben ab.«

茶

Am Morgen war Cho gleich in die Praxis von Dr. Andrieux gegangen. Es war nicht möglich gewesen, die Sprechstundenhilfe, eine energische Frau mit osteuropäischem Akzent, dazu zu bringen, dass sie ihm sofort einen Termin bei Dr. Andrieux gab. Vor dem späten Nachmittag habe er noch nicht einmal Zeit für ein Telefonat, hatte sie mit schmalen Lippen gesagt und ihre Brille zurechtgerückt. Cho hatte daraufhin mit einem gewissen Starrsinn erwidert, er werde jedenfalls warten, und sie mit schmalen Augen fixiert.

Nun saß er im Wartezimmer und blickte in einen grünen Hinterhof. Bis zum späten Nachmittag waren es noch Stunden, und ob er dann wirklich selbst mit dem Therapeuten sprechen könnte oder nicht, war noch offen. Aber je länger es dauerte, desto besser war es für seine Zwecke.

Immer wieder trat er aus dem Wartezimmer, durchquerte den Empfangsraum und tat dabei so, als betrachte er interessiert die Bilder mit den aufgelösten Gesichtern: ein Auge oben rechts, den Mund in der anderen Ecke, die Nase ein Haken irgendwo. Bei diesem Anblick musste man ja Probleme bekommen, dachte er grimmig. Während er von hier nach dort ging, beobachtete er möglichst unauffällig, was die Frau an ihrem Computer tat. Als er verstanden zu haben glaubte, wie man eine Patientenakte öffnete, fragte er nach der Toilette, wo er sein Mobiltelefon herauszog. Kurze Zeit später hatte er Niki am Apparat und bat ihn, so schnell wie möglich herzukommen.

Eine gute Stunde später polterte jemand zur Tür herein. Cho, der allein im Wartezimmer saß, stand auf und linste unauffällig um die Ecke. Niki machte einen wirren Eindruck. Er baute sich vor der Sprechstundenhilfe auf und verlangte den Therapeuten zu sprechen. Sofort. Cho trat einen Schritt zurück und hörte, wie die Frau Niki zu beruhigen suchte. Dann bekam er mit, wie die Stimmen sich auf das Behandlungszimmer zubewegten. Ein entsetztes »Sie können da doch nicht einfach rein!« war der Startschuss für Cho.

Er spurtete los, setzte sich vor den Monitor und tippte *Berwanger* in ein Suchfenster. Sofort erschienen Daten auf dem Bildschirm, die er aber kaum betrachten konnte, da sich in diesem Moment die Praxistür öffnete und eine Frau eintrat. Cho warf ihr einen flüchtigen Blick zu und bedeutete ihr mit einer Handbewegung, sie möge kurz warten. Seine Augen huschten über den Bildschirm, bis er unten rechts die Schaltfläche »Print all« entdeckte, die er kurz entschlossen anklickte. Der Drucker summte los und Cho wandte sich der Frau zu, die ihn vom Empfangstresen aus anstarrte. Wie ein empörtes Huhn, dachte er, nickte ihr freundlich zu und sagte: »Ich bin gleich für Sie da.« Er langte hinüber zum Drucker, nahm die Blätter heraus und faltete sie sorgfältig in der Mitte, als er auch schon Nikis Stimme theatralisch verkünden hörte: »Eine Schande für den ganzen Berufsstand ist das! Wissen Sie eigentlich, wie schwer es ist, einen Termin bei einem Psychologen zu bekommen?«, während Dr. Andrieux begütigend auf ihn einmurmelte. Cho stand auf, lächelte der Frau zu, die ihn immer noch im Visier hatte. Die Sprechstundenhilfe tauchte auf, Niki vor sich her bugsierend. Cho war bereits an der Tür und riss sie auf. Das Letzte, was er hörte, war die Assistentin, die ihnen irgendetwas hinterherrief.

Mit ein paar Sätzen sprang er die Treppe hinunter, Niki dicht hinter ihm. An der nächsten Ecke bogen sie ab, rannten und rannten, liefen die Treppe zur Métro hinunter und sprangen in den nächsten Waggon. Erst als die Türen sich hinter ihnen schlossen, sahen sie sich um.

Einen kurzen Moment lang kreuzten sich ihre Blicke. Noch

ehe sie wieder richtig bei Atem waren, faltete Cho die Ausdrucke auseinander und hielt sie so, dass auch Niki sie lesen konnte. In einem Kästchen oben in der Mitte stand:

Lin Berwanger, *19.02.1980.

茶

Émilie, August 1994

Die Frau im Spiegel trug ein schmales, weißes Kleid mit dünnen Trägern. Um ihren Hals lag eine Korallenkette, wie aus winzigen roten Zähnen gemacht. Aber sie stand nicht ganz genau mittig. Noch einen Zentimeter nach links, dann wäre es richtig.

Émilie starrte sich an, betrachtete ihr Gesicht, den rot geschminkten Mund. Die Frau im Spiegel lächelte, mittig nun, es war ein unsicheres, zittriges Lächeln, aber definitiv ein Lächeln. Es würde alles gut gehen, das Weiß und das Rot würden dafür sorgen. Wenn sie jetzt auch noch die Füße genau so hinstellte, dass sie ... Nein. Émilie erschrak. Nein. Sie würde nicht wieder damit anfangen, das war ja lächerlich, sie würde den rechten Fuß jetzt einfach ein bisschen weiter nach vorne stellen, ganz keck, ganz frech. Aber die Kinder. Was, wenn ihnen etwas geschah, nur weil sie es versäumt hatte ...

Ein Rascheln an der Tür.

»Maman! Wie du aussiehst!«

Émilie fuhr herum und sah direkt in Sus erstaunte Augen.

»Wie sehe ich denn aus?« Émilie blickte an sich herunter und strich den Rock glatt. Es war doch alles in Ordnung. Sie hatte das Kleid dreimal gebügelt, immer wieder war beim Umdrehen eine neue Falte in den Stoff gekommen, sie hatte gebügelt und gebügelt, hatte die Falte und das drohende Unheil weggebügelt. Antoine hatte zweimal verwundert den Kopf zur Tür hereingesteckt und gefragt: »Bist du immer noch nicht fertig?« Jetzt trat sie von einem Fuß auf den anderen und erwartete ängstlich das strenge Urteil ihrer Tochter. »Wie aus einer Modezeitschrift!«

Émilies Hände hielten in ihrer Bewegung inne. »Wirklich?«

Da ertönte ein Hupen und kurz darauf Claires Stimme. Aus dem Wohnzimmer rief Antoine: »Emmi, deine Freundin ist da!«

Lin war hinter Su ins Zimmer getreten. Nun standen beide mit offenem Mund und großen Augen da und betrachteten ihre Mutter.

Also waren es nicht die Falten im Stoff. Émilie war erleichtert. Von draußen erklangen Antoines Stimme und Claires Lachen. Die Kinder lösten sich aus ihrem Bann und alle drei verließen das Schlafzimmer, gingen hintereinander den Korridor entlang.

Claire sah unglaublich lebensfroh aus, in ihrer bunten Flatterhose und dem indischen Seidentop. Das Haar hatte sie in vielen kleinen Zöpfchen geflochten und auf dem Kopf zu einer spektakulären Frisur aufgetürmt. Sie lachte, mit großem rotem Mund, und umarmte Émilie.

Auch Émilie lachte jetzt erleichtert, ja, alles würde gut werden. Claires Gegenwart wirkte beruhigend auf sie und sie freute sich auf einmal sehr, wieder ein wenig an ihr altes Leben anknüpfen zu können.

Zum Glück hatten Antoine und Claire sich schon selbst miteinander bekannt gemacht, denn sie, Émilie, war in solchen Dingen furchtbar ungeschickt. Jetzt aber fiel ihr ein, dass Claire die Zwillinge ja noch gar nicht richtig kannte, die hinter ihr aufgetaucht waren. Émilie musste sie vorstellen, natürlich musste sie das. Bevor sie zu sprechen begann, achtete sie darauf, genau in der Mitte der Bodenfliesen zu stehen. Sie holte tief Luft und sagte mit gesenktem Kopf: »Also, das ist …«

Aber da streckte Claire schon die Hand aus und reichte sie erst Lin und dann Su.

»Das sind schöne Namen, die ihr da habt … Lin und Su. Klingt irgendwie … exotisch.« Claire lachte.

»Stimmt«, antwortete Lin. »Das sind … chinesische Vornamen. Lin heißt Wald, hat aber auch noch andere Bedeutungen … Und Su ist das Wort für Wasser …«

Émilie lief rot an und griff nach ihrer Tasche.

Auf keinen Fall wollte sie vor Antoine über China oder gar über den Vater der Zwillinge reden. Hastig nahm sie ihre Jacke und lief zur Tür. Claire folgte ihr nach ein paar weiteren, letztlich belanglosen Sätzen, und als sie gingen, hörte sie Antoine noch sagen: »Dann wünsche ich den Damen einen schönen Abend!«

Beim Überschreiten der Schwelle achtete Émilie darauf, sich nicht umzusehen. Es war wichtig, sich nicht umzusehen. Doch kurz bevor sie den Fuß nach draußen setzte, rief Antoine ihr hinterher: »He, elegante Lady, willst du mich etwa ohne Kuss meinem Schicksal überlassen?«

Diese Erwähnung des Schicksals brachte sie völlig aus dem Konzept. Und so geschah es doch: Émilie blickte sich um, während sie die Schwelle überschritt.

Antoines Kuss konnte sie kaum erwidern, sie war zu verstört. Die Kinder umarmten sie, Claire öffnete die Beifahrertür einer mit großen bunten Blumen bemalten Ente, drückte sie in den Sitz und rief den Zwillingen noch etwas Lustiges zu. Die Tür klapperte beim Zuschlagen. Dann wurde es still.

Durch die Scheibe sah sie die immer noch lachenden Gesichter. Claire startete den Wagen. Dort draußen lief ein Stummfilm und sie, Émilie, sah ihn sich an. Vom Auto aus beobachtete sie, wie der Film einen Augenblick anhielt. Die drei Darsteller standen regungslos in der Abendsonne. Sie lächelten.

Dann begann das Bild wieder zu laufen, die Kinder hoben die Arme und winkten.

Es war dieses Bild, das Émilie nie vergessen sollte.

茶

Niki war so aufgeregt, dass er um ein Haar das Teebrett heruntergestoßen hätte, kaum dass Cho es auf dem Tisch abgestellt hatte. Immer wieder schüttelte er den Kopf und sagte schließlich atemlos: »Alles bleibt ein großes Mysterium. Wir wissen jetzt nur, dass Lin bei einem Psychologen Hilfe gesucht hat. Was eigentlich auch kein Wunder ist. Ihr ging es so schlecht, nachdem ihre Mutter verschwunden war, das habe ich Ihnen doch erzählt. Sie wurde immer blasser und immer dünner.«

»Und dann hat sie die Behandlung abgebrochen.« Cho blätterte zerstreut durch die Papiere.

»Ja, anscheinend war sie nur dreimal dort«, bestätigte Niki.

»Und den nächsten Termin hat sie ausgemacht, ist aber nicht mehr erschienen. Noch so ein Rätsel.«

»Und auch nicht gerade beruhigend.«

Cho stand auf und trat an die Ladentür. Er sah hinaus auf die Rue des Martyrs und kniff die Augen zusammen. Plötzlich sagte er: »Jemand hat das Fenster offen stehen lassen, das letzte Mal, als ich in Émilies Haus war. Es war jemand dort. Wer kann das gewesen sein? Ob *sie* das war?«

»Wer, Émilie? Oder Lin?«

»Vielleicht. Oder jemand ganz anderes. Jemand, der etwas gesucht hat.« Cho schüttelte stumm den Kopf. »Das Ganze wird für mich immer undurchschaubarer.« Er zuckte die Achseln und wandte sich wieder den Ausdrucken auf seinem Schoß zu. »Hier ist die Kopie eines Schreibens an Lin, in dem Dr. Andrieux ihr dringend rät, die Therapie fortzusetzen. Wenn nicht bei ihm, dann bei einem anderen Therapeuten.«

»Ja«, murmelte Niki, begann hin- und herzugehen und rekapitulierte: »Am 19. Februar verschwindet Émilie. Am 6. März besucht Lin Sie im Teehaus. Kurz zuvor beginnt Lin eine Therapie bei Dr. Andrieux. Nach drei Sitzungen bricht sie diese Therapie ab. Der letzte Termin war am 5. März, einen Tag, bevor sie zu Ihnen kam.« Niki blieb abrupt stehen. »Und irgendwann in diesen Tagen – auf jeden Fall nach ihrem Besuch bei Ihnen – färbt sie sich das Haar.«

Cho blätterte weiter in der Akte. An einer bestimmten Stelle machte er halt. »Sie litt unter massiven Schlafstörungen. Hier hat Dr. Andrieux vermerkt, dass Lin verstört war über das, was sie im Krankenhaus von ihrer Mutter erfahren hatte. Die Tatsache, plötzlich einen Vater zu haben ...« Er sah auf und wechselte einen Blick mit Niki. »Er schreibt, dass er den Eindruck hatte, da sei noch etwas anderes gewesen. Etwas, worüber Lin aber unter keinen Umständen sprechen wollte.«

Eine Pause entstand, in der Niki aufstand und ans Fenster trat. Nachdenklich sagte er: »Die Träume.«

»Ja«, murmelte Cho und wandte sich wieder der Akte zu. »Ein ganz bestimmter Traum. Andrieux hat ihn sehr ausführlich festgehalten. Er vermutet, dass hier der Schlüssel zu dem liegt, was Lin ihm nicht sagen will oder kann.« Cho hob den Blick und runzelte die Stirn. »Es beginnt immer auf dieselbe Weise: Ihre Mutter fährt weg. Es ist Abend, die Sonne geht unter. Lin sieht der Mutter hinterher und plötzlich ist sie allein. Es ist dunkel. Sie weiß nicht mehr, wo sie ist, um sie herum ist alles schwarz. Auf einmal hört sie etwas, ein Geräusch aus dem Nebenzimmer. Sie merkt, dass sie in ihrem Bett liegt. Sie will aufstehen und nachsehen, kann aber nicht. Sie ist wie gelähmt. Irgendwann schafft sie es doch, öffnet die Tür und kommt auf einen Korridor, der ihr endlos lang erscheint. Sie folgt dem Geräusch, bis sie vor einem anderen Zimmer steht. Sie öffnet die Tür und sieht eine Gestalt. An dieser Stelle wacht sie jedes Mal auf und schreit.«

Niki hatte aufmerksam zugehört. Er streckte die Hand aus und Cho reichte ihm die Akte.

Niki las den Bericht noch einmal, wobei er stumm die Lippen bewegte. Plötzlich sagte er: »Es ist ein Blumenwagen.«

»Was?«

»Hier steht, dass Émilie in einem ›Blumenwagen‹ davonfährt.« Niki sah aus, als wollte er Cho am Kragen packen. »Das Wandbild in Émilies Haus. Die beiden Frauen in dem bunt bemalten Auto. Das waren doch Blumen.«

»Ja! Und eine davon hat rote Haare …«

Niki erwiderte Chos Blick und runzelte die Stirn. »Émilie und Claire. Immer wieder landen wir bei Claire Laurent …«

茶

Émilie, August 1994

In den ersten Minuten, nachdem sie mit Claire losgefahren war, dachte sie an nichts anderes als an die Schwelle. Daran, dass sie über die Schwelle getreten war und sich dabei umgesehen hatte. Wie Orpheus, dachte sie, der sich zu Eurydike umdrehte und sie für immer verlor. Dumme Gans. Dumme Gedanken.

Nach und nach jedoch löste sich ihre Anspannung und sie stellte fest, dass Claires Gegenwart irgendwie wohltuend auf sie wirkte, was seltsam war. Auf einmal hatte sie das Gefühl, ihr würde nichts geschehen, solange sie bei Claire war. Sie konnte alle Verantwortung in Claires Hände legen.

Am Strand hatte man einen Irrgarten aus Leinwänden aufgestellt, auf denen die verschiedensten Videos gezeigt wurden. Eine dicke Frau, die mit einer Taschenlampe in die Zimmerecken leuchtete, das riesenhafte Foto eines Politikers, das jemand abwechselnd mit Farbbeuteln und Pfeilen bewarf. Oberhalb war eine Art Zuschauertribüne mit Sitzplätzen für ein paar ausgesuchte Gäste (zu denen sie beide gehörten!) aufgestellt, von der aus man sowohl die Videos als auch die Besucher im Irrgarten beobachten konnte. Ein verwirrendes Spektakel, wie Émilie fand.

Und so saß sie, die Hände um ihre rote Tasche geschlungen, auf ihrem Platz und betrachtete blinzelnd das Labyrinth. Das hier könnte deine Welt sein, durchzuckte sie ein Gedanke, der lange geruht hatte. Aber er blieb fern und seltsam farblos. Als die Videos stoppten und die Szenerie in Dunkelheit versank, spürte sie Claires kühle Hand, die kurz ihre eigene drückte. Émilie konnte den Blick nicht von der Schwärze vor ihr nehmen, bis einige Augenblicke später das Licht anging und alles mal in rotes, mal in blaues, mal in buntes Licht getaucht wurde.

Der Abend flog vorüber, und als Claire die Straße in die Hügel einschlug, dachte Émilie das erste Mal wieder an zu Hause, zutiefst erschrocken darüber, wie sie alles hatte vergessen können: die Kinder, Antoine, Adèle. Und fast gleichzeitig meldete sich der Zwang zurück. Er kam aus dem Hinterhalt und drängte die Bilder des Abends in den Hintergrund. Émilie musste ihren Leichtsinn wiedergutmachen: Sie wusste, dass es wichtig war, überlebenswichtig, die weißen und roten Autos zu zählen, damit sie und ihre Familie wieder beschützt wären.

Das Haus war satt von Stille, als Émilie die Haustür hinter sich schloss. Sie machte Licht, zog die roten Schuhe aus und achtete beim Durchqueren des Wohnzimmers streng darauf, nicht auf die Fugen zu treten.

Im Korridor vor Lins Zimmer machte sie halt und überlegte. War es richtig, jetzt gleich nach den Kindern zu sehen oder erst später, wenn sie sich gereinigt und die fremden Eindrücke abgespült hatte? Sie unterdrückte die Stimme, die ihr sagte, dass sie zuerst ins Bad gehen sollte, und öffnete Lins Tür.

Das Licht aus dem Korridor fiel auf den Zimmerboden. Émilie machte ein paar Schritte, bis sie neben Lins Bett stand und ihre ruhigen Atemzüge hörte. Erleichtert verließ sie den Raum, durchquerte den Korridor und betrat Sus Zimmer. Auch hier war alles ruhig, kein Laut, kein Seufzen war zu hören. Émilie trat an Sus Bett und beugte sich leicht über sie. Nichts war zu hören. Su schlief tief.

Es war weit nach Mitternacht, als sich Émilie ins Schlafzimmer stahl und sich neben Antoine ins Bett legte, der ebenfalls tief zu schlafen schien. Sie lag noch lange wach, lauschte auf die Stille, bis sie gegen Morgen endlich in einen unruhigen Schlaf fiel.

茶

13

An einem Tag mit leichtem Regen

Émilie, August 1994

Am nächsten Morgen war Su tot.

Noch Jahre später sollte Émilie sich an diesen Moment erinnern, als Antoine, der die Kinder wie jeden Morgen weckte, aus dem Zimmer gestürmt kam, an ihr vorbeitaumelte, mit aschfahlem Gesicht. Ein paar Sekunden später rannte er wortlos wieder an ihr vorbei, zurück in Sus Zimmer, den Arztkoffer in der Hand.

Aus Émilies Kehle drang ein kleiner, heiserer Schrei. Er klang wie der klägliche Laut eines verendenden Tieres – ein Ton, der bereits all das enthielt, was der Verstand noch nicht wissen konnte.

Su war tot.

Panisch stürzte Émilie hinter ihm her, ans Bett ihrer Tochter. Sie sah Antoine, wie er die Decke zurückschlug, ihren Herzschlag zu hören versuchte, dann fieberhaft in seinem Koffer kramte, eine Spritze aufzog und Su in den Arm jagte. Wie er diese in ihren Augen sinnlosen Dinge tat, wo Émilie doch auf den ersten Blick sah, dass alle Hilfe zu spät kam. Su war tot. Die Zeit stand still.

Wie aus sehr weiter Ferne, wie aus einer anderen Welt, sah sie auf dieses tote Kind hinab, auf ihr Kind, und wusste alles. Es war ihre Schuld. Diese Gewissheit traf sie mit einer solchen Wucht und einer solchen Härte, dass sie taumelte.

Sie war schuld.

Die Bewegungen des Mannes am Bett wurden immer fahriger, immer hektischer, wieder sah sie ihn eine Spritze aufziehen, wieder jagte er etwas in Sus Körper. Émilie spürte, wie ihre Lähmung in ein Zittern überging, wie ihre Beine zu schlackern begannen. Und dann schrie sie. Sie schrie und dieser Schrei hallte in ihrem Kopf herum, von einer Schädelseite zur anderen.

Irgendwann kamen Sanitäter. Sie hoben Su auf eine Bahre und trugen sie hinaus. Von irgendwoher schrie jemand, es war Lin.

Und da setzte Émilie sich in Bewegung, rannte hinter den Sanitätern her, riss die Tür des Ambulanzfahrzeugs auf und kletterte hinein. Während der ganzen Fahrt hielt sie die kalten Hände, die kalten Hände des Kindes. Es war ihre Schuld. Sie hatte die Regeln nicht beachtet. Sie hatte sie gebrochen, sich über sie hinweggesetzt. Sie spürte, wie ein Schluchzer ihr die Kehle zuschnürte, wie ihr Atem stecken blieb, tief unten im Hals. Sie hatte geglaubt, sie könnte *die Gesetze* außer Kraft setzen. Für einen Abend nur. Aber das war schon zu viel gewesen. Sie war bestraft worden, für ihre Vermessenheit, für ihren Hochmut.

Sie krallte sich an die Hände. Wiedergutmachen. Sie konnte es nie wiedergutmachen.

茶

Claire schien auch diesmal nicht da zu sein.

Ein kalter Wind wehte ihn von hinten an, drang unter seinen Mantelkragen und Cho glaubte, ein paar zaghafte Regentropfen auf seinem Gesicht zu spüren. Er blieb am Ufer stehen und blickte hinüber zu dem Hausboot. Ein gelblicher Lichtschein ließ das Halbdunkel wie die Kulisse eines Films erscheinen, dramatisch, künstlich. So wie diese ganze Geschichte, dachte er und fragte sich einen Moment lang, was er hier tat. Wie er hierhergeraten war. Und was er sich von Claire Laurent noch erhoffte. Nach ihrem letzten Telefonat, das nun schon länger her war, hatte sie sich vollkommen zurückgezogen und auf keinen seiner Anrufe mehr reagiert. Aber er war zu sehr mit anderen Dingen beschäftigt gewesen, um dem Bedeutung beizumessen.

Die Kette rasselte und seine Schritte klangen dumpf, während er die kleine Brücke überquerte. Aus dem hinteren Teil des Bootes drang ein Bellen. Der Hund zumindest war wieder da. An der Tür blieb er stehen und lauschte. Stille. Auch der Hund schien zu lauschen. Dann hob Cho die Hand und klopfte. Das Bellen wurde lauter, wütender, aber sonst war nichts zu hören. Nach ein paar Sekunden klopfte er erneut, diesmal mit der Faust, aber die einzige Antwort war die des Hundes. Da hörte er ein Geräusch. Allerdings vom Nachbarboot.

»He, was machen Sie denn da! Sie ist nicht da.«

Eine Frau stand an der Reling des Hausbootes nebenan. Ihr blondes Haar leuchtete giftig in der Dämmerung.

»Wissen Sie, wann Madame Laurent wiederkommt?«

Obwohl Cho den Gesichtsausdruck der Frau nicht erkennen

konnte, spürte er ihre Missbilligung. Und so überraschte es ihn nicht, dass sie unwirsch antwortete: »Woher soll ich das denn wissen? Sie sind gut …« Ohne ein weiteres Wort verschwand die Frau hinter einer Tür.

Cho blickte ihr hinterher, unsicher, was er nun tun sollte. Offensichtlich war wirklich nur der Hund an Bord.

Er beschloss zu warten, trat wieder an Land und fing an, im Nieselregen auf und ab zu gehen. Die Blätter der großen Platanen raschelten vom Wind und vom Regen, während er langsam die lange Reihe der Hausboote abschritt. Immer wieder drehte er sich um zu Claire Laurents Boot, in der Hoffnung, eine Gestalt auftauchen und über die Brücke gehen zu sehen. Als das Nieseln in einen dichten Regen überging, kehrte er zum Boot zurück und stellte sich unter das Vordach, was ein erneutes Bellen zur Folge hatte. Er fragte sich, wie spät es sein mochte. Er selbst hatte wie immer keine Uhr bei sich. Irgendwann hatte er jedes Zeitgefühl verloren. Er zog kurz in Erwägung, wieder zu gehen. Aber ein seltsames Gefühl der Sturheit hatte ihn ergriffen, eine Mischung aus Trägheit und Starrsinn, der Wunsch, die Lösung des Rätsels herbeizuzwingen. Jetzt. Außerdem musste sie früher oder später zurückkommen. Schließlich hatte sie den Hund hiergelassen. Das bedeutete ja wohl, dass sie zumindest nicht verreist war.

Irgendwann spähte er durch die Scheibe und sah an den Zeigern einer Küchenuhr, dass es kurz nach zehn war. Also eigentlich noch nicht spät.

Endlich kam sie. Er erkannte sie schon von Weitem, im mageren Lichtschein der gelben Laternen, die das Ufer säumten. Das lange Haar, dunkel vom Regen, aber unverkennbar rot. Immer wieder leuchtete es auf, wenn sie den Lichtkegel einer Laterne betrat. Aus dem Schatten unter dem Vordach beobachtete er, wie sie über die Brücke ging, unter Kettengerassel, wie sie sich im Gehen die Regentropfen von den Schultern wischte, vom Schoß des Mantels.

Er wartete bis zum allerletzten Moment. Dann erst bewegte er sich.

Claire Laurent schrie auf und schwankte. Wieder bellte der Hund, noch wütender diesmal.

»Sie? Was wollen Sie von mir?«

»Mit Ihnen sprechen.«

»Lassen Sie mich in Ruhe.«

Sie kramte in ihrer Tasche, holte einen Schlüsselbund heraus. Sie versuchte den Schlüssel ins Schloss zu stecken, aber ihre Hand zitterte. Er nahm ihr den Schlüssel weg und schloss die Tür auf. Dann trat er einen Schritt zurück.

»Bitte«, sagte er.

Im Raum nebenan bellte der Hund nun wie verrückt, polterte gegen die Wand. Claire Laurent ging wortlos an Cho vorbei in die Kajüte. Dort blieb sie stehen, mit dem Rücken zu Cho.

Als sie ihn weiter ignorierte, sagte er, immer noch von draußen vor der Tür: »Ich bitte Sie inständig, mit mir zu sprechen. Ich bin schließlich Lins Vater. Und Émilie ...« Er brach ab.

Cho hielt den Atem an. Der Moment schien ihm eine Ewigkeit zu dauern. Er betrachtete ihren Rücken, die hochgezogenen Schultern, das Abwehrende in ihrer Haltung. Doch plötzlich drehte sie sich um und sagte: »Na gut. Kommen Sie rein.«

Cho betrat die Kajüte und schloss leise die Tür hinter sich. Claire Laurent zog ihren Mantel aus, hängte ihn auf einen Bügel. Dann verschwand sie im Bad, kam mit einem Handtuch zurück und frottierte sich die Haare. Wortlos ging sie zu einem Tischchen, auf dem ein paar Karaffen standen, goss sich etwas ein, das wohl Whisky oder Rum sein musste. Bevor sie das Glas an die Lippen setzte, fragte sie: »Sie auch?«

Stumm schüttelte er den Kopf.

Sie hob das Glas, sah ihn über den Rand hinweg an, immer noch skeptisch, immer noch unschlüssig, wie ihm schien. Doch dann nahm sie einen Schluck und wedelte, das Glas noch an den Lippen, mit der freien Hand.

»Also dann ... Setzen Sie sich.«

Auf einmal kehrte das Gefühl der Unwirklichkeit zurück. Er sah sich selbst dort sitzen, auf diesem Hausboot, mitten in Paris bei dieser Frau, die ihm mit ihrem bunten Samtrock und den altmodischen Schnürstiefeln so bizarr erschien wie eine Romanfigur. Er räusperte sich und wusste plötzlich nicht mehr, wie er beginnen sollte.

Claire Laurent hatte ihm gegenüber auf dem Sofa Platz genommen, wie auch das letzte Mal, aber diesmal wirkte sie steifer, offizieller. Sie saß sehr aufrecht, die Knie zusammengepresst, das Glas im Schoß mit beiden Händen umklammernd. Und einen Moment lang fragte sich Cho, wie es möglich war, dass jemand räumlich so nah war und gleichzeitig so weit entfernt wirken konnte.

»Sie kennen Émilie schon sehr lange, nicht wahr?«

Sie schwieg.

»Darf ich fragen, woher?«

Claire Laurent zögerte mit der Antwort, so, als würde sie die möglichen Folgen abwägen. Schließlich sagte sie: »Wir haben uns in den Siebzigerjahren kennengelernt.«

»Bei welcher Gelegenheit?«

»Wir haben dieselbe Schule besucht.«

»Also sind Sie sozusagen Schulfreundinnen?«

Claire räusperte sich und nahm noch einen kräftigen Schluck aus ihrem Glas. Langsam sagte sie: »Das kann man nicht gerade behaupten. Wir sind uns erst später nähergekommen. Nach ihrer Rückkehr aus ... China.«

Cho fixierte sie nun und Claire Laurent hielt seinem Blick stand.

»Sie sind auf jeden Fall befreundet.«

»Das sind wir. Und deswegen fällt es mir auch schwer, in ihrer Abwesenheit über sie zu sprechen.«

»Ja, aber Émilie ist verschwunden, genauso wie Lin. Und ich versuche verzweifelt, die beiden zu finden ...«

Cho strich sich übers Haar, dann fiel ihm ein, dass er immer noch im Mantel dasaß. Er stand auf, schlüpfte aus dem Mantel und sagte dann: »Etwas ist damals passiert. Etwas Furchtbares. Und Sie wissen, was es war.«

Claire Laurent schwieg. Ihr Gesicht war seltsam wächsern, völlig verkrampft, so als kämpfe sie mit aller Macht gegen jede Regung an. Doch plötzlich schien Leben in sie zu kommen. Sie trank das Glas in einem Zug leer, stand abrupt auf und schenkte sich neu ein.

»Was möchten Sie hören?« Sie schlug die Beine unter und seufzte schwer, ihr Atem zitterte, als sie ausatmete.

»Waren Sie schon einmal in Émilies Haus?«

»Sie meinen das an der Place Dalida?« Sie klang überrascht. »Nein ... Wir haben uns immer woanders getroffen. Eine Zeit lang habe ich sie auch regelmäßig in der Villa Blanche besucht. Ein merkwürdiger Ort.«

»Ihr Haus in Montmartre ist ... noch viel merkwürdiger.« Er fixierte sie jetzt aufmerksam. »In diesem Haus hat Émilie die Wände vollgemalt. Ich glaube verstanden zu haben, dass sie da eine Art Geschichte gemalt hat. Ihre Geschichte.«

Claire Laurent erwiderte seinen Blick, blinzelte dann. Mit einer Hand fuhr sie sich durchs Haar, strich sich eine feuchte Strähne hinters Ohr, die sofort wieder zurückschnellte.

»Sie hat sich selbst auf dem Beifahrersitz eines blumengeschmückten 2CV gemalt. Am Steuer des Wagens sitzen Sie.«

Der Ausdruck in Claire Laurents Augen wechselte. Plötzlich schien sie zu verstehen.

»Der Abend in Nizza. Ich habe sie abgeholt, an einem Abend im August. Ich hatte damals eine Ente, selbst bemalt. Wir waren essen und bei einer Performance am Strand. Später habe ich sie wieder nach Hause gebracht. Und dann ...«

»Was?«

»Erst Wochen danach habe ich von anderen erfahren, dass Su in dieser Nacht gestorben ist.«

»Su?«

»Ja, Su.« Claire Laurent nahm einen weiteren Schluck und stellte das Glas dann auf das kleine runde Tischchen neben dem Sofa. Auf ihrem Gesicht lag nun ein schmerzlicher Ausdruck.

Vorsichtig fragte Cho. »Wer war das, Su?«

Ihr Blick schnellte zu Cho. »Aber …« Plötzlich schlug sie sich die Hand vor den Mund und flüsterte entgeistert: »Das wussten Sie nicht. Dass Lin eine Zwillingsschwester hatte.«

Cho saß da wie versteinert. Bilder flackerten vor ihm auf. Ein Mädchen, das auf einem Tisch lag, ihre Zöpfe, die wie Wurzeln aus dem Boden wuchsen. Das andere Kind mit dem kurzen Haar. Su und Lin. Zwei Mädchen.

Zwei Töchter. Und eine davon tot.

茶

Émilie, Ende August 1994

Weiß war die Farbe des Todes, das wusste sie nun. Und jetzt begriff sie auch, warum das Sanatorium Villa Blanche hieß. Es kannte den Tod und auch den Schmerz. Und es hatte die ganze Zeit auf sie gewartet. Auf ihr Scheitern. Und nun war es vollbracht.

Man hatte sich gewundert. Alle hatten sich gewundert. Dass ein so gesundes und kräftiges Mädchen einfach sterben konnte. Adèle hatte den Polizeibeamten, diesen Thomas, entgeistert angeschrien, das könne doch nicht sein, das sei doch ganz unglaublich. Und das war es wirklich. Wie hatte Su einfach sterben können, ohne Grund? Nur sie selbst wusste, dass sie diesen Tod heraufbeschworen hatte mit ihrer Unachtsamkeit.

Émilie betrachtete das Sonnenlicht, das durch das Fenster der Krankenstation ins Zimmer fiel, ein fleckiges Licht, weil vor dem Fenster eine Birke stand. Ein sanfter Wind strich durch den Baum, bauschte die Zweige und ließ auch das Sonnenmuster vor ihr auf der Bettdecke lautlos tanzen.

Seit ihrer Ankunft vor zwei Tagen war die Welt aus Watte. Der neue Leiter der Klinik, Dr. Blumstein, hatte die Spritze in ihren Arm gleiten lassen und Émilie hatte zugesehen. Als er die Nadel herausgezogen hatte, war ein Blutstropfen aus ihrem Arm gekommen, eine rote Perle. Dr. Blumstein hatte wie ein Uhu daraufgeblickt und sie sofort zerquetscht, die Perle, und das kleine weiße Gazestück hatte sich rot gefärbt. Die Nadel hatte ihr Vergessen gebracht, sie liebte die Nadel. Mit einem Stich verschwand das Weiß für ein paar Stunden, wurde verschluckt vom Nichts.

Irgendwo durch die Watte drang jetzt ein Geräusch. Ein Klopfen? Das Schattenspiel auf ihrer Bettdecke ging weiter, fast glaubte sie, ein Gesicht darin zu sehen, ja, dort auf ihrer weißen Decke sprach ein stummes Gesicht zu ihr. Es sah aus wie ein Tier, ein Tier mit einem großen Kopf.

»Hallo, Émilie.«

Und nun hörte sie auch noch seine Stimme. Émilie lehnte den Kopf aufs Kissen zurück, schloss die Augen. Sie hatte keine Lust, dem Tier zu antworten.

»Émilie?«

Die Stimme war näher gekommen. Sie öffnete die Augen wieder, blinzelte.

»Hier ist Besuch für Sie.«

Statt des Tieres stand nun Dr. Blumstein vor ihr. Daneben ein Mann, den sie nicht kannte. Durch die Wattigkeit hörte sie, wie Dr. Blumstein leise zu dem Mann sagte: »Sie bekommt im Moment starke Medikamente.« Der Mann antwortete mit einer schnarrenden Stimme. Er sagte, er wolle trotzdem mit ihr sprechen. Émilie fand, dass er aufgeregt klang, drehte ihm den Kopf zu und sah ihn an.

Der Mann war bleich und nicht so jung, wie seine Stimme hatte vermuten lassen, vielleicht um die dreißig. Sein Haar war schmutzigblond und dünn, aber er hatte einen offenen Blick. Seine Augen waren frisch und blau. Émilie sah, wie er sich umschaute, er schien sich unwohl zu fühlen und nicht recht zu wissen, was nun zu tun war. Das fand sie sympathisch. Auch Émilie hatte im Leben oft nicht gewusst, was als Nächstes zu tun war. Aber das war jetzt anders. Jetzt wusste sie es. Die Aufgabe ihres Lebens bestand nun darin, in diesem Bett in diesem Haus zu sein und darauf zu warten, dass man ihr das Vergessen brachte.

Der Mann hatte sich entschieden. Er ging zum Tisch, griff nach einem der beiden Stühle und stellte ihn neben Émilies Bett, damit sie sich anschauen konnten, Auge in Auge.

»Ich bin Clément Lacroix und ich arbeite im Krankenhaus in Nizza.«

Émilie betrachtete ihn, seine weichen Züge, die freundlichen Augen.

»Und ich bin gekommen, um mit Ihnen über … Ihre Tochter zu sprechen.«

Émilie sah ihn an. Er schien eine Reaktion von ihr zu erwarten, also nickte sie.

»Ich arbeite in der Pathologie und war dabei, als … Ihre Tochter untersucht wurde.«

»Meine Tochter ist tot.«

»Ich … also … es ist so. Ich habe erfahren, dass der … ähm … Fall Ihrer Tochter von der Polizei zu den Akten gelegt wurde. Und da habe ich mir den Obduktionsbericht, den Dr. Dupont verfasst hat, noch einmal angesehen und bemerkt, dass wichtige Ergebnisse der Obduktion dort gar nicht vermerkt wurden. Ja, und darüber wollte ich mit Ihnen sprechen.«

»Aber sie ist doch tot.« Émilie sah ihn mit großen Augen an.

»Ähm … ja, aber wir wissen nicht, warum! Dr. Dupont hat als Todesursache einen Herzklappenfehler genannt. Doch das kann nicht sein … Ich war ja dabei, als sie obduziert wurde. Und es gab überhaupt keinen Hinweis darauf. Ich hatte eigentlich angenommen, dass die Polizei der Sache weiter nachgehen würde. Aber nach dem Obduktionsbericht gab es offenbar keinen Grund mehr für sie.«

Émilie wunderte sich. Was wollte dieser Mann von ihr? Natürlich wusste sie, dass die Polizei über die Todesursache nichts Nachvollziehbares gesagt hatte. Wichtig war doch nur, dass *sie* wusste, warum Su gestorben war. Nämlich weil sie versagt hatte.

»Hören Sie, Madame Berwanger. Normalerweise ermittelt die Polizei in so einem Fall. Ich habe Dr. Dupont bei der Leichenöffnung assistiert, ich weiß genau, wovon ich spreche.«

»So? Wovon denn?«

»Das ist eine sehr heikle Angelegenheit für mich, wenn Sie verstehen. Ich befinde mich hier in einem Konflikt. Einerseits bin ich meinem Vorgesetzten gegenüber zur Loyalität verpflichtet.

Andererseits glaube ich, dass hier … wie soll ich sagen … Dinge übersehen wurden.«

Clément Lacroix beugte sich vor. Er sah sehr aufgeregt aus, mit seinen weit aufgerissenen Augen, die Émilie so blau und auch irgendwie so besorgt fixierten.

»Zunächst einmal ist es überhaupt sehr merkwürdig, um nicht zu sagen absonderlich, Kobalt-Ferrlecit zu spritzen aufgrund mangelnder Bräunung. Das ist ein gefährliches Medikament, das den Blutdruck absacken lassen kann, es kann zu Atemnot und Fieber kommen, zu Übelkeit und Erbrechen, verstehen Sie! Die Verabreichung dieses Medikaments muss streng überwacht werden. Der Patient muss dabei liegen und in den Stunden danach überwacht werden und …«

»Ich war nicht da.«

Clément verstummte. Émilies Augen glänzten von Tränen. Durch die Medikamententaubheit hindurch drangen die Worte dieses Mannes und schnürten ihr die Kehle zu. Jetzt griff der Mann nach ihrer Hand.

»Im Magen ihrer Tochter haben wir noch unverdautes Essen gefunden. Und es waren Speisereste in der Lunge. Das bedeutet, dass der Blockierreflex der Luftröhre nicht funktioniert hat. Aber Ihre Tochter war ein sehr gesundes Mädchen, hatte keinerlei Allergien, nichts. Wenn ihr von der Spritze schlecht geworden wäre und sie hätte brechen müssen, dann hätte sie das nicht im Schlaf getan. Das geht nicht. Sie wäre aufgewacht. So etwas passiert nur, wenn jemand schon im Koma liegt. Oder unter Einfluss von Narkosemitteln steht.«

Eine Weile lang war es still. Immer noch sah der Mann sie mit diesem Blick an. So, als erhoffte er sich etwas von ihr. Als könne, nein, als müsse sie irgendetwas Entscheidendes tun. Émilie war verwirrt. Wenn sie doch nur klarer denken könnte. Aber etwas sagen musste sie nun, so, wie der Mann sie ansah. Vielleicht half die Wahrheit?

»Ich verstehe gar nicht, was Sie von mir wollen.«

Der Mann atmete hörbar aus, sein Atem war fast ein Keuchen. Kurz bevor er wieder zu sprechen begann, setzte er sich auf seinem Stuhl zurecht, legte die Hände in den Schoß, sorgsam, so als käme nun alles auf die richtige Ordnung an. Dann sagte er: »Ihre Tochter ist gestorben und ich weiß nicht, woran. Im Obduktionsbericht fehlen wichtige Informationen … zum Beispiel, dass es da eine zweite Einstichstelle gab … und ich weiß nicht, warum. Mein Verdacht ist, dass Dr. Leroy Ihrer Tochter ein Narkosemittel gespritzt hat und sie dann …« Er verstummte.

»Was?« Émilie setzte sich aufrecht hin. Sie beugte sich vor und fasste den Mann, dessen Namen sie schon wieder vergessen hatte, fest ins Auge.

Wieder rutschte der Mann auf dem Stuhl herum, schlang die Hände ineinander. Seine hervortretenden Knöchel ließen sie an Hähnchenknochen denken.

»Ich weiß nicht, es fällt mir sehr schwer, das zu sagen … Auf jeden Fall war an ihrer Unterhose Blut.«

Émilie starrte ihn verständnislos an. »Wieso Blut? Sie hatte doch noch gar nicht ihre Tage.«

»Das ist richtig. Ich meine, das hat die Obduktion auch ergeben, es handelte sich dabei auch nicht um … Menstruationsblut.«

Émilie schwieg. Dann fragte sie: »Ja, aber woher kam es denn dann, das Blut?«

»Ich weiß es nicht.« Wieder holte der Mann tief Luft, so als müsse er all seine Kraft zusammennehmen. »Ich erinnere mich deutlich an das Blut in der Unterhose. Kurz bevor Dr. Dupont dann allerdings fortfuhr mit der Obduktion, hat er mich plötzlich weggeschickt und mit einer anderen Aufgabe betraut.«

»Was soll das alles heißen, was erzählen Sie mir denn da!«

»Ich weiß, das ist alles ganz schrecklich und ich hätte Sie auch nicht aufgesucht, wenn ich eine andere Möglichkeit gesehen hätte. Aber am Abend habe ich mir, als alle schon weg waren, den Obduktionsbericht vorgenommen, den mein Vorgesetzter verfasst hatte … Und da habe ich gesehen, dass ihr Blut nicht auf Narkotika hin analysiert wurde und dass auch die Sache mit dem Blut am Slip nirgends erwähnt wird. Und der Slip selbst ist auch verschwunden. Das sind sehr viele Zufälle.«

Émilie schwirrte der Kopf von dem Versuch zu verstehen, was der Mann sagte. Doch seine Worte rauschten an ihr vorüber wie Wasser.

»Ich kann an nichts anderes mehr denken, und je mehr Zeit vergeht, desto unruhiger werde ich. Wir müssen etwas tun, wir müssen zur Polizei gehen und das melden. Ich muss es melden.«

Émilie begann, ganz langsam den Kopf zu schütteln. Sie hatte den Blick nun abgewandt, starrte nach unten und schüttelte immerzu den Kopf. Dann presste sie die Hände auf die Ohren und schloss die Augen.

茶

Er ging zu Fuß, den ganzen Weg.

Es waren *zwei* Mädchen gewesen, zwei Töchter, und eine davon war gestorben. Und dann hatte Claire ihm eine ungeheuerliche, eine grauenhafte Geschichte erzählt. Eine, die so aberwitzig klang, dass er zweimal und dreimal hatte nachfragen müssen. Aber Claire war dabei geblieben: Leroy, der Mann, der auch für Geneviève Damiens' Tod verantwortlich war, hatte Su eine Spritze verabreicht, so etwas wie eine Eisenlösung, die für eine raschere Bräunung des Teints sorgen sollte.

Dieser Mann hatte seinem Kind eine Spritze gegeben, nach der es nie wieder erwacht war.

Er spürte einen dumpfen Druck irgendwo hinter seiner Stirn. Dieser Mann hatte seine Tochter getötet. Und plötzlich sah er Émilie vor sich, ihre schmale Gestalt, die hochgezogenen Schultern. Wie hatte sie das nur ertragen, wie hatte sie danach überhaupt weiterleben können?

Cho schritt rascher aus, der Regen kam nun schräg von vorne, aber er spürte ihn kaum. Er steckte die Hände in die Manteltaschen und fühlte auf einmal kühles Metall unter seinen Fingern. Der Schlüssel zu Émilies Werkstatt, dachte er, und dass er ihn seit seinem letzten Besuch in ihrem Haus immer bei sich getragen hatte, wie eine Art Talisman. Ein Beschwörungsgegenstand für ein gutes Ende.

Das allerdings schon im Sommer 1994 unwiederbringlich zerstört worden war.

Er kam an die Place de la Bastille und für einen kurzen Moment holte ihn der Verkehrslärm in die Gegenwart zurück. Rasch bog er in eine Nebenstraße ein, um dem Trubel zu entkommen, der auch jetzt, gegen Mitternacht, hier noch herrschte.

Aber das war nicht alles gewesen. Nach und nach hatte Claire Laurent ihm noch mehr erzählt, andere Dinge, die ihn für sich genommen entsetzt hätten, die vor dem Hintergrund der ganzen Tragödie aber verblassten wie eine Tuschezeichnung, die zu lange dem Licht ausgesetzt war. Jedenfalls hatte Claire bestätigt, was er schon vermutet hatte: Adèle hatte ihre Tochter entmündigen lassen, nur um deren Rückkehr nach China zu verhindern.

Eine dreiviertel Stunde später stieg Cho die Treppen zu Sacré-Cœur hoch, warf diesmal aber nur einen zerstreuten Blick auf die in weißem Glanz erstrahlende Fassade. Wieder tastete er nach dem Schlüssel in seiner Tasche. Nun, wo er alles wusste, musste er plötzlich wieder an das geöffnete Fenster in Émilies Haus denken. Irgendjemand war dort gewesen, während er nach der Honorarnote von Dr. Andrieux gesucht hatte. Jemand, der daraufhin die Feuerleiter hinuntergeklettert und in der Dunkelheit verschwunden war. Er krampfte die Finger fest um den Schlüssel. Auf einmal war ihm klar: Er musste noch einmal ins Haus, am besten jetzt gleich. Ein letztes Mal wollte er einen Blick auf Émilies Geschichte werfen, die er nun fast ganz verstand. Auf die Bilder von Lin und von Su, von dieser anderen Tochter, die für immer verloren war.

Am Haus angekommen, zog er den Schlüssel heraus und öffnete die Tür. Seine Schritte klangen seltsam hohl auf dem Betonboden. Der Geruch wie schon die vorigen Male der einer Gruft. Ein Steingrab, dachte er, ein Ort, an dem eine Frau sich in ihre Erinnerungen vergraben hat, ein Ort, an dem sie der Erinnerung an ein totes Kind gehuldigt hatte, beinahe zwanzig Jahre lang. Vor der Tür zu den Wandmalereien hielt er inne. Seine Hand lag auf der Klinke, doch etwas hielt ihn zurück. Was, wenn es wirklich so war? Wenn Émilie es einfach nicht mehr gewollt und nicht mehr geschafft hatte, dieses verdammte Leben. Aber was hieß das für Lin, wo war sie? Der Gedanke, auch sie könnte tot sein, sich umgebracht haben oder durch Leroy von den Klippen gestürzt worden sein, war derart unerträglich, dass Cho ihn nicht einmal denken konnte.

Langsam drückte er die Klinke herunter und trat ein. Er ging vorüber an den Bildern an der Wand, an der Geschichte eines Lebens, die er nun verstand, endlich.

Er schritt die Szenen ab. Das Blumenauto, in dem Émilie und Claire Laurent unterwegs gewesen waren. Antoine Leroy. Das Kind mit den kurzen Haaren musste Lin sein. Und das Mädchen mit den Zöpfen Su. Unsere Tochter, flüsterte Cho und spürte, wie eine Träne über seine Wange rollte. Er schloss die Augen und blieb einen Moment lang ganz still stehen. Als er die Augen wieder aufschlug, fiel sein Blick auf die Abbildung der drei Männer.

Der Mann im hellblauen Hemd war Leroy, so viel war nun klar. Leroy, der neue Freund, der Émilie für kurze Zeit ein Gefühl von Normalität gegeben hatte, wie Cho von Claire erfahren hatte. Das, was er für eine Blüte gehalten hatte, war also eine Spritze. Er ballte die Hände zu Fäusten.

Plötzlich stutzte er. Das seltsam hohe Bett, auf dem Su lag, war gar keines. Dazu war das Gestell doch viel zu dünn. Nein, dachte er und starrte wie gebannt darauf: Sahen so nicht Obduktionstische aus? Und der Mann dahinter trug auch kein normales weißes Hemd, wie er jetzt sah, sondern einen Kittel. Und mit einem Mal begriff er: *Das* war die Verbindung zwischen den Männern. Dupont musste der Pathologe gewesen sein, der Su damals obduziert hatte. Cho spürte, wie Übelkeit in ihm aufstieg. Dann war der dritte Typ wohl Thomas?

Eine Ewigkeit verging, bis Cho sich endlich von der Betrachtung der drei Männer löste. Tief in Gedanken drehte er sich um und stutzte, als sein Blick auf das Ende des Reigens fiel. Was war denn das? Diese Bilder kannte er noch gar nicht, die waren neu hinzugekommen, da gab es keinen Zweifel. In wenigen Schritten stand er davor und betastete sie vorsichtig. Die Farbe war nicht mehr feucht, aber das hatte nichts weiter zu sagen. Es gab keine andere Erklärung.

Sie musste hier gewesen sein. Émilie.

Sie war hier gewesen! Sie hatte den Reigen zu Ende gemalt. Den letzten Akt. Er spürte, wie in ihm ein Sturm losbrandete, eine Himmelshoffnung, die emporwirbelte und plötzlich abrupt stockte. Er sah noch einmal genauer hin, betrachtete die Figuren, die dort an die Wand gemalt waren. Auf den zweiten Blick wurde ihm bewusst, dass sich diese Szene sehr unterschied von den anderen Darstellungen. Die Pinselführung wirkte gröber und weit weniger gekonnt. Wo der Reiz der ursprünglichen Malereien gerade im Widerspruch zwischen der Naivität der Perspektive und einer tadellosen Maltechnik lag, fielen die Figuren dieser neuen Szene durch plumpe Gesichter und wurstige Finger auf. Diese Bilder stammten nicht von ihr, nicht von Émilie, nie und nimmer.

Auf einmal fröstelte er. Vor lauter Grübeln, ob das Gemalte wirklich von Émilie stammen konnte, hatte er zunächst nicht auf das geachtet, was die Bilder darstellten. Nun trat er einen Schritt zurück – und erkannte entsetzt die volle Bedeutung dessen, was er da vor sich sah.

Das Ende der Geschichte.

Wie in Trance kramte er nach seinem Handy und suchte nach Nikis Nummer.

»Ja?«, antwortete der nach dem ersten Läuten.

»Ich bin in Émilies Haus. Bitte kommen Sie so schnell wie möglich.«

Cho stand im Korridor vor der Werkstatt, als Niki eintraf. Wortlos drehte er sich um und ging durch die offen stehende Tür geradewegs auf das Ende der Wandmalereien zu.

»Diese Bilder. Was sagen Sie dazu?«

Mit weit aufgerissenen Augen starrte Niki die Wand an. Schließlich meinte er mit rauer Stimme: »Jemand war hier und hat es fertig gemalt.« Er sah von links nach rechts und wieder zurück und drehte sich dann plötzlich zu Cho um. »Aber das heißt doch …« Niki verstummte.

»… dass sie lebt?« Chos Stimme war heiser.

Ihre Blicke kreuzten sich und einen Moment lang schien Niki nicht in der Lage zu sprechen. Wieder wandte er sich der Bildergeschichte zu. Gebannt betrachtete er die Szenen, die dort erzählt wurden: den Mann, der vor einem hohen Portal, über dem eine Justitia schwebte, in Fesseln lag. Die winzig kleine Schrift, die ihn wie ein Spruchband umwebte. Niki trat ganz dicht an die Wand und bewegte leise die Lippen, während er las: »*Wer Arges tut … der hasst das Licht und … kommt nicht an das Licht, auf dass seine … Werke nicht gestraft werden.*« Dann glitten seine Augen ein Stück weiter nach rechts. Daneben saß ein zweiter Mann auf einem Stuhl. Er trug eine Art Uniform, schwarz, aber auch sein Gesicht und sein Schädel waren schwarz. Aus dem Schwarz seines Schädels wuchsen weiße Federn.

»Das sind doch …«

»Dupont und Thomas, der Polizeipräsident.«

Die Schrift, die den Polizeipräsidenten umrankte, war deutlicher lesbar: »*Euer Reichtum ist verfault, eure Kleider sind mottenfräßig geworden.*«

»Das ist … Wahnsinn.« Nikis Stimme war nur noch ein Flüstern, als habe er Angst, die Gespenster des Bildes zum Leben zu erwecken.

Cho sagte nichts. Stumm stand er da und versuchte das aufkommende Grauen zu unterdrücken. Wie durch eine Glasscheibe beobachtete er Niki, der langsam weiterging und vor dem letzten Bild stehen blieb. Und wie kurz zuvor er selbst entdeckte nun auch Niki das Ende der Geschichte: den Mann im hellblauen Hemd, der kopfüber eine Klippe hinunterstürzte.

Und die beiden schwarz gekleideten Frauen, die neben einem Haus am Rand der Klippen standen.

茶

Émilie, Ende August 1994

Noch lange nachdem der Mann gegangen war, lag sie da und beobachtete, wie der flirrende Schatten der Birke auf ihrem Bett fortwanderte und sich schließlich mit dem Grau der Dämmerung vermischte. Zwischendurch kamen und gingen die Schwester, die das Essen brachte, und Dr. Blumstein, der eulenhafter denn je aussah. Er fragte, wie es ihr ginge, und sie antwortete wie immer: »Gut.« Und dann lächelte er.

Dieses Ritual war im Laufe der ersten Tage zwischen ihnen entstanden, der Arzt, der sich nach dem Befinden der Patientin erkundigte. Die Patientin, die sich beim Arzt für dessen Aufmerksamkeit mit einem »Gut« bedankte. Es war ein bisschen wie bei den Engländern, die auf die Floskel *How do you do* auch keine Antwort erwarteten. Niemand wollte hören, dass es einem anderen schlecht ging.

Nun brannte nur noch die kleine Lampe über ihrem Nachttisch. Émilie saß halb aufrecht im Bett und zählte die Falten in dem weißen Vorhang. Es waren immer noch vierzehn.

Das Schöne an ihrer Situation allerdings war, dass die Falten nun keine Macht mehr über sie hatten. Die Falten nicht, die Fugen im Bad nicht. Nicht die Rippen der Heizkörper und die Treppenstufen und die Frage, mit welchem Fuß sie oben ankam.

Ihr Blick verfing sich in den Vorhängen. Bald würde die Schwester kommen und sie zuziehen, den Heizkörper und seine Rippen für die Nacht bedecken. Wie einen Kanarienvogel im Käfig. Früher hatte sie jeden Abend die Rippen zählen müssen, als letzte Pflicht vor dem Löschen des Lichts. Damit alles seine Richtigkeit hatte. Aber nun brauchte sie das nicht mehr, jetzt war sie frei von dieser erstickenden Pflicht. Der Tod und das Unglück hatten sie befreit. Ihr Scheitern hatte sie von allem befreit.

Sie schloss die Augen. Aber da war etwas, plötzlich war da etwas, das störte. Émilie starrte mit geschlossenen Augen nach oben, sie zog die Brauen fest zusammen und dachte angestrengt nach. Jetzt wusste sie es wieder. Der Mann, der da gewesen war und ihr von Su erzählt hatte. Vom toten Körper ihrer Tochter.

Mit einem Mal wünschte sie sich, der Medikamentennebel würde etwas nachlassen. Sie versuchte sich zu erinnern, was der Mann gesagt hatte. Doch wie sollte sie das schaffen, wenn sie nicht einmal währenddessen richtig verstanden hatte, was er ihr hatte sagen wollen?

Falls sie sich nicht irrte, dann arbeitete der Mann im Krankenhaus. Dort, wo man sich um die Toten kümmerte. Der Mann hatte sie besucht, um ihr etwas Wichtiges zu sagen. Es war um Su gegangen. Er hatte etwas herausgefunden. Oder wollte er etwas herausfinden? Auf jeden Fall hatte er komplizierte Sachen gesagt. Es war von Übelkeit die Rede gewesen, daran erinnerte sie sich jetzt deutlich. Und daran, dass er von Sus Lungen gesprochen hatte. Etwas war darin, was nicht dort hätte sein sollen. Sie richtete sich auf, um besser nachdenken zu können. Sie rieb sich übers Gesicht, mehrere Male, als würde das helfen, den Nebel des Vergessens zu vertreiben. Dann fiel ihr etwas ein. Die weite Reise. Der Mann war die ganze Strecke von Südfrankreich her zu ihr gekommen! Und sie hatte nicht richtig verstanden, was er gesagt hatte.

Sie schlug die Bettdecke weg und stellte die Füße auf den Boden. Er hatte ihr etwas gegeben, einen Zettel, auf den er seinen Namen geschrieben hatte. Sie blickte sich suchend um, doch auf dem Nachttisch lag nichts, sie stand auf, schwankte ein bisschen und tappte hinüber zum Tisch. Auch dort lag nichts. Aber sie war sich absolut sicher, das war das Einzige, woran sie sich genau erinnerte. Er hatte ihr den Zettel mit seinem Namen gereicht und gesagt, sie solle ihn anrufen. Wieder blickte sie sich im Zimmer um.

Und da sah sie ihn, auf dem Boden. Er musste unters Bett geflattert sein, als sie die Bettdecke umgeschlagen hatte.

Mit zitternden Fingern wählte sie die Nummer.

»Maman?«

»Kind?«

»Du musst kommen und mir helfen.«

»Was ist denn los?«

»Ein Mann war da. Er hat mir Sachen erzählt.«

»Was für ein Mann? Du meinst, ein fremder Mann war bei dir, dort in der Villa Blanche? Ein neuer Arzt?«

Émilie hörte die Zweifel in der Stimme ihrer Mutter. Zögernd sagte sie: »Kein Arzt ... Oder doch?«

»Ein Mann hat dich also dort besucht. Wie hieß er denn?«

»Ich ... er ...« Émilie betrachtete das Stück Papier in ihrem Schoß. Diese winzigen Buchstaben, warum hatte der Mann bloß so eine eckige Schrift, die Buchstaben sahen aus wie Ameisen auf Kriegszug. Sie hob den Blick, sah hinaus durchs Fenster.

»Und was wollte er von dir?«

Adèles Frage holte sie wieder zurück. Warum war sie nur so müde? In ihrem Kopf war dichter Nebel. Aber da war doch eben diese Frage gewesen, was hatte ihre Mutter bloß wissen wollen?

»Wie bitte?«

»Was der Mann wollte.«

»Ach ja.« Der Nebel lichtete sich ein wenig. »Er arbeitet im Krankenhaus von Nizza.«

Von der anderen Seite Schweigen. Plötzlich spürte Émilie eine Hitze in sich aufsteigen, sie schwitzte. Sie senkte ihre Stimme. Leise sagte sie: »Er hat mir Sachen erzählt. Sachen, die nicht zusammenpassen. Es geht um ... Su.«

»Was hat er dir erzählt?« Adèles Tonfall war schärfer geworden.

»Das ist es ja gerade. Ich weiß es nicht mehr. Ich habe es nicht verstanden. Aber … na ja … ich weiß auch nicht … er wollte, dass ich irgendwas *tue*.«

Sie hatte immer schneller gesprochen, geriet ins Stolpern, verhaspelte sich. Émilie spürte die Missbilligung ihrer Mutter durch die Leitung, merkte, wie ihre Mutter sich wappnete gegen das wirre Gerede, die wirren Gedanken ihrer Tochter, die ihr schon immer nichts als Probleme bereitet hatte.

Das Schweigen wuchs und wurde unüberwindlich. Adèle würde ihr nicht glauben, niemals, sie würde denken, es sei Teil des Zwangs. Sie würde denken, der Zwang befehle ihr, diese Dinge zu sagen.

»Maman?«, hob Émilie erneut an, brach dann aber ab. Es hatte keinen Zweck. Sie brauchte sich nicht weiter zu bemühen. Sie ließ den Hörer sinken, ihre Achselhöhlen waren nass. Sie sah auf den Boden und bemerkte, dass sie immer noch barfuß war. Ihre Zehen waren kalt, steif. Sie schwitzte und fror zugleich.

Langsam legte sie den Hörer auf.

茶

14

Wenn ein Lied zu Ende gesungen ist

Adèle, Ende August 1994

Sie hielt das Steuer fest umklammert. Etwas war anders gewesen dieses Mal. Natürlich hatte Émilie schon öfter seltsame Dinge getan, das ja. Aber einen Menschen, der gar nicht existierte, hatte sie bisher noch nie herbeifantasiert.

Die Autos flossen nur zäh, trieben stockend dahin, immer wieder zum Stillstand gebracht durch eine rote Ampel oder einen Kreisverkehr. Adèle musste an sich halten, um nicht wild auf die Hupe zu drücken und zu schreien. Sie musste hier raus, raus aus dieser Enge, raus aus dieser Stadt, zu ihrer Tochter. Sie musste persönlich mit ihr sprechen. Zu diesem Entschluss war sie nach einer schlaflosen Nacht gekommen.

Als eine Stunde später endlich Zäune und Weiden an ihr vorüberrauschten, sah sie plötzlich Sus Gesicht vor sich, das Leuchten ihrer Augen, ihr Lachen. Das letzte Mal, als sie sie gesehen hatte. Ihrer Mutter zum Gefallen hatte Su den weißen Rock und die rote Bluse getragen, die Émilie ihr genäht hatte. Dieses Bild traf Adèle unvorbereitet und mit einer solchen Wucht, dass sie das Lenkrad umkrampfte in ihrem Versuch, die Tränen zurückzuhalten. Doch es war vergebens. Die Tränen kamen trotzdem, strömten über ihr Gesicht und mit ihnen stieg ein übermächtiges Gefühl des Versagens in ihr auf. Ein Herzklappenfehler. Und niemand hatte es gewusst. Niemand hatte etwas davon geahnt. *Sie* hatte es nicht gewusst. All diese Vorsorgeuntersuchungen, wieso hatte der Kinderarzt in all den Jahren nie etwas bemerkt! Allerdings war da schon immer diese Blässe gewesen. Und hin und wieder hatte Su auch ein Eisenpräparat bekommen, Kräuterblut oder auch mal Tabletten, die sie allerdings nur mit größtem

Widerwillen genommen hatte. Eben deshalb hatte Émilie auch nichts dabei gefunden, als Antoine das Eisenpräparat spritzte. Adèle dagegen hatte diese Art der Medikamentengabe sehr missfallen, auch wenn sie nicht genau hätte sagen können, warum.

Jedenfalls hatte sie seit Sus Tod nächtelang gegrübelt. In einer Endlosschleife hatte sie darüber nachgedacht, wie es möglich war, dass ein junger Mensch einfach so sterben konnte. Über Nacht und ohne Vorankündigung. Und was es zu sagen hatte, dass ein Arzt in nächster Nähe des Kindes gewesen war und keinerlei Anzeichen bemerkt haben wollte. Mit diesem Gedanken war der Hass dazugekommen. Ein Hass, der sie schwindeln machte in seiner Heftigkeit. Sie hatte an Antoine Leroy gedacht und ihm den Tod gewünscht. Antoine Leroy, der ihr die Kinder weggenommen hatte. Ohne ihn hätten sie die Ferien in Étretat verbracht, so wie immer, in Adèles Obhut.

Bei der Beerdigung allerdings war Leroy selbst ein gebrochener Mann gewesen: bleich, ausgezehrt, mit tiefen Furchen im Gesicht. Nichts erinnerte mehr an den Mann, der ihr im Restaurant gegenübergesessen hatte. Ihre Empfindungen ihm gegenüber waren eigentümlich gewesen: eine Mischung aus Mitleid und Aggression, gepaart mit einer gewissen Genugtuung darüber, ihn so leiden zu sehen.

Sie hatte Sus Tod lange nicht hinnehmen können, hatte immer wieder bei der Polizei angerufen, mit diesem Kriminalbeamten gesprochen, nach der Todesursache gefragt und von ihren Zweifeln erzählt. Hatte ihren Verdacht schließlich sogar laut formuliert: ob es nicht ein ärztlicher Kunstfehler gewesen sein konnte. Aber für den zuständigen Polizeibeamten, einen Mann namens Julien Thomas, war »der Fall klar« gewesen.

Eine schreckliche Tragödie.

Trotzdem war ihr Misstrauen geblieben. Der Eindruck, dass es da etwas gab, was sie hätte wissen müssen, ließ sie nicht los. Der nagende Zweifel war ihr ein beständiger Gefährte, dazu ein Gefühl der Ohnmacht, denn sie wusste nicht, was sie noch hätte tun können. Aber vielleicht gab es doch etwas Konkreteres? Als Adèle Émilies undurchschaubares Gerede über diesen Mann aus Nizza gehört hatte, war so etwas wie eine Ahnung in ihr aufgestiegen.

Émilie saß am Fenster, als Adèle den Raum betrat. Sie war noch blasser als das letzte Mal und Adèle erschrak, als sie die schwarzen Schatten unter ihren Augen sah. Sie ging zu Émilie und legte die Arme um sie.

»Liebes.«

Langsam hob Émilie den Kopf. Es dauerte eine Weile, bis sich ein Zeichen des Wiedererkennens auf ihrem Gesicht ausbreitete. Ihr Lächeln war unsicher, stockte in den Mundwinkeln.

Adèle kniete vor ihr nieder und schlang noch einmal die Arme um Émilie. »Du hast mich angerufen.« Adèle spürte, wie sich ihr der Hals zuzog. Die Medikamente, sie musste gerade ihre Medikamente bekommen haben.

Adèle zog sich einen Stuhl heran, setzte sich und umfasste Émilies Hände, die schlaff in ihrem Schoß lagen.

»Du hast mich angerufen und mir von einem Mann erzählt. Er hat dich gestern hier besucht.«

Émilie sah weiter vor sich hin. Adèle bemerkte, wie sie ihre Hände zu Fäusten ballte. Zwei kleine harte Bälle.

»Der Mann arbeitet also im Krankenhaus in Nizza. Was hat er gesagt, erinnerst du dich? So sprich doch endlich!« Adèle hörte selbst, wie schrill ihre Stimme klang.

Doch Émilie regte sich nicht. Adèle betrachtete ihre Tochter mit wachsender Panik. Die wächserne Haut, der maskenhafte Ausdruck auf ihrem Gesicht. Die Augen, die man, würden sie nicht hin und wieder blinzeln, für tot halten könnte. Plötzlich fragte sich Adèle, ob sich Émilie nicht vielleicht doch alles nur eingebildet, sich irgendetwas zurechtfantasiert haben konnte. Wer weiß, wer da bei ihr gewesen war.

»Émilie, Liebes. Du hast mir am Telefon von einem Mann erzählt. Dieser Mann wollte, dass du etwas tust. Du hast gesagt, etwas passt nicht zusammen.«

Adèle spürte, wie ihre Tochter sich bei ihren Worten verkrampfte, wie ihre Fäuste zuckten. Plötzlich sah Adèle, wie Émilie die eine Faust vorstreckte, es war eine ruckartige Bewegung, die fast wirkte, als geschehe sie gegen Émilies Willen. Doch da sah Adèle, wie Émilie langsam die Faust öffnete.

Etwas lag darin. Eine Kugel aus Papier.

Einen kurzen Moment lang hielten sie so inne: Émilie, die geöffnete Hand zur Schale geformt, Adèle, die Papierkugel betrachtend.

Dann streckte Adèle die Hand danach aus. Die Kugel fühlte sich warm an, als sie sie nahm. Vorsichtig begann sie den Zettel zu entfalten und strich ihn glatt.

Und dann las sie. *Clément Lacroix, Krankenhaus Nizza, Pathologie.* Daneben stand eine Telefonnummer.

茶

»Sie haben das alles getan!« Nikis Stimme war nur noch ein Flüstern. »Die Überfälle auf Dupont und Thomas.«

Cho konnte sich immer noch nicht rühren, zu tief saß der Schock über die Dinge, die er in den letzten Stunden erfahren hatte. Die andere Tochter. Ihr schrecklicher Tod – der die Verbindung zwischen diesen drei Männern sein musste. Und die beiden Frauen, Lin und Émilie, die da einen wahnwitzigen Racheplan geschmiedet haben mussten. Anders konnte es ja nicht sein, denn warum sonst hätten Dupont und Thomas Teil der Bildergeschichte werden sollen? Also waren die beiden Frauen verantwortlich für die archaische Bestrafung von Thomas und die Entführung Duponts, der wie ein Sack Kartoffeln vor dem Justizpalast abgelegt worden war. Und nun wollten sie Leroy die Klippen hinunterstoßen. Vielleicht hatten sie es schon getan.

Cho stand da wie gelähmt. Vor seinem inneren Auge zogen in immer schnellerem Tempo Bilder vorüber. Émilie in einem Krankenhausbett. Adèle Berwangers Blick, bei ihrem letzten Gespräch, so bitter und hart. Lins Gesicht, an jenem Tag bei ihm im Teehaus. Und jetzt verstand er auch, warum Lin sich die Haare gefärbt hatte: damit Leroy sie nicht erkannte. Geneviève Damiens. Das Mädchen, das von Leroy betäubt und vergewaltigt worden war und sich vor einen Zug geworfen hatte.

Und Su. Seine Tochter Su, die an einer Spritze von derselben Hand gestorben war.

Mit einem Mal fühlte Cho eine Welle des Hasses in sich aufsteigen. Er wollte schreien, brüllen, toben. Und plötzlich war da der unbändige Drang, den Mann, der seiner Tochter und Émilie und ihm selbst das alles angetan hatte, mit eigenen Händen zu erwürgen.

Oder ihn die Klippen hinunterzustoßen.

Eine Ewigkeit stand er da und hatte Mühe zu atmen. Erst als er eine sanfte Berührung an seinem Arm spürte, kam er wieder zu sich und blickte in Nikis braune Augen, die voller Mitgefühl waren.

»Wir müssen das verhindern. Um ihrer selbst willen«, sagte Niki leise, aber bestimmt.

Cho nickte abwesend.

Nikis Griff wurde fester. »Hören Sie. Mir ist gerade etwas eingefallen! Einmal hat mir Lin von einem Haus in der Normandie erzählt, das ihrer Familie gehört. Sie hat ihre Sommerurlaube immer dort verbracht. Ich glaube mich zu erinnern, dass sie damals von der *Aiguille* gesprochen hat, von dieser Felsnadel, dass die dort ganz in der Nähe sein soll. Und jetzt schauen Sie hier.« Niki deutete auf das Bild mit dem stürzenden Mann und auf den Felsenturm, der aus dem Meer ragte. »Das Haus muss in Étretat sein.«

Cho hob den Kopf, ohne Nikis Blick zu erwidern. Das Ausbleiben jeder Reaktion machte Niki ungeduldig.

»Verstehen Sie denn nicht: Sie lebt! Sie muss dort sein! Wenn das auf dem Bild stimmt, ist Émilie dort.«

Chos Blick tastete sich zurück zum letzten Bild, streifte den Mann im hellblauen Hemd, der die Klippen hinunterstürzte, und blieb an den beiden Frauen hängen. So war es, so musste es sein. Émilie lebte.

Und als ihm die Bedeutung dieser Worte richtig klar wurde, fühlte er eine fast schwindelerregende Kraft in sich aufsteigen.

Hastig verließen sie das Haus und rannten die schlecht beleuchtete Zufahrt entlang, sprangen in den Wagen. Mit quietschenden Reifen fuhr Niki los, durch die Gassen von Montmartre hinaus auf die großen Boulevards. Der Verkehr um diese Zeit war dünn und so kamen sie schnell voran. Vor Leroys Haus in der Avenue de Saint Mandé machten sie halt. Es überraschte sie nicht, dass hinter den Fenstern kein Licht mehr brannte.

Niki löste seinen Gurt und sah hinüber zu Cho: »Ich mach das. Warten Sie hier.«

Cho nickte nur und sah Niki hinterher, wie er zur Haustür lief und einen Knopf drückte. Eine ganze Weile lang geschah nichts, dann beugte Niki sich vor und sagte etwas in die Gegensprechanlage. Kurze Zeit später holte Niki sein Handy heraus und tippte etwas ein, was ihm offenbar von oben diktiert wurde. Dann hob Niki das Handy ans Ohr und wartete.

Nervös krampfte Cho die Hände zusammen. Was wäre, wenn sie zu spät kämen? Wenn Leroy bereits am Fuße der Klippen läge, mit zerschmettertem Schädel? Wieder blickte er ungeduldig zu Niki hinüber, der sich zurück zur Gegensprechanlage wandte. Dem Jungen musste doch klar sein, dass die Zeit des Redens vorbei war. Jetzt mussten sie handeln.

Plötzlich kam ihm etwas in den Sinn, das ihn auf einen Schlag mit noch mehr Panik erfüllte: Was, wenn die beiden nicht so stark waren, wie sie glaubten? Was, wenn Leroy sie hatte überwältigen können und ... Cho mochte nicht weiterdenken. Das alles führte zu nichts. Er musste sich zwingen, ruhig zu bleiben, einen Schritt nach dem anderen zu tun, es war niemandem damit gedient, wenn er jetzt durchdrehte.

Die Fahrertür ging auf und Niki ließ sich auf den Fahrersitz fallen.

»Ich habe mit der Haushälterin gesprochen, sie ist wohl Asiatin, kann kaum Französisch, darum hat es so lange gedauert. Sie sagt, sie hat vorgestern Abend zuletzt mit Leroy gesprochen. Seitdem ist er anscheinend nicht mehr an sein Handy gegangen.«

Sie wechselten einen langen Blick, bis Niki sagte: »Dann bleibt uns wohl nichts anderes übrig, als nach Étretat zu fahren.«

茶

Adèle, Ende August 1994

Adèle hielt den Zettel etwas weiter weg. Kein Zweifel. Der Mann war offenbar extra aus Südfrankreich angereist, um Émilie zu sprechen. Ein Pathologe aus dem Krankenhaus in Nizza! Auf einen Schlag waren alle Zweifel wieder da, die sie im Zusammenhang mit Sus Tod hatte. Sie hätte Émilie schütteln mögen, um etwas aus ihr herauszukriegen, aber sie wusste, dass das nichts bringen würde. Sie würde den Mann selbst anrufen müssen.

Sie begann im Zimmer auf und ab zu gehen und überlegte, was richtig war und was falsch. Darüber hatte sie in den Tagen seit Sus Tod immer wieder nachgegrübelt. Zu dem Schmerz, der sie umklammert hielt wie ein Schraubstock, hatte sich noch die Furcht gesellt. Die Furcht, einen schlimmen Fehler begangen zu haben, den schlimmsten Fehler überhaupt, weil er nie wiedergutzumachen war. Sie hatte diesem Mann vertraut. Sie hatte es nicht nur zugelassen, dass ihre Tochter, die doch kaum auf sich selbst achten konnte, und ihre über alles geliebten Enkelinnen mit ihm die Ferien verbrachten. Nachdem sich ihre erste Verärgerung gelegt hatte, war sie, auch wenn sie sich das ungern eingestand, sogar froh gewesen. Sie hatte sich nach Ruhe gesehnt und die Tage in Étretat genossen.

Sie hatte die Tage genossen und Su war gestorben.

Adèle setzte sich wieder, den Blick fest auf Émilie gerichtet. Irgendetwas musste sie ihr doch über diesen Mann sagen können. Sie wollte es noch einmal versuchen. Und so fragte sie mit vor Anspannung heiserer Stimme: »Émilie, pass auf! Es ist wichtig, dass du mir alles sagst, was du weißt. Versuch dich zu …«

Adèle verstummte und betrachtete ihre Tochter jetzt genauer. Émilie schien sie auch jetzt nicht verstanden zu haben. An den Medikamenten konnte das nicht liegen, wie ihr bewusst wurde. Immerhin hatte sie schon öfter mit ihrer Tochter gesprochen, nachdem sie Psychopharmaka eingenommen hatte. Zugegeben, sie war danach meist recht matt gewesen, aber niemals derart apathisch …

Plötzlich bekam sie es mit der Angst zu tun, sie wusste selbst nicht, warum. Irgendetwas hatte sich verändert, da lag etwas in Émilies Blick, das vorher nicht da gewesen war. Panisch griff Adèle nach Émilies Hand und drückte sie. Ihr Blick huschte über das blasse Gesicht, registrierte die übergroßen Augen, den mageren Hals. Ein schmerzhafter Kloß setzte sich in ihrer Kehle fest. Es gab nun keinen Trost mehr, für sie beide nicht. Das Leben war vor ihnen zusammengefallen, übrig geblieben waren nur die Bruchstücke der Erinnerung.

Und als spräche sie zu sich selbst, sagte sie: »Es wird nie wieder gut. Aber wir müssen trotzdem weitermachen, du und ich.«

Noch am selben Abend rief Adèle den Pathologen aus Nizza an. Was der Mann ihr zu sagen hatte, übertraf ihre schlimmsten Vermutungen.

Clément Lacroix behauptete, dass in dem Bericht der Pathologie etwas nicht stimmte. Dass die Todesursache falsch angegeben war. Und dass … etwas fehlte.

Etwas fehlte in dem Bericht, den Dr. Dupont abgefasst hatte.

Noch lange, nachdem Adèle den Hörer aufgelegt hatte, hallten Clément Lacroix' Worte in Adèle nach.

»Ich rate Ihnen, eine Exhumierung zu beantragen.«

Und sie hatte gedacht, schlimmer könnte dieser Albtraum um Sus Tod nicht mehr werden.

»Ich habe lange mit mir gehadert, bevor ich zu Ihrer Tochter gegangen bin. Immerhin ist das, was ich zu sagen habe, ein schwerer Vorwurf.«

»Sie behaupten also, dass Dr. Dupont wichtige Erkenntnisse in seinem Bericht verschwiegen hat?«

Adèle hörte selbst, wie schrill ihre Stimme klang.

»Ja.«

»Und wie erklären Sie sich das?«

Eine Pause im Gespräch entstand, während der Adèle atemlos lauschte. Wenn dieser Mann recht hatte – und alles klang für sie danach –, war etwas ganz und gar Ungeheuerliches passiert.

»Hören Sie«, Clément Lacroix senkte die Stimme, »Ihre Enkelin hatte Erbrochenes in den Lungenalveolen. Das kommt bei einem ›normalen‹ Herzversagen durch einen Herzklappenfehler, wie es in den Papieren angegeben wurde, niemals vor. Ich maße mir nicht an zu wissen, warum Dr. Dupont dieser Fehler unterlaufen ist, ich weiß nur, dass mit dem Obduktionsbericht etwas nicht stimmt. Und dann …«, er senkte abermals die Stimme, »… ist da noch die Sache mit dem Blut. Das wurde mit keinem Wort erwähnt.«

Erneutes Schweigen. Die Worte des Mannes dröhnten in Adèles Kopf.

»Was meinen Sie damit … welches Blut?«

»Ich habe es bereits Ihrer Tochter gegenüber erwähnt. Das Mädchen trug eine Unterhose, an der Blutspuren waren. Allerdings gibt es keinen Hinweis auf eine Menstruationsblutung.«

»Ich verstehe nicht. Woher kommt denn dann das Blut?«

Lacroix' Stimme hatte sich unmerklich verändert. Auf einmal wirkte er distanziert und schien nicht weiterreden zu wollen. Adèle verfluchte plötzlich das Telefon – sie hatte den Eindruck, dieses Gespräch verliefe ganz anders, wenn sie dem Mann gegenübersäße.

»Das weiß ich nicht. Aber etwas stimmt da nicht …«

»Und was soll ich nun tun?«

»Sie sollten auf die Exhumierung drängen.«

»Su … Sus Körper ausgraben?«

»Es ist schwer, das weiß ich, aber … Sagen Sie, dass Sie Zweifel am Ergebnis der Obduktion haben. Dass Sie glauben, etwas sei übersehen worden. Dass Ihre Enkeltochter keinen Herzklappenfehler hatte. Und wenn alle Stricke reißen … also, wenn Sie es nicht erwirken können, dann …«

»Ja?«

»Als allerletztes Mittel … könnte ich eventuell selbst bei der Polizei vorstellig werden. Etwas ist faul an der Sache. Und man sollte versuchen herauszubekommen, was.«

茶

So wie die Lichter draußen an ihm vorbeiglitten, zogen vor seinem inneren Auge immer neue Bilder und Worte vorüber, er konnte nichts dagegen tun. Wie viel seit dem 6. März geschehen war, mehr als in den letzten dreißig Jahren! An diesem Tag hatte er eine Reise angetreten, die ihn nicht nur innerhalb Frankreichs hatte hin- und herfahren lassen. Es war der Beginn einer Zeitreise gewesen, die ihn zurück nach China und durch die letzten dreißig Jahre seines Lebens geführt hatte. Und diese Zeitreise war mit Hoffen und Sehnen verbunden gewesen und mit Schmerz.

Neu war nun die unbändige Angst.

Cho warf einen Seitenblick auf Niki, der seit Paris nicht viel gesprochen hatte. Er konnte es ihm nicht verdenken, auch ihm selbst fehlten mittlerweile die Worte.

Inzwischen hatten sie die Küste erreicht und Wind und Regen peitschten um den kleinen Wagen, während die Scheinwerfer die Dunkelheit zerschnitten. Hin und wieder tauchten ein paar vereinzelte Häuser auf, eine kleine Ansiedlung, dann verlor sich alles in Wiesen und Feldern. Auf der dem Meer zugewandten Seite standen ein paar verkrüppelte, vom Wind gezeichnete Bäume, die Cho wieder an Émilie denken ließen. Auch sie war den Stürmen des Lebens ausgesetzt gewesen, sie hatten an ihr gezerrt und sie schließlich für immer gebeugt.

Er wandte sich wieder der Straße zu, folgte den Scheinwerfern, die viel zu schnell um eine Kurve jagten.

Nun verstand Cho auch, was es mit dem Streit zwischen Adèle und Lin auf sich gehabt haben musste. Falls Lin Adèle von ihren Racheplänen erzählt hatte, war Adèle mit Sicherheit entsetzt gewesen und hatte versucht zu verhindern, dass Lin damit Ernst machte. Doch das war ihr nicht gelungen und so hatte sie das Märchen mit der Teereise in die Welt gesetzt, um Lin trotz allem zu schützen. Und Lin war nach diesem großen Streit weggelaufen und hatte ihre Reisetasche zurückgelassen.

Auf einmal fiel alles an seinen Platz. Der Mann und die Frau, die Paulette an jenem Abend vor Émilies Haus gesehen hatte, mussten Lin und Leroy gewesen sein, das war ohnehin klar. Und natürlich hatte Lin bei dem, was sie vorhatte, sichergehen müssen, dass niemand ihr Zusammensein mit Leroy bezeugen konnte – deswegen hatte sie Paulette das Geld gegeben.

Blieb noch die Frage, warum Lin Leroy nicht schon bei dem ersten Besuch in Étretat die Klippen hinuntergestürzt hatte. Grimmig starrte Cho vor sich hin. Wie hatte er nur einen Moment lang vermuten können, dass Lin mit diesem Mann eine wie auch immer geartete Beziehung haben könnte? Dem Mann, der die Seele ihrer Mutter zerstört hatte.

Es war gegen vier Uhr morgens, als sie durch die schweigenden Straßen von Étretat fuhren und sich fragten, wie um alles in der Welt sie nun das Haus der Berwangers finden sollten. Sie hielten an, Niki stellte den Motor ab und blieb reglos sitzen. »Was jetzt?«, fragte er. »Hier ist es so ausgestorben wie nach einem Super-GAU.«

Sie fuhren kreuz und quer, durch alle Straßen. Vor einem Hotel in der Nähe der Uferpromenade blieben sie schließlich stehen und beschlossen, es dort zu probieren.

Cho öffnete die Wagentür. Einen Moment lang stemmte er sich gegen den Wind, wurde von einem heftigen Regenguss erwischt und rannte auf den Eingang zu. Die Angst schnürte ihm die Kehle zu.

Die Rezeption schien nicht besetzt zu sein. Gehetzt blickte er den Korridor entlang. Dann entdeckte er die Glocke, die auf dem Tresen stand, und begann zu läuten.

Der Ton zerschnitt die Stille wie ein Messer und im nächsten Moment hörte er ein Geräusch. Ein Mann um die sechzig bog mit schlurfenden Schritten um die Ecke.

»Entschuldigen Sie die Störung. Ich suche das Haus der Familie Berwanger.«

Der Mann, dessen Haar auf der einen Kopfseite schräg abstand, erwiderte Chos Blick mit äußerstem Missfallen. Mürrisch sagte er: »Wir sind hier ein Hotel. Kein Auskunftsbüro.« Der Mann hustete.

Cho hätte ihn am liebsten am Kragen gepackt und durchgeschüttelt. Um Ruhe bemüht sagte er: »Wir haben sonst niemanden gesehen, den wir hätten fragen können.«

»Wie soll die Familie heißen?«

»Das Haus gehört einer Madame Adèle Berwanger. Aus Paris.«

»Keine Ahnung«, brummte der Mann. »Wo soll das denn stehen?«

»Ich weiß es nicht.«

»Das is ja nu ein bisschen wenig.«

In diesem Moment kam Niki zur Tür herein.

An ihn gewandt, fragte der Mann: »Wollen *Sie* vielleicht ein Zimmer? Oder auch nur eine Auskunft?«

Niki wischte sich mit dem Ärmel übers Gesicht. »Mir ist eingefallen, wie das Haus heißt. Lin hat mal von einem Künstlerhof gesprochen.«

»Die *Ferme des Artisans*, warum haben Sie das nicht gleich gesagt? Die liegt ganz oben. Auf den Klippen.«

茶

Adèle, Ende August 1994

Sie erreichte Nizza im Morgengrauen.

Die ganze Fahrt über hatte sie an nichts anderes gedacht als an das Telefonat mit dem Mann aus der Pathologie. Die ersten hundert Kilometer hatte das Entsetzen über das, was Leroy getan haben musste, sie fast wahnsinnig werden lassen. Doch dann war es ihr irgendwie gelungen, die schlimmsten Gefühle unter Kontrolle zu bekommen und sich auf das zu konzentrieren, was nun zu tun war. Es ging jetzt darum, dieses Monster für den Rest seines Lebens hinter Gitter zu bringen. Irgendwann hatte sie begonnen, Selbstgespräche zu führen, in denen sie laut über ihre nächsten Schritte – das Gespräch mit Lacroix, seine Aussage gegen Dupont – nachdachte.

In den Außenbezirken von Nizza fuhr sie auf den noch leeren Parkplatz eines Intermarché und legte sich auf die Rückbank. Sie schlief, bis das Einkaufszentrum öffnete, und holte sich dann Kaffee und etwas zu essen, außerdem ein paar Erfrischungstücher, mit denen sie sich die Hände und das Gesicht abrieb.

Eine halbe Stunde später stand sie in einer Vorortsiedlung und klingelte bei Clément Lacroix.

Der Türöffner summte, Adèle drückte die Pforte auf und ging zum Haus. In der Tür stand Lacroix. Aber etwas stimmte nicht.

Er wich ihrem Blick aus und sagte: »Ich werde nicht aussagen.«

Adèle spürte, wie die Knie ihr nachgaben. Sie stützte sich an der Hauswand ab. »Aber das können Sie doch nicht machen. Ich bin den weiten Weg gekommen, nur um … Und am Telefon …«

Adèle starrte den Mann mit offenem Mund an. Plötzlich erschien hinter ihm eine Frau, die Adèle grußlos fixierte. Die Ablehnung in ihrem Blick war überwältigend. Ohne die Augen von Adèle zu nehmen, sagte die Frau an Lacroix gewandt: »Du musst los. Sonst kommen die Kinder zu spät zur Schule.«

Dann verschwand die Frau ohne ein weiteres Wort. Stattdessen tauchten zwei Kinder auf, ein Junge und ein Mädchen, beide in Schuluniform. Sie murmelten einen Gruß, schoben sich an ihrem Vater vorbei und gingen zum Bürgersteig, wo sie stehen blieben und ihren Vater fragend ansahen.

»Madame Berwanger, es tut mir leid. Aber ... ich ... es ist alles recht kompliziert ... Sie müssen das verstehen. Ich brauche diese Arbeit.« Er trat näher an Adèle heran, die ihn immer noch fassungslos anblickte. Halblaut sagte er jetzt: »Ich bin doch gleich zur Polizei gegangen nach unserem Telefonat. Aber dieser Polizist ... nun ... dieser Thomas, er hat mir gedroht. Mit allem Möglichen, ich kann das immer noch nicht fassen. Ich ... kann diese Aussage nicht machen.«

»Aber ...« Adèle starrte ihn fassungslos an. »Ohne Ihre Aussage habe ich nichts. Ohne Ihre Aussage ...«

In dem Moment erschien die Frau wieder, diesmal hielt sie einen Schlüsselbund in der Hand, den sie Lacroix demonstrativ reichte. Lacroix griff danach, mit einem letzten Blick auf Adèle, in dem tiefes Bedauern lag und dazu so etwas wie das Bewusstsein von Schuld. Dann ging er an ihr vorbei, stieg mit seinen Kindern in den Wagen, der vor dem Haus geparkt war, und fuhr davon.

Die Frau knallte Adèle die Tür vor der Nase zu. Einen Augenblick lang blieb Adèle dort stehen, auf dem Treppenabsatz, und betrachtete den Kranz aus künstlichem Efeu, der an der Tür hing. Dann drehte sie sich langsam um und ging.

茶

»Da ist ein Tor.« Niki bremste.

»Warten Sie, ich mach's auf und wir fahren durch.«

Cho stieg aus, öffnete die breite Pforte, Niki fuhr durch und blieb stehen.

Als Cho wieder im Wagen saß, blickte Niki den Weg entlang und sagte: »Das scheint hier ins Nichts zu führen.«

»Ja, kein Haus in Sicht.«

»Wahrscheinlich liegt es hinter dem Wall.«

Der Wagen rumpelte den Feldweg entlang, über windgebeugtes Gras und Schlaglöcher, vorbei an regenschweren Büschen. Links auf einer Weide saßen eng zusammengedrängt ein paar Kühe, die den Kopf hoben. Auf einmal schien der Weg aufzuhören, aber dann sahen sie, dass er eine rechtwinklige Kurve beschrieb und nach ein paar Metern in ein Wäldchen mündete.

»Ich glaub, wir halten hier.«

»Ja, das ist vielleicht klüger.«

Niki stellte die Scheinwerfer ab. Die Dunkelheit, die folgte, war absolut.

»Guter Gott, als wären wir in ein Tintenfass gestiegen.«

Der Wind schüttelte den Wagen.

»Das Meer kann nicht weit sein«, sagte Cho und zeigte vage nach links. »Das Fliegerdenkmal, an dem wir gerade vorbeigekommen sind, steht direkt an der Klippe. Das habe ich letztes Mal vom Hotel aus gesehen.«

Es dauerte lange, bis sich ihre Augen an die Dunkelheit gewöhnt hatten. Sie sahen nicht viel, erkannten aber immerhin die etwas helleren Schemen der Kühe auf der Weide, die Schatten der

Büsche und Bäume und den Weg, der sich jedoch nach vielleicht zwanzig Metern in tiefstem Schwarz verlor.

»Sieht aus wie der Eingang zur Unterwelt«, murmelte Niki.

»An eine Taschenlampe haben Sie diesmal wohl nicht zufällig gedacht?«

Niki schnaubte. »Nein, nicht *zufällig*. Sondern in voller Absicht.« Cho hörte Niki im Seitenfach herumkramen und etwas herausholen. »Na, dann wollen wir mal.«

Mit dem Öffnen der Wagentür wurde der Wind noch lauter und Niki beschwerte sich über den Regen.

Er schaltete die Taschenlampe an und die beiden gingen auf das Wäldchen zu, das bald einer etwas freieren, von Büschen bestandenen Fläche Platz machte. Dort blieben sie stehen und lauschten dem Rauschen des Windes, dem Knarzen und Ächzen der Äste und dem Regen, der auf die Blätter der Bäume niederprasselte. Noch immer war weit und breit kein Gebäude zu sehen.

»Wo soll denn dieses verdammte Haus sein? Wie's aussieht, haben wir uns total verfahren.«

»Am besten, wir gehen das Gelände hier einmal kurz ab, und wenn da nichts ist, kehren wir um ... Vielleicht gibt es noch eine andere Stichstraße.«

Der schwankende Lichtkegel von Nikis Taschenlampe tastete sich den Weg entlang, der nach einer Weile eine scharfe Linkskurve beschrieb.

Und dort stand ein Wagen, vor einer Wand aus groben grauen Steinen.

»Das ist Lins Auto«, rief Niki und hielt sich im selben Moment die Hand vor den Mund. Dann machte er die Taschenlampe aus.

»Also ist sie da«, flüsterte er nun.

Cho brachte kein Wort über die Lippen.

茶

Émilie, Herbst 2010

An einem Montagabend sah sie ihn wieder.

Wie immer hatte sie sich erst am Nachmittag auf den Weg gemacht, wenn die Konturen weich wurden und die Dämmerung heranrückte. Sie liebte das graue Licht der Herbstnachmittage, wenn sie das Gefühl haben konnte, eins zu werden mit den Schatten, und niemand ihr Aufmerksamkeit schenkte.

Dass es ein Montag war, wusste sie deshalb, weil sie an Montagen immer ihre Versorgungsrunde drehte. Zuerst zur Apotheke, dann zur Drogerie, danach zum Gemüsehändler und zum Abschluss in den kleinen Supermarkt, wo sie die Vorräte für die Woche einkaufte.

Wie immer an Montagen war sie schwer bepackt, in der einen Hand trug sie den Korb, in der anderen eine Plastiktüte, die jeden Moment zu reißen drohte. Sie war gerade dabei, die Tüte hochzustemmen, um sie vor dem Bauch zu tragen, als sie ihn aus einem Laden kommen sah.

Sie erkannte ihn nicht sofort, nahm nur eine vage Ähnlichkeit wahr, ein überraschendes Gefühl von Vertrautheit in dieser Stadt, in der sie doch fast niemanden mehr kannte.

Er trug einen grauen Mantel, seine Haltung war sehr aufrecht, genau wie damals, und im Schein der Straßenlaterne sah sie, dass sein noch immer volles Haar ein wenig grau geworden war.

Noch Monate später sollte sie sich an diesen Moment erinnern, an die unglaubliche Wucht, mit der sein Anblick sie traf und mit ihm die Erkenntnis, dass dieser Mann dort *er* war.

Dass er es war: Cho.

Wie im Traum bückte sie sich, stellte die Tüte und den Korb

einfach auf dem Bürgersteig ab und folgte ihm. Sie folgte ihm die Straße entlang, durch eine Passage, eine Treppe hinunter bis in die Rue des Martyrs, wo er eine Ladentür öffnete und verschwand. Von der anderen Straßenseite aus starrte sie das Geschäft an. Es war ein Teehaus.

Sie wartete. Im Schatten eines Hauseingangs beobachtete sie die Ladenfront und sah, wie ein anderer Mann – auch er ein Asiate, wie sie zu erkennen glaubte – das Teehaus verließ. Sie wartete weiter.

Stunden später ging die Tür erneut auf und Cho kam heraus. Erst verschloss er die Tür, dann zog er ein Gitter herunter und verriegelte es auch. Und langsam verstand Émilie. Er arbeitete in diesem Teehaus in Montmartre. Nur ein paar Kilometer entfernt von ihrem Zuhause arbeitete der Mann, den sie vor Jahrzehnten verloren hatte. Der Mann, an den sie all die Jahre immer wieder gedacht hatte, voller Trauer und Verlangen.

Sie sah, wie er sich aufrichtete, den Schlüssel in die Manteltasche schob und davonging. Erst als er die Straßenecke schon fast erreicht hatte, setzte sie sich in Bewegung und folgte ihm.

Nur ein paar Minuten später bog er in die Rue des Abbesses ein. Mit angehaltenem Atem sah sie ihn im Eingang des Hauses mit der Nummer 11 verschwinden.

Von diesem Tag an beobachtete sie ihn.

An den Abenden stellte sie sich in den Hauseingang gegenüber und wartete, bis er aus der Tür des Teehauses trat. Meist sah er sich auf dem Bürgersteig kurz um, verschloss dann die Tür, zog das Gitter herunter und ging davon, die paar Straßen bis zu seiner Wohnung.

Nach einer Woche begann sie, auch am Tage auszugehen. Nach drei Wochen hatte sie seinen Tagesablauf so vollkommen verinnerlicht, dass sein Leben zu ihrem Leben zu werden begann. Zwar nur ein Leben aus zweiter Hand, in einer Art Filmkulisse, aber das genügte ihr.

An manchen Tagen rang sie mit sich, wollte hinübergehen, die paar Meter überwinden, die zwischen ihm und ihr lagen. Doch etwas hinderte sie daran. Eine tief sitzende Scheu und die Last der Erklärungen, die sie hätte abgeben müssen. Das Gewicht ihres ganzen verdammten Lebens, das sie irgendwie in Worte hätte kleiden müssen, nach dem Schweigen langer Jahre. Und die Angst. Die Angst, er könnte sie nicht mehr wollen. Und warum sollte er auch? Denn das, was er sehen würde, wäre eine verrückte Frau, gealtert und von Dämonen gejagt.

茶

Das Haus hatte keine Klingel, also klopften sie.

Sie warteten in völliger Dunkelheit. Der Sturm heulte, der Regen fegte über sie hinweg.

Plötzlich ging das Außenlicht an. Eine Weile lang geschah gar nichts. Doch dann schwang oben im ersten Stock, direkt über der Haustür, ein Fenster auf und jemand schaute heraus. Es war Lin.

Sie starrte auf die beiden herab. Und die beiden starrten zurück.

Später würde Cho sich erinnern, dass er einen winzigen Moment lang geglaubt hatte, er sei in einen Kostümfilm geraten, in eine altmodische Kulisse mit Schauspielern in historischen Kostümen.

Dann brach alles über ihn herein.

Die Frau dort oben im weißen Nachthemd, das blond gefärbte Haar links und rechts zu zwei kurzen Zöpfen geflochten, war seine Tochter! Seine Tochter, die von einem Tag auf den anderen sein Leben in die Luft gesprengt hatte. Die einen irrwitzigen Plan geschmiedet und in die Tat umgesetzt hatte. Jetzt, wo er sie sah, erschien ihm das alles ganz unmöglich. Trotzdem musste es so sein.

Eine halbe Ewigkeit starrten sie einander an, Tochter und Vater, bis ihr Blick sich von seinem löste und zu Niki hinüberwanderte. Dann verschwand ihr Kopf und wenig später sahen sie durch das kleine Fenster in der Haustür, wie Licht im Gang aufflammte. Ein Schlüssel wurde gedreht, mehrere Riegel wurden aufgeschoben. Und dann standen sie sich gegenüber, immer noch schweigend. Als würde der Wind die Worte wegwehen, bevor sie überhaupt gesprochen wurden.

»Wie habt ihr mich gefunden?«, fragte Lin schließlich mit rauer Stimme. Doch anscheinend erwartete sie gar keine Antwort, denn sie drehte sich sofort um und verschwand im Haus. Cho sah, wie sie nach rechts abbog, auf bloßen Füßen, und hatte auf einmal das Gefühl, eilig hinter ihr herlaufen zu müssen – sonst würde sie gleich wieder aus seinem Leben verschwinden, durch eine geheime Tür oder durch die Wand.

So folgte Cho ihr rasch, eine Regenspur hinter sich her ziehend.

Der Raum war nicht groß. Gegenüber der Tür befand sich ein überdimensionaler Kamin, der eher in einen Saal gepasst hätte. Eingefasst mit riesigen grauen Granitbrocken, verstärkte er den Eindruck, dies alles sei nur die seltsame Kulisse für einen Film.

Und doch ist das real, dachte Cho. Das ist meine Wirklichkeit.

Mit zitternder Stimme fragte er schließlich: »Wo ist Émilie?«

Als Lin nicht reagierte, konnte er nicht mehr an sich halten und herrschte sie an: »Ich weiß doch sowieso alles. Das mit Su und was Leroy getan hat.«

Eine Ewigkeit schien zu vergehen, ohne dass es Cho gelang, irgendetwas aus ihrer Miene abzulesen. Schließlich fragte er fast sanft: »Was habt ihr mit ihm gemacht?«

Sie schien weder überrascht noch erbost zu sein. Ihr Gesicht war derart reglos, dass es starr, fast wächsern wirkte. Und mit einem Mal spürte Cho, wie die Angst, die sich bei Lins Anblick ein wenig gelegt hatte, neu in ihm aufflammte.

Schließlich führte Lin sie in die Scheune.

Leroy lag in einer Ecke, an Händen und Füßen gefesselt, einen Knebel im Mund. Er verdrehte die Augen, als der Strahl der Taschenlampe ihn erfasste, und blinzelte.

Cho stand da und sah auf ihn herunter. Er sieht aus wie ein gequältes Tier, dachte Cho und wunderte sich, dass er nichts fühlte, kein Mitleid, aber auch keine Befriedigung darüber, den Mann so zu sehen. Allenfalls so etwas wie Erleichterung. Darüber, dass offenbar noch nichts Unwiderrufliches geschehen war. Aber wo war Émilie? War sie überhaupt hier in Étretat? Oder war das Bild der zwei Frauen an der Wand womöglich nur den Rachefantasien seiner Tochter entsprungen, einem wilden Wunsch nach Vergeltung, für Su, für Émilie, für sich selbst? Plötzlich wurde es ihm eng im Hals und er hatte Mühe, die Worte herauszubringen: »Bitte sag mir, wo Émilie ist.«

Doch statt zu antworten, ging Lin langsam auf Leroy zu, bis sie ganz dicht vor ihm stand. Sie gab ihm einen Fußtritt und sagte mit einer Leichtigkeit, die Cho frösteln ließ: »Er hat alles zugegeben.« Direkt über Leroy blieb sie stehen, mit baumelnden Händen und ausdruckslosem Gesicht. Dann beugte sie sich zu ihm herunter und flüsterte: »Diesmal kommst du nicht davon.«

So viel Unheil, dachte Cho schaudernd, und nie ein Ende. Da hörte er Niki fragen: »*Du* hast die letzten Bilder gemalt, stimmt's?«

Lin blickte auf und sagte in feierlichem Tonfall: »Ja. Ich habe die Geschichte zu Ende erzählt. Für meine Mutter. Damit sie endlich ihren Frieden findet.« Unvermittelt wandte sie sich an Cho und sagte: »Ich habe dich gehört … und gesehen. Du warst in Mamans Haus, als ich auch da war.«

Cho nickte langsam. »Du bist aus dem Fenster geklettert, über die Feuerleiter, nicht wahr?«

Jetzt lächelte sie, zum ersten Mal, und in ihrem Lächeln sah Cho Émilie wieder. Dann wurde ihr Gesicht schlagartig wieder ernst.

»Maman hat mich ins Krankenhaus rufen lassen, an meinem Geburtstag. Kannst du verstehen, was das für mich bedeutet hat? Dass sie mit mir *sprechen* wollte, sprechen! Obwohl ich in dem Moment geglaubt habe, sie würde sterben.«

Sie verstummte abrupt und lauschte in die Nacht hinaus, so als höre sie in dem Sturmheulen Émilies Stimme.

»Drei Namen hat sie mir aufgeschrieben, und als ich sie verließ, an dem Abend im Krankenhaus, da dachte ich, dass ich sie niemals wiedersehen würde. Doch dann …« – Lin schien auch jetzt noch zu staunen über das, was sie da erzählte –, »dann ging es ihr plötzlich wieder besser. Es war wie … ein spätes Wunder!«

»Und da hast du sie aus dem Krankenhaus geholt und nach Étretat gebracht«, ergänzte Cho sanft.

»Ja, nach Étretat«, sagte sie wie zu sich selbst.

»Hat Claire dir geholfen?«

»Claire?« Sie wirkte verblüfft. »Nein, dabei nicht … Aber sie hat gewusst, was ich vorhabe, mit Leroy und den anderen. Als ich mich länger nicht bei ihr gemeldet habe, hat sie Angst bekommen, weil sie dachte, Leroy hätte mir etwas angetan.« Plötzlich lachte sie laut auf. »Aber er hatte ja keine Ahnung. Er hat mich nicht erkannt mit diesen Haaren. Er war so heiß darauf, mich ins Bett zu kriegen, dass er mich nicht erkannt hat!« Sie deutete auf ihre Zöpfe. »Jedenfalls stand irgendwann Claire hier vor der Tür, was mir sogar ganz gut gepasst hat, weil ich in Paris ja einiges zu erledigen hatte. Auf die Art musste ich Maman nicht wieder allein lassen.«

Lin schwieg, wie um sich zu sammeln. Ihr Gesichtsausdruck veränderte sich und auch ihre Stimme klang anders, als sie fortfuhr: »Dieses Schwein hat meine Schwester betäubt und vergewaltigt. So wie er das noch mit anderen Mädchen gemacht hat. Nur dass Su nie mehr aufgewacht ist! Weil er ihr vorher noch was anderes gespritzt hatte und sie dann an ihrer eigenen Kotze erstickt ist!« Voller Hass starrte sie auf Leroy herunter, der die Augen schloss und einen neuen Tritt zu erwarten schien.

Lin atmete nun schwer und keuchend, als bekäme auch sie nur mit Mühe Luft, und Cho wäre am liebsten auf sie zugegangen und hätte seine Arme um sie gelegt. Aber das hätte sie in diesem Moment nicht zugelassen.

Eine Ewigkeit schien zu vergehen und keiner wagte das Schweigen zu brechen. Als Cho schon glaubte, Lin würde nichts mehr sagen, fuhr sie auf einmal fort: »Ich habe mit einem Mann gesprochen, der vor vielen Jahren in Nizza in der Pathologie gearbeitet hat. Dieser Mann hat mir erzählt, dass der Obduktionsbericht gefälscht war. Er hat mir auch gesagt, dass Leroy und Dupont und Thomas unter einer Decke stecken. Eine alte Seilschaft. Und dann habe ich angefangen, Beweise zu sammeln. Ich habe Leute beauftragt, ihre PCs anzuzapfen.«

Schweigen legte sich nun über sie, ein Schweigen voller unbeantworteter Fragen. Weder Cho noch Niki trauten sich, ihre Fragen laut zu stellen, aus Angst vor den Antworten.

In das Schweigen hinein sagte Lin: »Der da«, sie deutete auf Leroy, »und seine beiden Kumpane ... haben diese widerlichen Filme getauscht. In denen Kinder missbraucht werden. Anscheinend haben sie auch früher schon so was gemacht und sich gegenseitig gedeckt. Dupont und Thomas haben geholfen zu vertuschen, was er meiner Schwester angetan hat.« Plötzlich lachte sie auf. »Erst wollte ich zur Polizei gehen. Aber was wäre da herausgekommen, mit Thomas als Polizeipräsidenten?«

Ihre Stimme war voller Abscheu, die Worte kamen nur gepresst heraus.

»Ich konnte nicht zulassen, dass wieder alles im Sand verläuft. Da habe ich die Sache selbst in die Hand genommen. Es ist nicht schwer, ein paar Männer zu finden, die jemanden einsammeln und auf einem Bürgersteig wieder ausladen. Besonders, wenn man dazusagt, dass derjenige ein Kinderschänder ist. Thomas habe ich mir selbst vorgenommen. Zwei Frauen haben mir geholfen. Auch gegen Geld, versteht sich.« Lin sah Cho herausfordernd an. In ihrem Blick lag nicht nur Trotz, sondern auch Verletzlichkeit. Schließlich wandte sie sich ab und ging zur Tür.

»Was willst du jetzt mit ihm machen?«, fragte Niki.

Statt einer Antwort seufzte sie. Es war ein klagender Laut, von einer solchen inneren Qual erfüllt, das Cho erschauerte.

Lin hob die Augen und blickte von Niki zu Cho und wieder zurück. »Er ist ... ein wirklich böser Mensch. Er hat es nicht anders verdient. Großmutter wollte es mir ja ausreden. Sie sagte, Rache bringe nichts nach all den Jahren. Er sei es nicht wert, dass ich mich mit ihm beschmutze.«

»Was ausreden?«

»Dass ich ihn umbringe.« Lins Blick war offen, fast kindlich. »Das wollte ich unbedingt. Für Su. Und für Maman.« Dann fügte sie staunend hinzu: »Aber ich konnte es nicht. Ich war oben auf der Klippe mit ihm, wir sind von der Auberge des Falaises einfach so hinspaziert, er hat nichts geahnt. Aber es ging einfach nicht. Und jetzt habe ich es wieder nicht geschafft.«

Auf einmal hörten sie ein Geräusch von draußen. Leise, tapsende Schritte. Überrascht wandten sie sich dem Scheunentor zu. Eine Gestalt erschien dort, eine schmale, kleine Person, wie Lin in einem altmodischen weißen Nachthemd. Ein dunkler, silbern durchwirkter Zopf baumelte an einer Seite herunter.

Cho hielt den Atem an.

Émilie.

茶

Danksagung

Merci à Valérie Stalport de *neo-t* de Paris, Montmartre, qui m'a expliquée le savoir-faire d'une maison de thé.

Danken möchte ich auch meiner Freundin Constanze – für das Kalenderblatt mit dem Gedicht von Hsü Ts'eshu.

dtv

»Ein großartiges Buch!
Ich konnte nicht mehr aufhören zu lesen.«
Maarten 't Hart

Dorinde van Oort

Frau im Schatten

Eine Familiengeschichte

ISBN 978-3-423-**21221**-2
ISBN 978-3-423-**25340**-6 (dtv großdruck)
ISBN 978-3-423-**40270**-5 (eBook)

Annetje Beets stirbt beinahe hundertjährig. Ihr Leben hat sie in Familien verbracht, die größer, berühmter, mächtiger waren als sie. Ein scheinbar stilles Leben. Doch während des Begräbnisses kommen bei ihrer Enkelin erste Fragen auf: Was hat es mit »dieser Geschichte« auf sich, von der ständig gesprochen wird? Im Nachlass stößt sie auf spektakuläre Familiendokumente und beginnt mit Nachforschungen. An deren Ende kommt die Erzählerin zu erschütternden Schlussfolgerungen. Die Frau, die sie nur als »Oma Annetje« gekannt hat, war sowohl Opfer als auch Täterin in einer Familiengeschichte, die sich wie ein Kriminalroman liest.

Bitte besuchen Sie uns im Internet: www.dtv.de